「大鏡」作者の位置　続編

まえがき

平成二十九年三月の『「大鏡」作者の位置』の出版から四年を経て、この度『続編』をまとめました。

前回は、『新大国語』に掲載された十編の論文と、「『大鏡』作者の位置（十）藤原資平の視点からの考察―作品構造と菅原道真―」と題した書き下ろしとの十一編でした。

今回は、これまで触れなかった『大鏡』に収載する和歌について述べた、『新大国語』掲載論文二編と、同じく「『大鏡』作者の位置（十三）―『拾遺集』との関わり」と題した書き下ろし一編、そして、四十年前の卒論（昭和56・3）、『大鏡　世継の意図』（昭和58・4）、「『大鏡』の文学性―作者の視点・意識からの試論」（昭和61・1）、修士論文（平成3・3）とを収めました。

卒論は「大鏡の批判」と題した、作者を藤原資平と推定したものでした。私は、文章には、乃至、語一つにでも、書き手の位置が表れると考えています。その作者の視点から、それまで自身が見ることのできなかった世界を発見する喜びは、至上のものです。

『大鏡　世継の意図』は、新潟県立高等学校の講師を経て、昭和五十七年四月に新採用で赴任した新潟市立内野中学校での一年目にまとめたものです。乱雑な原稿を新潟市の石田印刷㈱さんに百部印刷していただきました。『大鏡』作者資平の位置を把握するために、『栄花物語』の作者の視点が表れる部分をとにかく多く引用掲載したように思います。この拙い覚え書きを失礼にもお送りしました、松村博司氏、中井和子氏、河北騰氏、橘健二氏、松本治久氏より、研究の続行をとのご返事をいただきましたことに厚く御礼申し上げます。なかでも、松村博司氏は中古文学会に入会して発表するようにとのお手紙を下さり、昭和六十年五月の中古文学会春季大会で口頭発表させていただきました。あのような機会を下さいました松村博司氏に深く感謝申し上げます。

『大鏡』に表れる視点が、記録類にその動静が記録された実在した人物のそれであり、史実を軸としていたことで、藤原資平の位置を把握し易かった感があります。しかし、百九十年の歳月を、幾層もの観点を織り込んで叙述していることから、各層を抜き出すことに時間がかかりました。四十年を経てのこの度の『大鏡』収載歌についての論旨が大きく的をはずしていないことを祈るばかりです。

安中公命は四歳で、安政年間に五泉に入られ江戸末期には菊間藩士の子弟も教授された千葉範造成章氏の道場に通い、九歳の時に、師の千葉範造氏が明治五年十二月に五泉小学校の校長に迎えられると、おなじく教壇に立ちました。算術の教え方がよかったと伝わっています。「公命君。

公命君。」と呼んで下さった師の千葉範造氏は、明治八年九月に亡くなられる前に、創設される新潟の官立の学校に進み、さらに、ご自身が遊学された江戸、ならぬ東京へ出て大学に入るようにと遺言されました。

明治十三年七月に公命が亡くなった後に遺っていたものは、『源平盛衰記』を書写した十二冊子のみと伝えられています。田植えも終わる頃に、江戸末期に安中家に数ヶ月滞在された滝和亭氏から、教養科に合格しているのに早く上京をとの知らせが届いたと伝わっている、そのお手紙も無くなっていたと聞いています。新潟学校では、千葉先生から学んだ内容のおさらいだったようです。千葉先生にお応えしようとした公命さんの志に、この書を捧げます。

令和二年十一月七日

附記

写真の「渡鳫ノ巻」と題された連歌は、明治十一年春、公命が新潟学校師範科に進む十四歳時のものです。

昭和五十二年春に、私が京都の大学に進む時に、祖父(公命の妹の三男帍三郎・大正十年に母親の実家の養子となる)が倉の本箪笥の中の古文書を探した際、「寛文拾三癸丑九月吉日　中村七兵衛板　京都書林　寺町通松原上ル町西節　菊屋七郎兵衛　板行」と奥付のある『和漢朗詠集』に、「渡鳫ノ巻」と題した、折り畳んだ小片が挟まっていたのを見つけました。その時は、表紙の「楽水舎大宗匠(吉田)尤儀」「長州屋(長谷川)春阿」と、裏表紙の住所も墨がハッキリとして読めたのですが、四十年を経て外気に触れ溶けて分からなくなりました。史学者を志していたと伝わっていますので、江戸時代の年号を余白に記しているのはそれ故かと思います。最後尾の俳句にある「草波」は、公命の長兄義太郎の俳号です。

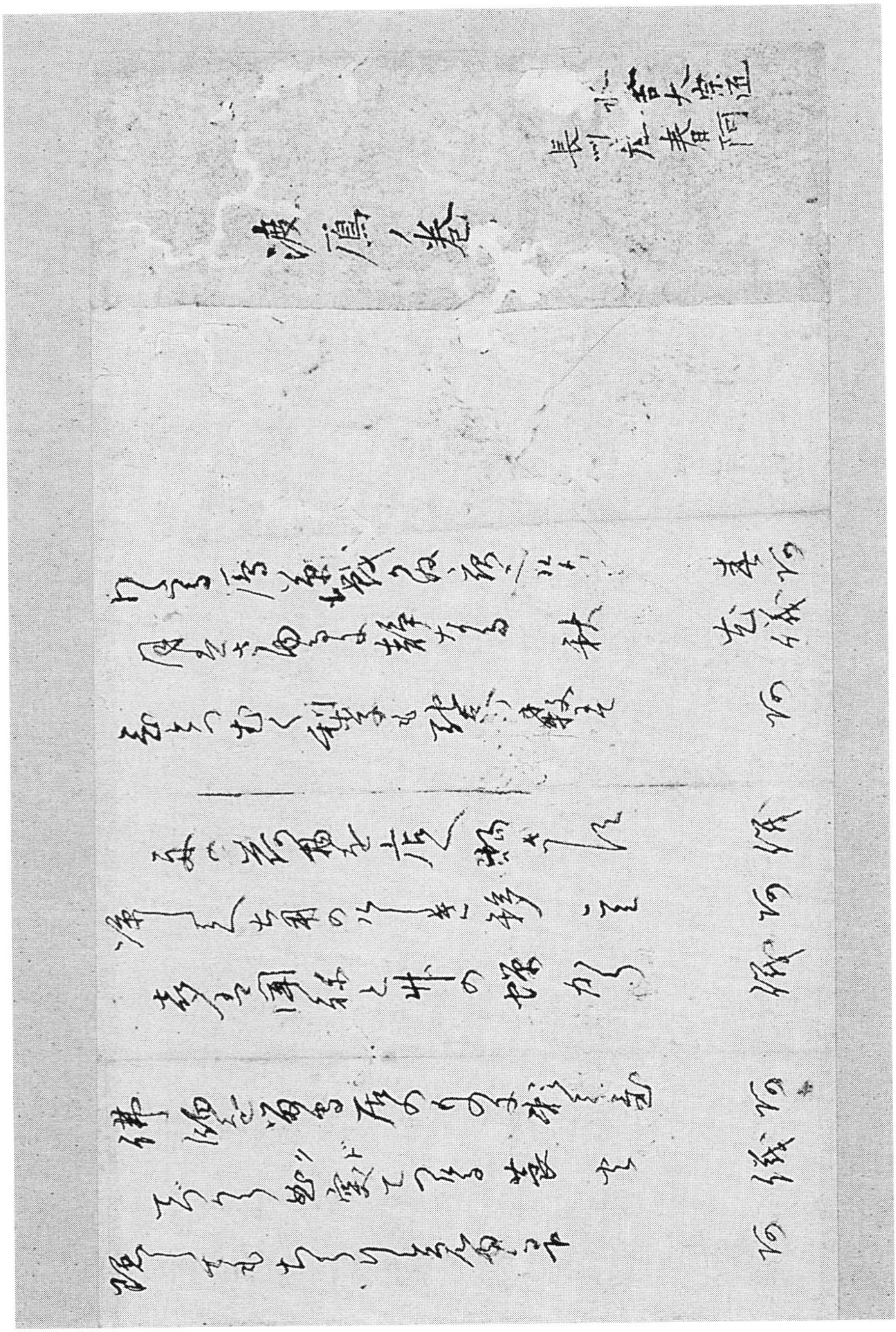

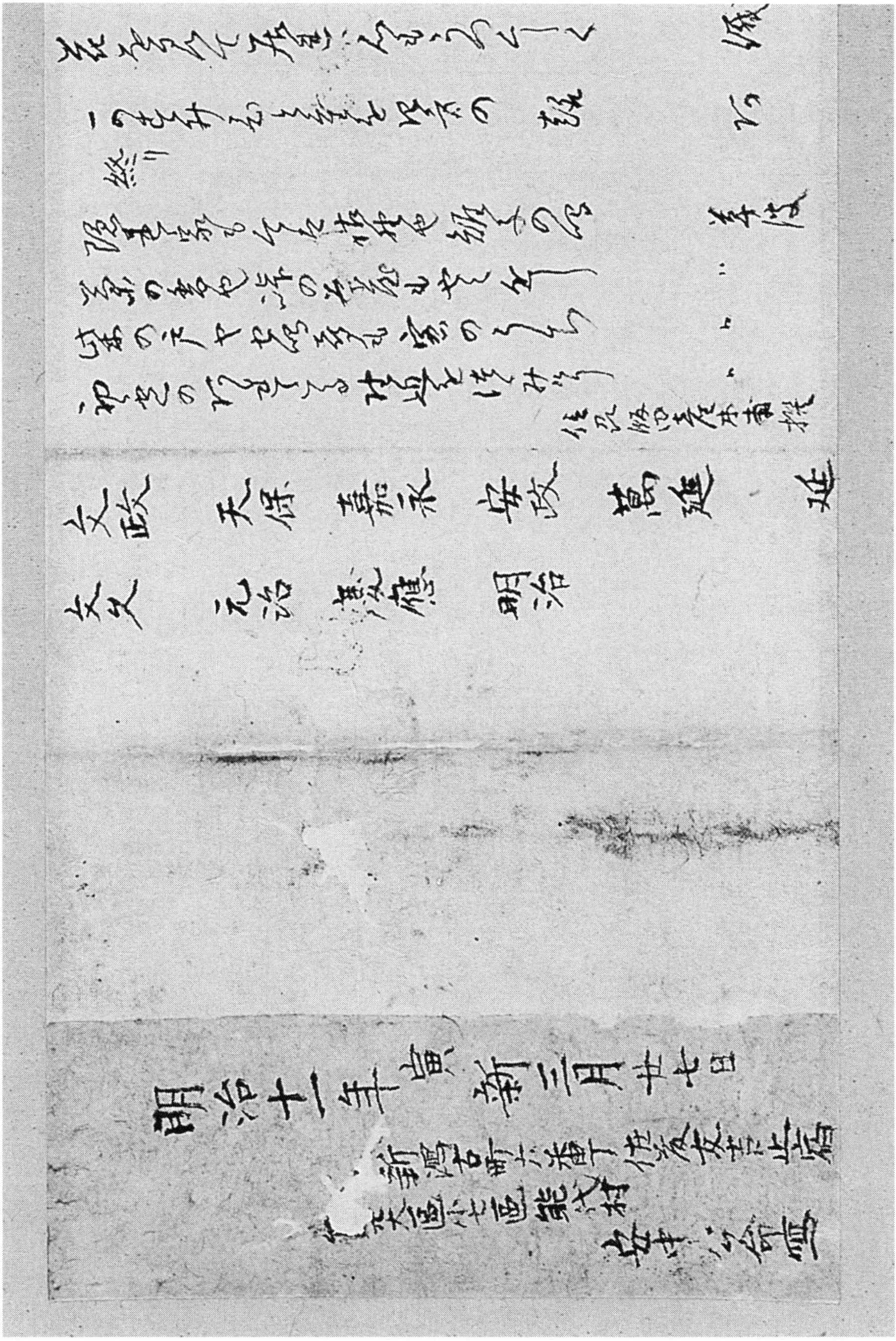
文政　天保　嘉永　安政　萬延　延
文久　元治　慶應　明治
明治十一年寅新三月廿七日

『「大鏡」作者の位置　続編』――目次

『「大鏡」作者の位置』――目次

『大鏡』作者の位置（十一）
「小野宮の御孫」公任の叙述より

五十嵐　正子

一　はじめに

私は『大鏡』[1]の作者を、拙著で述べたように小野宮実資（実頼三男斉敏男・祖父実頼の猶子）の猶子資平（実資兄懐平二男　治暦三年十二月五日薨八十二歳　大納言皇太后宮禎子大夫）と考えている。そして、皇位継承の証である神鏡を具現化させた大宅世次の翁こと資平と、重木の翁こと資平の異母弟で斉信養子となった経任とで、侍として登場させた東宮尊仁親王（後三条帝）に、その後三条帝即位の道理を説くことが、『大鏡』の目的であると述べた[2]。

本稿では、小野宮実頼と同じく、藤原氏長者であった太政大臣頼忠（実頼二男）伝に、「小野宮（実頼）の御孫」と記す公任を、作者がどのように位置付けているかを探っていきたい。

まず、最も公任の位置を示していると思われる話群〔七一〕を〈資料1〉として、次に引用提示する。㋐㋑等の記号・傍線は、便宜的に私が付したものである。

〈資料1〉〔七一〕公任卿、大堰河三船の誉れ

ひととせ、㋐入道殿の大堰河に逍遥せさせたまひしに、作文の船・管弦の船・和歌の船と分かたせたまひて、その道にたへたる人々を乗せさせたまひしに、この大納言殿にまゐりたまへるを、入道殿、「かの大納言、いづれの船にか乗らるべき」とのたまはすれば、「和歌の船に乗りはべらむ」とのたまひて、よみたまへるぞかし、

㋑小倉山嵐の風の寒ければもみぢの錦きぬ人ぞなき

申しうけたまへるかひありてあそばしたりな。御みづからものたまふなるは、「㋒作文のにぞ乗るべかりける。さてかばかりの詩をつくりたらましかば、名のあがらむこともまさりなまし。口惜しかりけるわざかな。さても、殿の、『いづれにかと思ふ』とのたまは

せしになむ、我ながら(エ)心おごりせられし」とのたまふなる。一事のすぐるるだにあるに、かくいづれの道もぬけ出でたまひけむは、いにしへもはべらぬことなり。

おとど、永祚元年六月二十六日にうせたまひて、贈正一位になりたまふ。廉義公とぞ申しける。(オ)このおとどの末、かくなり。

以上が「太政大臣頼忠」伝の最後尾の話群全文となる。この話群の第一印象は、帝王のごとく描かれる道長に対し、その臣下のごとき位置に、太政大臣頼忠一男の公任が貶められているのではないかというものであった。しかし同じ小野宮一族の者を、そのような屈辱的な姿に描くだろうかという疑念と共に、なぜか隆家を慰撫する道長の話群が思い浮かんできた。そして、なによりも和歌を作文つまり漢詩にしたら、もっと名声が上がったことだろうとの言い様に、作者の意図があり、それが即ち作者の位置を示していると考えた。

『大鏡』の各話群は、それぞれが一つの舞台であり空間であり、そこに配置される人物や語られる事柄は、当然作者に何らかの作意があって、構成され登場させられたものと考える。私は、記述には、言葉一つにも書き手のもろもろの位置が濃厚に表出すると考えている。つまり、作者は、公任を話群においてともに登場させた人物、さらに作者自身との間合いで位置付けていると考えている。そこで本稿は「小野宮の御孫」公任を、話群の中でどのように位置付けているかを見ていくことにより、作者資平の位置にも、近づくことを目的とする。

二　『大鏡』の構造における公任に関わる話群の位置

まず『大鏡』の作品構造から、公任に関係すると思われる話群等を抽出し、その話群の位置を〈表1〉「作品構造における公任に関わる話群の位置」（論末に掲示）として提示する。〈表1〉は以下によって作成した。

1、巻、歴代天皇、大臣、話群の番号とその小見出しは、テキストとした橘健二氏・加藤静子氏校注・訳『大鏡』から引用した。
2、歴代天皇の代数は、算用数字で示した。
3、頼忠伝・師輔伝・道隆伝より抽出した話群を、太枠で囲って示した。
4、登場人物は、稿者が「天皇・親王」「小野宮周辺」「師輔・兼家・道長周辺」にあると判断して区分し示した。

〈表1〉によれば、まず公任は、頼忠伝の話群〔七〇〕〔七二〕と、道長伝の話群〔一七四〕において、兼家と道長とのセットで登場していることがわかる。

しかし、公任の祖父「太政大臣実頼」伝では、貞信公忠平一男実頼の弟である九条家師輔、そして頼忠から藤原氏長者を移譲された兼家、さらに作品の冒頭でその栄華を語るとした道長の叙述は皆無である。ちなみに、この実頼伝において、私が作者と考える資平を、世次が「また侍従宰相資平の君、今の皇太后宮（妍子）権大夫にておはすめる」と、作品中に唯一登場させている。

この実頼伝に対して、忠平二男である師輔九条家の発展を、〈地〉の師輔の外戚獲得に始まって、兼家の摂関家確立、そして〈人〉の道長の一家三后を成して、実資に「如帝王非人臣」と記録されるに至る道筋で、作者は『大鏡』を構成していると考えられる。そしてその過程に添わせて、〈天〉の「六十四代円融院」紀と、〈地〉の最初の「右大臣師輔」伝とに師輔男らによる安和の変を、〈天〉の「花山院」紀に道兼・兼家らによる花山帝退位事件を載せ、そして〈天〉の最後の「左大臣師尹」伝において、三条帝の第一皇子で東宮敦明親王が道長の威圧によって退位に至った顛末を、三十歳ほどの侍が世次を制して、詳細に語る。

さらに、〈地〉の最初の「右大臣師輔」伝の末尾の話群〔一〇二〕「冷泉帝出現の意義　師輔の霊　子孫繁栄」において、侍のなぜ冷泉帝が常に引き合いに出されるのかとの問いに、世次に「その帝（冷泉帝）の出でおはしましたればこそ、この藤氏の殿ばら、今に栄えおはしませ。」と答えさせ、その直後に道長と俊賢との得意満面な談笑を描くことにより、師輔女安子所生の冷泉帝誕生が一家三后の言語道断の外戚専横の基であるとする史観を、補強固定化させていると考えている。

以上の作品構造において、小野宮実頼二男の「太政大臣頼忠」伝の話群〔七〇〕「大納言公任の失言　素腹の后」を、兼家を登場させて描いているのである。この話群は、兼家が花山帝を退位させたことには全く触れない上で、一条帝（五歳）即位・兼家摂政・詮子立后を描いている。ちなみにその兼家摂政を可能にした花山帝退位事件については、「六十五代花山院」紀に兼家を配置して詳しく描かれるが、続く当の「六十六代一条院」紀は、朱雀院紀の次に短い分量の叙述である。

では、なぜ兼家伝に花山帝退位事件を、道長伝に三条帝退位と、その第一皇子である東宮敦明親王の退位事件とを載せないのだろうか。それは、花山帝退位事件と、特に東宮敦明親王退位について詳細に語る侍と世次とを、〈天〉の天皇紀と小野宮周辺に記録しておきたかったということであろうか。裏を返せば、花山帝・三条帝の兼家・道長による屈辱的退位を、〈地〉と〈人〉の大臣伝には記さないとの意思の表れと考える。この志向は、〈地〉の最初の師輔伝に安和の変を載せて、立坊できなかった為平親王の王女であり、花山帝女御であった婉子を正妻に迎えた小野宮実資へと、叙述をつないでいることにも表れていると考える。さらに、『大鏡』が、『小右記』に記録されている熾烈をきわめた道長による三条帝退位に全く触れないことと、実資及び資平を道長とは共に話群に登場させないこととも つながるものと考えられる。

以上、安和の変では師輔息兼家ら対為平親王と小野宮実資、花山帝退位事件では兼家対花山帝、そして、その兼家対頼忠・公任、さらに東宮敦明親王退位事件では道長対三条帝皇子東宮敦明親王と侍（東宮尊仁親王）・世次（作者・資平・神鏡）という人物配置となり、小野宮流の人物を各事件に登場させ、皇統皇位を左右するまでに増長した摂関家の対極に小野宮を位置付けているのである。この中で、公任は花山帝退位を策した兼家、三条帝と東宮敦明親王とを強迫的に退位させた道長と共に話群に配置させられていることになる。

また〈天〉に、天皇紀と忠平伝・実頼伝・頼忠伝・師尹伝を収めて、花山院退位事件と敦明親王東宮退位事件を記録し、〈地〉に師輔伝と兼家伝とを収め、〈人〉に道長のみを収める『大鏡』の構造は、「序」で世次が、「言ひもていけば、同じ種一つ筋にぞおはしあれど、門別れぬれば、人々の御心用ゐも、また、それにしたがひてことごとになりぬ。」[3]と述べる、その忠平の一男小野宮と二男九条家（師輔）との、「御心用ゐ」の違いをも示すものと考える。

この作品構造の中で、「小野宮の御孫」公任が兼家・道長と共に登場する話群において、その兼家と道長に対して、どのような間合いで叙述されているのかについて、次に見ていきたい。

三　叙述から見た公任の位置

（1）話群〔七〇〕「大納言公任の失言　素腹の后」から

『大鏡』には、花山帝退位事件での頼忠・公任の関わりを匂わす叙述は皆無である。ただし慈円は『愚管抄』巻第三[4]で、道隆と道綱が剣璽（皇位継承の神器）を東宮懐仁（一条帝）に移し、兼家が内裏の諸門を閉じさせ、道長をして頼忠に報告させたと記している。

松村博司氏が、『小右記』について「（『小右記』にも、問題になりそうな日に限って記事を欠いている）。」と指摘されているが[5]、『小右記』には花山帝期の寛和元年七月から記事が極端に少なくなり、花山帝が退位されたその寛和二年の記録はない[6]。ただ小右記逸文として、〔立坊部類記〕の寛和二年七月十六日条の居貞親王（三条帝）の元服立坊の記事と、〔朝覲行幸部類〕の同年十二月廿日条の即位後の一条帝の、「行幸円融寺、皇后（詮子）同輿、小右記云、（後略）」とが残存している記事であり、他には〔古事談〕の同年十月十四日条の、「円融院大井川逍遥之時、（中略）公任乗三舟之度也、先乗和歌舟云々（後略）」等が残る。

ともあれ、作者は、この〔七〇〕の話群を、花山帝退位後の東宮（一条帝）即位による兼家・詮子の外戚の勝利と、進の内侍の放った「素腹の后（遵子）」の寸鉄のごとき報復を介して、太政大臣頼忠一男であっても、外戚に成り得なかった公任との逆転劇にして描いている。そして、この進の内侍の面当てを、公任自身が、かつて姉遵子立后で得意になり、「この女御（詮子）は、いつか后にはたちたまふらむ」と放言し、それも東三条第をのぞきこんでの無礼であったことを思い返して、「道理なり」と述懐するのである。

　この公任の「道理なり」には、外戚専横に疑問を抱かず、己も姉遵子立后、妹諟子の花山帝女御入内による外戚のごとき権力を夢見たことを認めたとの作意を込めているとと考える。さらに小野宮実資のごとき見識も、隆家のごとき「大和心」も持ち得ない人物とする、作者から見た公任の位置を示したものとも考える。一方、「かの内侍のとがなるにてやみにき」との、内侍司の女官の過ち程度で済ます決着は、花山院退位の顛末、つまり兼家の罪と頼忠の関与との追求放棄を塗り込めたものと考える。又、この追求放棄は、師輔伝に描かれる安和の変の主謀者を師輔息らとし、実頼の関与には一切触れない姿勢を思い起こさせるものである。それに対し、『愚管抄』では慈円がまたも「九条殿ノ子ドモ三人、小野宮ノ子ドモ、」と小野宮の関与を記している。つまり、この点からも『大鏡』の作者は安和の変と花山院退位とに小野宮の影さえ描かない位置にいる者、つまり小野宮資平と推察されるのである。

（2）〔六七〕「円融院女御遵子の仏道供養と恵心僧都」から

〔七〇〕の話群を見てくると、〔六七〕の話群の主眼は、円融帝女御遵子の仏道供養にあるのではなく、九条家師輔女安子に、冷泉帝・為平親王・円融帝誕生を祈祷した天台座主良源（寛和元年正月三日亡）の弟子恵心僧都にあるのではないかと考える。

『日本紀略』[7] 永観元年十一月廿七日条（円融帝退位は永観二年八月）の、「天台横川右大臣（兼家）新造恵心院設大法会。座主大僧正良源以下参会。有音楽。」との記録は、円融帝期末の師輔男兼家に至っても、いや円融帝期末だからこそ、なお密接に良源とつながっていたことを示したものと考えられる。つまり、話群〔六七〕は、恵心が遵子の供養した銀製の御器を見苦しいと口実を設けて、師良源に従って兼家・詮子を憚って、遵子との接触を拒否したのだとする叙述と言えるのではないだろうか。

　そして、この良源一門と兼家とのつながりは、当然花山帝期へと続く。花山帝は、在位一年八ヶ月で出家退位する。『扶桑略記』[8] 寛和二年六月廿二日条に、「夜半、天皇生年一九。（中略）向花山寺。落飾入道。法号入覚。蔵人左少辨藤原道兼。僧厳久。二人陪従（後略）」とある。ここに記される厳久について、慈円は『愚管抄』巻第三で、花山院の出家はこの厳久が勧誘したのだと開き直って得々と記している。そして『日本紀略』寛和二年六月廿三日条に

「翌日。招権僧正尋禅。剃御髪。御僧名入覚。（後略）」とある。つまり禁中から花山帝を誘い出した厳久（恵心の弟子）と、指名を受けて花山寺に参入して剃髪した尋禅（師輔男・良源の弟子・天台座主）とは、良源と兼家とにつながった僧であり、花山帝退位による一条帝即位、即ち兼家の外戚摂政の地位獲得に関わった者たちということになる。

と考えてくると、話群〔六九〕に記される関白太政大臣頼忠の娘である円融帝女御遵子と、花山帝女御諟子とに皇子が誕生しなかったのは、良源一門の祈祷の成果との含みがあるのであろうか。加えて、『小右記』の正暦四年閏十月十四日条に、師輔の怨霊が九条家の外戚掌握を祈願し、一方小野宮実頼子孫を滅亡させると呪ったとの記事も、投影させているということであろうか。

以上、この〔六七〕話群は、『小右記』・『日本紀略』に記録される、九条家師輔を祖とする兼家の外戚の地位獲得に関係する史実を織り混ぜて叙述されていると考えられるのである。

（3）〔七一〕「公任卿、大堰河三船の誉れ」から

花山帝退位後の公任の位置を匂わすような〔七〇〕の話群に続くのが、〈資料1〉として引用提示した〔七一〕の話群である。北村章氏が、この話群は寛和二年十月に円融院が主催された大堰河御幸の史実を踏まえた改作とされ(9)、津本信博氏も、同日の大堰河御幸を基にしていると述べておられる(10)。

又、北村章氏は、〈資料1〉に提示した㋑「小倉山嵐の風の寒ければもみぢの錦きぬ人ぞなき」の公任の和歌が、『拾遺和歌集』に収められる忠平の和歌と公任の和歌とを改作したものと論証された。そして忠平の和歌を改作していることの根拠として、『大鏡』の「雑々物語」〔一九八〕「大堰河の行幸　宮滝御覧」の叙述に、『拾遺和歌集』の忠平の和歌の詞書をそのまま引用していることをあげられた。さらに、北村氏は歌書（『拾遺抄註』）に載る、花山法皇の、第四句を「紅葉の錦」に変更したいとのご意向を、公任が「散る紅葉はを」に固執して許さなかったとの事情を踏まえて、「公任歌の改訂は大鏡作者の意図してなしたところであるとしか考えられないのである。」と、述べておられる。

以上、北村章氏の論から、『大鏡』作者は、円融院を道長に置き換え、その道長に対して、一条帝即位で関白太政大臣から退いた頼忠の一男公任に、花山法皇の撰といわれる(11)『拾遺和歌集』に載る、公任の和歌と、宇多法皇の大堰河御幸で貞信公忠平が詠進した和歌とを、改作したものを詠み上げさせる話群に仕立てたと考えられる。寛和二年十月の大堰河御幸は話群〔七〇〕からの流れを見ると妥当な史実と捉えられるが、その円融院と兼家とを登場させずに時期的に合わない道長を、〈資料1〉の㋐「入道殿」と、

なぜ主催者のごとく配置しているかがまず問題となるだろう。

この点について、北村氏は、公任の和歌を改訂した『大鏡』作者の意図を、「主催者円融院を亭子院大井川御幸での忠平（開運相の共通性）に仮託して道長と置き代え、それと同様に公任和歌も忠平和歌に準えて挿入することで道長設定の意義づけをなし、それら虚構性の高揚によって忠平開閤道長栄華という壮大なプロットへ象徴したものと思われるのである。」と結論付けておられる。

しかし、北村氏の結論には、円融院・亭子院（聖帝宇多法皇）と、臣下である貞信公忠平と、実資に「如帝王非臣下」と評される道長とを、同格に論じておられる点に問題があるのではないか。さらに、花山法皇のご意向の「紅葉の錦」に改訂した公任の和歌を、忠平の和歌に準えて挿入したとする場合の、『拾遺和歌集』と花山法皇とについての言及が皆無であることが疑問となって残るのではないか。

史実では、一条帝即位後間もない、摂政兼家が供奉した円融法皇の御幸であるが、公任が〈資料1〉㊁「心おごり」するほどの帝王のごとき道長を、『大鏡』作者が故意に円融皇統の外戚の頂点の姿として、登場させたと考えられる。赤木志津子氏が、天皇主催の内宴は円融帝の天禄三年を最後に、後は摂関家の私宴が盛んとなり、六十三年間の空白後、なぜか長元七年に内宴があったと論じておられるが[12]、ここでの道長の姿はその世情をも示していると捉えられるのである。

以上、前述の作品構造で述べたように、円融帝↓一条帝↓後一条帝即位は、安和の変↓花山帝退位↓三条帝・東宮敦明親王退位との表裏として『大鏡』に組み込まれ、それらの皇位を左右する事件の主謀者である円融皇統の外戚は、九条家師輔↓兼家↓道長としている。つまり、この〔七二〕の話群を、史実通りの円融院・兼家・公任ではなく、道長対公任・花山法皇・宇多法皇・忠平で構成する、作者の意図が問題となると考えるのである。

ところで、『大鏡』には、『公任集』、『拾遺抄』、『拾遺和歌集』の記載はなく、唯一「御集」として『花山院御集』が記してある。勿論、この〈資料1〉の改作された㋑の公任の和歌は、これらの和歌集のどれにも存在しないものである。その存在しない和歌を、それも花山法皇が撰された『拾遺和歌集』に載る宇多法皇への詠進歌である忠平の和歌と、花山法皇が「紅葉の錦」に改訂を望まれた公任歌とを故意に撰出し、平然と改作してこの話群に挿入することのできた作者とは、どのような位置にある者であろうか。

さらに、帝王のごとく道長が統べる宴において、なぜ〈資料1〉の㋒にあるように、さらに漢詩で作っていたらもっと名声を得ただろうにとの叙述を付け加えるのか、その作者の真意が問われるべきであろう。

（4）「心驕り」の真意

その公任を、作者は、話群〔七一〕において、漢詩にしなかったことで名声が上がる好機を逃し、その判断を狂わせたのは、道長の帝王のごとき声掛けであり、それに対する己の㊁「心おごり」だったと残念がらせるのである。

この「心驕り」の語は、『大鏡』にもう一回、〈人〉の「太政大臣道長」伝（藤原氏物語）の〔一九〇〕「無量寿院道長女たちの参詣」の話群に使用されている。それは不敬にも道長が三条帝皇女禎子内親王の手を取るのを、禎子付きの女房が、「あまりなることは、目ももどろく心地なむしたまひける。」と描きながら、のぞき見していることを道長に勘責されるどころか、「この老法師の女たちには、けしうはあらずおはしまさふな。なあなづられそよ」と冗談口をたたかれて、「心驕り」したとする場面である。これは公任の場合と同様に、帝王のごとく振る舞う道長に、理非の感覚が麻痺させられてしまっている人間の姿を描いたものと考えている。

ところで『小右記』長和四年十月二日条に、道長が公任と源俊賢とを引き連れて三条帝に退位を迫ったと、三条帝が蔵人頭資平に告げられたとの記録が残る。資平は三条帝の御前で、同族公任の無分別に対してひたすら申し訳なく、恥ずかしさでいたたまれない思いをしたに違いない。

〔七〇〕の話群において、公任が姉遵子の立后の際に放ったと描く「この女御（詮子）はいつか后にはたちたまふらむ」を失言とし、進の内侍の「素腹の后」との報復を公任自身道理のことと納得したと叙述している。しかし、この『小右記』に残る公任の三条帝に対する不敬こそが、失言ならぬ失態だったのではないだろうか。そして、その「心驕り」した公任は道長二男教通を女婿とし、長和二年八月には公任女に生子（後朱雀帝女御）が生まれているが、女は公任よりも先に亡くなり、もちろん孫女生子も立后できないまま終わる。つまり、この〔七〇〕の話群は、道長に追従した公任に対して、三条帝皇女禎子内親王（後朱雀帝皇后）の皇子が後三条帝として即位されることが真の「道理のことなり」であるとして提示してみせたものであろうか。

公任と同じく道長に同行した源俊賢を、作者は頼忠伝の次の「左大臣師尹」伝において、侍（東宮尊仁・後三条帝）が詳細に真相を語る、三条帝第一皇子の東宮敦明親王退位事件の場面で、道長にとっての最高の追従者として描いている。

しかし話群〔七一〕を公任対道長で構成し、帝王のごとく振る舞う道長につい「心驕り」して判断が狂ったのだと反省させる作者の位置は、公任を切り捨て切れない同族のそれではないだろうか。

（5）隆家の位置から

さらに、『大鏡』における公任の位置付けには、隆家の叙述も関わっていると考えられる。

まず頼忠伝〔六六〕「よそ人の悲哀―隆家の無礼、頼忠参内の時」では、兼家の孫で羽振りのよかった隆家（道隆男・伊周弟）の夫人が、頼忠の孫にあたるのに、頼忠の住む四条宮の前を馬に乗って覗きこみながら扇を使って通ったと描く。続く〔七〇〕の話群では、例の公任の失言「この女御（詮子）は、いつか后にはたちたまふらむ」の前段として、姉遵子の立后の入内で、弟公任がいい気持ちになり過ぎて、兼家・詮子の住む東三条第の門の前で放言（例の失言）しながら第の中をのぞき込んだと描いている。

この公任と同様に、驕った振る舞いのあった隆家であるが、父道隆の死後は、兄伊周と共に道長に追い落とされる。しかし、道隆伝の話群〔一五二〕「隆家、道長より厚い待遇、誇り高き男」では、道長が邸（土御門第）での私宴に隆家をわざわざ案内した際に、公信の馴れ馴れしさに、「隆家は不運になることこそあれ、そこたちにかやうにせらるべき身にもあらず」と意地を見せると、その座にいた源俊賢は呆然として、人々の顔をうかがうだけでなす術がなかったが、道長が自ら隆家の機嫌を取って治まったと描く。

これとよく似た記録が、『小右記』寛弘二年正月二日条にある。その記録では、隆家が道長邸で公信の兄斉信の前駆の者の冠を打ち落とし、五日に道長邸の門前で会稽の恥をすすがんと息巻く斉信に報復されたという事件であるが、道長の動向についての記事は見えない。話群〔一五二〕を公信対隆家の話にしているのは、斉信の母は実頼一男敦敏女であり、さらに斉信は私が重木と推定する資平の異母弟経任（母は佐理女）の養父である関係から、隆家との間にしこりを残さないためかと思う。

ともあれ、隆家の意地には、道長自ら慰撫したと描く作者の位置はどこにあるのか。道長対隆家の間合いには、隆家が公任とは違い、三条帝皇后娍子の立后の儀に奉仕し、三条帝皇子敦儀親王を婿に迎え、さらに小一条院（退位された東宮敦明親王）皇子基平（母は頼宗女）を孫娘の婿に迎え、その女基子は後に後三条帝女御（春宮実仁と輔仁の母后）となることへの『大鏡』作者の信頼が含まれていると考えられる。つまり、道長に退位させられた三条帝に対する奉仕の違いが、作者の公任と隆家とに対する位置付けの違いとなっていると考える。

作者は、公任を道長との関係において、典型的な敗北者伊周、そして最高の追従者俊賢、そして不屈の隆家らの中にあって、どの位置にあると描いているのか。これらの人物の『大鏡』における位置は、『小右記』の記録に残るそれに最も近いのではないかと考えられる。

（6）道長女彰子入内屏風歌から

津本信博氏と妹尾好信氏は、〈資料1〉として載せた話群〔七一〕に大堰河遊覧の主催者として描かれる㋐の入道殿（道長）は、大入道殿（兼家）を誤って記したものと述べておられるが、[13]私は道長を意図的に配したものと考える。その根拠は、まず第一に作品構造の師輔→兼家→道長の外戚専横の段階に呼応させて、話群〔七〇〕を兼家対一の人頼忠ならぬ公任、続く話群〔七一〕を道長対頼忠一男公任として意図的に作り上げたと考えられることである。第二に、〈地〉の「太政大臣兼家」伝の〔一三三〕「臣下の分を超えた振舞」で、東三条第の西の対を清涼殿造りにして住んでいたのを、「あまりなることに人申すめりし」と批判したとの叙述は、兼家の帝王のごとき振る舞いに対しては、まだ世間が承知しなかったとの作者の意図によるものと考えると、公任が「心驕り」する相手は帝王のごとき道長しかあり得ないとなることである。

そして、話群〔七一〕の公任歌には、道長一女彰子（十二歳）入内時の屏風歌の事件が、関係すると考えられるので次に見ていきたい。

『小右記』長保元年十月廿八日条に、「又右衛門督（公任）是廷尉、異凡人、近来気色猶似追従、一家之風豈如此乎、嗟乎痛哉」と、道長に追従し始めた公任を、実資が小野宮の家風がどうしてこのようなものであろうか、痛ましいばかりだ、と嘆いた記録がある。そしてこの同日条の前段には、道長が花山法皇にまで和歌を献じさせたことへの実資の憤りと、当の実資は使者俊賢を介しての道長の催促を断り続けたこととが記録される。続く卅日条には「右大弁行成書屏風色帋形、華山法皇・主人相府（道長）・右大将（道綱）・右衛門督（公任）・宰相中将（斉信）・源宰相（俊賢）和歌、書色紙形皆書名、後代已失面目、但法皇御製不知読人、左府（道長）者書左大臣、件事奇恠事也、主人（道長）責余（実資）和歌、致献詞不承引[14]（後略）」とあり、結局最後まで拒んだ実資に対して、同じく卅日条末尾に、「今日主人（道長）為余（実資）有和顔」とある。さらに十一月七日条に中宮定子が一条帝第一皇子敦康親王を出産されたその同日に、十二歳の彰子に女御宣旨が下り、公卿を参入慶賀させた後、女御彰子の直廬で「左府主人（道長）携余（実資）手候御共之便、更引入直廬、令見装束」と、前述した話群〔一五二〕における隆家を厚遇する道長を連想させる記録が残る。

その道長の命令で奉った公任の和歌と、花山法皇の御製とが『栄花物語』に載るが、㋕「大殿（道長）やがてよみ給ふ」とある、その道長の和歌は載せない。[15]その部分を〈資料2〉として引用して次に提示する。

〈資料2〉『栄花物語』巻第六「かかやく藤壺」

屏風より始、なべてならぬ様にし具せさせ給て、さるべき人〴〵、やむごと無所〻に哥は読せ給。和哥は主がら南、をかしさは勝ると云らむやうに、㋕大殿やがてよみ給。又花山院よませ給。又四条の公任宰相など読給へる、藤の咲きたる所に、

㋖紫の雲とぞ見ゆる藤の花いかなる宿のしるしなる

らむ」。又、人の家に小き鶴共多く書たる所に、花山院、

㋗ひな鶴を養ひたて、松が枝の影に住ませむことをしぞ思」とぞ有。多かれど片端をとて、かゝず成ぬ。

松村博司氏は『栄花物語全注釈二』で、㋖の公任の和歌を、「紫雲たなびくかと見えるまで咲いている藤の花はどれ程めでたい家の祥瑞だろうか」と、㋗の花山法皇の和歌を「雛鶴（彰子）を養育して松の枝（一条帝）の蔭に住ませるように、女を帝に参らせ、やがて后に据え奉ろうとする気持ちを思いやることだ」と、現代語訳しておられる[16]。

私は、公任の道長家を高く仰ぐ歌に比して、花山法皇の御製は道長の野心を、遠慮なく率直に詠み込んだものと推察する。

この時の屏風歌は、さらに花山法皇撰といわれる『拾遺和歌集』巻第十六の「雑春」[17]に、公任の和歌（一〇六九番）と読人知らずの和歌（一〇七〇番）とが載っているので、〈資料3〉として引用提示する。

〈資料3〉『拾遺和歌集』巻第十六「雑春」

左大臣女の中宮の料に調じ侍りける屏風に

右衛門督公任

1069紫の雲とぞ見ゆる藤花いかなる宿の
しるしなるらん

読人知らず

1070紫の色し濃ければ藤の花松の緑も移ろひにけり

公任の和歌の脚注には、「能因歌枕に「紫の雲とは、后のことをいふ」とあり、立后を予祝しているとも解せる。○藤花　藤原家の表象でもある。」とある。読み人知らずの歌については、脚注に「藤の花は、紫の色が濃いので、松の緑も、色褪せてしまった」とあり、「▽詞書が連続しているので、前歌と同じ折りの詠作ということになるが、躬恒集に「その御屏風の歌、所々の題の趣に従えり」などとして収められているので、疑問がある。」とある。

この読み人知らずの屏風歌は、公任の歌と並んでいるが故に、前述の『小右記』長保元年十月卅日条の、「但法皇御製不知読人」との記録を思い起こさせるものである。今井源衛氏が『花山院の生涯』において、藤原定家がこの読み人知らずを花山院だろうとしていると紹介しておられる[18]。そして、その歌意は『大鏡』道長伝の「藤原氏物語」の〔一八三〕「北家、頼通までの十三代の系譜」の冒頭に載る、「藤かかりぬる木は枯れぬるものなり。いまぞ紀氏はうせなむずる」をも思い起こさせる。つまり、前掲の〈資料2〉の『栄花物語』に人家と小さな鶴を書いた絵に、花山法皇が書き込まれた御製として残るものよりも、この読み人知らずの一〇七〇番の和歌はさらに藤原氏の権力増大による王威の衰退を詠み込んだものと考えられるのである。

十九歳で出家退位させられた花山院が、一条帝（五歳）

の外戚摂政となった兼家の、その男道長の一女彰子入内に込める野望を屏風歌に詠み込まれたと、さらに『拾遺和歌集』には朝廷を飲み込まんばかりの道長の権勢を、読み人知らずにして残されたと、勝手に天意を推し測ることはできない。しかし、実資が『小右記』長保元年十月廿八日条に「上達部依左府（道長）命献和哥、往古不聞事也、何況於法皇御製哉」と、花山法皇に和歌を献じさせた道長の不遜を憤っている。『大鏡』〔一五七〕の話群に、隆家が車に乗って花山法皇の御所の前を通り抜けられるかどうかを、花山法皇は本気で争ったと描かれた、その花山法皇が道長から受けた恥辱に平静でおられるということはないだろう。

『拾遺和歌集』の成立上限は「寛弘二年六月十九日」と推定されていると、その解説に述べられている。その二ヶ月後の『小右記』寛弘二年八月五日条に、「院（花山）兼業朝臣被仰云、密々仰男等、令合和哥、而左大臣伝聞可来見云々、不可厭却、此事欲云合、明後日可参入者」との花山法皇の案内が記される。その頭注には「花山法皇歌合」とあるが、この歌合が行われたかどうかの『小右記』の記録はない。そもそも、「密々仰男等」だったのにどこから知り得たのか。道長が「可来見」とのことだが、歌は詠まないで見物だけのつもりなのか。花山法皇は来てほしくはないのだが、拒むことができないので、実資と打ち合わせたいとは何の相談であろうか。ここには、花山法皇の道長を警戒する率直な感情と、実資に対する絶対の信頼が記されている。ちなみに、この四ヶ月前の同じく『小右記』寛弘二年四月二日条に、道長と公任とが贈答した和歌がそれぞれ記されており、その同じ和歌二首が、先に提示した〈資料3〉『拾遺和歌集』第十六の公任と花山法皇の和歌の直前に、「右衛門督公任籠り侍ける頃、四月一日に言ひ遣はしける」の詞書に続いて、左大臣（道長）の和歌（一〇六四番）と公任朝臣の返し（一〇六五番）としてそのまま収録されている。この二首の収録は実資との打ち合わせによる花山法皇の道長に対する目眩ましであろうか。

以上、話群〔七一〕の公任歌は、『大鏡』作者による『拾遺和歌集』の公任と忠平との和歌の改作であると言われ、同じく彰子入内時の屏風歌の読み人知らずの、一〇七〇番の和歌は花山院のものと言われる。とすれば、〔七一〕の公任歌を漢詩に作るとの『大鏡』作者の仮想は、「紅葉の錦」が「会稽の恥をすすぐ」の意となり、花山法皇の道長による恥辱をすすぐ意となると考える。

（7）〔一七四〕「若き道長　面をや踏まぬ」から

妹尾好信氏は、『大鏡』道長伝に収められる〔一七四〕「若き道長　面をや踏まぬ」の話群は、「もともと頼忠伝の大井川逍遥の記事の直後にあったものではないか。」とされ、「次に語ろうとする花山天皇の五月しもつ闇の夜の肝試しの話と、道長の豪胆ぶりを示す点とうまくつながる」

ために、「頼忠伝の末尾にあったこの話を切り出してこちらに移したのではあるまいか。」と、述べておられる。[19]

たしかに、〔一七四〕には兼家・公任・道長が配置されており、頼忠伝の〔七〇〕の兼家と公任、〔七一〕の道長と公任との配置に似ている。しかし頼忠伝は〔七一〕の道長に公任を対峙させたまま、〈資料1〉の㋔「このおとど（頼忠）の末、かくなり。」で終決させていると考えられる。

私は、道長伝〔一七四〕「若き道長　面をや踏まぬ」は、その一つ前の〔一七三〕「道長、詩歌の才にすぐれていること」と、その次の〔一七五〕「花山帝の御代、肝だめし」との一続きと考えている。その〔一七三〕の話群では、作者は兼家から道長・彰子へと至る外戚の栄花を描くに当たり、藤原氏の氏神春日明神への一条帝行幸の際の兼家の和歌を載せ、さらに、彰子と道長との和歌を提示した後に、なぜか後三条帝母后禎子内親王の誕生を詠んだ道長の歌の体を成さない和歌で締め括る、その意図はどのようなものか。私は、帝王のごとき道長は、将来の後三条帝母后禎子内親王の誕生の寿ぎにふさわしい歌を詠むことができない似非者であったとの作者の復讐ではないかと考えている。

続く〔一七四〕では、わが子たちが公任に及ばないと嘆く父兼家に、末子の道長は、将来「面をや踏まぬ」と言い放ったと『大鏡』は描く。この「面をや踏まぬ」について、私はかつて絶対的優位にある者でなければ吐けない言葉ではないかと述べた。[20] そうであるならば、花山法皇が、あるいは三条帝が道長のあまりの無礼さに対して、憤怒されたものかもしれない。『小右記』長和元年四月十六日条に、早くも三条帝が道長について、資平実父懐平に「左大臣為我無礼尤甚」、「必被天責歟」と仰せになった記録が残る。つまり、資平は、公任が、三条帝を退位させ、皇女禎子内親王には体をなさない和歌を詠む、逆臣道長に虚仮にされても仕えているのだと、「天責」を加えているのではないか。そして当の花山帝は、〔一七五〕「花山帝の御代、肝だめし」で、道長が兼家以上の逆心を腹蔵していることを見抜き、その道長に承明門を通って大極殿へ行けと試されたと作者は描く。そしてその花山帝の読み通り、道長は大極殿にある高御座の南の柱、つまり正面の柱を削って来たとの逆心の証拠を提示させることで、資平は、道長に彰子入内時屏風歌を詠まされた花山法皇の名誉を守ったのだと考える。つまり、この一連の話群は、最後の〔一七五〕において花山帝が既に、この若き道長の逆臣の萌芽を見抜いて試したのだと集約することで、花山帝の絶対的な王者としての優位を示すことを意図したものと考える。

一方、その花山法皇の意向である「紅葉の錦」に猛反発したと伝えられる公任は、摂関をねらう道長に、「面をや踏まぬ」と虚仮にされ、さらに道長に追従して婿にとった、道長二男教通の顔さえもまともに見ることができないと作者は描く。この〔一七四〕の話群は、公任は花山帝が道長から受けた屈辱を晴らせる人物では到底あり得ない、との作意を込めたものと考えられる。そしてもちろん、道長と共に三条帝に退位を迫った公任は、三条帝・東宮敦明親王の恨みを晴らせる人物ではない。

それでも『大鏡』作者資平は、道長の要請を断り続けた実資のように、意地を見せて屈しない隆家のように、そして屏風歌に王者の眼力を潜ませた花山法皇のように、漢詩にして会稽の恥をすすがんとの気概を腹蔵していると道長に当て付けしていたら、公任の名はさらに上がっただろうにと描いたのだと解釈したい。そして話群〔七一〕に改作した公任の和歌を載せた真意は、ふがいない公任を多少とも小野宮の「一家之風」に戻して、小野宮一族の名誉を守って頼忠伝を締め括ることにあったと考えている。

以上、彰子入内時屏風歌の一連の騒動を、〔七一〕の話群の公任の和歌を主軸に、さらに〔一五二〕の隆家、道長伝の〔一七三〕〔一七四〕〔一七五〕の花山帝と、兼家・道長・公任を配置した話群に振り分けて投影させていると考える。つまり、これらの話群は道長を「如帝王非臣下」と評し、その外戚道長に追従する公任を「嗟乎痛哉」と嘆いた実資の見識と、後三条帝即位が道理であるとして道長一家に対抗した資平の位置とから、公任と道長との間合いを描いたものと捉えられるのである。

（8）〔一九八〕「大堰河の行幸　宮滝御覧」から

北村章氏は、〈資料1〉の〔七一〕の公任の和歌㋑「小倉山嵐の風の寒ければもみぢの錦きぬ人ぞなき」の初句「小倉山」の出所は『拾遺和歌集』であり、「雑々物語」の〔一九八〕に載る忠平の和歌の説明も、『拾遺和歌集』の詞書から引いたものであると述べられた。(21) その部分を、「雑々物語」と『拾遺和歌集』巻第十七の「雑秋」とから、〈資料4〉〈資料5〉として引用提示する。

〈資料4〉「雑々物語」〔一九八〕「大堰河の行幸」

大堰の御幸もはべりしぞかし。さてまた、「みゆきありぬべき所」と申させたまふ、ことのよし奏せむとて、小一条のおほいまうちぎみぞかし、

小倉山紅葉の色も心あらばいまひとたびのみゆき
待たなむ

あわれ、優にもさぶらひしかな。

〈資料5〉『拾遺和歌集』巻第十七「雑秋」

亭子院、大井河に御幸ありて、行幸もありぬべき所也と仰せ給ふに、事の由奏せんと申して

小一条太政大臣

1128 小倉山峯のもみぢ葉心あらば今一度の行幸待たなん

続いて、公任の和歌を『拾遺和歌集』巻第三の「秋」から、〈資料6〉として引用提示する。

〈資料6〉『拾遺和歌集』巻第三「秋」

嵐の山のもとをまかりけるに、紅葉のいたく散り侍りければ　　右衛門督公任

210 朝まだき嵐の山の寒ければ紅葉の錦着ぬ人ぞなき

以上の大井河行幸に供奉した忠平と、嵐山の紅葉を詠んだ公任の和歌とを、〔七二〕の和歌に改作していると北村氏は述べられた。ところで作者は『大鏡』を叙述する当初から、「雑々物語」に、その出所である『拾遺和歌集』に載る詞書と忠平の和歌とを載せる構想を持っていたのだろうか。

「雑々物語」は、道長伝の「藤原氏物語」の世次の夢想の後、二年程間を置いて書かれたものではないかと拙著で述べた[22]。おそらく〔七二〕の公任の和歌に、作者が当初込めた意図が、理解されにくいと思ったのではないだろうか。安西廸夫氏の、昔物語の意図の一つに、帝記や列伝に洩れたものを補うという働きがある[23]との指摘は一理あると思う。ではどのような意図を込めたのかということになるが、一つは帝王のごとく振る舞う道長に、聖帝宇多法皇と藤原忠平の忠臣の姿とを提示すること、もう一つは花山法皇が「紅葉の錦」に改訂された公任歌を、さらに漢詩に作っていたら、より名声が上がったとに込められた何かである。これらの意図を再提示するための「雑々物語」の話群〔一九八〕であると考える。

先の『拾遺和歌集』巻第十七の「雑秋」に載る忠平の和歌（一一二八番）に続く和歌を、〈資料7〉として引用提示する。

〈資料7〉『拾遺和歌集』巻第十七「雑秋」

㋘旅人の紅葉のもと行く方描ける屛風に　　大中臣能宣

1129 ふるさとに帰ると見てや龍田姫㋙紅葉の錦空に着すらん

題知らず　　読み人知らず

1130 白波はふるさとなれや㋚もみぢ葉の錦を着つゝ立ち帰らん

この二首に詠み込まれている㋙「紅葉の錦」・㋚「もみぢ葉の錦」を、脚注では「故郷に錦を飾る」の意とある。「紅葉の錦」を「故郷に錦を飾る」意で、詠み込んでいる歌はこの二首のみである。

一方、公任の「紅葉の錦」の和歌（二一〇番）は『拾遺和歌集』巻第三の「秋」にあり、紅葉を錦織の衣の意で詠み込んだ和歌であるが、同趣で詠み込んだ和歌に、健守法師の「紅葉の錦」（一九七番）、能宣の「紅葉の錦」（二一一番）の二首がある。ちなみにこの巻第三の「秋」と巻第十七の「雑秋」以外に、「紅葉の錦」を詠み込んだ和歌は『拾遺和歌集』に収められていない。

つまり、作者はその〈資料5〉の忠平の和歌（一一二八番）に続く、〈資料7〉の㋘「旅人の紅葉のもと行く方描

ける屏風に」の詞書を持つ、故郷に錦を飾る意の一一二九番と、つづく一一三〇番との二首も思い起こさせたかったのではないか。[24]『拾遺抄』にある公任が固執した「散る紅葉はを」では、「故郷に錦を飾る」の意とはならないのである。

そして「雑々物語」の〔一九八〕に載る〈資料4〉の忠平の和歌の前には、宇多法皇の宮滝御覧に供奉した菅原道真公の和歌、村上帝勅撰『後撰和歌集』[25]に載る「菅原右大臣」の「水ひきの白糸はへて織るはたは旅のころもにたちやかさねむ」（一三五六番）が提示される。しかし、同じく宇多法皇の吉野宮滝御幸の際の歌とされる醍醐帝勅撰『古今和歌集』[26]に載る「すがはらの朝臣」の「このたびはぬさもとりあへずたむけ山紅葉の錦神のまにまに」（四二〇番）は載せない。つまり、話群〔一九八〕には道真公の「紅葉の錦」の歌詞を含まない「旅のころもに」の和歌と、忠平の「小倉山紅葉の色も心あらば」の和歌とが配置される。これらの提示は、逆に『拾遺和歌集』の忠平の和歌（一一二八番）に続く、〈資料7〉の一一二九番・一一三〇番の故郷に錦を飾る意での「紅葉の錦」を連想させると共に、『古今和歌集』に収める道真公の「紅葉の錦」をも思い起こさせる構成になっていると考える。ちなみに、花山法皇撰の『拾遺和歌集』に載る道真公の五首はすべて太宰府への流罪時の歌であり、「贈太政大臣」と明記されている。

その道真公の流罪時の漢詩が『大鏡』時平伝の〔四四〕「配流　自邸での和歌　途次の詩歌」の話群末尾に、「駅長驚クコトナカレ、時ノ変改　一栄一落、是レ春秋」とある。

この詩については、『大鏡』の頭注に「『菅家後集』貞享板本に」とある。『菅家文草菅家後集』に、この漢詩の一つ前の漢詩（四七五番）「冬日感庭前紅葉、示秀才淳茂」に、「孤立如逢衣錦客　孤り立ちては錦を衣る客に逢へらむが如し」の句がある。[27]この中の「衣錦客」について、頭注に「錦の衣をきて故郷に帰った旅人。李白の越中懐古詩に『越王勾践破呉帰、義士還家尽錦衣』などがある。」とある。ちなみに、『菅家文草菅家後集』に収められる漢詩の題に「紅葉」が入り、詩句に「錦」を含むのはこの四七五番のみである。さらに西府時の漢詩を収めた『菅家後集』一巻は紀長谷雄に送られたと記されている。

このように見てくると、頼忠伝を締め括る話群〔七一〕の改作された公任の和歌の「もみぢの錦」には、花山法皇の他に「雑々物語」の「一九八」に登場する宇多法皇・菅原道真・醍醐帝・忠平・紀長谷雄・紀貫之が含まれていることになる。そして、何よりも『菅家文章菅家後集』の参考附載に収められている「680宮瀧御幸記略」の道真公の漢詩がその証となると考える。その漢詩は、廿五日条に記される「白雲紅樹旅人家」と、廿八日条の「雨中衣錦故郷帰」とである。つまり、「作文」を持ち出すことで、道真公が時平に罪人として流されたことを思い起こさせ、「故郷に錦を飾る」、つまり会稽の恥をすすぐ意にして、時平ならぬ道長へ復讐の宣言を公任にさせようとの作者の意図があったと考えられる。以上、作者資平が、花山法皇撰の『拾遺和歌集』から忠平・公任の和歌を平然と改作して提示する意図は、花山法皇の兼家に出家退位させられ、さらに彰子入内時の屏風歌を道長に献じさせられた屈辱をすすぐのだと、和歌を借りて公任に宣言させ、公任自身にも道長から受けた恥辱をすすがせることと考える。

　ところで、〈資料4〉の〔一九八〕の忠平の和歌「小倉山紅葉の色も心あらば」は、〈資料5〉の『拾遺和歌集』では「小倉山峯のもみぢ葉心あらば」とある。北村章氏は、「紅葉の色も」の歌詞について触れておられないが、この歌詞を、資平はどこから引っ張ってきたのか。

　先に、〈資料3〉として『拾遺和歌集』に彰子入内時の屏風歌として公任と読人知らずとの歌を示した。その読人知らずの和歌（一〇七〇番）「紫の色し濃ければ藤の花松の緑も移ろひにけり」が、花山法皇の御詠であるとの確証はないが、このようなきわどい歌意の和歌は他には収録されていない。この歌は、本来臣下としてあってはならない紫色の藤の花（藤原氏）の専横を、眼下に見おろして、つまり王者の位置から詠んでいる見立てと考えられる。

　この「紫の色し濃ければ」から、忠平の歌を「紅葉の色も心あらば」と改作し、藤原忠平は逆心を抱かずいつまでもお仕え申し上げるとの意としたのであろうか。

　以上、『栄花物語』に記される花山法皇の御製以上に、『拾遺和歌集』に「紫の色し濃ければ藤の花松の緑も移ろひにけり」と、道長の逆心を詠み込む花山法皇の位置を、資平は神鏡の位置を借りて、『大鏡』の構想と叙述とに投影させているのではないかと考える。つまり、この花山法皇御製かと言われる歌の趣意が『大鏡』冒頭の世次の「このただ今の入道殿下の御有様をも申しあはせばや」との言挙げに漂う気配と、重木の歌と交わす世次の、「すべらぎのあともつぎつぎかくれなくあらたに見ゆる古鏡かも」に詠み込まれた志との根幹となっていると思われるのである。

(9)〔二〇六〕「源氏のこと――一条雅信・六条重信」から

安西廸夫氏の洩れたものを補うという働きがあるとの指摘から、話群〔六七〕を、円融帝中宮遵子の仏道供養批判と受け取られかねない危惧からの遵子による「なつかしからぬ御本尊かな」との雅信批判と現在は考えている。又、雅信と公任とのつながりを記すのは、津本信博氏が指摘される「公任は時中（雅信男）から催馬楽を伝承しており」を示したものか[28]、あるいは公任の和歌の才を疑問視したものか等については今後の検討課題と考えている。

四　むすびにかえて

『大鏡』での公任の位置は、本当のところは道長に「面をや踏まぬ」と相手にされず、婿の教通にさえ卑屈になる不甲斐ない同族の者であるが、それでも叙述には、「小野宮の御孫」であることにより何とか世間から疎外されず、和歌では見るべきものがあったと残したということころであろうか。結局、作者資平は、公任を小野宮一族の者でありながら、花山法皇と自身とが兼家及び道長から受けた屈辱をすすぐことができなかった人物、という位置で『大鏡』に残したと考える。

以上、『大鏡』における公任の位置付けを追うと、花山帝と『拾遺和歌集』に行き着くことになる。今野厚子氏が、花山帝が『拾遺和歌集』の撰者と論証された御著書において、「このように、『拾遺集』賀の追補歌すべてに意図的に精選された痕跡が歴然と認められる。小野宮家尊重と共に、九条家賛美詠を極力差し控えるという姿勢も一貫して窺え、道長賛美詠を賀に増補しなかったという事実も、こうした姿勢の延長線上に自然に導き出されうる結果と考えられる。」と述べておられる。(29)

今後、今野氏の御著書を参照しながら、図1「『大鏡』作品構造図」に示した雲林院・遍昭・花山寺、菅原道真、紀氏等の舞台・人物(30)と、花山帝との関わりについて、また『大鏡』の目的である後三条帝即位の道理と花山帝とのつながりについても考えていきたい。

最後に、『大鏡』冒頭の世次・重木の言挙げの和歌に始まり、〔七二〕の道真公の流罪をも匂わす公任歌、そして何よりも「雑々物語」において、多くの和歌の逸話を収める『大鏡』の構想等と、花山帝及び『拾遺和歌集』とがどのように関わるかについても、今後の課題としたい。

注

（1）テキストは橘健二氏・加藤静子氏校注・訳『大鏡』（新編日本古典文学全集34　小学館　平成8・6）を使用した。論中で使用させていただく語と原文の引用等はすべてこれによる。記号・傍線・傍点は稿者による。

（2）五十嵐正子『『大鏡』作者の位置』（悠光堂　平成29・3）

（3）本文と記録類の引用文の傍点は、すべて稿者による。

（4）岡見正雄氏・赤松俊秀氏校注『愚管抄』（日本古典文学大系86　岩波書店　昭和54・2）。論中の引用文は、すべてこれによる。

（5）松村博司氏『栄花物語全注釈一』（角川書店　昭和55・11）巻第四みはてぬゆめ〔四二〕の語釈からの引用。

（6）『大日本古記録　小右記』（岩波書店　昭和62・1）

（7）黒板勝美氏編『国史大系第11巻　日本紀略後編　百錬抄』（吉川弘文館　平成19・6）

（8）黒板勝美氏編『国史大系第十二巻　扶桑略記　帝王編年記』（吉川弘文館　昭和17・8）

（9）北村章氏「公任三船譚の史実とその虚構」（『日本文学研究』14号　昭和50・1　大東文化大学日本文学会編）。論中の引用文は、すべてこれによる。

（10）津本信博氏「『大鏡』・公任三船の才―その虚構性を探る―」（『早稲田大学教育学部学術研究　国語・国文学編』32号　昭和58・12）。論中の引用文は、すべてこれによる。

（11）今野厚子氏『天皇と和歌―三代集の時代の研究―』（新典社　平成16・10）

（12）赤木志津子氏『摂関時代の諸相』「第二章　平安時代の宴―」（近藤出版社　昭和63・1）

（13）注（10）津本論文及び妹尾好信氏「藤原公任三船の誉れ譚をめぐって―伝承の成立と流布の背景―」（『国語国文』614号　昭和60・10　京都大学文学部国語学国文学研究室）。論中の引用文は、すべてこれによる。

（14）（　）内の人名は、倉本一宏氏『現代語訳小右記3』（吉川弘文館　平成28・10）を参考に、稿者が加えた。

（15）松村博司氏・山中裕氏校注『栄花物語上』（日本古典文学大系75　岩波書店　昭和62・1）。論中で引用する用語等は、すべてこれによる。記号・傍線は稿者による。

（16）松村博司氏『栄花物語全注釈　二』（角川書店　昭和55・11）。論中で引用する用語等は、すべてこれによる。

（17）小町谷照彦氏校注『拾遺和歌集』（新日本古典文学大系7　岩波書店　平成2・1）。論中で引用する用語等注は、すべてこれによる。記号・傍線・傍点は稿者による。

（18）今井源衛氏『花山院の生涯』（桜楓社　昭和43・7）

（19）注（13）妹尾論文。

（20）五十嵐正子「『大鏡』作者の位置（三）藤原資平の視点からの考察―隆家・公季・能信・隆国の叙述について―」（『新大国語』30号　平成17・3）

（21）注（9）に同じ。

（22）注（2）拙著の「『大鏡』作者の位置（十）藤原資平の視点からの考察―作品構造と菅原道真―」

（23）安西廸夫氏「大鏡『昔物語』の構成」（『言語と文芸』10号昭和43・5）。論中の引用文は、すべてこれによる。

（24）竹鼻績氏『拾遺抄注釈』（笠間書院　平成26・9）

（25）片桐洋一氏校注『後撰和歌集』（新日本古典文学大系6　岩波書店　平成2・4）

（26）佐伯梅友氏校注『古今和歌集』（日本古典文学大系8　岩波書店　昭和50・8）

（27）川口久雄氏校注『菅家文草　菅家後集』（日本古典文学大系72　岩波書店　昭和55・9）。論中で引用する用語等注は、すべてこれによる。傍点は稿者による。

（28）注（10）に同じ。

（29）注（11）の第三部「天皇と勅撰集『拾遺集』論」からの引用。

（30）図1「『大鏡』作品構造図」は、注（2）拙著の「『大鏡』

作者の位置（十）藤原資平の視点からの考察―作品構造と菅原道真―」からの引用。

本稿の一部は平成二十九年度新潟大学教育学部国語国文学会（平成三十年二月三日）で「『大鏡』作者の位置―「小野宮の御孫」公任の叙述から」と題して口頭発表した。席上、諸先生方から貴重なご教示を賜った。ここに記して感謝申し上げる。

（元・新潟市立中学校教諭）

図1 『大鏡』作品構造図

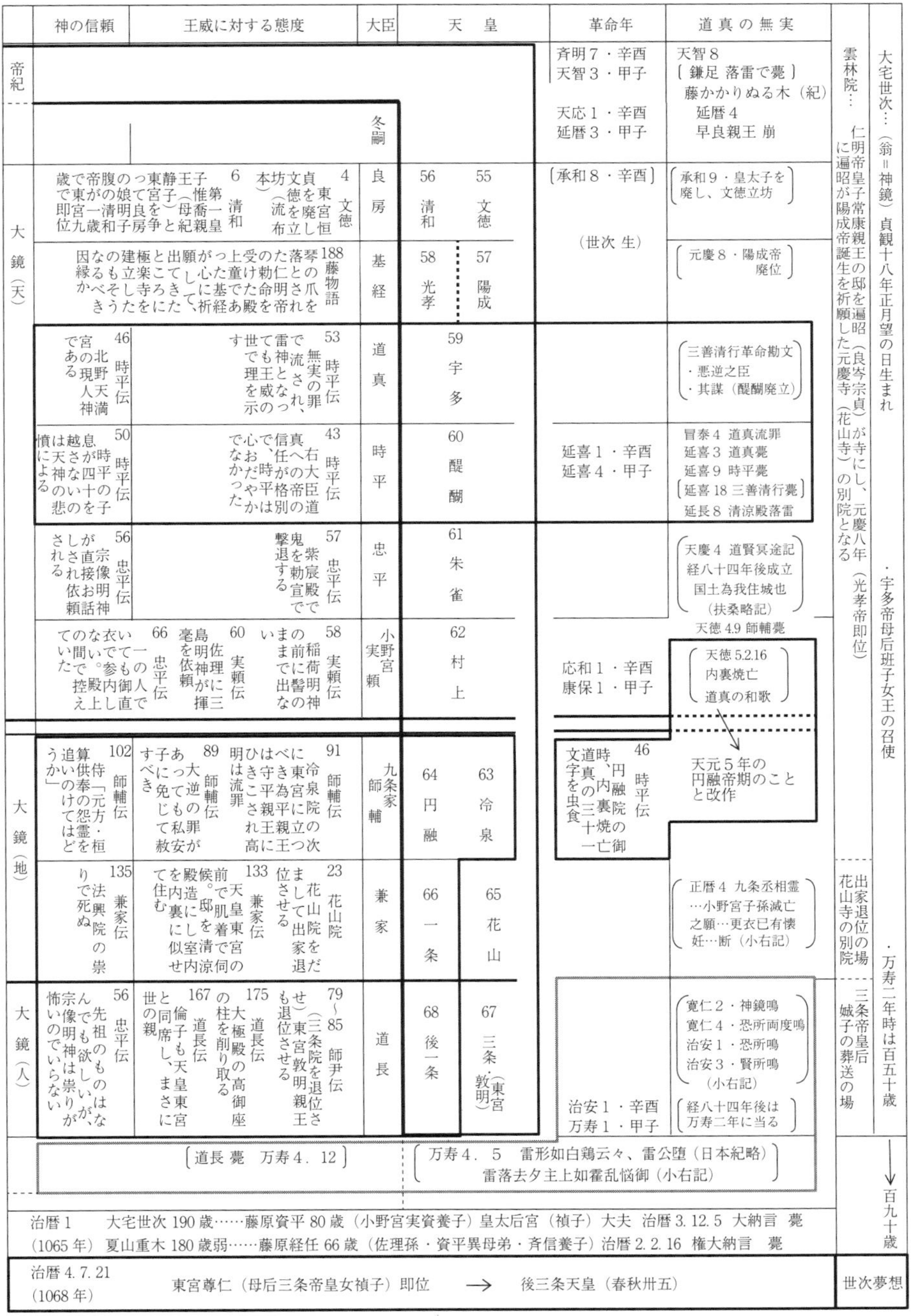
神の信頼
王威に対する態度
大臣
天皇
革命年
道真の無実
帝紀
斉明7・辛酉 天智3・甲子
天智8 〔鎌足 落雷で薨〕 藤かかりぬる木（紀）
冬嗣
天応1・辛酉 延暦3・甲子
延暦4 早良親王 崩
大鏡（天）
6 清和 第一皇子惟喬親王（母紀静子）と東宮を争って良房の娘明子腹の清和帝が一歳で東宮九歳で即位
4 文徳 東宮恒貞を廃し文徳を立坊（流布本）
良房
56 清和
55 文徳
〔承和8・辛酉〕
〔承和9・皇太子を廃し、文徳立坊〕
（世次 生）
188 藤物語 琴の爪を落とされた仁明帝の勅命を受けた殿上童であった基経が心に祈願して、出てきたところに極楽寺を建立したのもそうなるべき因縁か
基経
58 光孝
57 陽成
〔元慶8・陽成帝廃位〕
46 時平伝 北野天満宮の現人神である
53 時平伝 無実の罪で流され、雷神となっても王威の世で理を示す
道真
59 宇多
〔三善清行革命勘文 ・悪逆之臣 ・其謀（醍醐廃立）〕
50 時平伝 時平の子息が四十を越さないのは天神の悲憤による
43 時平伝 右大臣道真への帝の信任が格別で、時平は心おだやかでなかった
時平
60 醍醐
延喜1・辛酉 延喜4・甲子
冒泰4 道真流罪
延喜3 道真薨
延喜9 時平薨
〔延喜18 三善清行薨〕
延長8 清涼殿落雷
56 忠平伝 宗像明神が直接お話しされ依頼される
57 忠平伝 紫宸殿で鬼を勅宣で撃退する
忠平
61 朱雀
〔天慶4 道賢冥途記 経八十四年後成立 国土為我住城也 （扶桑略記）〕
天徳4.9 師輔薨
66 忠平伝 一の人でいても御直衣で参内しない。殿上の間で控えていた
60 実頼伝 佐理に三島明神が揮毫を依頼
58 実頼伝 稲荷明神の前に髻のままで出ない
小野宮実頼
62 村上
応和1・辛酉 康保1・甲子
〔天徳5.2.16 内裏焼亡 道真の和歌〕
大鏡（地）
102 師輔伝 侍「元方・桓算供奉の怨霊を追いのけてはどうか」
89 師輔伝 大逆の罪があっても私安子に免じて赦すべき
91 師輔伝 冷泉院の次に東宮に立つべき為平親王は守平親王にひきこされ高明は流罪
九条家師輔
64 円融
63 冷泉
46 時平伝 円融院の御時、内裏焼亡道真の三十一文字を虫食
天元5年の円融帝期のことと改作
135 兼家伝 法興院の祟りで死ぬ
133 兼家伝 天皇東宮の前で肌着で伺候。邸を清涼殿造にし室内を内裏に似せて住む
23 花山院 花山院をだまして出家退位させる
兼家
66 一条
65 花山
〔正暦4 九条丞相霊…小野宮子孫滅亡之願…更衣已有懐妊…断（小右記）〕
大鏡（人）
56 忠平伝 先祖のものはなんでも欲しいが、宗像明神は祟りが怖いのでいらない
167 道長伝 倫子も天皇東宮と同席し、まさに世の親
175 道長伝 大極殿の高御座の柱を削り取る
79～85 師尹伝 （三条院を退位させ）東宮敦明親王も退位させる
道長
68 後一条
67 三条（東宮敦明）
〔寛仁2・神鏡鳴 寛仁4・恐所両度鳴 治安1・恐所鳴 治安3・賢所鳴 （小右記）〕
治安1・辛酉 万寿1・甲子
〔経八十四年後は万寿二年に当る〕
〔道長 薨 万寿4．12〕
〔万寿4．5 雷形如白鶏云々、雷公堕（日本紀略） 雷落去夕主上如霍乱悩御（小右記）〕
雲林院…仁明帝皇子常康親王の邸を遍昭（良岑宗貞）が寺にし、元慶八年（光孝帝即位）に遍昭が陽成帝誕生を祈願した元慶寺（花山寺）の別院となる
出家退位の場 花山寺の別院
三条帝皇后娍子の葬送の場
大宅世次…（翁＝神鏡）貞観十八年正月望の日生まれ
・宇多帝母后班子女王の召使
・万寿二年時は百五十歳
↓
百九十歳
治暦1（1065年） 大宅世次 190歳……藤原資平 80歳（小野宮実資養子）皇太后宮（禎子）大夫 治暦3.12.5 大納言 薨
夏山重木 180歳弱……藤原経任 66歳（佐理孫・資平異母弟・斉信養子）治暦2.2.16 権大納言 薨
治暦4.7.21（1068年） 東宮尊仁（母后三条帝皇女禎子）即位 → 後三条天皇（春秋卅五）
世次夢想

〈表1〉作品構造における公任に関わる話群の位置

巻	天皇／大臣	〔話群番号〕と「小見出し」他は叙述内容を示す	登場人物　天皇・親王	登場人物　小野宮周辺	登場人物　師輔・兼家・道長周辺
大鏡〈天〉	55代　文徳天皇				
	56代　清和天皇				
	57代　陽成院				
	58代　光孝天皇				
	59代　宇多天皇				
	60代　醍醐天皇				
	61代　朱雀院				
	62代　村上天皇				
	63代　冷泉院	〔一七〕三条天皇の大嘗会延期			
	64代　円融院	〔一八〕立坊時の事情（安和の変）			
	65代　花山院	〔二一～二三〕花山帝退位事件	花山帝		晴明・道兼・兼家
	66代　一条院				
	67代　三条院	〔二六～二七〕三条帝の眼病	三条帝・禎子		道長
	68代　後一条院				
	左大臣　冬嗣	〔六六〕「よそ人の悲哀―隆家の無礼　頼忠参内の時」		頼忠・重信・隆家	
	太政大臣　良房				
	右大臣　良相	〔六七〕「円融院女御遵子の仏道供養と恵心僧都」		円融帝女御遵子	恵心僧都
	権中納言　長良				
	太政大臣　基経	〔六九〕「大納言公任とその子女たち」		円融帝中宮遵子・花山帝女御諟子	
	左大臣　時平				
	左大臣　仲平	〔七〇〕「大納言公任の失言　素腹の后」		公任	兼家・一条帝母后詮子
	太政大臣　忠平				
	太政大臣　実頼	〔七一〕「公任卿、大堰河三船の誉れ」		公任	道長
	太政大臣　頼忠				

区分	人物					
	左大臣 師尹	〔七七～八四〕	敦明親王東宮退位事件	（侍・世次）東宮敦明		能信・俊賢・道長・頼通
大鏡〈地〉	右大臣 師輔	〔九一〕	「為平親王、立坊できず婉子女王への期待」	為平・花山女御婉子	実資	兼家
	太政大臣 伊尹					
	太政大臣 兼通	〔一〇二〕	「冷泉帝出現の意義 師輔の霊 子孫繁栄」	（侍・世次）冷泉帝		師輔・道長・俊賢
	太政大臣 為光					
	太政大臣 公季					
	太政大臣 兼家					
	内大臣 道隆	〔一五二〕	「隆家、道長より厚い待遇 誇り高き男」		隆家	道長・俊賢・公信
	右大臣 道兼					
大鏡〈人〉	太政大臣 道長	〔一七三〕	「道長、詩歌の才にすぐれていること」	禎子内親王		兼家・道長・彰子・妍子
		〔一七四〕	「若き道長 面をや踏まぬ」		公任	兼家・道隆・道兼・道長・教通
		〔一七五〕	「花山帝の御代、肝だめし」	花山帝		道隆・道兼・道長
	〈藤原氏物語〉	〔一九〇〕	「無量寿院 道長女たちの参詣」	禎子内親王		道長・禎子付き女房
	太政大臣 道長〈雑々物語〉	〔一九八〕	「大堰河の行幸 宮滝御覧」	宇多法皇・醍醐帝	菅原道真・忠平・紀貫之	
		〔二〇六〕	「源氏のこと―一条雅信・六条重信」	村上帝	重信・遵子・公任	雅信

『大鏡』作者の位置（十二）
―御製・勅撰歌の収載より

五十嵐　正子

一　はじめに

『大鏡』[1]には、御製・勅撰歌を配した話群が多数ある。

橘健二氏は、御集出典歌について、「『大鏡』作者は『御集』の本文に忠実に従い、『大鏡』本文に投影させようとしている」と論述された[2]。しかし、御製の収載が、道長の栄華を語るとの世次の目的とどのように関わるのかについては、まだ探究されていない。

そこで、本稿では、私が『大鏡』作者と考える小野宮実資の養嗣子資平が、どのような意図で『大鏡』の構造上に御製と勅撰歌とを収載しているかを見ていきたい。

二　『大鏡』における和歌の配置の特徴

まず『大鏡』に収める和歌とその作者、及び出典を抽出した〈表1〉「『大鏡』に収める和歌とその作者及び出典」（論末に掲示）から、それらの配置の特徴を見ていきたい。

〈表1〉は以下によって作成した。

1、巻、大臣、話群番号、作者はテキストとした橘健二氏・加藤静子氏校注・訳『大鏡』から引用した。

2、和歌は、結句まで載るものだけを抽出し、その初句を引用した。

3、出典は橘健二氏校注・訳『大鏡』[3]の頭注から引用した。巻数を示す算用数字は稿者による。

（1）　御集・勅撰集出典の和歌数

〈表1〉に示したように、『大鏡』が収める和歌は、大臣列伝に移る前置きの話群〔三二〕に配する重木・世次の歌を除いて六十九首である。

勅撰歌では、古今集出典が七首、後撰集出典が六首（うち二首は亭子院御集出典と重複）、拾遺集出典が十首（うち一首は朱雀院御集出典と重複）である。

御集出典は十二首あるが、うち七首が御製である。その内訳は『延喜』『天暦』『冷泉院』『亭子院』『朱雀院』御集を出典とする、醍醐帝一首、村上帝一首、花山院一首、冷泉院一首、宇多法皇一首、朱雀院二首である。

他に出典不詳の村上帝・花山院の御製が各一首あり、『大鏡』の収める歌六十九首のうち、御製、御集出典歌、勅撰歌は、重複を除くと三十四首となり、半数弱である。

(2) 御製・勅撰歌の配置の特徴

〈表1〉から、まず御製と勅撰歌が〈天〉と〈人〉の「雑々物語」とに、集中的に配置されていることがわかる。

〈天〉に配される御製は、延喜・天暦の治の聖帝と称えられる醍醐帝一首、村上帝一首である。そして配する勅撰歌は、醍醐帝の勅命による『古今集』出典五首と、村上帝の勅命による『後撰集』出典三首と、そして『拾遺集』を出典とする道真公三首と例の公任歌一首との四首である。この〈天〉における『拾遺集』出典歌は、〈図1〉(4)「大鏡の構想と易姓革命」（論末に掲示）に示したように、時平に流罪にされ彼の地で薨ぜられた道真公と、師輔霊に滅亡を呪われた小野宮実頼の孫公任とでつながると考える。

〈地〉に配される御製は、『冷泉院御集』を出典とする冷泉院一首、花山院一首であり、勅撰歌は『拾遺集』出典の三首のみである。この収載は、花山法皇勅撰と言われる『拾遺集』とその成立時期を暗示していると考えられる。

又、〈地〉には、『後撰集』に十三首の入集がある師輔の歌はなく、兼家の歌は、『蜻蛉日記』から一首配している。なお、選子歌の返しの「もろかづら」を彰子歌としているが、『大鏡』の頭注には「道長の返歌としているほうが正しい」とあり、資平には〈地〉に道長歌を故意に載せない姿勢があると思われる。

さらに、〈人〉の「太政大臣道長」伝と「藤原氏物語」には、御製・勅撰歌は皆無である。道長四首と彰子二首のみを配するが、うち道長二首と彰子一首は『栄花物語』出典である。ちなみに、『拾遺集』には師輔・兼家・道長の各二首が収載されているが、兼家と道長のそれは『拾遺抄』にはない追補歌である。

ここまでの『大鏡』における御製と勅撰歌の収載の特徴を追ってくると、拾遺集撰者を花山法皇と論述された今野厚子氏が、『拾遺集』賀の追補歌について、小野宮家を尊重し、(5)九条家・道長賛美詠を意図的に控えていると述べておられることと、同じ様相を呈していることがわかる。

ところで、『栄花物語』(6)は、『拾遺集』に触れない。『栄花物語全注釈一』巻第一〈月の宴〉〔二〇〕節には、醍醐の先帝の御時は、古今廿巻選りとどのへさせ給て、…この御時（村上帝）には、…後撰集といふ名をつけさせ給て、又廿巻撰ぜさせ給へるぞかし。それにも小野宮の大臣（実頼）の御歌多く入りためり。ただし古今には（貫之）序いとをかしう作りて仕うまつれり。…今はさやうの事に堪へたる人なくて、口惜しくおぼしめしけり。

とあり、正編・続編を通して、『拾遺集』及び花山法皇の関与の言及は皆無である。これは、『拾遺集』周辺について記せない事情があったのだと考える。そして、その事情は『栄花物語』の、道長・公任、花山法皇との並記を含めて、花山院御製四首、公任歌十七首、道長歌は最多の十九首を収載する姿勢につながると考えている。

　最後の〈人〉の「雑々物語」前半部の宇多帝と朱雀帝の御製の収載は、意図的なものと考える。ここに於いて、〈天〉〈地〉に配する御製と合わせて宇多帝―醍醐帝―朱雀帝―村上帝―冷泉帝―花山帝（冷泉帝第一皇子）の皇統が完結し、勅撰三代集の系譜も整うことになる。

　そして、〔一九八〕「大堰河の行幸　宮滝御覧」は『後撰集』出典の道真公一首、『拾遺集』出典の忠平一首、『古今集』出典の躬恒一首の、三代集から一首ずつ撰んで配する特異な話群である。加えて、〈天〉における、八首もの道真公の無実を訴える歌の配置に反して、冒頭に宇多法皇行幸に供奉する道真公の栄えある歌を唯一配する。さらに話群末尾に紀貫之の「大井河行幸序」を記して締め括る。この話群は、貫之の『古今仮名序』(7)の「きみもひとも身をあはせたりといふなるべし」との志を具現化して提示したものと考える。つまり、先の『栄花物語』巻第一に作者が披瀝する、貫之の序に匹敵するものを書ける人物がいないとの「心驕り」を粉砕したものと考える。

　以上、『大鏡』は、師輔―兼家―道長の勅撰歌及び円融帝・一条帝・後一条帝の御製を収めないことで、外戚道長の帝王の如き専横の世では、「君臣相合す」志による勅撰集編纂は成立しないとする構造であると考える。

三　御製・勅撰歌の収載意図

　では、御製・勅撰歌を小野宮資平はどのような意図で、『大鏡』の〈天〉〈地〉〈人〉に収載しているのかを考えていきたい。

（1）〈天〉における御製・勅撰歌の収載意図

〈表1〉で気付くのは、「左大臣時平」伝に収める道真公の無実を訴える歌八首と漢詩三編とは、『大鏡』中最多の数ということである。この数の多さと、そのすべてが無実を訴える詩歌という特異さに、作者皇太后宮（禎子）大夫資平の意図が込められていると思われる。

　この八首のうち三首が『拾遺集』(8)出典であり、『拾遺集』

収載の道真公五首もすべて無実を訴えるものである。

○醍醐帝の御製について

注目すべきは、六十代醍醐天皇紀に収載する、『大鏡』の巻頭歌とも言える、醍醐帝御製「いはひつる言霊ならばももとせの後もつきせぬ月をこそ見め」である。

この御製は「村上か朱雀院かの生まれおはしましたる御五十日の餅、殿上にいださせたまへるに、伊衡中将の和歌つかうまつりたまへるはとて、」を前置きとした伊衡の詠進歌に対する、醍醐帝の御返しとして収めている。

この前置きについて、橘健二氏は、「すなわち『大鏡』の「村上か朱雀院かの」と両天皇いずれか判然としない筆致は、…『延喜御集』に見える「朱雀村上などはむまれ給へるなりけり」とある、…「そのもゝかのも（ち）ゐ」とある「その」が両帝のいずれを指すか不分明な記述であるままに、それに忠実に従ったまでである。」とされる(9)。

私は、同じく〈天〉の道真公の無実を訴える歌に対応させて、朱雀帝の九二三年七月誕生、村上帝が九二六年誕生であることから、「ももとせの後もつきせぬ月をこそ見め」と寿がれた通りに、百年後の現在、万寿二（一〇二五）年まで皇統が継承されたことを示した配置と考える。つまり、この御製は、醍醐帝・朱雀帝に祟ったとする道真公怨霊説を、醍醐帝御自身が払拭し、道真公の無実を証明宣言されたものとの意図で資平が巻頭歌として配したと考える。

他方、この醍醐帝御製の対極に位置する「藤原氏物語」には、『栄花物語』出典の道長歌一首だけを配する。それは万寿二年正月十一日に生まれた頼通一男通房の七夜の祝の歌、「年を経て待ちつる松の若枝（栄花は若ばえ）にうれしくあへる春のみどりこ」である。そしてこの歌につづけて「帝・東宮をはなちたてまつりては、これこそ孫の長とて、やがて御童名を長君とつけたてまつらせたまふ。」と、世次がすかさずあくまでも臣下であると釘を刺す。

ちなみに、『栄花物語』は巻第二十七巻〈たまのころも〉に、万寿二年八月三日誕生の東宮敦良親王（後朱雀帝）第一皇子親仁親王（後冷泉）の御五十日の祝を描くが、道長の歌も御製なども記さない。続く第二十八巻・第二十九巻では、恵心（源信）に帰依して無量寿院で極楽往生を遂げた道長を入念に描き、第三十巻で死の一年後の万寿五年までを叙述して道長物語とも言われる正編を終えている。

橘健二氏が、「この贈答の両者いずれも「もゝとせ」とあり、且つ『延喜御集』の詞書に「御もゝかのも（ち）ゐ」とあるのに」、『大鏡』作者が「御五十日の餅」にしたのは失策とされた(10)。私は、『栄花物語』が祝の歌を載せない、百年後の万寿二年八月に誕生された親仁親王（後冷泉帝）の御五十日を連想させるべく替えたものと考える。また、「藤原氏物語」末尾に記す、後冷泉帝母后嬉子の薨暗示が呪いと受け取られることを払拭すると共に、三条帝皇女禎子内親王の夢想、つまり皇太弟尊仁親王（後三条帝）の即位へとつなげる意図もあると考える。

以上、醍醐帝の百年後の皇統を寿ぐ御製の対極に、『栄花物語』出典の、孫通房の七夜の道長歌を配することで、道長を逆臣と位置付ける構想があると考える。

〈図1〉に示したように、『扶桑略記』(11)天慶三（九四一）年四月条の「道賢（日蔵）上人冥途記」で、醍醐帝を焦熱地獄で苦しめ、「八十四年後」に自身の国土をなすと宣言させ、道真公を悪霊と記す。革命勘文で道真公を流罪にした三善清行―道賢（日蔵）―浄蔵一族と師輔とのつながりは、その後、良源―恵心（源信）と兼家―道長とに継承される。この天慶三年から「八十四年後」の万寿二年に、悪霊ならぬ現人神となった道真公は、『小右記』(12)に「非人臣如帝王」と記された道長に天罰を下して公を守護したのであると、世次の翁こと神鏡が裁く『大鏡』の構造は、さらに、御製・勅撰歌を配置することで、道長を逆臣として葬り、道真公の無実を証明するものになっていると考える。

○大輔の君の歌について

続いて、六十二代村上天皇紀の話群（十六）に配する、『延喜御集』(13)出典の、道真公薨の延喜三年生まれの東宮保明親王の薨去を悼む、乳母子大輔の君の歌を見ていきたい。

醍醐帝第二皇子保明親王は、話群（十六）冒頭に「御母后（基経女穏子）、延喜三（九〇三）年癸亥、前坊（保明）をうみたてまつらせたまふ。」とあるが、延長元（九二三）年三月に薨ずる。しかし、東宮保明親王薨に触れないまま、続いて、「やがて、帝（朱雀）うみたてまつりたまふ同じ月に、后にもたたせたまひけるにや。四十二にて、村上は生れさせたまへり。」と、立后と朱雀帝出産とを同月とし、さらに第十四皇子成明（村上帝）をも産んだと叙述している。

そして、この後に続けるのが、次に引用する大輔の君の歌である。

話群（一六）「母后穏子と大輔の君の詠歌」

后にたちたまふ日は、先坊の御ことを、宮のうちにゆゆしがりて申し出づる人もなかりけるに、かの(ア)御乳母子に大輔の君と言ひける女房の、かくよみて出だしける、

(イ)わびぬれば今はとものを思へども心に似ぬは涙なりけり

また、御法事はてて、人々まかり出づる日も、かくこそはよまれたりけれ。

今はとてみ山を出づる郭公(ウ)いづれの里に鳴かむとすらむ

(エ)五月のことにはべりけり。げにいかにとおぼゆるふしぶし、末の世まで伝ふるばかりのこと言ひおく人、優にはべりかしな。

(オ)前東宮におくれたてまつりて、かぎりなく嘆かせた

まふ同年、朱雀院生まれたまひ、我、后にたたせたまひけむこそ、さまざま、御嘆き御よろこび、かきまぜたる心地つかうまつれ。世の、大后とこれを申す。

以上、〔十六〕の㋔末尾を再度穏子の幸運を繰り返して、六十二代村上天皇紀を終える。

これは、六十一代朱雀天皇紀ならぬ六十二代村上天皇紀〔一六〕において、その冒頭と末尾とに繰り返し母后穏子の立后・朱雀帝出産の言及に挟む形で、東宮保明親王薨を、大輔の君の二首で描いていることになる。

つまり、保明親王の乳母の娘である大輔の君の二首は、東宮保明親王が道真公の祟りで薨ぜられたとの噂を緩和する目的で配していると思われる。さらに、穏子が、東宮保明薨の後、立后・朱雀帝出産、さらに村上帝を出産され、大后と称えられたとして、道真公の祟りを払拭する。

この大輔歌二首のうち、㋑「わびぬれば」歌は『大和物語』出典であると、既に橘健二氏が論述されている。[14]

そして、㋐「御乳母子」については、『延喜御集』の詞書の「御乳母の命婦のむすめ」に忠実によったものであろうとされ、御集出典の「いまはとて」の四句「いかなるやどに」が『大鏡』では㋒「いづれの里に」に変えられていると指摘され、又、㋓については「「五月のことにはべりけり」とはっきりその時期を示しているのは、やはり『延喜御集』にのみ見える「五月にまかづとて」に従っているものと認められよう。」と論じておられる。[15]

ところで、大輔の君の歌は、もう一首、〈天〉の時平伝の話群〔四八〕に配されている。その歌は『後撰和歌集』[16]巻第二十「哀傷歌」に収載する一四二一番である。

次に関連する歌を引用する。

『後撰和歌集』巻第二十「哀傷歌」

㋕先坊うせたまひての春、大輔につかはしける
　　玄上の朝臣のむすめ

1406 あらたまの年越え来らし常もなき
　　初鶯の音にぞなかるゝ

返し　　大輔

1407 音に立ててなかぬ日はなし鶯の
　　昔の春を思やりつゝ

同じ年の秋　　玄上朝臣女

1408 もろともにをきゐし秋の露許
　　かゝらん物と思かけきや

㋖人を亡くなして、限りなく恋ひて、思ひ入りて
寝たる夜の夢に見えければ、思ひける人に、
「かくなん」と言ひつかはしたりければ
　　㋗玄上朝臣女

1420 時の間もなくさめつらん覚めぬ間は

夢にだに見ぬ我ぞかなしき

返し　　　　大輔

1421 ㋘かなしさのなぐさむべくもあらざりつ
夢のうちにも夢と㋙見ゆれば

一四二〇番の脚注に、「人を亡くして　大鏡は、先坊保明親王が亡くなった時のこととする。一四〇六―一四〇八との関連からそのように解したのであろう。」とあるように、『大鏡』話群〔四八〕に引用する一四二〇番と一四二一番との歌の前置きは、「先坊を恋ひかなしびたてまつりたまひ、大輔なむ、夢に見たてまつりたると聞きて、よみておくりたまへる、」である。ここから『大鏡』は一四〇六番の詞書の㋕「先坊うせたまひて」を、一四二〇番の詞書の㋖「人を亡くなして」と入れ替えていることがわかる。

そして、橘健二氏が指摘されるように[17]、『後撰集』では、一四二〇番の㋗玄上朝臣女の歌を、『大鏡』は中将の御息所、つまり薨ぜられた東宮保明親王妃であり、忠平女の貴子の歌として配している。さらに『大鏡』は、一四二〇番の歌の引用前に、この貴子を、後に、重明式部卿の妃となり、村上帝の斎宮女御徽子の母であるとして、忠平と醍醐帝・村上帝とのつながりを示す布石を打っていると考える。

又、『大鏡』は、『後撰集』の一四二一番の大輔歌の初句㋘「かなしさの」を「恋しさに」に、㋙「見ゆれば」を「見しかば」と改作して、「恋しさの慰むべくもあらざりき夢のうちにも夢と見しかば」と、哀傷を緩和させていると思われる。

しかし、『大鏡』はこの歌に続けて、「いま一人の御息所は、玄上の宰相の女にや」と、玄上女と時平男敦忠との婚姻の話へと転じていくが、忠平女貴子に替えたことへの後ろめたさ故の叙述であろうか。ともあれ貴子と大輔の君との贈答歌に替えた意図は、あくまでも道真公怨霊説を払拭することにあると考える。

○実頼の歌について

「太政大臣実頼」伝の〔五九〕に配する一男敦敏の薨を悼む実頼歌「まだ知らぬ人もありけり東路に我もゆきてぞ住むべかりける」は『後撰集』巻第二十「哀傷」の巻頭歌一三八六番を引いたものである。ちなみに『拾遺集』巻第二十「哀傷」の巻頭歌も、実頼歌であり、一女の村上帝女御述子の薨を悼んだものである。

ところで『栄花物語全注釈一』の巻第一〈月の宴〉の〔一二〕節に父忠平の薨後、弟右大臣師輔は兄左大臣実頼よりすぐれているとの世評「一くるしき二」を載せる。安子の立后後に村上帝第二皇子の憲平（冷泉帝）親王が誕生、その二ヶ月後の立坊を記した後に、〔一八〕節に「世にあるかひありてめでたし」と記し、一方、女述子の死を実頼が「口惜しく」思ったと記す。漸く〔一九〕節に男敦敏の死を悼む例の実頼の歌を載せた後に、村上帝と実頼とは歌を詠み交わす仲と記して、何やら『後撰集』を匂わしている。

しかし、史実は天暦元（九四七）年の述子と敦敏の薨、天暦三年の忠平の薨、そして天暦四年の冷泉帝誕生、安子の立后は、円融帝誕生の前年天徳二（九五七）年である。

醍醐帝の第二皇子東宮保明親王（母基経女穏子）の薨、保明親王皇子で東宮慶頼親王（母時平女）の薨、朱雀帝（母后は村上帝に同じ）の譲位は道真公怨霊によると噂された。しかし、『雑々物語』において、『栄花物語』に実頼と歌を詠み交わすと記された村上帝については、朱雀帝のようには道真公の祟りを恐れなかったと叙述している。

松村博司氏は、『栄花物語全注釈一』巻第一の（二一）節の忠平薨についての補説で、『小右記』正暦四年閏十月十日条の記録をもとに、「要するに師輔は生前、懇ろに子孫繁昌の思いを致した結果、兄実頼の子孫滅亡を六十年内に果たそうとした。…内訌がすでに実頼・師輔の頃から始まっていたことはこれによって推測することができよう。」と述べておられる。

これらのことから、〈天〉の実頼歌は、道真公怨霊ならぬ三善清行一族とつながった師輔の陰陽術によって、敦敏、さらに村上帝女御述子が薨じ、外戚専横により勅撰集編纂事業も跡絶えたとする意図で配したものと考える。

○村上帝の御製について

〈天〉に収める御製の最後は、「左大臣師尹」伝の話群（七三）に配する、村上帝と師輔女安子ならぬ宣耀殿女御芳子との贈答歌である。

私は、この小一条の大臣師尹女の芳子の歌を引いたのは、師輔霊が語った、小野宮の滅亡と師尹孫娘で居貞（三条帝）東宮の更衣の、その名も宣耀殿娍子（芳子の姪）の敦明親王出産を妨害するとの呪いを連想させる意図と考える。

以上、〈天〉は時平と三善清行との讒言によって流罪にされた道真公の無実を訴える詩歌に応える形で、醍醐帝御製と保明親王の乳母子大輔の君の歌を配して、道真公怨霊説を払拭し、無実を証明していると考える。加えて、天暦の聖帝である村上帝期からの、九条殿師輔と良源との祈祷による外戚掌握と小野宮家滅亡の呪いとを連想させるべく、実頼・公任・芳子・延子の歌を配していると考える。

（2）〈地〉における御製・勅撰歌の収載意図

〈地〉に収める御製は、「太政大臣伊尹」伝の話群（一一五）に配する、『冷泉院御集』の十番花山院御製と十一番冷泉院御製のみである。「太政大臣伊尹」伝に配する意図は、既に天祚三（九七二）年に薨じているが、花山院の外祖父に当たり、歌才があったことを記すためと考える。

（3）〈人〉の「太政大臣道長」伝・「藤原氏物語」に配する歌の意図

「太政大臣道長」伝に、道長歌三首、彰子二首、「藤原氏物語」には、道長の一首のみの計六首を配しているが、『栄花物語』から引く二首を含めた道長歌四首は勅撰歌には成り得ないものと考える。ここから、道長と共には、御製・勅撰歌は配さないという『大鏡』作者資平の強固な意志があると考える。さらに資平は、『栄花物語』の内容及び和歌の大部分が道長一族に関わるものであることを、逆に『大鏡』の道長批判に利用していると考える。

(4)〈人〉の「雑々物語」における御製・勅撰歌の収載意図

「雑々物語」には、御集出典歌が五首、勅撰出典歌を八首(このうち三首は御集出典歌と重複)さらに『大和物語』、『貫之集』等から引いた歌が九首あり、計十九首を配している。そして〔一九五〕と〔一九九〕に配する朱雀院に関係する歌以外は、すべて宇多法皇・醍醐帝・村上帝と関連する歌である。又、〈天〉と同じく「雑々物語」にも、『栄花物語』出典歌は皆無である。

○宇多帝御製について

宇多帝の御製「身ひとつの」は、伊勢の「別るれど」との贈答歌として「雑々物語」の話群〔一九六〕に収める。又『大鏡』と同様に伊勢と宇多帝との贈答歌としているのは、『大和物語』一段と、『後撰集』巻第十九〈離別〉の一三二二番・一三二三番である。

『大鏡』は、この二首に続けて「かたはらなる人、『法皇(宇多)の書かせたまへりけるを、延喜(醍醐)の、後に御覧じつけて、かたはらに書きつけさせたまへるともうけたまはるは、いづれかまことならむ」と記す。

この二首の作者を宇多院と醍醐帝とする異説について、橘健二氏は、「『大鏡』作者ももちろんこの異説には賛成することはできないが、さりとて『亭子院御集』の秘本的性格よりして、…無下に退けることも出来かねて…その疑問を提出したのであった。」と論述しておられる。[18]

私は、『扶桑略記』に記す、道真公の流罪を知り内裏に駆け付けられた宇多法皇を、退位されたとして入れなかった醍醐帝の御製のはずがないとの含みがあると考える。

続く〔一九八〕の話群「大堰河の行幸　宮滝御覧」は、君臣相合す王威に満ちた、資平の理想とする世界を提示したものと考える。「雑々物語」は、外戚を軸とする大臣伝の構成ではない。退位翌年の宇多法皇と道真公、醍醐帝と忠平、そして躬恒・貫之を侍らす、天皇親政ならぬ院政の世界を示唆している話群ではないかと考える。

○朱雀帝御製について

最後に収める御製二首は、朱雀院が母后穏子に贈った歌と、皇女昌子内親王の将来を思いやるものである。

「雑々物語」において、朱雀院に関連する歌は、話群〔一九五〕に配される貫之歌「松もおひ」であり、将門調伏のための石清水八幡宮臨時祭に詠進したものとある。さらにこの歌の前置きは、この臨時祭が朱雀帝期に始まり、朱雀帝は「北野に怖ぢ申させたまひて、」とあるように、道真公の祟りを恐れて過ごしたが、村上帝はそれほど恐れなかったというものである。ところが〔一九九〕になると、朱雀帝のご譲位の決意は、母后穏子の弟の村上帝即位を願う言葉が引き金であったとし、その証拠に復位のための祈祷まで行ったようだと叙述する。つまり、朱雀帝退位の原因を、朱雀帝御製「日のひかり」と穏子の歌「白雲の」とを配して、道真公怨霊ではなく母后穏子に転嫁していると考える。

もう一首の朱雀院の御製「呉竹の」は、保明親王女熙子女王が産んだ皇女昌子内親王の将来を思い遣るものであり、『拾遺集』にもこの御製のみを収載する。昌子内親王は、後に冷泉院の中宮となり、彰子が一条帝に入内して女御となった長保元（九九九）年に、太皇太后で崩御された。

ところで『栄花物語全注釈五』巻第二十八〈わかみづ〉に、禎子内親王の東宮敦良（後朱雀）御参りを、朱雀帝皇女昌子内親王の冷泉帝入内と比較し、冷泉帝が普通ではないのに昌子内親王は中宮として参上しても甲斐がないと記している。資平はこの禎子内親王を引き合いに出した評を逆手にとって、朱雀帝の御遺志である皇統の継承は、道真公怨霊ならぬ摂関家専横により絶たれたとの含みを持たせたものと考える。

（5）『拾遺集』出典歌の収載意図

『大鏡』には、拙稿で述べたように[19]『拾遺集』についての言及はない。しかし、その『拾遺集』から、〈天〉に道真公三首、「小倉山」と「紅葉の錦」とに改作した公任歌一首、「雑々物語」に、「紅葉の色も」に改作した忠平歌一首を引いて配している。北村章氏は、公任歌の初句「小倉山」の改作は、「雑々物語」に収載する拾遺集出典の忠平歌の初句「小倉山」を引いたものであり、「紅葉の錦」の改作は、大鏡作者による初めてのものと論述された[20]。拙稿では、公任歌の「小倉山」と「紅葉の錦」の改作は、『拾遺集』の忠平歌に続く「会稽の恥を雪ぐ」意の「紅葉の錦」の歌詞を含む二首を連想させると共に、実資に「痛ましいかな」と嘆かれた、彰子の屏風歌を献じた公任に、小野宮の同族として、帝王の如き道長に一矢を報いさせる意図があると述べた[21]。

又、『拾遺集』の公任の彰子の屏風歌に並ぶ「紫の色し濃ければ藤の花松の緑も移ろひにけり」は、花山法皇の御名を遺すことに忍びず「読み人知らず」として外戚専横批判を込めて、すり替えたものだと述べた[22]。ちなみに、『栄花物語』は、『拾遺集』のすり替えを訂正するかのように、公任歌に続けて花山法皇御製「ひな鶏を養ひたて、松が枝の影に住ませむことをしぞ思」を載せている。

しかし、秋間康夫氏が「紫の色し」歌は、『躬恒集』に載る躬恒歌であると述べておられる[23]。このことから、「雑々物語」の忠平歌に続けて、躬恒歌「わびしらに」を配する意図は、『拾遺集』の「紫の色し」歌は、躬恒の歌であるとの、『大鏡』作者資平の種明かしであると考える。さらに資平が『拾遺集』の撰集に関わったと考える根拠は、拙稿で述べたように、忠平歌の二句「紅葉の色も」の改作は、この「紫の色し」からと考えるからでもある。(24)

竹鼻績氏は『拾遺抄注釈』において、『袋草紙』『拾遺抄注』の、花山法皇の「紅葉の錦」への改作のお申し出を、公任が固辞したとの記事を提示され、「紅葉の錦」に改訂されたのは、定家本からであると述べておられる。(25)

資平には、公任歌を「小倉山」「紅葉の錦」に改作しなければ、『大鏡』には載せられないという確固たる道義があったものと考える。「紅葉の錦」の改作が花山法皇の御意志であったか否かについては、今後の課題とするが、この改作の根源には、長保元年の彰子の屏風歌事件があると考える。そして、『袋草紙』等に残るこの公任歌の「紅葉の錦」改訂事件が、その後の道長による資平に対する苛虐の一因であったと考える。

四　『大鏡』が歌を収める人物の特徴

〈表1〉より、〈天〉と〈人〉の「雑々物語」との歌の作者が『後拾遺集』以後の勅撰集に収載されていないのに反し、〈地〉の作者は収載されていることがわかる。そこで『大鏡』に歌を収める、又は登場する人物の歌が、勅撰八代集にどの程度収載されているのか探ることによって何かしら特徴が出て来るのではと考え〈表2〉「八代集他の作者別収載歌数」（論末に掲示）に整理してみた。

〈表2〉は以下によって作成した。

1、①から⑧の番号を付けた八代集欄の歌数は、『八代集総索引』(26)の「作者名索引」に載る歌番号から集計した。『拾遺抄』欄の歌数は、『拾遺抄注釈』の「人名索引」に載る歌番号から集計した。『大鏡』欄の歌数は、稿者が〈表1〉から集計した。

2、〈表1〉に提示した『大鏡』に収める御製は除く。

3、『大鏡』欄は、『大鏡』が歌を収める作者の歌数と、その歌を配置する『大鏡』の巻、つまり、〈天〉〈地〉〈人〉（「太政大臣道長」伝と「藤原氏物語」）〈雑〉（〈人〉の「雑々物語」のみ）を示した。なお○は収載歌のない人物の登場を示す。

4、作者欄の人物は、原則として『大鏡』に歌が収まる作者と登場人物である。〈　〉で包んだ人物は『大鏡』には登場しないが、歌が勅撰集に収載される。作者名末尾の（　）内は続柄である。

5、作者を、八代集、『拾遺抄』、『大鏡』における収載歌集によって、A・B・C・D・Eのグループに分けて示した。なお各グループ内の作者の配列は没年順とした。

（1）〈表2〉から見えてくる各グループの特徴

Aグループの人物は、『大鏡』の〈天〉と「雑々物語」に登場する、あるいは歌を収める人物で、三代集に収載されるが『後拾遺集』からは収載されず『新古今集』で復活している。

Bグループの人物は、『大鏡』の〈地〉と〈人〉の「太政大臣道長」伝に登場、あるいは歌を収める人物で、『後拾遺集』以後『新古今集』まで収載されている。

Cグループの人物は、『古今集』『後撰集』に収載され、『大鏡』の〈天〉あるいは「雑々物語」に歌を一首収める。

Dグループの人物は、『大鏡』、又は実資の『小右記』、資房の『春記』に何らかの批判が載るが、『後拾遺集』にのみ、一首収載されている。

Eグループの人物は、〈天〉〈地〉〈人〉に登場し、『後拾遺集』と『新古今集』に歌を収載される。

（2）〈表2〉から見える『後拾遺集』の収載方針

『大鏡』の歌の収載方針は、〈表2〉から三代集を踏襲していることがわかる。ところが『大鏡』〈天〉と「雑々物語」に歌が収まるA・Cグループの人物、中でも、貫之・躬恒・伊勢・道真公・実頼・伊尹の歌を、『後拾遺集』には収載しない方針があったことがわかる。さらに、Aグループの人物の歌が八代集最後の『新古今集』に復活収載されていることから、『後拾遺集』の収載方針の転換は、三百年にわたる勅撰事業で最大のものであったと考えられる。なおDグループの〈通俊〉は『後拾遺集』の撰集を白河帝に命ぜられた者であるが、資平の実兄経通の孫である。ちなみに、『拾遺集』に百二首収載する人麿、百七首収載の紀貫之は、二百年後の建仁元（辛酉）年成立の『新古今集』において漸く復活し、それぞれ二十三首・三十三首が収められている。さらに道真公は十六首の最多の入集である。

つまり、『大鏡』は、『後拾遺集』成立・白河帝の院政開始の応徳三（一〇八六）年以前、『後拾遺和歌集』編纂の奉勅があった承保元（一〇七五）年前に成立していたと考えられる。そして、この『後拾遺集』[27]は、延久四（一〇七二）年の後三条帝崩御後の『大鏡』及び世次こと資平・重木こと経任の粛清の跡を遺したものと考える。

五　むすびにかえて

〈人〉の「太政大臣道長」伝と「藤原氏物語」に配する道長歌と、「雑々物語」の（一九八）「大堰河の行幸　宮滝御覧」に配する御製・勅撰歌とは正反対に位置するものである。〈天〉の冒頭に、貞信公忠平から名付けられたとする、「夏山重木」の由来と思われる歌が『拾遺集』にある。巻第三〈夏〉に追補した、「延喜御時、御屏風に」の詞書をもつ貫之歌、「夏山の影をしげみやたまほこの道行く人も立ちどまるらん」である。

資平が、『栄花物語』が一切触れない『拾遺集』出典歌を、『大鏡』に十首収載しているのは、己の『拾遺集』撰集が正しかったことを明示したものと考える。つまり、『拾遺集』には、既に道長の野心を問題視する撰集方針があったと考える。これらについては、『大鏡』作者資平と『拾遺集』との関わりより、稿を改めて述べていきたい。さらに、『後拾遺集』が『拾遺集』までの収載方針を転換した背景に、『大鏡』がどのように影響しているかについても、今後の課題としたい。

注

（1）テキストは橘健二・加藤静子校注・訳『大鏡』（新編日本古典文学全集34　小学館　平成8・6）を使用した。論中で使用させていただく語と原文の引用等はすべてこれによる。記号・傍線・傍点は稿者による。以下の注も同様である。

（2）橘健二「『大鏡』と『御集』との関係」（秋田大学学芸学部研究紀要　15号　昭和40・3）

（3）橘健二校注・訳『大鏡』（日本古典文学全集20　小学館　昭和54・4）

（4）図1「大鏡の構想と易姓革命」は、拙著『「大鏡」作者の位置』（悠光堂　平成29・3）の「『大鏡』作者の位置（十）藤原資平の視点からの考察―作品構造と菅原道真―」からの引用。

（5）今野厚子『天皇と和歌―三代集の時代の研究―』第三部「天皇と勅撰集『拾遺集』論」（近藤出版社　昭和63・1）

（6）松村博司著『栄花物語全注釈』（角川書店　昭和55・11）

（7）小島憲之・新井栄蔵校注『古今和歌集』（新日本古典文学大系5　岩波書店　平成元・2）

（8）小町谷照彦校注『拾遺和歌集』（新日本古典文学大系7　岩波書店　平成2・1）

（9）注（2）に同じ。

（10）注（2）に同じ。

（11）黒板勝美著『国史大系第十二巻　扶桑略記　帝王編年記』（吉川弘文館　昭和17・8）

（12）東京大学史料編纂所編『大日本古記録　小右記』（岩波書店　昭和62・11）

（13）久曾神昇『八代列聖御集』（文明社　昭和15・1）

（14）注（2）に同じ。

（15）注（2）に同じ。

（16）片桐洋一校注『後撰和歌集』（新日本古典文学大系6　岩波書店　平成2・4）

（17）注（2）に同じ。

（18）注（2）に同じ。

（19）拙稿「『大鏡』作者の位置（十一）「小野宮の御孫」公任の叙述より」（『新大国語』40号　平成30・3）

（20）北村章「公任三船譚の史実とその虚構」（大東文化大学日

本文学会編『日本文学研究』14号　昭和50・1）

(21) 注（19）に同じ。

(22) 注（19）に同じ。

(23) 秋間康夫『拾遺集と私家集の研究』（新典社　平成4・8）

(24) 注（19）に同じ。私は、忠平歌の「紅葉の色も」の改作について北村章氏は触れておられないと記したが、公任歌の「もみちのにしき」からと述べておられる。お詫びして訂正したい。

(25) 竹鼻績『拾遺抄注釈』（笠間書院　平成26・9）

(26) 久保田淳監修『八代集総索引』（新日本古典文学大系　別巻　岩波書店　平成7・1）

(27) 久保田淳・平田喜信校注『後拾遺和歌集』（新日本古典文学大系8　岩波書店　平成6・4）

本稿の一部は令和元年度新潟大学教育学部国語国文学会（令和二年二月八日）で「『大鏡』作者の位置―作品構造における和歌の配置から―」と題して口頭発表した。席上、諸先生方から貴重なご教示を賜った。ここに記して感謝申し上げる。

（元・新潟市立中学校教諭）

表1 『大鏡』に収める和歌とその作者及び出典

巻	天皇紀・大臣列伝	話群番号	初句（・は漢詩）	作者	御集	勅撰 古今 1	後撰 2	拾遺 3	後拾遺 4	金葉 5	詞花 6	千載 7	新古今 8	他
〈天〉	六十代　醍醐天皇	13	ひとゝせに	伊衡の中将	延喜									
			いはひつる	醍醐天皇	延喜									
	六十二代村上天皇	16	わびぬれば	大輔の君										大和
			今はとて	〃	延喜									
	六十八代後一条天皇（帝紀から列伝へ）	31	あきらけき	重木										
			すべらぎの	世次										
	太政大臣　良房	37	年経れば	良房		1春上								
			血の涙	素性法師		16哀傷								
	太政大臣　基経	42	うつせみは	勝延僧都		16哀傷								
			深草の	上野峯雄		16〃								
	左大臣　時平	44	東風吹かば	菅原のおとど				16雑春						
			流れゆく	〃										
			君が住む	〃				6別						
			・駅長莫驚	〃										
		45	夕されば	〃										
			山わかれ	〃									雑下	
			海ならず	〃									雑下	
			・都府楼	〃										
			・去年今夜	〃										
		46	あめのした	〃				19雑恋						
			つくるとも	〃										
		48	時の間も	中将の御息所（貴子）			20哀傷							
			恋しさの	大輔			20哀傷							
	左大臣　仲平	54	花薄	仲平		15恋五								
			おそくとく	忠平									雑上	
	太政大臣　実頼	59	まだ知らぬ	実頼			20哀傷							
		63	うれしきは	道信の中将							恋上			
	太政大臣　頼忠	71	小倉山	公任				3秋						

	左大臣　師尹	73	生きての世 あきになる	村上天皇 宣耀殿女御（芳子）	天暦 天暦									
		85	雲居まで	堀河女御（延子）					雑三					
〈地〉	右大臣　師輔	94	ひかりいづる もろかづら	斎院（選子） 彰子					雑五 雑五					栄花 栄花
		96	みやこより 九重の	村上天皇 多武峯の少将（高光）									雑下 雑下	
		101	吹く風に	紀貫之										貫之
	太政大臣　伊尹	103	暮ればとく 逢ふことは さは遠く	伊尹 （女からの返歌） 助信の少将（敦忠男）				18 雑賀						
		105	しかばかり しぐれとは ・昔契蓬莱宮	義孝 義孝 義孝					哀傷 哀傷					
		113	旅の空	花山院					羇旅					栄花
		115	世の中に 年経ぬる	花山院 冷泉院	冷泉院 冷泉院						雑上 雑上			
	太政大臣　兼通	117	ことに出でで	紀貫之										貫之
	太政大臣　公季	128	ゆきやらでで	源公忠（光孝帝孫）				2 夏						公忠
	太政大臣　兼家	141	嘆きつつ げにやげに	道綱母 兼家				14 恋四						蜻蛉
	右大臣　道兼	161	十列の	和泉式部										和泉
〈人〉	太政大臣　道長	173	そのかみや 曇りなき 三笠山 ありなれし 妹宮の	道長 上東門院彰子 彰子 道長 道長								神祇（三笠山）		栄花（三笠山） 栄花（ありなれし）
	藤原氏物語	183	年を経て	道長										栄花

話群	番号	初句（・は漢詩）	作者	御集	勅撰 1 古今	2 後撰	3 拾遺	4 後拾遺	5 金葉	6 詞花	7 千載	8 新古今	他
天皇紀・大臣列伝													
雑々物語	195	ちはやぶる	敏行の中将		20大歌所								
		松もおひ	紀貫之										貫之
	196	別るれど	伊勢	亭子院		19離別							大和
		身ひとつの	宇多法皇	亭子院		19〃							大和
	198	水ひきの	菅原のおとど			19羇旅							
		小倉山	忠平				17雑秋						
		わびしらに	凡河内躬恒		19雑躰								
	199	日のひかり	朱雀院	朱雀院									
		白雲の	穏子	朱雀院									
		呉竹の	朱雀院	朱雀院			20哀傷						
	201	勅なれば	貫之女				9雑下						
	202	秋の日の	斎宮女御（徽子）					秋上					斎宮
	203	都には	中務（母は伊勢）										中務
	204	ちはやぶる	良岑衆樹										
	215	浜千鳥	白女										大和
		ふかみどり	大江玉淵の娘										大和
	216	こと夏は	紀貫之										貫之
		照る月を	凡河内躬恒										大和
		白雲の	凡河内躬恒										大和
後日物語		かけまくも	常陸国の百姓										
		一言を	彰子								哀傷		
		身を捨てて	源中納言顕基					雑三					
		時の間も	彰子					雑三					
		今はただ	皇后（禎子内親王）					雑一					
		もろともに	後朱雀天皇					恋三					
		かたがたに	皇后宮（禎子）									恋四	

図1
大鏡の構想
と易姓革命

『史記』 周本紀
大鏡の構想
（さいつ頃）
雲林院の菩提講
説法は菩提のため
三条帝崩御 寛仁元年五月九日
三条帝皇后娍子葬送の場 万寿二年 三月廿五日崩
武王 即位
輔 師
太公望（斉の祖）
周公旦
世次の翁
班子女王（宇多帝母后）の召使い
大宅世次
資平の童名は大学丸か
重木
大犬丸
貞信公忠平の小舎人童
五月生まれ
斉の相 孟嘗君を連想か
武王 九年
文王の位牌を作り
文王の墓前で祭し
文王の命を奉ずる
革命勘文（陰陽道）
時平
三善清行
道真流罪
師輔の霊（陰陽術）
師輔
良源
小野宮滅亡
娍子 敦明 断
世次の語りは
日本紀
世次（神鏡の出現）
清和帝退位（陽成帝即位）の年
正月望の日生まれの百九十歳
紀伝体形式で
一家三后の道長の栄華の由来
文徳帝
外戚
冬嗣
武王 十一年十二月
武王の大誓
「殷王紂は、婦人の言を用いて、自ら天命を失い……」
三善清行
時平
延喜1西
道真
延喜3亥・薨
「経八十四年成立国土」
道賢
（天慶4）
良源
師輔
（死 960年）
応和1
三十ばかり…者（東宮尊仁・後三条帝）
宇佐八幡神の託宣『日本後紀』
而道鏡悖逆無道。輒望神器。是以神霊震怒。不聴其祈。…汝勿懼道鏡之怨。吾必相済
〔安和の変〕〔花山帝退位〕〔三条帝退位 敦明東宮退位〕
冷泉帝 ― 花山帝 ― 三条帝
円融帝 ― 一条帝 ― 後一条帝
師輔 ― 兼家 ― 道長
大逆も赦される
清涼殿造り
内裏の室内
高御座を削る
世の親
武王の周公旦への吐露
「天が殷の祭を饗けないようになったのは、今に六十年……」
八十四年後、資平生亥年
（正暦四・小右記）
小野宮子孫六十年内に滅亡
三条帝妃娍子懐妊（敦明）断
師輔霊の呪い
兼家
道長
敦明退位
寛仁1
治安1
万寿1
（死・1027年）
世次 百五十歳
万寿（甲子改元）二年五月頃
三月 娍子崩
七月 寛子崩
八月 嬉子崩
道長 万寿四・十二・四薨
即位十二年
正月甲子の日
牧野の戦
世次 百九十歳
治暦元年
三条帝皇女禎子の栄え
後三条帝即位
治暦四年 春秋卅五
易姓革命
周王朝成立
治暦三年 十二月五日薨
経任 治暦二年 二月十六日薨

表2　八代集他の作者別収載歌数

グループ	作者	『大鏡』天	『大鏡』地	『大鏡』人	『大鏡』雑	①古今	②後撰	拾遺抄	③拾遺	大鏡	④後拾遺	⑤金葉	⑥詞花	⑦千載	⑧新古今
A	柿本人麿			○				12	102						23
	〈大伴家持〉								3						
	在原業平	○				30	10		3						12
	〈遍昭〉					17	5	5	5						2
	菅原道真	8			1	2	3	2	5	9					16
	時平（基経男）	○			○	2	14								
	素性（遍昭男）	1				37	7	1	2	1					2
	凡河内躬恒				3	60	23	26	34	3					12
	兼輔（堤中納言）				○	4	23								7
	伊勢（中務母）				1	22	70	20	25	1					15
	紀貫之		2		2	102	81	56	107	4					33
	源公忠（光孝帝孫）		1				2	3	4	1					2
	忠平（基経男）	1			1		7	1	1	2					1
	師輔（忠平男）		○				13	1	2						1
	壬生忠岑				○	36	10	5	12						
	実頼（忠平男）	1					10	7	9	1					4
	伊尹（師輔男）		1				2	4	6	1					10
	中務				1		7	9	14	1					4
	頼忠（実頼男）	○						1	1						1
	惟成		○					1	1						5
	高光（師輔男）		1					4	4	1					6
	実資（実頼養子）	○							1						1

C									B																	
仲平（基経男）	伊衡（敏行男）	大輔（保明乳母子）	大江玉淵女	良峯衆樹	敏行（紀名虎孫）	勝延僧都	良房（冬嗣男）	上野峯雄	彰子（道長女）	公任（頼忠男）	和泉式部	斎院選子（安子女）	道長（兼家男）	〈長能〉（倫寧男）	高遠（斉敏男）	曾根好忠	〈実方〉（済時養子）	高内侍（隆家母）	朝光（兼通男）	道綱母	道信（為光男）	〈大中臣能宣〉	兼家（師輔男）	〈清原元輔〉	斎宮女御	義孝（伊尹男）
1	1	3				1	1	1		1					○						1					
									1		1	1						○	○	1			1			2
									2				4													
			2	1	1											○									1	
1		1	1		19	1	1	1																		
7	2	15			4			1																		
	2									3				6	1	3	2			4	2	23		18	5	1
	7									15	1	1	2	7	1	9	7	1	4	6	2	59	2	48	5	3
1	1	3	2	1	1	1	1	1	3	1	1	1	4							1	1		1		1	2
									2	19	68	7	5	20	8	9	14	2	2	7	11	16	4	26	7	7
									2		4	1														
										4	16	1	1	2	1	17	3			2	1	8		6		1
									3	11	21	1	3	7			4	1			5					
									5	6	26	1	5	4	3	16	12	1	3	2	9	11	2	6	12	2

グループ							D										E						
作者	稔子（朱雀母后）	中将の御息所貴子	芳子（師尹女）	貫之女	助信（敦忠男）	延子（顕光女）	義懐（伊尹男）	伊周（道隆男）	公信（斉信弟）	行成（義孝男）	源経任（政成父）	公成（実成男）	通房（頼通男）	道雅（伊周男）	能信（道長男）	経輔（隆家男）	源高明	隆家（伊周弟）	定頼（公任男）	頼通（道長男）	隆国（俊賢男）	〈資仲〉（資平男）	〈通俊〉（経通孫）
『大鏡』天		1	1			1					○	○		○	○		○	○	○	○			
『大鏡』地					1		○	○	○	○				○		○	○	○		○	○		
『大鏡』人								○					○		○		○			○			
『大鏡』雑	1			1																○			
古今 ①																							
後撰 ②																							
拾遺抄																							
拾遺 ③																							
大鏡	1	1	1	1	1	1																	
後拾遺 ④						2	1	2	1	1	1	1	1	5	1	1	10	2	14	1	1	1	5
金葉 ⑤																				1		2	3
詞花 ⑥								2						1						1			2
千載 ⑦																				1	1		2
新古今 ⑧																	3	1	4	2	1	1	2

『大鏡』作者の位置（十三）
—『拾遺集』との関わり

五十嵐　正子

目次

一　はじめに

『大鏡』[1]は、〈表1〉「『大鏡』収載歌一覧」[2]（論末に掲示）に示したように、『古今集』出典の勅撰歌を七首、『後撰集』から六首、『拾遺集』から十首を収載している。

ここから、まず、私が『大鏡』作者と考える小野宮実資の養嗣子資平は、『拾遺集』を勅撰集として位置付けているとわかる。

一方、『栄花物語』[3]は、紀貫之の古今序に匹敵するものを書ける者がいないとして、『拾遺集』については、正編三十巻・続編十巻を通して一切言及することがない[4]。しかし、『大鏡』は、その貫之歌を『貫之集』から四首収載しており、道長の四首と並ぶ最多である。

さて、私は大宅世次の翁は三種の神器の神鏡に、夏山重木は、資平の異母（佐理女）弟経任を当てていると述べた[5]。そして、夏山重木の名は、忠平による命名ではなく、『拾遺集』[6]巻第二〈夏〉の追補した一三〇番の、「延喜御時、御屏風」の詞書きを持つ、貫之歌「夏山の影をしげみやたまほこの道行く人も立ちどまるらん」に由来するものと考える。つまり、『大鏡』作者資平は、重木の命名により、醍醐帝勅撰『古今集』の仮名序を記した貫之と、『拾遺集』における貫之の追補歌との関わりを、冒頭から宣言しているものと考える。

ところで、『拾遺集』に触れない『栄花物語』ではあるが、村上帝を小野宮実頼とは歌を詠み交わす仲と叙述し、村上帝の勅命により『後撰集』が編纂されたと記している。ちなみに『後撰集』は小野宮実頼の撰集ではないかとも言われている[7]。ここから、資平の周辺には、実頼の未完に終わった国史編纂[8]の資料と共に、勅撰集編集に必要な和歌資料も充分に揃っていたと考えられるのである。

そして『大鏡』の〈天〉の後一条院紀の、話群〔三一〕「過去・現在・未来を映す鏡　重木・世次の歌」に続く、〔三二〕「日本紀聞くとおぼすばかり」において、「翁らが説くことをば、日本紀聞くと思すばかりぞかし」と、世次は語りの目的を言挙げしている。

以上、資平は、文徳帝から後一条帝期の万寿二年までの百七十六年間の、大宅世次こと神鏡の語りによる日本紀において、御製・勅撰歌を、特に『拾遺集』をどのように関与させているのかが問題になると考える。

ところで、続く〈天〉の後一条天皇紀の、話群〔三三〕「道長の栄光ならびなし　一乗の法のごとし」に、「天下の大臣・公卿の御中に、この宝の君のみこそ、世にめづらかにおはすめれ。今ゆく末も、たれの人かかばかりはおはせむ。いとありがたくこそはべれや。たれも心をとなへて聞こし召せ。」と、冬嗣からの二百年に渡る大臣の中で、道長の栄花に焦点を当てる、との世次の言がある。

しかし、「今ゆく末も、たれの人かかばかりはおはせむ。」

との世次の評は、万寿二年時のものではない。万寿四年十二月四日の道長の死から四十年後の、息子頼通の娘が三后になる見込みはなく、さらに藤原氏の母后を持つ帝の即位が望めないことが明白になりつつある、世次の百九十歳の治暦元年（一〇六五）時の状勢を示したものと考える。ちなみに、頼通は治暦元年に関白を罷め、その前年には氏長者を弟教通に譲っており、教通は、三条帝皇女禎子内親王を母后に持つ、東宮尊仁親王（後三条帝）の皇太弟傅を、その立太子の時から即位されるまで奉仕している。

資平は、道長の歌を『大鏡』に四首収載しているが、いずれも勅撰歌ではない[9]。その配置の内訳は、〈人〉の「太政大臣道長」伝に三首、続く「藤原氏物語」に一首である。そして、うち二首は、『栄花物語』出典であり、他の二首は出典未詳である。この資平の、『大鏡』における道長歌の収載姿勢は、『栄花物語』正編の、道長十九首、公任十七首、花山法皇御製四首の収載と、道長の極楽往生完結との、道長中心の叙述を苦々しく捉えていることによると考える。私は、資平は、道長歌を、『小右記』[10]に実資が「非人臣如帝王」と記したように、『大鏡』に逆臣と位置付け断罪する意図で配置していると述べた[11]。

一方、これらの道長歌の対極に配置するのが、〈人〉の「雑々物語」の話群〔一九八〕「大堰河の行幸　宮滝御覧」に配する、後撰集出典の道真公の歌、拾遺集出典の忠平歌、古今集出典の躬恒歌、つまり、三代集から各一首ずつ撰んだ勅撰歌であると考える[12]。さらに、この三代集出典の勅撰歌と、宇多帝―道真公―（醍醐帝）―忠平―躬恒の配置と、話群末尾に、「古今仮名序」を連想させる「大堰河行幸序」を記す構想は、貫之の仮名序の君臣相和すとの志を具現化して示した資平の理想郷であると考える[13]。

つまり、話群〔一九八〕は、『栄花物語』が、貫之の序に匹敵するものを書ける者がいないとして、『拾遺集』の存在を黙殺し、『栄花物語』ならぬ道長物語を叙述した女房どもの「心驕り」を、世次が「今様のちごども」と、揶揄して粉砕したものと考える[14]。

ところで、『栄花物語』が『拾遺集』に触れないのは、道長の栄花を叙述するには、『拾遺集』に言及できない理由があったからと考える。その理由は、道長と公任、さらに花山法皇との贈答歌を収載して、その親密さを故意に強調提示する姿勢に隠されていると考える。そして小野宮実頼ならぬ実資・資平とに何らかの関わりがあり、それ故に、『栄花物語』作者である女房は道長に憚って言及しない方針をとったと考える。さらに、その理由の一つに、『袋草紙』・『拾遺抄注』にある、花山法皇が公任歌の「紅葉の錦」への改訂を申し入れたが、公任が激昂して許さなかったとの事件[15]があったのだと憶測する。

『大鏡』に唯一配する公任歌「小倉山嵐の風の寒ければ紅葉の錦着ぬ人ぞなき」の「小倉山」と「紅葉の錦」との、当然の如き改作は、『拾遺集』撰集は養父実資から任された資平自身であるとの顕示と考える。そこで、本稿では、世次百九十歳の治暦元年時、八十歳の資平が、六十年前に撰集追補したと推測する『拾遺集』を、どのように『大鏡』に取り込んでいるかを見ていきたい。

二　御製・勅撰歌の配置の特徴

(1)〈天〉における御製・勅撰歌の配置の特徴

〈天〉の話群〔三四〕「列伝の序―大臣の由来」に、「太政大臣はこの帝の御代に、たはやすくおかせたまはざりけり。…わざとの太政大臣はなりがたく、少なくぞおはする。」とある。その太政大臣の中で、〈天〉に勅撰歌を収載されるのは、〈図1〉「『大鏡』における御製・勅撰歌の配置」（論末に掲示）に示したように、良房一首、道真公三首、実頼一首のそれぞれ三代集から引く三人である。

良房は、藤原冬嗣二男で、人臣で初めて太政大臣となった者である。

道真公は、延喜元年辛酉に、左大臣時平と三善清行とにより太宰府に流され、延喜三年（九〇三）癸亥にかの地で没したが、正暦四年（九九三）閏十月廿日に太政大臣を贈られる。

実頼は、貞信公忠平一男で、村上帝の信任厚く、冷泉帝即位時に関白、太政大臣となる。なお、『小右記』の正暦四年閏十月十四日条には、弟師輔の霊が、子孫繁昌を外術で祈祷すると共に陰陽術で小野宮家滅亡と皇太子（三条帝）妃娍子の懐妊（敦明親王）を絶つことを願ったと語ったとの伝聞が記録されている。

良房歌「年ふれば」は『古今集』出典であるが、良房の勅撰集入集歌は八代集中この一首のみである。

道真公の三首は、すべて寛弘二年（一〇〇五）～四年成立と言われる『拾遺集』出典である。道真公が薨じた延喜三年から百年後に成立した、三代集の最後の『拾遺集』収載歌のみを、『大鏡』作者資平が道真公の勅撰歌として配していること[16]が、まず問題となると考える。

ちなみに、道真公の勅撰歌は、『古今集』に二首、『後撰集』に三首収載され、『拾遺集』の五首は、公任の『拾遺抄』収載の二首に、さらに三首追補されたもの[17]である。つまり、作者を「贈太政大臣」とする『拾遺集』の五首すべてと、『大鏡』〈天〉の「左大臣時平」伝に配する道真公の歌八首すべてとが、同じく流罪時の無実を訴えるものであることにはつながりがあると考える。

〈天〉における御製は、醍醐帝と村上帝とのそれである。

醍醐帝御製は、〈天〉の六十代醍醐天皇紀に配する、『延喜御集』[18]出典の「いはひつる言霊ならばももとせの後もつきせぬ月をこそ見め」である。

村上帝御製は、〈天〉の最後尾「左大臣師尹」伝に配する『天暦御集』出典の「生きての世死にての後の後の世も羽をかはせる鳥となりなむ」である。

拙稿で、醍醐帝御製は、朱雀帝・村上帝の御誕生から「ももとせの後」、つまり、百年後の万寿二年（一〇二五）までの皇統の継承を寿ぐものであり、即ち、道真公の無実を証明・宣言されたものとして、『大鏡』の巻頭歌として配したものであると述べた[19]。つまり、醍醐帝御製は、『古今集』出典の人臣初の太政大臣となった良房歌とではなく、『拾遺集』出典の道真公の歌を念頭に配置されている[20]と考える。

そして、村上帝御製は、師輔女安子との贈答歌ではなく、師尹女芳子との連理の枝を詠み交わしたものである。

実頼歌「まだ知らぬ」は、村上帝の勅命による『後撰集』出典の、一男敦敏（佐理の父）の死を悼む歌である。『栄花物語』は、この実頼歌一首のみを、弟師輔が女安子の皇子出産により外戚として権力を握ったことで、兄実頼は口惜しく思っているとの叙述の中に収載している。しかし私は、『大鏡』は村上帝御製を小野宮実頼に近付けて配置していると考える。さらに、資平は、一男敦敏（母は時平女）の死を嘆く父実頼の歌を、道真公の祟りとではなく、弟師輔の兄小野宮の六十年内の滅亡の呪いへと連想させる作為で〈天〉に配置していると考える[21]。

（2）〈地〉における御製・勅撰歌の配置の特徴

〈地〉に収載する御製は、「太政大臣伊尹」伝に配する『冷泉院御集』出典の冷泉院と花山院との父子間の贈答歌である。そして、『栄花物語』出典の花山法皇御製「旅の空」を収載するが、道長・公任とに贈ったそれではない仏道修行時のものである。

太政大臣で、〈地〉に勅撰歌を収載されているのは、伊尹のみで、『拾遺集』出典の「暮ればとく」である。他に、〈地〉に収載する勅撰歌は「太政大臣公季」伝に配する源公忠の歌「ゆきやらで」と、「太政大臣兼家」伝に配する道綱母の歌「嘆きつつ」がある。これら三首の勅撰歌は、〈表1〉と〈表2〉[22]「『大鏡』における『拾遺集』出典歌の配置」（論末に掲示）とに示したように、すべて『拾遺集』出典であるが、公任の『拾遺抄』収載のものであり、追補歌ではない。

ちなみに、〈地〉には『古今集』と『後撰集』を出典とする勅撰歌は配されていない[23]。さらに、右大臣師輔はともかくとして、『拾遺集』に二首追補した太政大臣兼家の勅撰歌を、『大鏡』は収載しない。

以上、〈地〉における冷泉院・花山院の御製と、『拾遺集』出典の勅撰歌のみとの収載姿勢は、花山法皇勅撰と言われる『拾遺集』成立時期を示唆する作為と考える[24]。

（3）〈人〉の「太政大臣道長」伝・「藤原氏物語」における御製・勅撰歌の配置の特徴

〈人〉の大臣列伝は、「太政大臣道長」伝のみであり、御製・勅撰歌は皆無である。そして、配する歌は道長三首と彰子二首のみであり、もちろん勅撰歌ではない。
続く「藤原氏物語」に配する唯一の歌も、勅撰歌ではない道長歌である。それは、〈図1〉「『大鏡』における御製・勅撰歌の配置」に示したように、『栄花物語』巻二十四〈わかばえ〉出典の、万寿二年正月、孫通房の七夜の祝歌「年を経て待ちつる松の若枝（栄花は若ばえ）にうれしくあへる春のみどりこ」である。私は『大鏡』冒頭の、醍醐帝の「いはひつる」の百年後の寿ぎの御製の対極に、三十四歳の関白頼通を松の若枝、通房を春のみどり子と[25]、帝・東宮を暗示するかの如き逆臣の歌と断じて配していると考えている。

ちなみに、万寿二年生まれの通房は、寛徳元年（一〇四四）、隆家が薨じた四ヶ月後に、二十一歳で亡くなり、翌寛徳二年に、後朱雀帝は後冷泉帝に譲位され、皇后禎子内親王所生の尊仁親王（後三条帝）が皇太弟となられる。

以上、『栄花物語』は寛弘五年誕生の後一条帝の五十日祝の紫式部と道長の歌は載せるが、万寿二年八月に誕生された後冷泉帝の祝歌を載せずに、孫通房を祝う道長の帝王の如き歌を収め、さらに極楽往生で幕を閉じているではないかとの揶揄を込めて、『大鏡』は道長を逆臣と位置付ける意図で、外戚道長の行き着いたあげくの歌として「藤原氏物語」に唯一配置していると考える。

（4）「雑々物語」における御製・勅撰歌の配置の特徴

「雑々物語」に収載する御製は、『亭子院御集』出典の宇多帝御製「身ひとつの」と、『朱雀院御集』出典の朱雀帝御製「日のひかり」と「呉竹の」の三首である。

宇多帝御製「身ひとつの」は、『後撰集』・『大和物語』にも収載され、朱雀帝御製「呉竹の」は『拾遺集』にも収載されている。御集と勅撰集とに重複する御製の配置は、『大鏡』においてこの二首のみである。[26]

「雑々物語」は、大臣列伝による構成ではない。しかし、太政大臣の勅撰歌としては、話群（一九八）「大堰河の行幸　宮滝御覧」に、忠平の『拾遺集』出典の「小倉山」と、道真公の『後撰集』出典の「水ひきの」との、二首のみを配している。

宇多帝御製は、（一九八）の二つ前の話群（一九六）「重木の話、宇多天皇譲位のほど」において、宇多帝御製「身ひとつの」と、伊勢の歌「別るれど」との贈答歌として配す。そして続いて「別るれど」を宇多帝御製とし、「身ひとつの」を醍醐帝御製とする異説に言及する。

この二首の前置きは、重木の語りで、

　この翁（重木）も、あのぬし（世次）の申されつるがごとく、くだくだしきことは申さじ。同じことのやうなれど、寛平・延喜などの御譲位ほどのことなどは、いとかしこく忘れず覚えはべるをや。伊勢の君の、弘徽殿の壁に書きつけたうべりし歌こそは、そのかみに、あはれなることと人申ししか。

と、宇多帝の譲位の際の伊勢の君との贈答歌としている。異説をとっても宇多帝の譲位時の歌となるが、「寛平・延喜（醍醐帝）などの御譲位のほどのことなど」とある、宇多帝と醍醐帝の譲位時の事情については触れない。宇多帝が道真公を輔佐させて即位させた醍醐帝は、『日本紀略』[27]には、延長八年（九三〇）六月二十六日、清涼殿に落雷後、「御不予」、そのまま九月二十九日崩御とある。そして、『大鏡』では、同年九月二十二日に朱雀帝即位とある。つまり、この〔一九六〕の話群は、『大鏡』末の「雑々物語」に至っても、道真公の濡れ衣は晴らされてはいないのだという、死しても遺す資平の真意の表示と考える。

朱雀院御製「呉竹の」は、『拾遺集』にも収載されている。ただし、四句・結句は「ねは絶えせずも泣かるべき哉」である。『大鏡』には「ねは絶えせずぞなほながるべき」と改作して収めている。つまり、のちに冷泉帝中宮となられた朱雀帝皇女昌子内親王によって、朱雀皇統は冷泉帝までは継承されたのであり、道真公怨霊によって絶えたのではないとの意図による改作と収載であると考える。ちなみに太皇太后昌子親王は、彰子屏風歌事件の一ケ月後の長保元年（九九九）十二月一日に崩御されている。

ところで、『大鏡』〈天〉に冒頭歌として収める、醍醐帝御製の村上帝・朱雀帝誕生の寿ぎ通り、百年後の万寿二年八月に誕生された後冷泉帝の祝歌はない。替わりに呼応させるが如く配したのは、道長を外戚の頂点として描く「藤原氏物語」における、万寿二年正月の孫通房の七夜の祝いの歌、即ち、外戚の帝王の如き逆臣の歌である。

この万寿二年正月の逆臣道長歌の配置に続くのが、「雑々物語」の宇多帝譲位の際の御製「身ひとつの」であり、話群〔一九八〕の「大堰河行幸　宮滝御覧」である。この行幸は、頭注に昌泰元年（八九八）十月二十日のことである。宇多法皇が退位された翌年のことであり、供奉された道真公の「水ひきの」の『後撰集』出典歌がまず配される。つづいて延長四年（九二六）十月十日の宇多法皇の大堰河御幸に触れ、十月十九日の醍醐帝行幸の際の、忠平歌「小倉山」を配す。この歌については北村章氏が『拾遺集』の一一二八番出典であり、前置きも『拾遺集』の一一二八番の詞書と同じであり、さらに公任歌の初句「小倉山」の改訂も忠平歌の「小倉山」からであると、論述されている[28]。なお、私は、忠平歌の二句「峰のもみぢ葉」を、資平が「紅葉の色も」に改作して『大鏡』に収めるが、『拾遺集』の一〇七〇番の読み人知らず歌「紫の色し濃ければ藤の花松の緑も移ろひにけり」から引いたと考えている。そして話群最後に、頭注に「延喜七年（九〇七）九月十日の宇多法皇大堰河御幸した折」とある、『古今集』出典の躬恒の「わびしらに」の歌を配す。この躬恒歌の収載意図は、忠平歌の二句の「紅葉の色も」の改作の種明しであると共に、この時の『大堰河行幸和歌序』を奏上した紀貫之の『古今仮名序』を示唆してこの話群を締め括ることにあると考える。つまり、この三代集から各一首ずつ配する〔一九八〕の話群は、『古今集』[29]の「仮名序」の「柿本人麿なむ、歌の仙なりける。これは、君も人も、身を合せたりと言ふなるべし。」の世界を具現したものと考える。

以上、〔一九八〕の話群は、宇多法皇の大堰河御幸と醍醐帝が同行された際の勅撰歌、それも三代集から各一首ずつ引いたものを配していることになる。宇多法皇のもと、道真公・醍醐帝・忠平、そして躬恒・貫之が会する外戚のいない君臣相和す、目も眩むような晴れがましい場面を描いている。資平には、宇多法皇が院政を行っていたら、道真公は流罪・怨霊の濡れ衣を着せられることはなかったとの考えがあったということであろうか。さらに、治暦元年（一〇六五）、東宮尊仁親王に、即位された暁には、宇多帝が成し得なかった外戚の専横を排除した君臣相和す院政の実現をとの教示であったとも考える。これらから、私は『大鏡』叙述当初から、宇多帝御製は、朱雀帝御製と共に、外戚の系譜を追う大臣列伝ではない「雑々物語」に配置するとの構想があったと考える。

そして、〈天〉の醍醐帝御製と『古今集』、村上帝御製と『後撰集』との連想、そして〈地〉の花山帝御製と『拾遺集』との示唆を踏まえると、「雑々物語」は宇多帝と三代集とのつながりを意図しているのではないかと考える。分量のほぼ同じ〈天〉〈地〉〈人〉の、その〈人〉に道長と、宇多法皇と三代集との世界とをだきあわせている。この〈人〉の構成は、帝王の如き逆臣道長を宇多法皇と勅撰三代集との世界によって覆す作為と考える。

以上、「雑々物語」の話群〔一九八〕の宇多法皇の大堰河御幸に三代集出典の歌を配する意図は、『古今集』仮名序の貫之の君臣相合すの志が『拾遺集』撰集の根幹にも継承されていると明示することであると考える。

三　『拾遺集』出典歌の配置の特徴

橘健二氏が、『大鏡』の解説[30]に「要するに仮名書きの歴史というのであれば、『栄花物語』の大作一つがあれば、これでことは足りる。『大鏡』の作者が、い・た・た・ま・れ・な・いかのように、同じテーマで同一人物の賛美を試みたとするならば、やはりその作品をものする作者のものの考え方・感じ方・見方に異なるものがあったればこそと思われるのである。」と述べておられる。

『大鏡』作者資平は、橘健二氏の述べられる「いたたまれないかのように」、『栄花物語』が黙殺する『拾遺集』を、勅撰集として古今・後撰と共に三代集として位置付けていると考える。つまり、「はじめに」で述べたように『栄花物語』が貫之の古今序に匹敵するものを書ける者がいないからとして触れない『拾遺集』は、六十年前に若き資平自身が養父実資から撰集を指示されたものであると顕示していると考える。

そこでどのような意図で『拾遺集』出典歌を撰び、『大鏡』に配置しているのかについて考えていきたい。

〈表2〉「『大鏡』における『拾遺集』出典歌の配置」を見ると、次に掲げる特徴が見られる。

①〈天〉と〈人〉の「雑々物語」とに、呼応するかの如くに『拾遺集』の追補歌が収載されている。そして、〈天〉の夏山重木の名称の出典と思われる貫之歌「夏山の」と、「雑々物語」の貫之女の歌とする「勅なれば」とは、『大鏡』の巻頭と巻末とに当り、貫之の『古今仮名序』の志は『大鏡』全体を囲む枠、あるいは基盤の役割を荷なわされていると考える。さらに、道真公の「あめのした」と朱雀院の「呉竹の」との追補歌は、道真公の濡れ衣を晴らす呼応を意図した配置と考える。

そして、話群〔七二〕に配する公任歌の初句「朝まだき」から「小倉山」への改作は、〈天〉が、「雑々物語」の忠平歌「小倉山」へつながる、あるいは呼応することを明示し、誘動する目的で行ったものと考える。

②〈天〉の「左大臣時平」伝のみが太政大臣伝ではないが、贈太政大臣道真公の名誉回復の願いを込めて時平を凌駕する叙述内容に、八首の和歌と三編の漢詩とを収載したものと考える。そして、八首の冒頭二首「東風吹かば」「君が住む」と、八首目の虫食い歌「つくるとも」を除いた、最後尾の七首目の「あめのした」との三首は『拾遺集』出典歌であり、他の五首は勅撰歌ではない。

ここから、『大鏡』作者資平は、道真公と『拾遺集』と『大鏡』とに何らかの関わりを持たせていると考える。つまり、養父実資が花山法皇から『拾遺集』撰集の勅命を受けたのは、道真公が薨じられた延喜三年から百年後の長保五年（一〇〇三）だったのではないかと推測する。

③『拾遺集』に追補した道真公・朱雀院・貫之の歌を、〈天〉と〈人〉の「雑々物語」とに呼応する如く配置する姿勢には、資平自身の『拾遺集』追補歌とその作者とに対する思い入れがあると考える。つまり、道真公に対するこだわりは、公任歌の初句を「小倉山」に、そして四句を「紅葉の錦」に平然と改訂して配する資平の姿勢と共に、『栄花物語』が黙殺する『拾遺集』の撰集を行った者のそれではないかと考える。ともあれ、『大鏡』における『拾遺集』出典歌、特に追補歌の配置は、『大鏡』の構想に深く関わるものであると考える。

四　『大鏡』構想と『拾遺集』出典歌との関わり

三節で見たように、『大鏡』作者資平は、『拾遺集』と、その追補歌に何らかのこだわりを持っており、それ故に、『大鏡』構想上に、『拾遺集』出典歌を意図的に反映させていると考える。

(1) 夏山重木の名称の出典歌について

『大鏡』の冒頭で、世次・重木の自己紹介の話群において、「重木」の名は、貞信公忠平が、親の姓「夏山」の縁語で名付けたとする。私は、大宅世次より十数歳年下の重木を、資平の異母（佐理女）弟経任を当てていると考えている。その重木の名の出所は、〈表2〉に示した『拾遺集』の追補歌一一三〇番の、初句・二句の「夏山の影をしげみや」と考える。そして、一一三〇番の歌の作者は貫之であり、詞書は、「延喜の御時、御屏風」である。

つまり、資平は神鏡による日本紀の設定において、経任こと夏山重木を、醍醐帝勅撰『古今集』の仮名序の作者紀貫之と強いつながりを持たせていると考える。さらに、資平が追補撰集を行ったと考える花山法皇勅撰『拾遺集』と、『栄花物語』に『後撰集』の勅命を下された村上帝と歌を詠み交わす仲と記される実頼の直系の経任とを関係付ける構想上の意図については、今後稿を改めて考えて行きたい。

(2) 道真公の『拾遺集』出典歌について

『拾遺集』に収載する道真公の歌は、次に掲げる五首である。

	拾遺集				拾遺抄
	歌番号	作者名	初句	巻・部	歌番号
①	三五一	贈太政大臣	君が住む	巻六・別	二二七
②	四七九	贈太政大臣	天つ星	巻八・雑上	なし
③	四八〇	贈太政大臣	流れ木も	巻八・雑上	なし
④	一〇〇六	贈太政大臣	東風吹かば	巻十六・雑春	三七八
⑤	一二一六	贈太政大臣	あめのした	巻十九・雑恋	なし

『大鏡』の〈天〉の「左大臣時平」伝に配される道真公の歌は八首である。次に、その八首を収載順に掲げる。

順	初句	出典・巻・部・歌番号	拾遺抄・歌番号
A	東風吹かば	拾遺集・巻十六・雑春・一〇〇六	三七八
B	流れゆく	出典未詳	
C	君が住む	拾遺集・巻六・別・三五一	二二七
D	夕されば	出典未詳	
E	山わかれ	出典未詳	
F	海ならず	出典未詳	
G	あめのした	拾遺集・巻十九・雑恋・一二一六	なし
H	つくるとも	扶桑略記・村上朝紀 応和元年二月十六日 改天暦五年為応和元年。天徳是火神号也。…世伝言。新造内裡之柱。虫食三十一字	

道真公の『拾遺集』収載歌五首のうち、①「君が住む」と、④「東風吹かば」とは、公任の『拾遺抄』からのもの

で、②③⑤は『拾遺集』において追補したものである。そして、この五首はすべて道真公の無実を訴えるものであり、作者を「贈太政大臣」とするところに特徴がある。
一方、『大鏡』の「左大臣時平」伝に配される、一連の和歌八首と漢詩三編とがあるが、それらの詩歌すべてが道真公の無実を訴えるものであることは、『拾遺集』と共通している。しかし、『大鏡』の特徴は、都から太宰府への移動に沿って八首もの歌に三編の詩を加えて配列して、時平を凌駕する分量の叙述に仕上げていることである。これは、後の『新古今集』の道真公流罪時の十二首の配列へとつながるものと考える。以上、道真公の勅撰歌としては、『拾遺集』出典の三首のみ配しており、『拾遺抄』からの二首A・Cを冒頭に、追補歌Gを最後尾に収載している。つまり、資平には、『拾遺集』及びその追補歌とに、特別な思い入れがあり、道真公の無実を訴える詩歌を時平伝に顕示する強い道義があったものと考える。

ところで、H「つくるとも」の虫食い歌は、十一世紀末成立と言われる『扶桑略記』(31)に記されている。私は『大鏡』成立を治暦元年（一〇六五）と考えているので、資平は、『扶桑略記』が資料としたものからか、又は、全く違う資料から収載していると考える。

ちなみに、『古今集』収載の道真公の二首は、作者を「菅原朝臣」とし、宇多帝期の菊合の二七二番「秋風の」と、「朱雀院（宇多）の奈良におはしましたりける時」の詞書を持つ、四二〇番「このたびは幣もとりあへずたむけ山紅葉の錦神のまにまに」であり、流罪時の歌ではない。

そして、『後撰集』(32)では、作者を「菅原右大臣」として、三首収載する。その一首は、「東風吹かば」と同趣の流罪時の五七番「さくら花主をわすれぬ」である。他の二首は、宇多法皇の宮滝御覧に御供した際の、一三五六番「水ひきの白糸延へて織る機は旅の衣に裁ちや重ねん」と、一三五七番「ひぐらしの山路を」とである。ちなみに、一三五六番の「水ひきの」の歌を、資平は、『大鏡』の「雑々物語」の前述の話群（一九八）「大堰河の行幸　宮滝御覧」に収載している。

（3）　公任の『拾遺集』出典歌について

『拾遺集』に収載する公任歌は十五首で、うち三首は公任の『拾遺抄』からのものである。つまり、十二首を追補して五倍に増やしている。

追補された歌が多い作者の、その歌数を次に掲げると、人麿が十二首から百二首、菅原道真公の二首から五首、紀貫之の五十六首から百七首、壬生忠岑の五首から十二首、義孝の一首から三首、曾禰好忠の三首から九首である。『大鏡』に登場しない作者としては、清原元輔の十八首から四十八首、大中臣能信の二十三首から五十九首、実方の二首から七首である。

これらの追補された歌が多い作者の中で、『大鏡』に収載された作者とその追補歌は、〈表2〉に示したように、重木の名の出典と考える、紀貫之の「夏山の影をしげみや」と、道真公の「あめのした」である。

しかし、「太政大臣頼忠」伝に配する公任歌は追補歌ではなく、『拾遺抄』の一三〇番「朝まだき嵐の山の寒ければ散る紅葉ばを」を「小倉山」「紅葉の錦」に改訂したものである。なお、『拾遺集』二一〇番の四句「紅葉の錦」への改作は、定家本からであると竹鼻績氏が述べておられる[33]。このことから、公任歌の四句が「紅葉の錦」に改作されたのは、北村章氏が述べておられている通り[34]、『大鏡』が最初と考える。つまり、資平は、『拾遺集』に十二首追補する以前の、『拾遺抄』に収載する公任歌三首のうちの一首「朝まだき」を選び、その初句と四句とを改訂して、道長が統べる「大堰河遊覧」の話群に配したことになる。この『大鏡』に収載した公任歌についての最大の問題点は、なぜこの一首だけを選び改作したかであろう。

ところで、橘健二氏が論考「『大鏡』と『御集』との関係」の冒頭で、「『大鏡』が幾多の資料を巧みに駆使し、自家薬籠中のものとしていることは、周知のことであり」、結びには「『大鏡』作者は、そのたくましいまでに眼光を輝かせ、資料を取捨選択し、口承を把握して、『大鏡』への形象化に成功しているのであるが、その依拠資料に対しては、いたずらに虚構の方法にのみよらず、かなりなまでに忠実に従っていることが、この『御集』との関係を考察しただけでも判明するのである。」と述べておられる[35]。

この橘健二氏のご論[36]を参考にすると、『大鏡』に公任のこの歌を収載した理由としては、『袋草紙』等に記された「紅葉の錦」事件が関係していると考えられる。つまり、『袋草紙』『拾遺抄注』に記される花山法皇の改訂の申し入れが[37]、『大鏡』の「紅葉の錦」の改作に関わると考える。そして、帝王の如く宴を統べる道長に心驕りして失敗したと公任に嘆かせる、『大鏡』作者の位置は、『小右記』長保元年十月廿八日条の、道長に彰子の屏風歌を献ぜさせられた公任を嘆き、花山法皇にまで屏風歌を要求した道長を憤る実資のそれに、最も近いと考える。

以上、公任歌を改作して配した話群〔七一〕は、『拾遺集』の成立背景と、『栄花物語』の黙殺理由をも示唆したものと考える。

(4) 忠平の『拾遺集』出典歌について

既に北村章氏が公任歌の初句「小倉山」の出典と述べられた[38]、忠平の「小倉山」歌は、追補したものではなく、『拾遺抄』四一五番のそれである。

拙稿で、公任歌の「小倉山」「紅葉の錦」への改訂には、道真公の『宮瀧御幸記略』に収める詩句「雨中衣錦故郷帰」と、『拾遺集』一一二八番の忠平歌につづく、追補歌の一一二九番と一一三〇番とに含まれる、「会稽の恥をすすぐ」意の「紅葉の錦」を連想させる意図があったのではと述べた[39]。ちなみに、一一三〇番「白浪はふるさとなれやもみぢ葉の錦を着つゝ立帰らん」の脚注には、「延喜十七年（九一七）八月、宣旨による紀貫之の詠進歌（貫之集）。屏風歌か。」とある。とすると、資平の奏案には、花山法皇の「紅葉の錦」

改訂の申し入れ、又は資平の奏案には、この二首と併記しようとのお考えもあったのではないかと推測する。ともかく、公任に申し入れた花山法皇にとっては不名誉な事件となった改訂案を、資平は六十年を経て『大鏡』の、道長に帝王の如く大堰河遊覧を統べらせる場面で実行したということになる。

（5）『拾遺集』出典の朱雀院御製について

『拾遺集』に追補した一三三三番の、道真公怨霊に苦しまれたと伝わる朱雀院の御製「呉竹の」を、当初から、「雑々物語」に配する構想であったと考える。『古今集』巻第九〈羇旅歌〉四二十番の「菅原朝臣」の「このたびは幣もとりあへずたむけ山紅葉の錦神のまに〳〵」の詞書は、「朱雀院の、奈良におはしましたりける時に、」とあり、巻第十〈物名〉四三九番の「貫之」の「小倉山みね立ちならし鳴く鹿の経にけむ秋をしる人ぞなき」の詞書も「朱雀院女郎花合の時に、」とあり、宇多法皇を朱雀院と記している。つまり、宇多法皇を連想させることによって、二節（4）で述べたように、朱雀院に対する道真公怨霊の濡れ衣を緩和させる意図だったのではと考える。ところで、「呉竹の」は『拾遺集』に追補収載される朱雀院の唯一の御製である。資平には『拾遺集』にこの朱雀院御製を収載する時に既に道真公への志があったものと考える。

（6）『拾遺集』出典の貫之女歌について

『拾遺集』五三一番の「勅なれば」は追補歌であり、詞書に「家主の女」とのみあり作者名を記していない。注には「いわゆる鶯宿梅の故事の歌」とある、この歌を資平は勅撰歌最後のものとして「雑々物語」に配す。意図は、貫之の古今仮名序の君臣相合す世界の実現を東宮尊仁親王への願いとして、貫之女に諭された重木の失敗談にして経任に語らせたものと考える。つまり、道長に勅撰歌は有り得ないのであり、冒頭の貫之の歌から名をもらったとの設定と呼応させての、即位のあかつきには後三条帝勅撰の和歌集編纂をとの奏上と考える。

五　師輔・兼家・道長の追補歌と『大鏡』との関わり

『拾遺集』の追補撰集に資平が関わったと考えると、師輔・兼家・道長の歌が各二首ずつ収載されていること、さらに師輔一首、兼家・道長の各二首が追補歌であるということが重要な意味を持ってくると考える。そこで次に、それらが『大鏡』にどのように取り込まれているかを見ていきたい。

（1）師輔の『拾遺集』追補歌と『大鏡』との関係

師輔の『拾遺集』収載歌は二首ある。うち一首は、巻第五〈賀〉の二八六番の「桜花今夜かざしに」で、脚注には、拾遺抄では作者を九条右大将、日本紀略の師尹か、とある。もう一首は追補歌で、巻第十一〈恋一〉の六五〇番「さわにのみ年は経ぬれどあしたづの心は雲の上にのみこそ」である。同じく脚注には、雲の上とは醍醐天皇第四皇女勤子、降嫁の最初の例とある。

ちなみに、師輔には、『後撰集』に収載される十三首と、『拾遺集』収載の二首とがあるが、『大鏡』は、どちらの勅撰歌も配さない。

しかし、〈地〉の「太政大臣公季」伝の話群〔一一八〕「母康子内親王　師輔私通　出産後の死」に、『拾遺集』巻第二〈夏〉の一〇六番（拾遺抄六九番）、源公忠朝臣の皇女康子の裳着の屏風歌「行やらで」を配している。さらに同裳着の屏風歌である巻第一〈春〉の六三番（拾遺抄四四番）の貫之歌の詞書「北の宮の裳着の屏風に」の脚注には、醍醐天皇第十四皇女康子、師輔室公季母とある。

次にこの話群〔一一八〕の冒頭部分を引用する。

このおほきおとどの御母上は、延喜の帝の御女、㋐四宮と聞こえさせき。延喜、いみじうときめかせ、思ひたてまつらせたまへりき。御裳着の屏風に、公忠弁、

㋑ゆきやらで山路くらしつほととぎすいま一声の聞かまほしさに

とよむは、この宮のなり。貫之などあまたよみてはべりしかど、人にとりては、すぐれてののしられたうびし歌よ。二代の帝（朱雀・村上）の御妹におはします。

さて、内住みして、かしづかれおはしまししを、九条殿（師輔）は女房をかたらひて、みそかにまゐりたまへりしぞかし。世の人、便なきことに申し、村上のすべらぎも、やすからぬことに思し召しおはしましけれど、色に出でて、咎め仰せられずなりにしも、この九条殿の御おぼえのかぎりなきによりてなり。まだ、人々うちささめき、上にも聞こし召さぬほどに、㋒雨のおどろおどろしう降り、雷鳴りひらめきし日、この宮、内におはしますに、「殿上の人々、四宮の御方へまゐれ。おそろしう思し召すらむ」と仰せ言あれば、たれもまゐりたまふに、㋓小野宮のおとどぞかし、「まゐらじ。御前のきたなきに」とつぶやきたまへば、後にこそ、帝、思し召しあはせけめ。

『大鏡』では、公季の母を、㋐「四宮（勤子）と聞こえさせき」とする。そして、『拾遺集』出典の一〇六番、「北宮（醍醐第十四皇女康子）の裳着の屏風に」の詞書を持つ、源公忠歌㋑「ゆきやらで」を配す。

ところで、『拾遺集』の追補歌六五〇番の師輔歌の脚注

には、醍醐第四皇女勤子とあり、さらに「当時は内親王と臣下との結婚は認められておらず、勤子が師輔室になったのが、最初の例といわれる。」とある。『大鏡』(40)の頭注には、橘健二氏が「勤子と混同したか（大鏡新註）」との論を載せておられる。

私は『大鏡』作者資平が、『拾遺集』追補歌の六五〇番の師輔歌を連想させる作意を持って、故意に㋐「四宮」としていると考える。つまり、この〔一二八〕の話群は、『拾遺集』の六三番の貫之と、一〇六番の源公忠との第十四皇女康子が、公季の母と充分承知した上で、㋐「四宮」と明示していると考える。なぜならば、『拾遺集』六五〇番の師輔の第四皇女勤子の歌を「雲の上」をねらう逆臣の芽が詠み込まれた歌として、既に六十年前に『拾遺集』に追補したものであると、『大鏡』で明かしたものと考えるからである。

ちなみに、『後撰集』収載の師輔の十三首については、皇女を含めてすべて女に贈った歌であり、小野宮実頼が撰者であるとも言われている(41)。この〔一二八〕の話群の実頼と村上帝との登場は、『後撰集』成立の内情をも示唆したものであろうか。

『栄花物語』では、「一くるしき二」と、弟師輔の方が兄実頼よりも世評があったと記すが、『大鏡』(42)の頭注にある、「師輔はよほどよい女房を持っていたらしく、醍醐天皇皇女を三人（勤子・雅子・康子）も得ている。」ことについては一切記していない。ここからも『栄花物語』は『拾遺集』に師輔・兼家・道長のどのような歌が収載されているかを熟知していたと考える。

『大鏡』作者は、師輔が皇女に通っているのを、㋒「雷鳴りひらめきし日」と、道真公を連想させる神が怒っていると断罪し、実頼には㋓「御前のきたなきに」と、弟師輔が皇位を侵していると村上帝に注進させる。

（2）兼家の『拾遺集』追補歌と『大鏡』との関係

兼家の『拾遺集』収載歌は二首で、二首とも追補されたものである。その一首は、巻第九〈雑下〉の五七四番の長歌である。詞書は「円融院御時、大将はなれ侍りて後、久しく参らで奏せさせ侍ける」であり、作者は、「東三条太政大臣」である。もう一首は、続く五七五番の円融院への返歌である。

五七四番の兼家の長歌を次に引用する。

…頼しき　蔭に二度　遅れたる…玉の光を　誰か見む　と思心に…　㋔上つ枝をば　さし越えて…まして春日の…大原野辺の…罪をかしある　物ならば　照る日も見よと　いふことを　年のをはりに　清めずは　…年の内に　春吹く風も　心あらば　袖の氷を　解けと吹かなむ

続いて、五七五番の兼家歌を引用する。

㋕これが御返、たゞ、稲舟の、と仰られたりければ、

又御返し

如何せむ我が身下れる稲舟のしばし許の
命堪へずは

この二首の、恩に着せ、論功行賞を催促する兼家の歌を、『拾遺集』に追補した撰者の姿勢が問題になると考える。当時いったい誰が勅撰集に、このようなきわどい歌意の代物を収載すべきとの判定をしたのであろうか。この二首の出所とその収載意図とはどのようなものであったのか。今野厚子氏が『円融院御集』は実資乃至その周辺の人物により、長保三年八月二十五日から『拾遺集』成立以前に編纂されたのではないかと述べておられる[43]。このことから、この二首の出所は円融院だったのではないかと推測する。ちなみに、『円融院御集』には、この二首はもちろん収められていないが、翌年の右大臣就任時の兼家歌と、円融帝の返しとが載っている。

さて、五七四番の㋔「上つ枝をばさし越えて」の歌詞が示す、安和の変を描く『大鏡』の「右大臣師輔」伝の話群〔九二〕の冒頭を次に引用する。

話群〔九二〕「為平親王、立坊できず　婉子女王への期待」

この后の御腹には、式部卿の宮こそは、冷泉院の御次に、まづ東宮にもたちたまふべきに、西宮殿の御婿におはしますによりて、㋖御弟の次の宮（円融帝）に引き越されさせたまへるほどなどのことども、いといみじくはべり。そのゆゑは、式部卿の宮、帝に居させたまひなば、西宮殿の族に世の中うつりて、源氏の御栄えになりぬべければ、御舅たちの魂深く、非道に御弟をば引き越し申させたてまつらせたまへるぞかし。世の中にも宮のうちにも、殿ばらの思しかまへけるをば、いかでかは知らむ。次第のままにこそはと、式部卿の宮の御ことをば思ひ申したりしに、㋗にはかに、「若宮の御髪かいけづりたまへ」など、御乳母たちに仰せられて、大入道殿、御車にうち乗せたてまつりて、北の陣よりなむおはしましけるなどこそ、伝へうけたまはりしか。されば、道理あるべき御方人たちは、いかがは思されけむ。その頃、宮たちあまたおはせしかど、ことしもあれ、威儀の親王をさへせさせたまへりしよ。見たてまつりける人も、あはれなることにこそ申しけれ。そのほど、西宮殿などの御心地よな、いかが思しけむ。さてぞかし、いとおそろしくかなしき御ことども出できにしは。……

続いて、五七四・五七五番の歌を取り入れた、「太政大臣兼家」伝の話群〔一一二〕と〔一一三〕末尾部分を次に引用する。

話群〔一一二〕「兼通の子孫　天道やすからず」

このおとど（兼通）、すべて非常の御心ぞおはしし。かばかり末絶えず栄えおはしましける東三条殿を、ゆゑなきことにより、御官位を取りたてまつりたまへりし、いかに悪事なりしかは。天道もやすからず思し召しけむを。㋘その折の帝、円融院にぞおはしましし。

話群〔一二三〕「兼家、長歌を奉り、身の潔白を訴える」

かかる嘆きのよしを長歌に詠みて、奉りたまへりしかば、㋙帝の御返り、「いなふねの」とこそ仰せられければ、しばしばかりを思し嘆きしぞかし。

『大鏡』は、兼通と兼家との抗争を描く中で、『拾遺集』五七五番の詞書㋕「これが御返、たゞ、稲舟の、と仰られたりければ」を、㋘㋙に取り込んでいる。

五七四番の兼家の長歌は、㋔「上つ枝をばさし越えて」、つまり為平親王をさし越えて円融帝を即位させたと己の功労を言挙げするものである。『栄花物語』はこの安和の変を、実頼が村上帝の為平親王をとの御内意を聞いていながら、円融帝を立坊させたと記している。しかし、『大鏡』の師輔伝の話群〔九一〕では㋖「御弟の次の宮に引き越されさせたまへるほどなどのことども」と、描き、㋗「大入道殿（兼家）、御車にうち乗せたてまつりて」と、兼家が強行したとしている。そして『拾遺集』の兼家歌五七五番は、官位を早く上げて下さらなくては、その前に死んでしまうとの強迫的なものである。穿った見方をすれば、『拾遺集』に追補した撰者も、この兼家の脅し文句ならぬ二首によって、円融帝は退位を決意されたとする意図で、収載し、叙述に残したのではないかと考える。

ところで、流布本系の追加文にある、兼通が関白を頼忠に譲ったとの話群〔一二四〕「兼通と兼家の不和　最後の除目強行」の冒頭と末尾は

堀河殿、はては我うせたまはむとては、関白をば、御いとこの頼忠のおとどにぞ譲りたまひしこそ、世人いみじき僻事と謗り申ししか」

この向ひ居る侍の言ふやう、

「東三条殿の官など取りたてまつらせたまひしほどのことは、ことわりとこそうけたまはりしか。おのれが祖父親は、かの殿の年頃の者にてはべりしかば、こまかにうけたまはりしは。………

されば、東三条殿官取りたまふことも、ひたぶるに堀河殿の非常の御心にもはべらず。ことのゆゑは、かくなり。「関白は次第のままに」といふ御文思し召しより、御妹の宮（安子）に申して取りたまへるも、最後に思すことどもして、うせたまへるほども、思ひはべるに、心つよくかしこくおはしましける殿なり」

とあり、『大鏡』作者資平が触れない頼忠の存在を記している。つまり、資平は、頼忠と兼家との反目、そして頼忠を擁護する円融帝と兼家との軋轢を、『大鏡』には描かないことがわかる。そして、流布本も『大鏡』が描かない円融院と頼忠との関係、そして遵子立后に対する兼家と詮子の円融院に対する示威的動向については一切触れない。

又、『大鏡』に配する兼家歌は、道綱母への返歌「げにやげに冬の夜ならぬ槙の戸もおそくあくるは苦しかりけり」の一首のみである。この歌は『拾遺集』にはなく、『蜻蛉日記』出典のものである。歌の趣は、『拾遺集』収載の二首と同根のあつかましいものである。

以上、見てきたように、『拾遺集』に二首ずつ収載する師輔と兼家との歌を、『大鏡』は配していない。しかし、「太政大臣公季」伝における実頼の「御前汚し」の言に、そして「右大臣師輔」伝における安和の変に、「太政大臣兼家」伝における円融帝の「いな舟の」に形を変えて、話群の中でそれらの歌を示唆している。

では、続いて、道長の勅撰歌ではない四首を見た上で、『拾遺集』に追補収載された道長の二首は、どの話群に、どのように取り込まれているのかを考えていきたい。

（3）『大鏡』に配する道長歌について

『大鏡』に配する道長歌は四首であるが、すべて勅撰歌ではない。〈人〉の「太政大臣道長」伝の話群〔一七三〕に三首、〈人〉の「藤原氏物語」に例の通房の七夜の祝歌一首配している。

話群〔一七三〕「道長、詩歌の才にすぐれていること」の、冒頭は、

この殿（道長）、ことにふれてあそばせる詩・和歌など、居易、人丸、躬恒、貫之といふとも、え思ひよらざりけむとこそ、おぼえはべれ

である。

この居易については、「内大臣道隆」伝の話群〔一四五〕「道隆子息たち　伊周に内覧の宣旨　左遷」に、注に「異本系にのみある記事」とある、「かの唐の居易といふ人、世に知られ、賢臣なり。これは、一度にあらず、度々になりにけり。」との叙述があり、居易を世に知られた賢臣で何度も左遷された人物としてその漢詩と共に載せている。

人麿の歌は『大鏡』に配されていないが、『拾遺集』に収載される人麿歌は、『拾遺抄』の十二首に、九十首追補されて百二首である。後に人麿歌は、勅撰八代集のうち、『新古今集』に二十三首が収載復活する。ちなみに、人丸は、『古今集』の仮名序に、貫之が「柿本人麿なむ、歌の仙なりける」と評した歌人である。これらから、資平が道長伝に居易と人麿を提示する意図が問題になると考える。

また、躬恒の歌は、『拾遺集』に十二首追補されて、三十四首収載されている。『古今集』では六十首収載され、貫之に続く二番目に多い収載数である。このことは、「雑々物語」の話群〔二一六〕「延喜の帝・貫之・躬恒の歌を召す」で、貫之歌一首と躬恒歌二首を配し、「また躬恒が和歌の道にゆるされたるとこそ」との、世次の評に関わると考える。

貫之歌は、五十一首追補されて、百七首の『拾遺集』最多の収載数である。そして、貫之歌は『古今集』に百二

首、『後撰集』に八十一首収載されており、『拾遺集』とともに、三代集の各において最多の収載数である。[44] つまり『拾遺集』の貫之の百七首の最多の収載数は、古今・後撰の撰集方針を踏まえてのことと考えられる。

以上、道長の詩歌は「居易、人丸、躬恒、貫之といふとも、え思ひよらざりけむ」との世次の評の真意は、「なっていないもの」であると考える。

この〔一七三〕の話群に配する道長の一首目は「そのかみや祈りおきけむ春日野のおなじ道にもたづねゆくかな」である。その返しが、彰子の二首目「曇りなき世の光にや春日野のおなじ道にもたづねゆくらむ」である。

ところで、〈地〉の「右大臣師輔」伝の話群〔九四〕に、選子歌「ひかりいづる」と彰子歌「もろかづら」を配するが、『栄花物語』では選子と道長との贈答歌としている。『栄花物語』が正しければ、〔一七三〕の「そのかみや」は道長の二首目であり、「曇りなき」は彰子の一首目ということになる。

この二首につづく、世次の評「げにげにと聞こえて、めでたくはべりしなかにも、大宮のあそばしたりし、」の次に、彰子の三首目「三笠山さしてぞ来つる石上ふるきみゆきのあとをたづねて」を配す。この彰子三首目に対する世次の評は

これこそ、翁らが心およばざるにや。あがりても、かばかりの秀歌えさぶらはじ。その日にとりては、春日の明神も詠ませたまへりけるとおぼえはべり。今日かかることどもの栄えあるべきにて、さきの一条院の御時にも、大入道殿、行幸申し行はせたまひけるにやとこそ、心得られはべれな。

である。

道長と彰子との歌を「げにげにと聞こえて、めでたくはべりし」と揶揄する、その真意はどのようなものであろうか。大入道兼家は花山帝を退位させ、女御詮子の生んだ一条帝を即位させ、摂政太政大臣となって、春日明神に、永延三（九八九）年三月二十二日に、一条帝・詮子と共に初めて行幸した。その「おなじ道」とは、三条帝と東宮敦明親王とを退位させ、後一条帝を即位させ、末娘の威子を孫の後一条帝の中宮にして、「一家三后」を実現させた、帝王の如き逆臣への道だろうとの皮肉と考える。ところで、『小右記』永祚元年（九八九）三月十九日条に、円融院が再度の春日行幸延期を命ぜられる中、兼家が詮子に北野天満天神の行幸を願っているとの託宣があったとし、[45] 二十二日条に一条天皇春日行幸の記録がある。節操なく道真公を出しにして目的を遂げようとするこの兼家の鉄面皮ぶりは、道長の花山法皇への仕打ちにもつながるものと考える。

さらに、彰子の三首目の「ふるきみゆきのあとをたづねて」を、「翁らが心およばざるにや。あがりても、かばかりの秀歌えさぶらはじ。」と、苦々しく皮肉っている。これは母后であっても、摂関家藤原氏の氏神であっても、臣

下の女が「みゆきのあとをたづねて」と詠み込む僭越さを批判しているものと考える。ちなみに、この「三笠山」の歌は『栄花物語』出典である。

ところで、話群〔一七三〕の冒頭の「この殿（道長）…居易、人丸、躬恒、貫之といふとも、」につづけて、

春日行幸、さきの一条院の御時よりはじまれるぞかしな。それにまた、当代幼くおはしませども、かならずあるべきことにて、はじまりたる例になりにたれば、大宮御輿に添ひ申させたまひておはします。めでたしなどはいふも世の常なり。すべらぎの御祖父（道長）にて、うち添ひつかうまつらせたまへる殿の御有様・御かたちなど、………ただ転輪聖王などはかくやと、光るやうにおはしますに、仏見たてまつりたらむやうに、額に手を当てて拝みまどふさま、ことわりなり。

を、道長と彰子との歌「おなじ道」の前置きにしているが、「当代幼く」について腑に落ちない点がある。

一条帝期末の『小右記』寛弘二年（一〇〇五）三月八日条に、彰子・道長・頼通らの大原野行啓について、「如行幸儀」と批判した記録がある。寛弘五年誕生の後一条帝は治安二年（一〇二二）の春日行幸時には、十四歳であり、元服後の帝を「当代幼くおはしませども」と記しているのには、どのような意図があるのであろうか。

私は、治安二年時の後一条帝の春日行幸に、後一条帝誕生前の寛弘二年の大原野行啓を投影させていると考える。ちなみに、治安改元は、辛酉革命によるものであり、治安二年には、宇佐神宮が焼亡している。又、「雑々物語」の話群〔二一〇〕「彰子の大原野行啓」では、頼通の身支度、道長の振る舞いについて非難し、さらに、公季が西の七条より帰ったことを道長が「いみじう恨み」と叙述しているが、『小右記』にもこの公季の動向は記録されている。

続く道長の二首目は、話群〔一七三〕に配する「ありなれし契りは絶えでいまさらに心けがしに千代といふらむ」である。道長は、寛仁元年（一〇一七）の三条帝崩御・東宮敦明親王退位、翌年の敦康親王の崩御を経た寛仁三年に、辛酉革命に先立って出家する。倫子は辛酉革命改元の治安元年（一〇二一）に落飾している。この歌は、治安三年十月十三日の六十の賀を祝うものであり、『栄花物語』出典のものである。

ともあれ、『大鏡』のこの歌の前置きは

おほかた、幸ひおはしまさむ人の、和歌の道おくれたまへらむは、ことの栄えなくやはべらまし。この殿（道長）は、折節ごとに、かならずかやうのことを仰せられて、ことをはやさせたまふなり。

である。しかし、「契りは絶えで（『栄花』は契りも絶えで）」「心けがしに（『栄花』は心かけじに）」と、さらに生臭く改作して『大鏡』に配する資平の意図は辛酉革命を恐れる道長を嘲笑することにあると考える。

道長の三首目は、この二首目にそのまま続けており、前置きは

　また、この一品の宮（禎子内親王）の生まれおはしましたりし御産養、大宮のせさせたまへりし夜の御歌は、聞きたまへりや。それこそいと興あることを。ただ人は思ひよるべきにもはべらぬ和歌の体なり。

とある、「妹宮（妍子）の産養を姉宮（彰子）のしたまふ見るぞうれしかりける」である。皇女誕生の祝歌というより、皇太后彰子・中宮妍子の父親ならぬ似非帝王の如き「和歌の体」である。この歌の出典は、未詳とあるが、資平は三条帝の近侍として見知る機会はあったと考える。

道長の四首目は、即ち『大鏡』が配する最後の道長歌は、「藤原氏物語」に唯一配する歌でもある。それは話群〔一八三〕「北家、頼通までの十三代の系譜」の末尾に配する、万寿二年正月の孫通房の七日夜の歌「年を経て待ちつる松の若枝（『栄花』は若ばえ）にうれしくあへる春のみどりこ」である。しかし、即座に、資平が「帝・東宮をはなちたてまつりては、これこそ孫の長とて、やがて御童名を長君おつけたてまつらせたまふ。」と釘をさしている。この四首目は、『大鏡』が帝を差し置いて「世の親」と皮肉る道長が、三十歳に成らずして関白となった息子頼通を左大臣ならぬ「松の若枝」に、さらに孫通房を「春のみどり子」と詠んだ帝王の如き逆臣の歌として、つまり、外戚専横の到達した姿として配していると考える。そして当然この歌は『栄花物語』出典である。

以上、道長の歌は、話群〔一七三〕の冒頭の、まさに「居易、人丸、躬恒、貫之といふとも、え思ひよらざりけむとこそ、」であり、貫之の古今序の志を軌範とする勅撰歌には成り得ない代物として配していると考える。居易を掲げているのは、時平に嫉妬された道真公と、賢臣と伝わる白居易との対極にいる道長が、一条帝と伊周との親密さに嫉妬し、さらに『拾遺集』撰集に対する示威行動として頻繁に詩会を行ったことへの嘲弄ではないかと考える。

そして、続く話群〔一七四〕「若き道長　面をや踏まぬ」と〔一七五〕「花山帝の御代、肝だめし」には、花山法皇が『拾遺集』撰集を公任に任せなかった理由、すなわち王威を尊崇できない者としての公任を描いているのではないだろうか。そしてその根源に、長保元年の彰子入内時の屏風歌事件があったのだと考える。

（4）道長の『拾遺集』追補歌と『大鏡』との関係

『拾遺集』に収載する道長歌は二首あり、二首とも『拾遺集』撰者が追補したものである。

〈表3〉「『拾遺集』に追補した道長歌二首の周辺事情」（論末に掲示）に示したように、一首は、巻第十六〈雑春〉の一〇六四番「谷の戸を閉ぢやはてつる鶯の待つに音せで春も過ぎぬる」である。詞書は「右衛門督公任籠り侍ける頃、四月一日に言ひ遣はしける」であり、作者は「左大臣

〈道長〉」とある。一〇六五番の公任歌「行きかへる春をも知らず花咲かぬみ山隠れの鶯の声」との贈答歌であり、二首並べて収載する。『栄花物語』は、この二首を収めないが、『小右記』寛弘二年（一〇〇五）四月二日条には二首とも記録されている。

もう一首は、巻第十八〈雑賀〉の一一六五番の「岩の上の松にたとへむ君〴〵は世にまれらなる種ぞと思へば」である。詞書は「冷泉院の五・六の親王袴着侍ける頃、言ひをこせて侍りける」とあり、作者は「左大臣（道長）」である。もちろん『栄花物語』はこの歌も収載しない。

そして、『栄花物語』は、『拾遺集』の名称にさえ一切触れない。しかし、唯一、『拾遺集』巻第十六〈雑春〉の、「左大臣（道長）女（彰子）の中宮の料に調じ侍ける屏風に」の詞書につづく、一〇六九番の公任歌「紫の雲とぞ見ゆる藤の花いかなる宿のしるしなるらん」を収載し、『拾遺集』には収めない花山法皇御製「ひな鶴を養ひたて、松が枝の影に住ませむことをしぞ思」とを、巻第六〈かかやく藤壺〉に併記している。

ちなみに、『拾遺集』に触れない『栄花物語』が、公任の『拾遺集』に追補された二首を収載している。その一首は、『栄花物語』巻第六〈かかやく藤壺〉に収載する、『拾遺集』巻第十六〈雑春〉追補歌一〇六九番の公任歌「紫の雲とぞ見ゆる」の長保元年十一月一日入内時の左大臣道長女彰子の屏風歌である。もう一首は『栄花物語』巻第七〈とりべ野〉に収載する『拾遺集』巻第十六〈雑春〉追補歌一〇二二番の詞書に「東三条院（詮子）御四十九日……」とある公任歌「誰により松をも引かん鶯の初ねかひなき今日にもあるかな」である。『栄花物語全注釈』(46)にはこの二首以外の公任の『拾遺集』出典歌は見えない。

『拾遺集』では、一〇六九番の公任歌に続く一〇七〇番は、作者を「詠み人知らず」とする「紫の色し濃ければ藤の花松の緑も移ろひにけり」である。この「紫の色し濃ければ」の歌については、定家が『三代集之間事』(47)において、花山法皇御製であると記しているが、近年、秋間康夫氏が『躬恒集』(48)に収める「その屏風障子等歌、所々の題にしたまふ」の詞書につづく一七七番の躬恒歌であると述べておられる(49)。

この彰子の屏風歌を献ぜさせられた公任と花山法皇については、『小右記』長保元年（九九九）十月二十八日条に、道長が法皇に屏風歌を要求したことに憤り、さらに公任の対応を「一家之風」ではないと嘆いた記録がある。続く十月三十日条には、道長歌には「左大臣」と記し、花山法皇御製は、さすがに「但法皇御製不知詠人」としたことが記されている。

つまり、『栄花物語』は、『小右記』が「詠み人知らず」として憚ったと記す花山法皇の御名と、『拾遺集』撰者が躬恒歌と挿し替えてお収めしなかった花山法皇御製とを記しているのである(50)。しかし、当の左大臣道長の歌は載せていない。穿った見方ではあるが、『栄花物語』が、『拾遺集』を黙殺しながら『拾遺集』が追補した公任の二首のみを収載して見せたのは、『拾遺集』に師輔の一首と兼家・道長の各二首のみを追補した者が小野宮実資の養嗣子資平であると、道長同様に知っていた故ではなかったかと推測する。そして、資平による「紫の色し濃ければ」のさし替えと、その目くらましに「谷の戸を」を収載したと気付いた道長は、小賢しい真似をと執拗に報復の機会をうかがっていたのだと考える。

私は、『大鏡』作者資平が、六十年前の寛弘二年（一〇〇五）に、皇女ならぬ彰子の屏風歌を道長に要求された、花山法皇御製を収めるに忍びず、詠み人知らずとして躬恒歌と挿し替えたのではないかと考えている。『躬恒集』の脚注には、「延喜十六年、宇多法皇の石山御幸に際しての屏風、障子の歌」とある。つまり、『拾遺集』一〇七〇番の追補歌「紫の色し濃ければ」を、屏風歌つながりで、外戚道長の権勢は、宇多法皇の宸意に叛いた時平にも増して、公家を覆う如しとの見立てで収載したと考える。

私が『拾遺集』撰者と考える資平にとって、『栄花物語』作者であろう女房の、『拾遺集』を完全否定し、花山法皇御製を故意に提示する心驕りは、到底許すことのできないものであったと考える。逆に『栄花物語』作者が、『拾遺集』と、その収載歌とに触れない原因は、彰子の屏風歌事件を根源とする「紅葉の錦」事件周辺にあるのではと推測する。つまり、道長―公任―花山法皇―実資―資平との関係の中に、『拾遺集』を無視する理由があると考える。

そこで、資平が、『拾遺集』に道長歌二首をどのような意図で撰んで追補したのかを考えていきたい。さらにその二首を、『大鏡』の話群にどのように投影させているかを次に見ていきたい。

①『拾遺集』巻第十八〈雑賀〉一一六五番の道長歌

一一六五番「岩の上の松にたとへむ君〴〵は世にまれらなる種ぞと思へば」は追補歌である。詞書は「冷泉院の五、六の親王袴着侍りける頃、言ひをこせ侍ける」とあり、作者は「左大臣（道長）」である。「冷泉院の五、六の親王」については、脚注に「花山院の皇子、昭登親王と清仁親王（栄花物語・初花、日本紀略・寛弘元年五月四日条、三代集之間事）」とある。又「袴着」については、同じく「昭登親王は長元八（一〇三五）年に三十八歳で没しているので（日本紀略）、袴着は長保二（一〇〇〇）年頃か。」とある。『日本紀略』寛弘元年五月四日条には「以冷泉院皇子昭登。清仁為親王。實華山院御出家之後産生也。」とある。

ところで、詞書の「言ひをこせ侍ける」との言はいったい誰のものであろうか。私は、花山法皇が、皇子たちの袴着という晴れの日に、「岩の上の松にたとへむ」「世にまれらなる種とぞ思へば」との、無礼かつ下卑た物言いを送り付けて来た道長に、怒りを通り越し呆れ返って「こんなものを言って寄こしたよ」とでも、実資に語られたままを詞書に記したのではないかと推測する。

この道長歌は、『拾遺集』脚注に長保二年頃のものと推定されているが、その前年の長保元年（九九九）十一月一日の彰子入内時の屏風歌を献じた、花山法皇の御製は「ひな鶴を養ひたて、松が枝の影に住ませむことをしぞ思」である。歌意は、十二歳の幼い娘を一条帝の中宮にしようとの左大臣道長の野心が見えることよ、とでもあろうか。屏風歌を要求された花山法皇の精一杯の皮肉と意地とが詠み込まれたものと考える。

私は、この『栄花物語』に載る長保元年の花山法皇御製「ひな鶴を」と、『拾遺集』一一六五番の長保二年頃の道長歌との歌詞・構成が似ていると考えている。具体的には「松が枝の影」と「岩の上の松」、「ひな鶴を養ひたて、…住ませむ」と「世にまれらなる種」、「しぞ思」と「ぞと思へば」である。『拾遺集』一一六五番の道長歌は、花山法皇御製を、単に法皇と同じ気になって真似ているだけなのか、又は屏風歌の法皇の皮肉に対する意趣返しなのかは判断できないが、どちらにしても呆れ返った所業である。

この道長歌の度を越えた図太さは生来のものだったのだろうか。この「岩の上の松」の歌に見える道長の不遜さを描いた話群が、「太政大臣道長」伝の〔一四七〕「若き日の道長（面をや踏まぬ・肝試し）」であると考える。

資平は、肝試しの場面を設定し、道長を次のように描く。まず、兼家の息子たち、道隆・道兼・道長を試す花山帝に対して、「いづくなりともまかりなむ」と道長に豪語させる。続いて、花山帝は肝試しを隠れ蓑にして「大極殿へ行け」、さらに「承明門より出でよ」と命じて、道長の逆心を見極めようとする[51]。兄の道隆・道兼が、命あっての物種と引き返してしまう暗闇の中、一番遠い大極殿から戻った道長は、「ただにて帰りまゐりてはべらむは、証さぶらふまじきにより、高御座の南面の柱のもとを削りてさぶらふなり」と、平然と逆心の証を提示する。そして、この道長の度を越えた居直りには、さすがの花山帝も「いとあさましく思し召さる」しかなかったと締め括る。

この「高御座の柱のもとを削りてさぶろふなり」との道長の動きからは、『小右記』に記される、花山帝の弟である三条帝に退位を迫り、さらに敦明親王は東宮の器ではなく、一条帝の第三皇子敦良親王のみが相応であると言い放つ、ふてぶてしさを連想してしまう。ともあれ、「いとあさましく思し召さる」との花山法皇の宸意は、彰子の屏風歌を要求する道長の不遜さに、そしてその道長の野心を皮肉った花山法皇御製に仕返しするが如き「岩の上の松にたとへむ」の歌を送り付けてくる性悪さに対しても同様だったと考える。そして、この道長の呆れるほどのふてぶてしさは、『大鏡』が描く、母后の地位を目指す嫉妬のあげく土器を投げ入れさせ、大逆があろうと許すべきと村上帝に迫る安子と、内親王三方に通じ、兄実頼を呪う師輔、鉄面皮な図太さで円融帝と花山帝とを退位に追い込む兼家にも通ずるものと考える。

以上、『拾遺集』に追補した一一六五番の道長歌「岩の上の松にたとへむ」は、二十年後『小右記』に記録される一家三后を成して詠んだ「この世をば我が世とぞ思ふ」と、『大鏡』に記す万寿二年の孫通房の七夜の祝に詠んだ「松の若枝にうれしくあへる春のみどり子」とに至る、逆臣道長歌の萌芽ともいうべきものだったと考える。つまり、資平は、既に『拾遺集』に一一六五番を追補する段階で、道長の逆心の萌芽を提示していたのだと、六十年後、『大鏡』の道長伝の話群（一四七）の花山帝の肝試しにおいて顕示したのだと考える。

②『拾遺集』巻十六〈雑春〉の一〇六四番の道長歌

追補した道長の二首目の歌は、一〇六四番「谷の戸を閉ぢやはてつる鶯の待つに音せで春も過ぎぬる」である。詞書は「右衛門督公任籠り侍ける頃、四月一日に言ひ遣はしける」であり、作者は「左大臣（道長）」とある。

『拾遺集』に追補された、この一〇六四番道長歌と、一〇六五番公任歌との贈答歌は、『小右記』の寛弘二年四月二日条に「昨以和哥一首被贈左金吾云、」とにつづいて記録されているものと同一である。さらに四ヶ月後の『小右記』寛弘二年八月五日条に、「院（花山）兼業朝臣被仰云、密〻仰男等、令合和歌、而左大臣伝聞可来見云〻、不可厭却、此事欲云合、明後日可参入者」との記録がある。

しかし、寛弘二年八月五日条の「密〻仰男等、令合和歌、而左大臣伝聞可来見云〻」が、『拾遺集』完成間近の動向を記したものとすれば、一〇六四番ではないもう一首の道長の追補歌があったのではないかと推測する。その道長のもう一首の追補歌は、一首目の一一六五番「岩の上の松にたとへむ」と同様に、人を食った不遜な詠み振りだったのではないだろうか。根拠としては、兼家の追補歌が五七四番の長歌と五七五番の短歌との二首続きであり、内容が共に円融帝に強く迫るものであるからである。つまり、『小右記』長保元年十月三十日条に「左府（道長）者書左大臣」と記録される、その道長の屏風歌を、本来もう一首の追補歌として収載していたのではないかと考える。そして、その道長歌は、『栄花物語』作者でさえ、さすがに収載を憚る代物だったのではと推測する。

以上、拙稿で、一〇七〇番「紫の色し濃ければ」の挿し替えを、道長に気付かれるのを恐れて、一〇六四番の道長歌「谷の戸を」を目眩ましとして収載したのではないかと述べたが、[52] 加えて、道長の屏風歌を削除して、急遽一〇六四番の「谷の戸を」を、一〇六五番の公任歌と共に収載したのではないかと訂正する。

『小右記』寛弘二年八月五日条に記される、花山法皇の道長対応策を相談したい、との実資への案内は、『拾遺集』

撰集に関係すると考える。そして、道長が花山法皇の「密〻仰男等、令合和歌」を探知する以前に、『袋草紙』等に遺る「紅葉の錦」事件があったのではないかと考える。この、公任が花山法皇の使者を激昂して追い返した事件は、たちまち流布したものと推測する。道長は、花山法皇—公任—「紅葉の錦」への改訂事件から、花山法皇の和歌集編纂の真の目的に勘付いたと考える。私はその時期を、『小右記』寛弘二年三月八日条の「如行幸儀」と記される彰子の大原野社行啓より前の、寛弘元年（一〇〇四）内だったのではと推測する。そしてさらに前年の長保五年（一〇〇三）内に道長は、花山法皇が勅撰和歌集の編纂に取りかかられたことを知っていたのではと推測する。理由は、『御堂関白記』[53]の寛弘元年正月の記事から、道長の一条帝に対する態度に変化が見られるからである。それは父兼家が円融帝にとった示威以上の威圧的なものであり、その後、寛弘二年十一月の内裏焼亡による神鏡の破損でしばらくおとなしくなったが、花山法皇崩御、一条帝第二皇子敦成（後一条）誕生、第三皇子敦良（後朱雀）誕生を経て、一条帝の崩御に当たっては一条帝の遺命に従わない言い分けが加わる。ともあれ、道長はすぐには動かず、周到に探りを入れ、そろそろ最終段階で書き直しはできない頃と踏んで、「どんな和歌集になったのか、（私のはどんな歌を入れてくれたのか）拝見したいものだ」と、花山法皇に迫ってきたのではと考える。

その道長への対策として、四ヶ月前の四月一日の道長と公任との贈答歌を、一〇六九番の公任の屏風歌の前か後にあったであろう道長の屏風歌とさし替えて収載したのではと考える。彰子の屏風歌である一〇六九番の公任歌「紫の雲とぞ見ゆる」と一〇七〇番読み人知らず歌「紫の色し濃ければ藤の花」は、夏の歌として『拾遺集』は収載している。寛弘二年四月一日以降に追補した一〇六四番の道長歌「谷の戸を」と一〇六五番の公任歌「行きかへる」は春の歌である。つまり、一〇六四番の春の歌から一〇七〇番の夏の歌までの多くても七首の書き直しで、対応できたのではないかと考える。最も、その場合は、一〇六五番の公任歌を収めるには、それまで収載していた他の一首も削除しなければならなかったと考える。

『拾遺集』に収載する、彰子の屏風歌は、もともとは道長・公任・花山法皇ならぬ躬恒の歌との三首であったのではと推測できる事例がある。それは『栄花物語』巻第八「はつはな」の一節に載る長保五年二月頼通が春日祭の勅使となる段に併記される、道長歌「若菜摘む」、公任歌「身をつみて」、そして花山法皇御製との三首である。ちなみに花山法皇御製は「我すらに思ひこそやれ春日野の雪間をいかで鶴の分くらん」である。〈語釈〉には、「「たづ」は田鶴と、頼通の童名「田鶴君」と掛けた。」とある。この花山法皇の道長への気遣いは、〈表3〉に掲示した『日本紀略』の寛弘元年五月四日条に記される、花山法皇の二皇子を、円滑に父冷泉院の第五、第六親王とするためのものだったのではないかと考える。そして、『拾遺集』の一一六五番の道長歌「岩の上の松にたとへむ」を削除しなかったのは、既に、一条帝の宸意により二皇子に冷泉院の親王宣下が成されていたからと考える。

では、寛弘二年四月一日以降に追補した一〇六四番の道長歌「谷の戸を」と、一〇六五番の公任歌「行きかへる」とは、形を変えて『大鏡』にどのように取り込まれているのかを考えていきたい。

『大鏡』で、道長と公任とが登場する話群は、〈天〉の〔七二〕「大堰河逍遙　公任三船の誉れ」と、〈人〉の〔一七四〕「若き日の道長（面をや踏まぬ・肝試し」とである。ちなみに、道長歌三首が配される話群は一つ前の〔一七三〕「道長の詩歌の才にすぐれていること」である。

私は、〔七二〕の、帝王の如く大堰河遊覧を統べる道長の声掛けに、公任が得意になって「小倉山嵐の山の寒ければ紅葉の錦着ぬ人ぞなき」と詠んだとする構想に、『拾遺集』一〇六四番道長歌と一〇六五番公任歌とを投影させているのではと考えている。

つまり、この〔七二〕の話群の公任歌の改作と配置には、花山法皇にまで彰子の屏風歌を要求した事件と、『袋草紙』等に遺る花山法皇の「紅葉の錦」への改作の申し入れを公任が固辞したとの事件とが関わるとともに、『拾遺集』の一〇六四番の道長歌と一〇六五番の公任歌とを追補した事情も関係していると考える。

『小右記』の寛弘二年（一〇〇五）四月二日条に記す、『拾遺集』一〇六四番道長歌「谷の戸を」は、この「紅葉の錦」事件を、屏風歌を献じさせた花山法皇の意趣返しと勘付くと共に、一条帝の敦康親王と伊周への信頼に焦慮した道長が、公任に探りを入れ懐柔する方便だったのではないかと考える。実資もすぐに道長が公任に歌を贈った意図に気付いて、『小右記』に二人の歌を正確に書き取ったのだと推測する。『小右記』は寛弘二年から詳細な記録となるが、道長の出方を警戒してのことと推測する。ここからも、「紅葉の錦」事件は、寛弘二年三月八日の彰子大原野行啓前、寛弘元年中に起きたと考える。道長は、花山法皇の道長の不遜を許さない宸意を知っても、彰子の屏風歌を反省するどころか、実資に、『小右記』に「如行幸儀」と記されるほどの居直りを見せる。まさに話群〔一七四〕の末尾に記す、花山法皇が「いとあさましく思し召しける」ほどの逆心、つまり皇子誕生祈願を顕示した道長一家の行幸ならぬ行啓であったと考える。

話群〔一七四〕には、道隆・道兼らが公任に及ばないと嘆く父兼家に、公任の「面をや踏まぬ」と言い放つ道長を描く。そして、続く〔一七五〕では兼家の策謀で退位させられる前の花山帝が、肝試しで道長の逆心の萌芽を王者の風格を持って証明される様子を描く。この話群〔一七五〕の構想は、古今仮名序に記される「古の世ゝの帝、春の花の朝、秋の月の夜ごとに、侍ふ人〴〵を召して、事に付けつゝ、歌を奉らしめ給ふ。……或は、月を思ふとて、知るべなき闇に辿れる心〴〵を見給ひて、賢し、愚かなりと、知ろし召しけむ。」との王威をもって、賢愚ならぬ道長の逆心を試すというものだったと考える。

　ところで、兼家とその末子道長にまで虚仮にされた花山法皇には、「紅葉の錦」に改訂して公任に道長に対して意地を見せつけさせようとの配慮があったのだと推測する。あるいは、資平が公任歌を「紅葉の錦」に改訂して、一一二八番の忠平歌に続く「紅葉の錦」を含む一一二九番と一一三〇番と併記する案を実資を通して奏上していたかと考える。しかし、『袋草紙』等に記される公任は、己の和歌の才を自負すること大にて、花山法皇の申し入れを伝えに来た使者に食ってかかる始末であった。あるいは即座に「紅葉の錦」の故事に思いが及ばない程度の学才であったか。対して、資平は、話群〔一七四〕において、道長は既に円融帝期には「面をや踏まぬ」と公任を相手にしていなかったから、屏風歌を要求したのだと描いたのだと考える。そして穿った見方をすれば、漢詩でこの和歌ぐらいのものを詠じていたらもっと名声が上がっていただろうとの公任の嘆きには、道長の詩会の席で、隆家のように「会稽の恥をすすぐ」意地を見せていたならば、のちのち道長に三条帝に退位を迫るお先棒を担がされることもなかっただろうに、結局、公任自身が『和漢朗詠集』で誇る詩歌の才もいか程のものか、との皮肉も含んでいるかと考える。

　以上、一〇六四番の道長歌を追補した根元は、彰子の屏風歌事件であったと考える。そして、公任は、この屏風歌を発端に、「紅葉の錦」事件で判断を誤り、結局、『拾遺集』完成直前に、一〇六五番の公任歌を道長に「言ひ遺しける」と虚仮にされた形で収載する羽目になったとの『拾遺集』編纂の真相を、話群〔七二〕の公任歌を「紅葉の錦」に改訂して顕示したものと考える。

六　実資養嗣子資平と『拾遺集』との関わり

　私が『大鏡』作者と考える、実資の養嗣子資平が、『拾遺集』の追補歌を撰集したのではないかと考えている。そこで、実資の『小右記』の記録から、資平と『拾遺集』との関わりを探っていきたい。

　実資の養嗣子資平は、実資の兄懐平の二男である。母方の祖父は醍醐源氏で、代明親王男、桃園中納言源保光である。母の姉に、義孝室で行成の母がいる。父保光は娘たちと共に桃園（後に世尊寺）に住んでいた。資平の生年は、公卿補任には、寛和三年（九八七）とある。ちなみに、花山帝は前年寛和二年六月に退位され、永延改元は、寛和三年四月五日である。『小右記』正暦四年（九九三）二月二十九日条に懐平室亡とあるので、資平は六歳で母を亡くしたことになる。さらに、四月十六日条には、七七法事に、宇多源氏源雅信の男時中、醍醐源氏有明親王男源泰清、菅輔正が参加したことが記録される。

おそらく祖父保光の後押しで、大学丸（資平）が実資邸に入ったのは、母の七七法事から半年後あたりかと推測する。その閏十月六日条に、道兼が菅丞相（道真公）に太政大臣を贈るべき夢想があったと来訪した実資に語ったことが記録されている。さらに閏十月十四日条には、師輔霊が小野宮家の六十年内の滅亡を呪ったとの伝聞を記している。六歳の大学丸（資平）は、養父実資の膝下で道真公の名誉挽回と小野宮滅亡の呪いとを背負うことになる。しかし、実資室婉子女王に、実資に連れられて拝謁した際、女王は御簾越しに「左兵衛督殿はよき跡継ぎを得られました」と、率直に実資と資平とを寿がれたと推測する。私は、大学丸（資平）を、才気を表に出さない優しい面差しの少年ではなかったかと想像する。『大鏡』に資平が「わが御甥の資平の宰相を養ひたまふめり」と記したように、養父実資は資平を細心の注意を払って大切に養育したのだと考える。その二年後の長徳元年（九九五）五月八日に、左大臣源重信、右大臣道兼、そして祖父源保光が流行病で没す。師輔霊の呪いを憂慮する実資は、資平が祖父を見舞うことを禁じ、又、祖父保光も孫への感染を恐れて、門を閉じて応じなかったことと推測する。

長保元年（九九九）七月八日条に、兄懐平室であり、経任の母である佐理女の七七法事の記録がある。重木は世次より十数歳年下の条件にかなうと考える。しかし公卿補任では長保二年生となっており、母の佐理女が亡くなって一年後に生まれたことになる。その辺の事情を『大鏡』では重木に「はかばかしくも申さず」と生年を濁させているのではないかと憶測する。この四ヶ月後の十一月七日条に、左大臣道長の女彰子が十二歳で入内する際の屏風歌に関わる記録がある。

寛弘二年（一〇〇五）三月八日条には、彰子大原野社行啓が記録され、公季が七条から退帰したことが記されている。同年三月二十一日条には、兄懐平が愛子小童（助命）を連れて来訪したと記録される。この小童が経任であるならば六歳である。資平実父懐平は四十代半ばで後室の佐理女を経任と引き替えに亡くしたことになる。『大鏡』で重木が「みづからが小童にてありし時、ぬし（世次）は二十五、六ばかりの男にて」とあるが、資平が二十五・六歳の頃は、三条帝の蔵人であり、寛弘二年時は十八歳である。つづく三月二十四日条には、昨日、資平が石清水臨時祭の装束を着す場に隆家と頼通が来たことを記す。さらに隆家が檜扇を貸してくれたことを資平から報告を受けた実資が御礼を言上したとわざわざ記している。この隆家の動きは、「紅葉の錦」事件を知った隆家が、道真公に縁がある『拾遺集』撰者資平に、好意を持って近付いたものと推測する。逆に頼通は、後学を名目に資平を偵察するよう、父道長に命ぜられたのではないかと考える。

四月二日条には、道長歌「谷の戸を」と、公任歌「往き帰る」とが記録される。五月十四日条には資平の騎射の饗宴を舅の知章が奉仕とある。八月五日条には、花山院から、道長が和歌を合わせる集まりに来ると言っている件で、対策を相談したいとの伝言を記している。十一月十五日条には、内裏焼亡と神鏡の破損とを記している。

私は、資平は寛弘元年（一〇〇四）には道真公の血を引く藤原知章女と婚姻していたのではと推測する。おそらく資平が道真公の血筋の女、との条件で実資に依頼したものと考える。「雑々物語」の〔二〇四〕には、世次が「この翁の女人こそ、いとかしこくものは覚えはべれ。いまひとめぐりがこのかみにさぶらへば…」と語ると、東宮尊仁親王こと侍が「いかでさる有識をば、ものげなき若人にてはとりこめられしぞ」とからかう場面がある。ここから私は、資平の妻は実際年上だったのではないか、そして新婚当初から資平の妻も『拾遺集』撰集作業に関わったのではないかと推測する。

ところで、話群〔二〇三〕に、伊勢の娘中務に触れるが、花山法皇の皇子を産んだ中務との混同を牽制したものと考える。

そして資平は結婚前の、『日本紀略』前編の宇多帝紀の抄訳を中断するかして、道真公が薨じられて百年後の長保五年（一〇〇三）には、『拾遺集』撰集に取り掛かっていたのではないかと推測する。資平の一男資房は寛弘三年（一〇〇六）に生まれる。

ところで、『大鏡』の時平伝の話群〔四五〕に、世次が「大学の衆どもの、……訪ひたづねかたらひとりて、さるべき餌袋・破子やうのもの調じて、うち具してまかりつつ、習ひとりてはべりしかど」とあるが、祖父保光に頼んで通ったのではないかと考える。延喜三年（九〇三）癸亥薨の道真公の「経八十四年後……」の託宣の永延元年（九八七）丁亥生まれの大学丸（資平）を祖父保光はどのように見ていたのだろうか。道隆伝〔一五五〕の、将門・純友の承平天慶の乱を、「王威のおはしまさむかぎりは、いかでかさることあるべきと思へど。」との叙述に、私は、世次（資平）がかつて将門と道真公を擁護したことがあり、それが今となって怨霊であっても決して道真公が将門とつながりがあってはならないと、気がかりになってきているのではと感じる。ここから、大学丸（資平）は、道真公へのこだわりを駆使して、『将門記』を元服前には編修していたのではと推測している。

『拾遺集』成立時期については今後の課題としていきたいが、寛弘二年十一月十五日の内裏焼亡により、道長は『拾遺集』完成披露を有耶無耶にできたのではないかと憶測する。『小右記』寛弘二年十一月十五日条の、内裏焼亡は、温明殿からの出火とあり、神鏡は、十七日条に「無円規、失鏡形」とあり、道長が前日には改鋳の意向であったものを、反対であった実資の諸道に勘申との案に従ったことに不審を抱いている。(54) 加えて前日の十四日条には敦康親王の読書始で一条帝が渡御され、伊周に朝議に参与する宣旨を下されたことが記されている。ちなみに温明殿の北隣は昭陽舎であり後撰集が編纂された場である。

『小右記』は、寛弘三年から記録がほとんどないが、『御堂関白記』には寛弘五年二月九日条に花山院崩御、二月十七日条に葬送が記録される。さらに、同年九月十一日に彰子が一条帝第二皇子敦成(後一条)を生み、翌寛弘六年十一月二十五日に第三皇子敦良(後朱雀)を生む。

二年後、一条帝は寛弘八年(一〇一一)六月二十二日に崩御された。一条帝崩御については『御堂関白記』に詳しい記録があるが、『小右記』には寛弘八年四月から六月末までの記録がない。『小右記』寛弘八年七月一日条には、花山法皇皇子(昭登・清仁)の元服を八月二十三日に、加えて三条帝の即位式で威儀親王の役を奉仕させるとの道長の意向に対する実資の批判が記される。さらに八月十一日条には、三条帝の内裏遷御が一条帝の七七法事に当たることから、道長に思うところがあるのかと記している。八月十九日条には、道長が、二十二日の亥剋に養子とした兄道綱男兼経の元服の加冠と、申剋の花山法皇皇子の元服のそれを命じたと記し、一日に二つ元服儀を行うなど聞いたことがないと記している。この道長のやり口は、長保元年(九九九)十一月七日条の、中宮定子が敦康親王を出産された、その同日に、彰子に女御宣旨を下したことを連想させる。八月二十三日条には、花山法皇皇子たちの元服に参列した、隆家・時光・公誠・周頼・経通・資平等の名を記し、道綱男兼経の元服も記録している。十月二十四日条には冷泉院崩御が記されるが、同じく十月に即位された三条帝の記録は遺っていない。

つまり、道長は、一条帝崩御後、直ちに故花山法皇と実資とに威圧的に報復したのだと考える。〈表3〉に掲示した花山法皇皇子昭登・清仁の袴着に送り付けた無礼極まりない道長歌を『拾遺集』に載せたことに対する、皇子と実資・資平への執念深い報復と考える。

さらに、寛弘八年(一〇一一)九月十日条に、道長が三条帝の即位式の擬侍従として、昭登親王と顕信、清仁親王と資平に命じたことが記され、九月二十一日条では、三条帝が、清仁親王が幼いことで威儀親王の役に憂慮される御言葉を記録している。以上私は、かつて『大鏡』の安和の変の話群「九一」の為平親王に威儀親王役をさせたとの叙述を、道長が資平に三条帝退位儀で神璽を後一条帝へ運ぶ役を命じたことを投影させたと述べたが、さらにこの即位時の清仁親王と資平とを示唆していると訂正する。

道長の花山法皇への意趣返しは、さらに三条帝に及ぶ。長和元年(一〇一二)四月二十七日条には、巳の刻の娍子立后を妨害するかのように、妍子入内を同日の戌刻に行い、娍子立后に集まったのは実資・隆家・懐平・通任・為任のみと記している。翌四月二十八日条には、三条帝の昨日の実資の奉仕への感謝と、親政のご決意と、ついては、政事を相談したいと実資に伝えるようにとの資平への命と、資平を見所があるとの仰せとを記している。この三条帝の資平への仰せは、私が資平の追補撰集と考える『拾遺集』の兼家・道長歌の収載意図がわかったとの御ことばではないかと考える。そして、続いて実資が資平に、妻（知章女）にも決っして三条帝の宸意を漏らしてはならないと命じていることからも妻が『拾遺集』撰集に関わっていたのではないかと推測する。さらに、この三条帝の実資・資平への信頼故に、道長の三条帝に退位を迫る動きと、資平への苛虐とが激しくなっていったと考える。以上、道長の資平への警戒・憎しみは寛弘八年の故花山法皇皇子の元服時の侮りを見ると、三条帝即位前からだったと考える。否、敦成親王（後一条）誕生前、さらに寛弘二年十一月の内裏焼亡前からの、道長の外戚獲得の執念が根源であると考える。そして『栄花物語』正編の作者は、『拾遺集』の小野宮資平による師輔・兼家・道長批判を込めた撰集と花山法皇の採択、さらに一条帝の容認とに対する道長の執拗な報復を知っていたが故の『拾遺集』黙殺と考える。

又、『古事談』[55]第一〈王道　后宮〉「三五　三条天皇、秘事ヲ資平ニ問ハセ給フ事」の末尾に「主上被仰云、我問秘事。衆人不答。而資平所申已相叶。尤所感思也云云。」とあるが、この三条帝の資平への賞讃も道長の嫉妬・憎悪につながったと考える。

七　後世の作品に見られる『大鏡』の影響

（1）『栄花物語』続篇の叙述について

『栄花物語』続篇には、『大鏡』に対する面当てと思われる叙述が見える。まずその部分を次に掲げていきたい。

『栄花物語全注釈』巻第三十六〈根あわせ〉〔六〕節「斎宮と二の宮の後事につき、後朱雀天皇の憂慮」に

我どちこそよかりしか、末末の人人はよからぬ事を、いひ出で、おのづからなる事もありしに、ましてこれは御腹もかはらせ給ひ、御後見もかはらせ給へれば、いかにとおぼしめすなるべし。」

とある。「御後見もかはらせ給へれば」については、同じく続編・巻三十四〈暮まつほし〉の〔二〕節に、「二月十余日に一品宮（禎子）后に立たせ給ふ。大夫には故中宮（威子）の大夫（能信）、権大夫には資平の右衛門督、亮・大進など皆あるべき限なり。」とあり、二の宮（尊仁）の後見が摂関家の頼通ではないことが後朱雀帝の後患であろうと、語釈にある。

松村博司氏は、巻三十六の〔六〕節の補説にて、「たとえ表面的にせよ、こうした政治向きの内情に触れるのが続篇では割合頻繁に見受けられる。」と述べておられる。[56]

巻第三十六〈根あはせ〉〔六九〕「この物語を書いた作者のことば」

人のせよといふ事にもあらず、物知らぬに、人のもどき、心やましくもおぼしぬべき事なれど、何の書き留めまほしきにか。過ぎにし事も今の事もしどけなし。かく所所に書き留むるは、ただなるよりは人にももどかれむとなるべし。

松村博司氏は、〔六九〕の補説に、「ここまで書き継いで来た続篇編者が、一応筆をおくに当たって述べた文であるように見られ、…いったい続篇は、…年紀の明らかでないものが多いのであるが、執筆年時に近いと思われる本巻の如きは、…かえって誤りが多いというのはどうした事であろうか。…巻第三十八〈松のしづえ〉以下三巻は、それまでとは違った編者によって続篇七巻に書き継がれたものであろうと考えるのである。」と論述しておられる(57)。

私は、続編巻三十六の〔六〕節の「末末の人人はよからぬ事を」等や、〔六九〕節の「物知らぬに」等から巻第三十六の編者は、『大鏡』の「今様のちごども」や「心驕り」している女房と揶揄する叙述を見ていると考える。

巻第三十七〈けぶりの後〉〔二五〕「東宮（尊仁）と関白（頼通）御仲悪しき事」

後冷泉院の末の世には、宇治殿入り居させ給て、世の沙汰もせさせ給はず。春宮と御仲悪しうおはしましければ、その程の御事ども書きにくうわづらはしくて、え作らざりけるなめりとぞ人申しし。春宮とは、後三条院の御事なり。

松村博司氏は、巻第三十七末の解説において、「本巻の執筆は後三条天皇が上皇になられた延久四年（一〇七二）十二月以降であろうということになるのである。」と述べておられる(58)。

巻第三十八〈松のしづえ〉〔二〕「基子尾張前司経平の家に退出」

この近き世には、おぼろけの人は参り給はぬものにならひたるに、いとあさましきなり。入道殿に后・帝はおはしますものと思ふに、この関白殿（教通）・右の大殿（頼宗）だに、大臣にてこそ参らせさせ給しか、昔に返りて、…

松村博司氏は、巻三十七は後三条帝の譲位後に成り、巻三十八からは、又、別人による執筆と論述しておられる(59)。

この〔二〕節に記される尾張前司経平は、後白河帝が後拾遺集の編纂を命じた通俊の父であり、資平の実兄経通の二男である。ちなみに経平の姪苡子は堀河帝の中宮であり、鳥羽帝の母后である。そして「おぼろけの人は参り給はぬものに」とは、『大鏡』の「職員令に「太政大臣にはおぼろけの人はなすべからず。…」とこそあんなれ。おぼろけの位にははべらぬにや。」に対する面当てと考える。つまり、『大鏡』の、太政大臣には「おぼろけの人」は任じられないものを、九条家師輔の子孫ごときが、外戚を誇って帝王の如く振る舞っているとの批判に対して、では摂関家でもない身分の低い中納言源基平（小一条院皇子）

ごときの女が、女御となり、寵愛を独占してよいのかとの反撃と考える。

私は、「入道殿に后・帝はおはしますものと思ふに」との物言いは、後白河帝が賢子所生の堀河帝に譲位して、院政を開いた情勢を反映しているものと考える。続編の巻第三十八の編者には、後三条帝にも、『大鏡』にも遠慮がいらなくなり、「古今の、皆、この入道殿の御有様のやうにこそはおはしますらめとぞ、今様の児どもは思ふらむかし。」との資平の批判に仕返しをする気の強さを感じる。同様の反撃と思われるものに、巻第三十八の〔一五〕節「実仁親王の御乳母」にある、「かく君達の妻などの参る事はまたなかりつる事なり。末になるままにはかくのみある世なめり。」がある。これは『大鏡』の「太政大臣基経」伝にある、「この高陽院殿にこそおされにてはべれ。方四町にて四面に大路ある京中の家は、冷泉院のみとこそ思ひさぶらひつれ、世の末になるままに、まさることのみ出でまうで来るなり。」との頼通批判に対する仕返しと考える。

（2）『愚管抄』の一條院の「宸筆ノ宣命」について

『愚管抄』は『大鏡』を全否定した書であると拙著で述べた[60]。そして『拾遺集』に関しては『栄花物語』と同様に黙殺する方法をとり、一切触れない。

ただ『拾遺集』成立後の一条帝崩御時についての叙述が『愚管抄』[61]巻第三の巻末に

カヽリケルホドニ、一條院ウセサセ給テ後ニ、御堂（道長）ハ御遺物ドモノサタアリケルニ、御手箱ノアリケルヲヒラキ御覧ジケルニ、震筆ノ宣命メカシキ物ヲカヽセオハシマシタリケルハジメニ、三光欲明覆重雲大精暗トアソバサレタリケルヲ御覧ジテ、次ザマヲヨマセタマハデ、ヤガテマキコメテヤキアゲラレニケリトコソ、宇治殿（頼通）ハ隆国宇治大納言ニハカタリ給ケルト、隆国ハ記シテ侍ナレ。大方御堂御事ハ、タトヘバ唐ノ太宗ノ世ヲヲコシテ、我ハ堯舜ニヒトシトマデオモハセ給タリケルト申ヤウニ、御堂ハ昭宣公ニモ大織冠マデニモヲトラヌホドニ、正道ニ理ノ外ナル御心ナカリケルトミユ。ワガ威光威勢トイフハ、サナガラ君ノ御威也。王威ノスヱヲウケテコソカクアレト、ワタクシナクオボシケルナリ。ソノ證據ハ、萬寿四年十二月四日ウセサセ給ケル御臨終ニアラハナリ。……伊勢太神宮是ヲユルシオボシメスナリ。……コレハ一條院モアルマヽニ御覧ジシラセ給ハデ、カヽル宣命メカシキモノヲカキヲカセ給テ、トクウセサセ給ニケルニ、御堂ハ其後久シクタモチテ、子孫ノ繁盛、臨終正念タグヒナキヲ、御心ノ中ニ是ヲフカクミトホシテ、「イカニゾヤ、悪心モヲコサジ。ワレトヾマリテカク御追福イトナム。タカキモイヤシキモ御心バヘノニズモアル。又イカニゾヤ、キカフコトハスコシモイカニトオモフベキコトナラズ」トテ、マキコメテ、ヤキアゲサセ給ヒケンヲバ、伊勢大神宮・八幡大菩薩モアハレニマモラセ給ケントコソアラハニサトラレ侍レ。サレバコソ其後萬寿ノ年マデヒサシクタモチテ、サル臨終ヲモ人ニハキカレサセ給へ。

とある。この僅かな引用の中に、一条帝の「宣命メカシキ物」、道長が「マキコメテヤキアゲ」、道長の死が治安元年（一〇二一）辛酉ならぬ万寿四年まで「ヒサシクタモチ」とを各二回ずつ主張している。そして頼通と隆国とが出所とする、「マキコメテヤキアゲ」との話から、私は道長が焼却したのは花山法皇から一条帝に贈られた『拾遺集』だったのではないかと憶測する。「三光欲明覆重雲大精暗」と『拾遺集』一〇七〇番「紫の色し濃ければ藤の花松の緑も移ろひにけり」とは同趣の詩歌と考える。慈円は、一条帝の「宣命メカシキモノ」が「トクウセサセ給ニケル」原因と主張しているのである。そして、「タカキモイヤシキモ御心バヘノニズモアル。……」との慈円の言は、『拾遺集』に一一六五番「岩の上の松とたとへむ」の道長の花山法皇と皇子への無礼かつ侮りの歌を収載したことが、「マキコメヤキアゲ」た原因なのだとの弁解であると考える。

しかし、事の発端は、十二歳の彰子の屛風歌を花山法皇に要求した道長にある。ともあれ、この道長の逆鱗ならぬ逆上が、『栄花物語』の『拾遺集』に一切触れない理由だったのではないかと考える。『小右記』寛弘八年（一〇一一）七月十八日条に、六月二十二日に崩御された一条院を、左大臣道長の直廬《じきろ》で源俊賢が先頭になって誹謗・嘲弄したとあり、さらに十九日条に、今度は、俊賢が実資の讒《ざん》言《げん》を頼りにしたとある。(62)「ヤキアゲ」たのが事実ならば、道長と俊賢とで焼いたのではないかと推測する。

ところで、この「宣命メカシキ物」を「マキコメテヤキアゲ」たことと、道長が「万寿ノ年マデ」生きたこととはどうつながるのだろうか。

拙稿で、村上帝期天徳四年九月二十三日、一条帝期寛弘二年十一月十五日、後朱雀帝期長久元年九月九日の三回の内裏焼亡で神鏡の形が遺らないまでに焼損したことを示した。(63)さらに、『愚管抄』は、この三回の内裏焼亡の神鏡焼損を円融帝期に記しているのは、道真公の祟りによって、花山帝―三条帝には皇位継承の証となる神鏡は渡らなかったとする報復ではないかと述べた。(64)しかし『栄花物語』は巻第八〈はつはな〉の極端に記事の少ない寛弘二年時の末尾に、「今年の十一月に内焼けぬれば、……みかど（一条）いみじき事におぼし歎きて、「いかでなほさもありぬべくは、疾くおりなん」とのみおぼし急ぎたり。」と記す。ここから『拾遺集』成立年と推測する一条帝期寛弘二年の、十一月十五日の内裏焼亡は道長の関与による放火であり、一条帝の三条帝に譲位、敦康親王立坊を警戒して、敦成・敦良誕生後も一条帝に退位を迫らなかったとして、慈円は「悪心モヲコサジ」としているのではと推測する。

つまり、神鏡を「失鏡形」までに焼損させてしまったが、一条帝の二皇子（敦成・敦良）を帝位に即けたのだから、辛酉改元治安ではなく、万寿四年十二月まで生かされたのだとの論法と考える。私は、『拾遺集』完成は、内裏焼亡・神鏡焼損を引き起こし、その後の花山帝崩御─一条帝崩御─一条帝の「宸筆ノ宣命」の焼キアゲ（『拾遺集』焼却か）─花山法皇皇子を三条帝即位儀の威儀親王に命じる─三条帝即位─冷泉院崩御─三条帝退位─後一条帝即位─小一条院（東宮敦明）退位─敦良（後朱雀）立坊─「この世をば我が世とぞ思ふ望月の欠けたることもなしとおもへば」の吐露へと至る根源に位置すると考える。

もう一ヶ所、「万寿四年マデ」・「サヤウノ御告文」に言及している巻第四の冒頭では

三条院弟ノ兄（花山）ノアトヲツガンヤウニ、天道ノ御ハカラヒ、スコシモサフイナクテ、位五年ノ後ヲリサセ給ヒニケレバ、後一条院ハカハリテ御践祚アリケレバ、……ソノ後御堂ハ入道ニテ万寿四年マデ立ソイテヲハシケル。メデタサ申カギリナシ。

三條院、老東宮ニテヲハシマセバ、…カヽルサカサマノマウケノ君、当今御ヤマイマチツケテヲハシマセバ、次ノ君ハサウナシ。ソノ時コノ一条院ノ皇子（敦康）東宮ニタヽセ給ベキコトヲボシメシテ、…イカニモ〳〵叡慮ニコノ趣フカクキザシテ…御心モトケザリケレバ、サヤウノ御告文ドモヽアリケルニヤ、御堂ト云誠ノ賢臣ソノ世ニヲハセズバ、アヤウカルベカリケル世ニヤ。

と叙述する。

「御堂ト云誠ノ賢臣ソノ世ニヲハセズバ、アヤウカルベカリケル世ニヤ。」の言は、本来、後鳥羽上皇期には小野宮実資と資平とに対する暗黙の世評だったのではないかと推測する。慈円最大の意趣返しである。道長は第三皇子敦良親王誕生を見て敦成・敦良の二皇子を帝位に即けるべく、形振りかまわず、第一皇子敦康親王の立坊を願う一条帝のご意志に逆らって、強迫的に第二皇子敦成親王を東宮に据えたのだと考える。さらに慈円の、老東宮居貞親王（三条帝）が即位するために一条帝の崩御を待っていたとの王威に対する誹言は、逆に花山法皇皇子清仁親王と資平とを威儀侍従に命じるという道長の見せしめと共に、既に三条帝の即位を呪っていたとの証と考える。

八　むすびにかえて

定家の名が『拾遺集』とともに登場するものとしては『三代集之間事』がある。『三代集之間事』では、『拾遺集』二一六番の「あしろきに」を「即是御製（花山法皇）也」と記し、一〇七〇番の「むらさきの」を「又御製也」と記す。さらに、一一六五番の道長歌「いはのうへの」の詞書にある「冷泉院の五六のみこ」について、「昭登清仁親王　依御出家以後為冷泉院親王　敦道親王四宮也　長保六

年五月四日同為親王」と記す。そして、「あさまたき嵐の山のさむけれはもみちの錦きぬ人ぞなき　法皇令書此集給哥如斯　作者公任卿成憤欝殊有存旨…集ニハもミちの錦と書抄ハちるもみちはをと可書也可随各本意也」と記す。

以上、定家が補説した歌は、すべて花山法皇に関わるものである。

ところで、公任歌は、『大鏡』には「小倉山」と「紅葉の錦」とに二ヶ所改作されて配される。竹鼻績氏は定家本から「紅葉の錦」に改訂されたと述べておられる(65)。定家は『大鏡』作者は花山法皇の御意向に合わせたと考え、自身も写本の際に「紅葉の錦」に改訂して後世に遺したということであろうか。『三代集之間事』の補説は、定家が『大鏡』作者が何者であり、『拾遺集』成立に関わりがあると知っていたとの証となるであろうか。

ともあれ、『新古今集(66)』には道真公の歌を『拾遺集』以来再び十六首収載している。うち巻第十八〈雑歌下〉の巻頭一六九〇番の「あしびきの」から一七〇一番の「流れ木と」までの十二首は流罪時のものである。さらに『小倉百人一首』には、三条帝御製「心にもあらでうき世に長らへば恋しかるべき夜半の月かな」を入れている。この道長に完敗した無念を詠まれた宸意をどのように解して、『栄花物語』から抜いたのであろうか。私が、定家は、『大鏡』の作者も『拾遺集』撰者も知っていたと考える根拠は、実朝への指南書といわれる『近代秀歌(67)』にある、「及ばぬ高き姿をねがひて、寛平以往の歌にならはゞ」である。この「寛平以往の歌」とは、『大鏡』の「雑々物語」〔一九八〕「大堰河の行幸　宮滝御覧」に描かれる王威に満ちた目も眩むような晴れがましい世界を示唆しているのではないかと考えるからである。

注

（1）テキストは橘健二・加藤静子校注・訳『大鏡』（新編日本古典文学全集34　小学館　平成8・6）を使用した。論中で使用させていただく語と注、原文の引用等はすべてこれによる。記号・傍線・傍点・括弧は稿者による。以下の注も同様である。

（2）表1「『大鏡』収載歌一覧」は以下によって作成した。大臣、話群番号、和歌、作者は注（1）の橘健二・加藤静子校注・訳『大鏡』から引用した。出典は橘健二校注・訳『大鏡』（日本古典文学全集20　小学館　昭和54・4）の頭注から引用した。異同のある部分は濃く表示した。

（3）松村博司・山中裕校注『栄花物語』（日本古典文学大系75　岩波書店　昭和62・1）

（4）拙稿「『大鏡』作者の位置（十二）―御製・勅撰歌の収載より」（『新大国語』41号　令和2・3）

（5）拙著『「大鏡」作者の位置』（悠光堂　平成29・3）

（6）小町谷昭彦校注『拾遺和歌集』（新日本古典文学大系7　岩波書店　平成2・1）

（7）今野厚子「後撰集巻第二十慶賀の特質」（解釈学会編『解釈』43号　平成9）
（8）坂本太郎『六国史』（日本歴史叢書27　吉川弘文館　昭和45・11）
（9）注（4）の表1「『大鏡』に収める和歌とその作者及び出典」を参照
（10）東京大学史料編纂所編『大日本古記録　小右記』（岩波書店　昭和62・11）
（11）注（4）に同じ。
（12）注（4）に同じ。
（13）注（4）に同じ。
（14）注（4）に同じ。
（15）竹鼻績『拾遺抄注釈』（笠間書院　平成26・9）
（16）注（9）に同じ。
（17）注（4）の表2「八代集他の作者別収載歌数」を参照
（18）久曾神昇『八代列聖御集』（文明社　昭和15・1）
（19）注（4）に同じ。
（20）注（4）に同じ。
（21）注（4）に同じ。
（22）表2「『大鏡』における『拾遺集』出典歌の配置」の拾遺抄欄の歌番号は注（6）の脚注から引用した。
（23）注（9）に同じ。
（24）今野厚子『天皇と和歌―三代集の時代の研究―』（新典社　平成16・10）
（25）注（4）に同じ。
（26）注（9）に同じ。
（27）黒板勝美編『国史大系第11巻日本紀略後編　百錬抄』（吉川弘文館　平成19・6）
（28）北村章「公任三船譚の史実とその虚構」（大東文化大学日本文学会編『日本文学研究』14号　昭和50・1）
（29）小島憲之・新井栄蔵校注『古今和歌集』（新日本古典文学大系7　岩波書店　平成2・1）
（30）橘健二校注・訳『大鏡』（日本古典文学全集20　小学館　昭和54・4）
（31）黒板勝美編『国史大系第十二巻　扶桑略記　帝王編年記』（吉川弘文館　昭和17・8）
（32）片桐洋一校注『後撰和歌集』（新日本古典文学大系6　岩波書店　平成2・4）
（33）注（15）に同じ。
（34）注（28）に同じ。
（35）橘健二「『大鏡』と『御集』との関係」（秋田大学学芸部研究紀要　15号　昭和40・3）
（36）注（35）に同じ。
（37）注（15）に同じ。
（38）注（28）に同じ。
（39）拙稿「『大鏡』作者の位置（十一）「小野宮の御孫」公任の叙述より」（『新大国語』40号　平成30・3）
（40）注（30）に同じ。

(41) 注(24)に同じ。
(42) 注(30)に同じ。
(43) 注(24)に同じ。
(44) 注(17)に同じ。
(45) 倉本一宏編『現代語訳　小右記2』(吉川弘文館　平成20・5)
(46) 松村博司著『栄花物語全注釈』(角川書店　昭和55・11)
(47) 小沢正夫編『三代集の研究』(明治書院　昭和56・5)
(48) 田中喜美春・平沢竜介・菊地晴彦著『貫之集・躬恒集・友則集・忠岑集』(和歌文学大系19　明治書院　平成9・12)
(49) 秋間康夫『拾遺集と私家集の研究』(新典社　平成4・8)
(50) 注(39)に同じ。
(51) 注(39)に同じ。
(52) 注(39)に同じ。
(53) 倉本一宏訳『藤原道長「御堂関白記」(上)』(講談社　平成21・5)
(54) 注(45)に同じ。
(55) 小林保治校注『古事談上』(現代思潮社　昭和56・11)
(56) 注(46)に同じ。
(57) 注(46)に同じ。
(58) 注(46)に同じ。
(59) 注(46)に同じ。
(60) 注(5)に同じ。
(61) 岡見正雄・赤松俊秀校注『愚管抄』(日本古典文学大系86　岩波書店　昭和54・2)
(62) 倉本一宏編『現代語訳　小右記4』(吉川弘文館　平成29・4)
(63) 拙稿「『大鏡』作者の位置(八)『日本紀略』の叙述から(その二)—円融帝期の内裏焼亡について」(『新大国語』35号　平成24・3)
(64) 注(63)に同じ。
(65) 注(15)に同じ。
(66) 田中裕・赤瀬信吾校注『新古今和歌集』(新日本古典文学大系11　平成4・1)
(67) 佐佐木信綱編『日本歌学大系　第三巻』(風間書房　昭和53・5)

附記

本稿末尾に掲示した〈図1〉「『大鏡』に御製・勅撰歌の配置」は、令和元年度新潟大学教育学部国語国文学会(令和二年二月八日)で「『大鏡』作者の位置—作品構造における和歌の配置から—」と題して口頭発表した際に資料として提示したものである。

表1 『大鏡』収載歌一覧

〈天〉

天皇紀・大臣列伝	群話番号	和歌（・は漢詩）	作者	出典
六十代　醍醐天皇	13	ひととせにこよひかぞふる今よりはもとせまでの月影を見む いはひつる言霊ならばもとせの後もつきせぬ月をこそ見め	伊衡の中将 醍醐天皇	延喜御集 延喜御集
六十二代村上天皇	16	わびぬれば今はとものを思へども心に似ぬは涙なりけり 今はとてみ山を出づる郭公いづれの里に鳴かむとすらむ	大輔の君 〃	大和物語 延喜御集
六十八代後一条天皇（帝紀から列伝へ）	31	あきらけき鏡にあへば過ぎにしも今ゆく末のことも見えけり すべらぎのあともつぎつぎかくれなくあらたに見ゆる古鏡かも	重木 世次	
太政大臣　良房	37	年経ればよはひは老いぬしかはあれど花をし見ればもの思ひもなし 血の涙落ちてぞたぎつ白川は君が世までの名にこそありけれ	良房 素性法師	『古今集』 『古今集』
太政大臣　基経	42	うつせみはからを見つつも慰めつ深草の山煙だに立て 深草の野辺の桜し心あらば今年ばかりは墨染に咲け	勝延僧都 上野峯雄	『古今集』 『前歌のつづき』
左大臣　時平	44	東風吹かばにほひおこせよ梅の花あるじなしとて春を忘るな 流れゆく我は水屑となりはてぬ君しがらみとなりてとどめよ 君が住む宿の梢をゆくゆくとかくるるまでもかへり見しはや ・駅長驚クコトナカレ、時ノ変改一栄一落、是レ春秋	菅原のおとど 〃 〃 〃	『拾遺集』 『拾遺集』 『菅家後集』
	45	夕されば野にも山にも立つ煙なげきよりこそ燃えまさりけれ 山わかれ飛びゆく雲のかへり来るかげ見る時はなほ頼まれぬ 海ならずたたへる水のそこまでにきよき心は月ぞ照らさむ ・都府楼ハ纔ニ瓦ノ色ヲ看ル　観音寺ハ只鐘ノ声ヲ聴ク ・去年ノ今夜清涼ニ侍シ　秋思ノ詩篇ニ独リ腸ヲ断チキ 恩賜ノ御衣ハ今此ニ在リ　捧ゲ持チテ毎日余香ヲ拝シタテマツル	〃 〃 〃 〃 〃	 （新古今集） （新古今集） 『菅家後集』 『菅家後集』
	46	あめのしたかわけるほどのなければや着てし濡衣ひるよしもなし つくるともまたも焼けなむすがはらやむねのいたまのあはぬかぎりは	〃 〃	『拾遺集』
	48	時の間も慰めつらむ君はさは夢にだに見ぬ我ぞかなしき 恋しさの慰むべくもあらざりき夢のうちにも夢と見しかば	中将の御息所貴子 大輔	『後撰集』 『後撰集』
左大臣　仲平	54	花薄われこそしたに思ひしかほに出でて人にむすばれにけり おそくとくつひに咲きぬる梅の花たが植ゑおきし種にかあるらむ	仲平 忠平	『古今集』 （新古今集）

太政大臣実頼	59	まだ知らぬ人もありけり東路に我もゆきてぞ住むべかりける	実頼	『後撰集』
	63	うれしきはいかばかりかは思ふらむ憂きは身にしむ心地こそすれ	道信	（詞花集）
太政大臣頼忠	71	小倉山嵐の風の寒ければもみぢの錦きぬ人ぞなき	公任	『拾遺集』
左大臣師尹	73	生きての世死にての後の後の世も羽をかはせる鳥となりなむ	村上天皇	『天暦御集』
		あきになることの葉だにも変はらずは我もかはせる枝となりなむ	宣耀殿女御芳子	『前歌のつゞき』
	85	雲居まで立ちのぼるべき煙かと見えし思ひのほかにもあるかな	堀河の女御延子	（後拾遺集）

〈地〉

右大臣師輔	94	ひかりいづるあふひのかげを見てしより年積みけるもうれしかりけり	斎院（選子）	（後拾遺集）
		もろかづら二葉ながらも君にかくあふひや神のゆるしなるらむ	彰子	（後拾遺集）
	96	みやこより雲のうへまで山の井の横川の水はすみよかるらむ	村上天皇	（新古今集）
		九重のうちのみつねにこひしくて雲の八重たつ山はすみ憂し	多武峯の少将高光	（新古今集）
	101	吹く風に氷とけたる池の魚 千代まで松のかげにかくれむ	紀貫之	貫之集
太政大臣伊尹	103	暮ればとくゆきて語らむ逢ふことはとをちの里の住み憂かりしも	伊尹	『拾遺集』
		逢ふことはとをちの里にほど経しも吉野の山と思ふなりけむ	女からの返歌	
		さは遠くうつろひぬとかきくの花折りて見るだに飽かぬ心を	助信の少将敦忠男	
	105	しかばかり契りしものを渡り川かへるほどには忘るべしやは	義孝	（後拾遺集）
		しぐれとは蓮の花ぞ散りまがふなにふるさとに袖濡らすらむ	義孝	（後拾遺集）
		・昔ハ契リキ、蓬莱宮ノ裏ノ月　今ハ遊ブ、極楽界ノ中ノ風ニ	義孝	
	113	旅の空夜半のけぶりとのぼりなば海人の藻塩火焚くかとや見む	花山院	（後拾遺集）
	115	世の中にふるかひもなきたけのこはわが経む年を奉るなり	花山院	『冷泉院御集』
		年経ぬる竹のよはひを返してもこの世をながくなさむとぞ思ふ	冷泉院	『冷泉院御集』
太政大臣兼通	117	ことに出でで心のうちに知らるるは神のすぢなはぬけるなりけり	紀貫之	貫之集
太政大臣公季	128	ゆきやらで山路くらしつほととぎすいま一声の聞かまほしさに	源公忠	『拾遺集』
太政大臣兼家	141	嘆きつつひとり寝る夜のあくるまはいかにひさしきものとかはしる	道綱母	『拾遺集』
		げにやげに冬の夜ならぬ槙の戸もおそくあくるは苦しかりけり	兼家	蜻蛉日記

〈人〉

天皇紀・大臣列伝	話群番号	和歌（・は漢詩）	作者	出典
右大臣道兼	161	十列の馬ならねども君乗れば車もまとに見ゆるものかな	和泉式部	和泉式部集
太政大臣道長	173	そのかみや祈りおきけむ春日野のおなじ道にもたづねゆくかな	道長	
		曇りなき世の光にや春日野のおなじ道にもたづねゆくらむ	上東門院彰子	
		三笠山さしてぞ来つる石上ふるきみゆきのあとをたづねて	彰子	栄花物語
		ありなれし契りは絶えでいまさらに心けがしに千代といふらむ	道長	栄花物語
		妹宮の産養を姉宮のしたまふ見るぞうれしかりける	道長	
藤原氏物語	183	年を経て待ちつる松の若枝にうれしくあへる春のみどりこ	道長	栄花物語
雑々物語	195	ちはやぶる賀茂の社の姫小松よろづ代までも色は変はらじ	敏行の中将	『古今集』
		松もおひまたも苔むす石清水ゆく末とほくつかへまつらむ	紀貫之	貫之集
	196	別るれどあひも思はぬももしきを見ざらむことやなにかかなしき	伊勢	『亭子院御集』・『後撰集』
		身ひとつのあらぬばかりをおしなべてゆきかへりてもなどか見ざらむ	宇多法皇	『亭子院御集』・『後撰集』
	198	水ひきの白糸はへて織るはたは旅の衣にたちやかさねむ	菅原のおとど	『後撰集』
		小倉山紅葉の色も心あらばいまひとたびのみゆき待たなむ	忠平	『拾遺集』
		わびしらに猿ななきそあしひきの山のかひある今日にやはあらぬ	凡河内躬恒	『古今集』
	199	日のひかり出でそふ今日のしぐるるはいづれの方の山辺なるらむ	朱雀院	『朱雀院御集』
		白雲のおりゐる方やしぐるらむおなじみ山のゆかりながらに	穏子	『朱雀院御集』
		呉竹のわが世はことになりぬともねは絶えせずぞなほながるべき	朱雀院	『朱雀院御集』・『拾遺集』
	201	勅なればいともかしこしうぐひすの宿はと問はばいかが答へむ	貫之女	『拾遺集』
	202	秋の日のあやしきほどの夕暮に荻吹く風の音ぞ聞こゆる	斎宮女御（徽子）	斎宮女御集
	203	都には待つらむものを逢坂の関まで来ぬと告げややらまし	中務（母は伊勢）	中務集
	204	ちはやぶる神の御前の橘ももろきもともに老いにけるかな	良岑衆樹	
	215	浜千鳥飛びゆくかぎりありければ雲立つ山をあはとこそ見れ	白女遊女	大和物語
		ふかみどりかひある春にあふ時は霞ならねど立ちのぼりけり	大江玉淵の娘	大和物語
	216	こと夏はいかが鳴きけむほととぎすこの宵ばかりあやしきぞなき	紀貫之	貫之集
		照る月を弓張としも言ふことは山辺をさしていればなりけり	凡河内躬恒	大和物語
		白雲のこのかたにしもおりゐるは天つ風こそ吹きてきぬらし	凡河内躬恒	大和物語

図１　『大鏡』における御製・勅撰歌の配置

		他	三代集 拾遺	三代集 後撰	三代集 古今	太政大臣	天皇	御集 御製	御集 他	他・御製	醍醐御製
天					1	良房	文徳 清和				朱雀村上などはうまれ給へるなりけり。いはひつることだまならばももとせののちもつきせぬ月とこそみめ
天						基経	陽成 光孝				
天		漢詩3 5	3			〔道真〕	宇多				
天						×	醍醐	延喜 1	延喜 3		
天		1				忠平	朱雀				
天				1		実頼	村上	天暦 1	天暦 1	不詳1	
天			公任1			頼忠					
地			1			伊尹	冷泉 ┊ 円融	冷泉院 1			朱雀帝九二三年生・村上帝九二六年生　ももとせののち・百年後
地		蜻蛉1				兼家	花山 ┊ 一条	1		栄花1	
人	道長伝	栄花1 未詳2				道長	三条・〔東宮敦明〕 ┊ 後一条・東宮敦良				
人	藤氏物語	栄花1 「年を経て……春のみどり子」				×					
人	（道長薨　万寿 4. 12. 4）										万寿２年（1025）
人	雑々物語			1		道真	宇多法皇・〔醍醐〕	亭子院 1 〔宇多法皇〕	亭子院 1 〔伊勢〕		後撰集巻十九〈離別〉の伊勢と宇多法皇との贈答歌と重複
人	雑々物語		1			忠平					
人	雑々物語	未詳2			1	躬恒					
人	雑々物語	貫之2 大堰河行幸序				貫之					
人	雑々物語						朱雀	朱雀院 2	朱雀院 1		御製「呉竹の」は拾遺集の一三・二・三番と重複

〈表2〉『大鏡』における『拾遺集』出典歌の配置

	大鏡 大臣列伝	大鏡 群話番号	大鏡 作者・歌の初句	拾遺和歌集 巻・部・歌番号	拾遺和歌集 詞書・作者・歌	拾遺抄 巻・部・歌・番号・作者
天		1	夏山重木	巻二 夏 一三〇	延喜の御時、御屏風に ・夏山の影をしげみやたまほこの道行く人も立ちどまるらん 貫之	なし
天	左大臣時平	44	菅原のおとど ・東風吹かば	巻十六 雑春 一〇〇六	・東風吹かばにほひをこせよ梅の花主なしとて春を忘るな 贈太政大臣	巻九・雑上 三七八 菅原卿
天	左大臣時平	44	菅原のおとど ・君が住む	巻六 別 三五一	・君が住む宿のこずゑのゆく〱と隠るゝまでにかへりみしばや 贈太政大臣	巻六・別 二二七 贈太政大臣
天	左大臣時平	46	菅原のおとど ・あめのしたかわけるほどの	巻十九 雑恋 一二一六	・あめの下のがるゝ人のなければや着てし濡れ衣干るよしもなき 贈太政大臣	なし
天	太政大臣頼忠	71	公任 ・小倉山紅葉の錦	巻三 秋 二一〇	・朝まだき嵐の山の寒ければ散る紅葉ばを着ぬ人ぞなき 右衛門督公任	巻三・秋 一三〇 右衛門督公任
地	太政大臣伊尹	103	伊尹 ・暮ればとく	巻十八 雑賀 一一九七	・暮ればとく行て語らむ逢ふ事のとをちの里の住みうかりしも 一条摂政	巻九・雑上 四六〇 一条摂政

太政大臣公季	128	・ゆきやらで　源公忠	巻二 夏 一〇六	・行きやらで山地暮らしつ郭公 今一声の聞かまほしさに　源公忠朝臣	巻二・夏 六九 公忠朝臣
太政大臣兼家	141	・嘆きつつ　道綱母	巻十四 恋四 九一三	・嘆きつゝ独寝る夜のあくる間は いかに久しき物とかは知る　右大将道綱母	巻七・恋上 二六八 右大将道綱母
人 雑々物語	198	・小倉山 紅葉の色も　忠平	巻一七 雑秋 一一二八	・小倉山峰のもみぢ葉心あらば 今一度の行幸待たなん　小一条太政大臣	巻九・雑上 四一五 一条摂政
人 雑々物語	199	・呉竹の ぞなほながるべき　朱雀院	巻二十 哀傷 一三二三	・呉竹の我が世は異に成ぬとも 音は絶えせずも泣かるべき哉　御製	なし
人 雑々物語	201	・勅なれば　貫之女	巻九 雑下 五三一	・勅なればいともかしこし鶯の 宿はと問はばいかゞ答へむ	なし

表3 『拾遺集』に追補した道長歌二首の周辺事情

小右記（小）・日本紀略（日）	拾遺集	栄花物語全注釈	大鏡〔 〕話群
永祚元（九八九）・3・22 一条天皇春日社行幸（小） 正暦4（九九三）・2・29 懐平室（資平母）卒（小） 正暦4・4・16 懐平室七七忌法事（小） 正暦4・閏10・6 詔内府（道兼）…一昨夜夢菅丞相有可贈太政大臣之夢（小） 正暦4・閏10・14 我是九条丞相霊、存生之時、…小野宮太相国子族可滅亡之願彼時極深、施陰陽術欲断彼子孫、所期先六十年（小） 正暦4・閏10・20 重贈故正一位左大臣菅原朝臣太政大臣（日）	亭子院、大井河に御幸ありて、 小一条太政大臣（忠平） 1128 小倉山峰のもみぢ葉心あらば 今一度の行幸またなむ 屏風に　大中臣能宣 1129 ふるさとに帰ると見てや龍田姫 紅葉の錦空に着すらん よみ人知らず（貫之） 1130 白浪はふるさとなれやもみち葉の 錦を着つゝ立帰らん 210 嵐の山のもとをまかりけるに、紅葉 のいたく散り侍ければ 右衛門督公任 朝まだき嵐の山の寒ければ 散る紅葉ばを着ぬ人ぞなき （紅葉の錦は定家本から）	〈巻第四・みはてぬゆめ〉 〔二〕花山院熊野御修行 花山院 ・旅の空夜半の煙とのぼりなば 海人の藻塩火たくかとや見ん ・木のもとをすみかとすれば おのづから花見る人になりぬべき かな	雑々物語〔一九八〕大堰河の 行幸　宮滝御覧 小一条のおほいまうちぎみ ・小倉山紅葉の色も心あらば いまひとたびのみゆき待た なむ 「太政大臣伊尹」伝 〔一一三〕花山院の御修行 花山院 ・旅の空夜半のけぶりとのぼ りなば海人の藻塩火焚くか とや見む 「太政大臣頼忠」伝 〔七二〕公任卿、大堰河三 船の誉れ 大納言（公任） ・小倉山嵐の風の寒ければ もみぢの錦きぬ人ぞなき
長保元（九九九）・10・28 是入内女御料屏風歌…上達部依左府命献和歌、往古不聞事也、何況於法皇御製哉、…又右衛門督是廷尉、異凡人、近来気色猶似追従、一家之風豈如此乎、嗟乎痛哉（小） 長保元・10・30 書色紙形皆書名、後代已失面目、但法皇御製不知読人、左府者書左大臣、件事奇恠事也（小）	左大臣女の中宮の料に調じ侍ける屏風に 右衛門督公任 1069 紫の雲とぞ見ゆる藤の花 いかなる宿のしるしなるらん 読人知らず（躬恒） 1070 紫の色し濃ければ藤の花 松の緑も移ろひにけり	〈巻第六・かかやく藤壺〉 大殿（道長）やがてよみ給ふ。 又花山院よませ給ふ。又四条の 公任宰相など読み給へる。 四条の公任宰相 ・紫の雲とぞ見ゆる藤の花 いかなる宿のしるしなるらむ 花山院 ・ひな鶴を養ひたてて松が枝の 蔭に住ませむことをしぞ思ふ	
	冷泉院の五・六の親王袴着侍ける頃、 言ひをこせて侍ける		

長保5（一〇〇三）・2・20　（日）
左大臣…一男頼通…加元服

寛弘元（一〇〇四）・5・4　（日）
以冷泉院皇子昭登。清仁為親王。実華山院御出家之後産生也。

寛弘2（一〇〇五）・3・8　（小）
今日中宮参給大野原社、…内府（公季）称所労、自七条辺退帰云〻、…如行幸儀…

寛弘2・4・2　（小）
昨以和哥一首被贈左金吾（公任）云、谷戸を…返、往帰る…

寛弘2・8・5　（小）
院（花山）以兼業朝臣被仰云、密〻仰男等、令合和歌、而左大臣伝聞可来見云〻、不可厭却、此事欲云合、明後日可参入者

寛弘2・11・15　（小）
内裏焼亡者、…火起自温明殿、神鏡所謂恐所、大刀并契不能取出云〻、

寛弘5（一〇〇八）・2・8　（日）
今夜亥刻。華山法皇崩。年四十一。

寛弘8（一〇一一）・8・19　（小）
今日参左府（道長）、被命云、二十三日…藤大納言子（兼経）首服、為加冠可招下官（実資）云〻、又云、彼日華山院宮達元服、可為加冠云〻、彼申剋、是亥剋、不可指合云〻一日両度役未聞事也。

寛弘8・9・10　（小）
左大臣定申即位擬侍従、左四品昭登親王、従四位上藤原顕信、右四品清仁親王、従四位下藤原資平

1165　左大臣（道長）
岩の上の松にたとへむ君〴〵は世にまれらなる種ぞと思へば
（長保二年頃か）

右衛門督公任籠り侍ける頃、四月一日に言ひ遣しける

1064　左大臣（道長）
谷の戸を閉ぢやはてつる鶯の待つに音せで春も過ぎぬる

1065　公任朝臣
行きかへる春をも知らず花咲かぬみ山隠れの鶯の声

〈巻第八・はつはな〉
〔一〕頼通元服、翌年春日祭の使に立つ（長保五年二月）

・若菜摘む春日の野辺に雪降れば心づかひを今日さへぞやる　殿の御前（道長）

・身をつみておぼつかなきはゆきやまぬ春日の野辺の若菜なりけり　四条大納言公任

・我すらに思ひこそやれ春日のの雪間をいかで鶴の分くらん　花山院

昭和55年度　卒業論文

大鏡の批判

立命館大学　文学部
日本文学四回生七C〇〇二一〇
安　中　正　子

題
大鏡の批判

目次

序

『大鏡』を一読してまず気付くことは全体にかなり皮肉っぽいが、それでもある種の余裕ある雰囲気がある事である。それは道長に象徴される権勢家のそれではなく、じっと傍観者的態度にありながらも、時勢の動向を的確に把握し得る人の持つ冷徹さから来る雰囲気である。

ところで『大鏡』の成立年代、作者がその研究の中心を成している。平田俊春氏は、『今昔物語』より後出とされ、成立を永久元年から長承三年頃、作者を源雅定とされた。（『日本古典成立の研究』日本書院　昭和34）私には平田氏の研究を理解し得る学力がない。ただ私は『大鏡』を読んでその記述態度に一つの方向性、つまりある種の視点があるように思えたのである。題を「大鏡の批判」としたのだが、その視点を『大鏡』の構成と兼ね合わせながら、できるだけ明らかにし、その上で作者及び成立背景にまで行ってみたい。その事に拠って、より「大鏡の批判」に迫り得ると考えるからである。

第一章　大鏡の視点

　結論を先に述べると「小野宮中心の意識による記述」と考える。以下この観点を明らかにすべく述べていきたい。

　まず構成であるが、「序、帝王物語、閒語、大臣物語、藤原氏の物語、雑々物語、大團圓、後日物語」の、紀伝体から成る。[補注1] 記述法は、「作者が万寿二年乙丑（一〇二五）五月、紫野の雲林院の菩提講に参詣し、そこで当年百九十歳だといふ大宅世継、百八十歳といふ夏山繁樹とその老妻とが、三十歳ばかりの若侍と落ち合ひ、説法の始まる前の退屈しのぎに、老の自慢に世継の翁が、若侍たちを相手に昔話をするのを傍らで聴いてゐて、あとで筆記した形」（岡一男氏校註　日本古典全書『大鏡』解説）を採る。

　次に構成内容を追ってみたい。始めに「序」で、宇多帝母班子に仕えた世継が、当時太政大臣であった貞信公に仕えていた繁樹と、現在全盛である道長の有様を「黄泉路にまかる」前に話したかったと語り始める。次に文徳から当代まで十四代の歴代天皇について語る。「列伝」で文徳帝外祖父冬嗣から当代の外祖父道長に至るまでの歴代の大臣について語り、道長に内覧宣旨の下った記事を最後に「藤原氏の物語」に移る。ここでは、藤原氏の始祖鎌足から記述し始め、不比等、「四家」[補注2]、を経て現在の頼通までの十三代の系譜を簡潔にまとめ、その北家の繁栄を示す。次に藤原氏氏神「春日明神」、氏寺多武峯山階寺の挿話、再び鎌足から道長までの外戚関係を簡潔にまとめ[補注3]、最後に道長を、

　ここらの御中に、后三人並べすゑて見奉らせたまふことは、入道殿より外に聞えさせたまはざめり。関白左大臣、内大臣、大納言二人、中納言の御親にておはします。さりや、聞き召しあつめよ。日本国には唯一無二におはします。

と記す。その後の道長一族による無量寿院参詣の記事は、他氏、同族を排しながら営々と築き上げてきた藤原氏北家の繁栄の絶頂の場面と考える。ここでは、藤原氏の繁栄とその諸寺とを関連付ける構想を採っている。そして「藤原氏の物語」の最後は、世継の、

　世継が思ふことこそはべれ。便なき事なれど、明日とも知らぬ身にてはべれば、ただ申してむ。この一品宮の御有様のゆかしくおぼえさせたまふにこそ、又命惜しくはべれ。その故は、生れおはしまさむとて、いとかしこき夢想見たまへしなり。さ覚えはべりし事は、故女院、この大宮など孕まれさせたまはむとてみえし、ただ同じさまなる夢にはべりしなり。

の禎子内親王の栄えの予言で終わる。[補注4] 続いて「雑々物語」では種々の逸話を収め、最後には、

何事よりも、かの夢の聞かまほしさに、居所も尋ねさせむとしはべりしかども、ひとりびとりをだに、え見つけずなりにしよ。

と、「藤原氏の物語」の最後、

「ここにあり。」とて、さし出でまほしかりしか。

と同じく、作者の言葉で終わる。

流布本系に存する「後日物語」では、

一宮の方に居させたまふ一品宮、后に立たせたまふ。後三条院生れさせたまひにしかば、さればこそ、昔の夢は空しかりけりや。『なからむ裔伝へさせたまふべき君におはします』とぞ、世継申されし。

と、世継の夢想が現実となった事を記す。

続いて、同じく構成を作者の意図に従って追ってみたい。まず作者は「序」における、

ただ今の入道殿下の御有様の、世にすぐれておはしますことを、道俗男女の御前にて申さむと思ふが、いと事多くなりて、数多の帝王・后、また大臣・公卿の御上をつづくべきなり。その中にさいはひ人におはします、この御有様申さむと思ふほどに、世の中の事かくれなくあらはるべきなり。

の意図で語り始める。続く「帝王物語」、「大臣物語」は具体的には、この作者の意図を「問語」における、

入道殿下の御栄花も、何によりひらけたまふぞと思へば、先づ帝・后の御有様を申すべきなり。（略）しかれば、まづ帝王の御つづきをおぼえて、次に大臣の御つづきはあかさむとなり。

の方法で表したものである。[補注5]道長の栄花の由来をその外戚関係により明白にするに当たり、

あきらけきかがみにあへば過ぎにしも
今ゆくすゑのことも見えけり
すべらぎのあともつぎつぎかくれなく
あらたに見ゆるふる鏡かも

とその抱負を詠ずる。次の「藤原氏の物語」では、藤原氏の鎌足による興りから朝廷との外戚関係による北家繁栄に至る歴史を簡潔に述べ、最後に道長一族の無量寿院参詣の場面でその栄花の極みを記す。この参詣の場面での世継の、

さてもさても、嬉しく対面したるかな。年ごろの袋の口あけ、ほころびをたちはべりぬること。

の感慨は、「序」における同じく世継の、

年ごろ、昔の人に対面して、いかで世の中の見聞くことどもを聞こえあはせむ、（略）思しきこと言はぬは、げにぞ腹ふくるる心ちしける。（略）返す返す嬉しく対面したるかな。

の願いに呼応するものと考える。作者はここで道長の栄華の由来、及びそれを語るに当たっての抱負を果たしたのである。つまり『大鏡』は一応ここで完結していると考える。しかるに、作者は次に「雑々物語」を記す。ここで、「藤原氏の物語」と関わると考えられる記事は、「世継の夢

想」と、繁樹が聞いたとする高麗の相人の予言「貞信公後裔の繁栄」である。「藤原氏の物語」における道長の無量寿院参詣の場での繁樹の

翁いまだ世にはべるに、衣裳やれ、むつかしきめ見はべらず。又、飯・酒ともしきめ見はべらず。もしこの事どもの、ずちなからむ時は、（略）『翁、故太政大臣貞信公殿下の御時の小舎人童なり。それ多くの年つもりて、ずちなくなりにてはべり。閣下の君、末の家の子におはしませば、同じき君と頼み仰ぎ奉る。物少し恵みたまはらむ。』と申さむには、少々の物は賜ばじやはと思へば、

の言は、「序」における世継の

同じ種一つすぢにぞおはしあれど、門わかれぬれば、人々の御心もちゐも、又それに従ひて、ことごとになりぬ。

の言と共に、「雑々物語」での「貞信公後裔の繁栄」に照応するものがあると考える。つまり「雑々物語」には、「藤原氏の物語」までに完了していると思われる「序」における世継の意図に関連しているものがあると考える。

しかし、この「雑々物語」の「貞信公後裔の繁栄」は「藤原氏の物語」まで強調される同じく後裔道長の栄華の単純な賛美ではない。小野宮等が村上帝を偲ぶ場面を要約すると、小野宮実頼が冷泉帝期に政権をその外戚に譲渡してからは、朝廷の綱紀が乱れたというのである。しかるに、現在の、「道長の栄華」はこの期を経た上で成り立っている。ここでの小野宮実頼の登場は、高麗相人の「三平」に対する評に続く「貴臣よ」の言と共に注意される。

以下、「雑々物語」の逸話の中から、「道長の栄華の由来」、つまり摂関政治による栄華の観点から少し外れると思われるものを抜き出してみたい。

一、光孝・宇多・醍醐・村上帝の逸話
一、「三平」の評（貞信公後裔の繁栄）
一、冷泉帝から朝廷の綱紀乱れる
一、源氏関係の逸話
一、禎子内親王繁栄の予言

以上の事柄が「道長の栄華の由来」にどのように関与しているかは、「帝王・大臣物語」の検討後明らかにしたい。

『大鏡』に於いて、藤原氏の繁栄（道長の栄華へ）の歴史は、始祖鎌足に始まり、冬嗣・良房の北家による他氏を排しての外戚の地位の確立、そして北家の中でも特に師輔九条家に始まる兼家・道長に至る三段階として捉えられているように思う。最後の九条家繁栄の段階は、兼家等兄弟による九条家一門の政権掌握、続いて道長一族による摂関政治の頂点へと至る基点を核として記述されていると考える。そこで「帝王物語」、「大臣物語」に於いては、この二基点を注意したい。

師輔に始まる九条家繁栄の基盤は、村上帝の後宮に入れた安子の盛運によって築かれたものである。[補注6] その外戚とし

ての地位を確固たるものにすべく行われた政権抗争が世に言われる「安和の変」である。『大鏡』の「師輔」伝の記述を見たい。

この后安子の御腹には、式部卿の宮為平こそは、冷泉院の御次に、まづ東宮にも立ちたまふべきに、西宮殿高明の御聟にておはしますにより、御弟の次の宮守平（円融）にひき越されさせたまへる程などの事ども、いといみじくはべり。そのゆゑは、式部卿の宮為平、帝にゐさせたまひなば、西宮殿の族に世の中うつりて、源氏の御栄えになりぬべければ、御をぢたちの魂ふかく非道に、御弟守平をば引き越し申させ奉らせたまへるぞかし。世の中にも宮の中にも、殿ばらの思しかまへけるをば、いかでかは知らむ。次第のままにこそはと、式部卿の宮為平の御ことをば思ひ申したりしに、俄かに『若宮守平の御ぐしかいけづりたまへ。』など、御乳母たちに仰せられて、大入道殿兼家御車にうち乗せ奉りて、北の陣よりなむおはしましけるなどこそ、伝え承はりしか。されば、道理あるべき御方人たちは、いかがは思されけむ。その頃、宮たちあまたおはせしかど、事しもあれ、威儀の親王をさへせさせたまへりしよ。見たまへりける人も、あはれなることにこそ申しけれ。その程、西宮殿高明などの御心ちよな、いかが思しけむ。さてぞかし、いと恐ろしく悲しき御事ども出できにしは。

又「師尹」伝では、

左大臣にうつりたまふ事、西宮殿高明筑紫へ下りたまふ御かはりなり。その御事のみだれは、この小一条の大臣師尹のいひいでたまへるとぞ、世の人聞えし。

とある。

次に『栄花物語』（日本古典文学大系　松村博司氏・山中裕氏校注　岩波書店　昭和39）の巻第一「月の宴」の記述を引用する。

「もし非常の事もおはしまさば、東宮には誰をか」と御けしき給はり給へば「式部卿の宮（為平）をとこそは思ひしかど、今におきてはえ居給はじ。五の宮（守平）をなんしか思ふ」と仰せらるれば、うけたまはり給ひぬ。（略）されど終に五月廿五日にうせ給ぬ。東宮位につかせ給ふ。（略）東宮の御事まだともかくもなきに、世の人皆心〴〵に思定めたるもをかし。「大臣（実頼）は皆知りておはすめる物を」と。（略）事ども、皆はてゝ、少し心のどかになりてぞ、東宮の御事あるべかめる。式部卿宮わたりには、人知れず大臣（実頼）の御けしきを待ちおぼせど、あへて音なければ、「いかなればにか」と御胸つぶるべし。源氏のおとゞ（高明）、「もしさもあらずば、あさましうも口惜しうもあべきかな」と、物思ひにおぼされけり。かゝる程に、九月一日東宮立ち給ふ。五宮ぞたゝせ給。御年九にぞおはしける。みかど（冷泉）の御年十八にぞおはしましける。（略）か丶る程に同じ年の十二月十三日、小野宮のおとゞ太政大臣になり給ぬ。源氏の右のおとゞ（高明）左になり給ぬ。右大臣には小一条のおとゞ（師尹）なり給ひぬ。源氏の大臣位はまさり給へれど、あさましく思ひの外なる世中をぞ、心憂きものにおぼしめさる丶。（略）今年は年号かはりて安和元年といふ（略）源氏のおとゞは、式部卿の宮の御事を、いとゞへだて多かる心地せさせ給ふべし。宮の御おぼえの世になうめでたく珍かにおはしまし丶も、世の中の物語に申思ひたるに、さしもおはしまさゞりしかば、皆かくおはしますめり。（略）「四宮みかどがねと申思ひしかど、いづらは。源氏のおとゞの御婿になり給しに、事違ふと見えしものをや」など、世にある人、あいなきことをぞ、苦しげにいひ思ふものなめる。（略）今年は安和二年とぞいふめるに、（略）か丶る程に、世中にいとけしからぬ事をぞいひ出でたるや。それは、源氏の左の大臣（高明）の、式部卿宮（為平）の御事をおぼして、みかどを傾け奉らんとおぼし構ふといふ事出で来て、世にいとき丶にく丶の丶しる。（略）昔菅原の大臣の流され給へるをこそ、世の物語に聞しめし丶か、これはあさましういみじきめを見て、あきれ惑ひて、皆泣き騒ぎ給も悲し。

両書の記述の相違点を次にあげると、

一、『大鏡』では『栄花』で「先帝の意を聞いていたとする」実頼について全く触れない。
一、『大鏡』では、源氏の繁栄阻止のために、兼家兄弟が守平立坊を策謀したとする。
一、『大鏡』では師尹の讒言により、高明が流罪されたとする。
一、『大鏡』では高明流罪、つまり安和の変に触れない。

以上の事が言えると思う。「師輔」伝を締め括るに当たって、冷泉帝を、

道長『さらざらましかば、この頃わづかにわれらも諸大夫ばかりになりいでて、ところどころの御前、雑役につられありきなまし。』

と、現在全盛を極める道長の言として印象づけ、最後は、師輔北方経邦女を、

世の人『女子。』といふことは、この御ことにや。

で、終わる。九条家の地位確立の立役者として記される兼家については、人臣の分を越えた振る舞いのために権勢家の地位は短かったと記す。[補注7]

続いて、その兼家を父とする道長が、伊周を追い落とし、三条帝を退位させ、最後に道長一家のみによる栄花を可能にした、敦明親王皇太子退位事件を『大鏡』の「師尹」伝の記述からみる。

この殿済時の御おもておこしたまふは、皇后宮娀子におはしましき。この宮の御腹の一の親王敦明親王とて、式部卿と申しし程に、長和五年正月二十九日、三

条院おりさせたまへば、当代後一条位に即かせたまひて、この式部卿の宮、東宮に立たせたまひにき、御年二十三。但し道理あることと、皆人思ひ申ししほどに、院三条うせさせたまひて後、二年ばかりありて、いかが思し召しけむ、宮たちと申ししをり、よろづに遊びならはせたまひて、うるはしき御有様いと苦しく、いかでかからでもあらばや、とおぼしなられて、皇后宮娍子に敦明『かくなむおもひはべる。』と申させたまふを、いかでかは、げにさもとはおぼさんずる。娍子『すべてあさましくあるまじき事。』とのみ諌め申させたまふに、おぼしあまりて、入道殿道長に御消息ありければ、参らせたまへるに、御物がたりこまやかにて、敦明『この位去りて、ただ心安くてあらむとなむ思ひはべる。』と聞えさせたまひければ、道長『更に更にうけたまはらじ。さは、三条院の御末は絶えねと、思し召しおきてさせたまふか。いとあさましく悲しき御事なり。かかる御心のつかせたまふは、こと事ならじ。ただ冷泉院の御物怪などの思はせ奉るなり。さおぼしめすべきぞ。』と啓したまふに、敦明『さらば、ただ本意ある出家にこそはあなれ。』とのたまはするに、道長『さまで思し召すことならば、いかがはともかくも申さむ。内後一条に奏しはべりてを。』と申させたまふをりにぞ、御気色いとよくならせたまひにける。さて殿、内に参りたまひて、大宮彰子にも内後一条にも申させたまひければ、いかがは聞かせたまひけむな。（略）九つにて三の宮後朱雀東宮に立たせたまひて、……同じき三年己未八月廿八日、御年十一にて御元服せさせたまひしか。前の東宮をば小一条院と申す。今の東宮敦良の御有様申すかぎりなし。つひの事とは思ひながら、ただ今かくとは思ひかけざりしことなりかし。

小一条院敦明、我が御心と、かくのかせたまへることは、これをはじめとす。世はじまりて後、東宮の御位とり下げられたまへる事は、九代ばかりにやなりぬらむ。—（略）—侍「まれまれ参りよる人々は、世にきこゆる事とて世人『三の宮敦良のかくておはしますを、心苦しく殿道長も、大宮彰子も思ひ申させたまふに、もし内後一条に男宮も出でおはしましなばいかがあらむ。さあらぬさきに東宮に立て奉らばや、となむ仰せらるなる。されば、おしてとられさせたまふべかんなり。』などのみ申すを、まことにしもあらざらめど、げに事のさまも、よもとおぼゆまじければにや、聞かせたまふ御心ちは、いとどうきたるやうに思し召されて、ひたぶるにとられむよりは、われとや退きなましと思し召すに、（略）娍子『さらなりや。いといとあるまじき御事なり。みくしげ殿寛子の御事をこそ、まことならばすすみ聞えさせたまはめ。さらにさらに思しよるまじき事なり。』と聞えさせたまひて娍子『御物怪のするなり。』と、御いのりどもせさせたまへど、さらに思しとどまらぬ御心の中を、いかでか世人も聞きけむ、人『さてなむ、みくしげ殿寛子まゐらせ奉らせたまへとも聞えさせたまふべかなる。』などいふ事、殿道長の辺にも聞ゆれば、まことにさも思しゆるぎてのたまはせば、いかがすべからむなどおぼす。さて東宮はつひにおぼしめし立ちぬ。さて後にみくしげ殿の御事もいはむに、なかなかそれはなどかなからむなど、よき方ざまに思しなしけむ、不覚の事なりや。（略）むかひ聞えさせたまひては、方々に臆せられたまひにけるにや。ただ昨日のおなじさまに、なかなかことずくなに仰せらるる。御かへりは、道長『さりとも、いかにかくは思し召しよりぬるぞ。』などやうに申させたまひけむかしな。（略）侍「さて、かくせめおろし奉りたまひては、又御婿にとり奉らせたまふほど、もてかしづき奉らせたまふ御有様、（略）これこそは御本意よと、あわれにぞ。世人『このきはに、故式部卿の宮敦康の御事ありけり。』といふ、そらごとなり。

次に『栄花物語』の巻第十三「ゆふしで」の記述を見る。

か丶る程に、春宮、などの御心の催しにかおはしますらん、かくて限なき御身を何ともおぼされず、昔の御忍び歩きのみ恋しくおぼされて、時〴〵につけての花も紅葉も、御心にまかせて御覧ぜしのみ恋しく、「いかでさやうにてもありにしがな」とのみおぼしめさる丶御心、夜昼急におぼさる丶もわりなくて、皇后宮（娍子）に「一生は幾何に侍らぬに、猶かくて侍こそいといぶせく侍れ。さるべきにや侍らん。古の有様に心安くてこそあらまほしく侍れ」など、折〳〵に聞え給へば、宮は、「いと心憂き御心なり。御物のけの思はせ奉るならん。故院のあるべきさまにし据へ奉らせ給し御事をも、いかにおぼしめして、やがて御跡をも継がず、世の例にもならむとおぼしめすぞ。いと心憂き事なり」など、常には諫め申させ給ひて、「御物のけのかく思はせ奉るぞ」とて、所〴〵に御祈をせさせ給ふ。おぼし余りて、「若やかなる殿上人申あくがらすならん」とて、いみじう召し仰せなどせさせ給。されど殿の御前に、さるべき人して「かやうになん」とまねび申（さ）せ給。との丶御前「いとあるまじき御事なり。さば、故院の御継なくてやませ給べきか。いみじかりし世の御もの丶けなれば、それがさ思はせ奉るならむ」と宣はせて、き丶入れさせ給はぬを、「いかで対面せん」と度〳〵聞えさせ給へば、殿（道長）参らせ給へり。おぼつかなき世の御物語など聞えさせ給ひて、次に「猶身の宿世の悪きにや侍らん、かくうるはしき有様こそいとむつかしけれ。いかでおり侍なん。おり侍りて、一院といはれて侍らん」と聞えさせ給へば、「さらにあるまじき御心掟におはします。故院のよろづに御後見仕うまつるべき由仰せられしかば、皆さ思ふ給へながら、えさらぬ事の多く侍れば。内にも当代いと稚くおはしませば、よろづ暇なく候てなん。中に就いて、この一品のみや（禎子）の御為を思ふ給ふれば、心のどかに世をもおぼし保たせ給ておはしまさんこそ、頼しう嬉しう候べけれ。たゞこれは、こと事ならじ、御物のけのおぼさるゝなめり」と申させ給へば、（略）そのまゝにやがて大宮（彰子）に参らせ給て、「かう〳〵の事をなん、東宮度〳〵宣はすれど、さらにうけひき申さぬに、召して仰せられつるやう」など、こまやかに申させ給ふに、摂政殿（宇治殿）もおはします。「人のこれをとかく思ひきこえさする事ならばこそあらめ、わだたはやすくならせ給へる御心なれば、一院とて心にまかせてとおぼしたるも、いとあらまほしき事なり。さても東宮には、三宮（後朱雀）こそは居させ給はめ」と申させ給。大宮「それはさる事に侍れど、式部卿宮（敦康）などのさておはせんこそよく侍らめ。それこそみかどにも据え奉らまほしかりしか、故院（一条院）のせさせ給し事なれば、さてやみにき。この度はこの宮の居給はん、故院（一条院）の御心の中におぼしけん本意もあり、宮の御為もよくなむあるべき。若宮は御宿世に任せてもあらばやとなむ思ひ侍る」と聞えさせ給へば、大殿「げにいとありがたくあはれにおぼさるゝ事なれど、故院も、こと事ならず、たゞ御後見なきにより、（おぼしたえにし事なり）。賢うおはすれど、かやうの御有様はたゞ御後見がらなり。師の中納言（隆家）だに京になきこそ」など、猶あるまじき事におぼし定めつ。かくて八月九日、東宮（後朱雀院）たゝせ給ひぬ。はじめの東宮をば、小一条院と聞えさす。（略）皇后宮いと飽かぬことに口惜しうおぼせど、又一院とて、年官年爵得させ給、蔵人・（判官代）、何くれの定あるにつけても、悪しうもおはしまさず、今めかしく御心をやり、あらまほしげなる方は、月頃の御心に勝らせ給へり。「さば故院の御継は、かくて止ませ給ぬるにや」と、おぼす程ぞいと悲しき。

以下、両書の記述の相違点をまとめる。

一、道長は、『栄花』では、「三条院の皇統が絶える。三条院についた物怪のせい」と伝え、「後見が行き届かず、一品宮のために気長に」と対面の場で語る。『大鏡』では、「三条院の皇統が絶える。冷泉院についた物怪のせい」と世継。「なぜ考えたのか」と若侍が語る。

一、娍子は、『栄花』では、「三条帝が当然の事として立坊させたのを前例にない辞退など考えるべきではない、物怪のせい」と祈祷させ、退位後「三条帝の皇統は絶えるのか」と残念に思う。『大鏡』では「辞退は絶対ならない」と世継。「絶対ならない、御匣殿の事を進めなさい。物の怪のせいとして祈祷させた」と若侍が語る。

一、『大鏡』では敦康親王立坊の件は全くなかったとする。

一、『大鏡』では、自ら退位した敦明親王を浅慮とすると共に、道長の接待ぶりを強調。

一、『大鏡』では、若侍が能信について多弁。

以上の事が言えると思う。藤原氏の繁栄の頂点にいる道長については、「道長」伝で、

ただ今三人后、東宮の女御、関白左大臣、内大臣の御母、帝・春宮はた申さず、おほよそ世のおやにておはします。入道殿と申すも更なり。

と記し、(「此の世をば我が世とぞ思ふ」と詠んだと記録されている)「大方この二所ながら、さるべき権者にこそおはしますめれ。」と評す。[補注8] しかし、その外戚の栄華の極みに、

この入道殿下の御ひとつ門よりこそ、太皇太后宮、皇太后宮、中宮、三所出でおはしたれば、まことに希有々の御さいはひなり。皇后宮一人のみ筋わかれたまへりといへども、それすら貞信公の御裔におはしませば、これをよそ人とおもひ申すべきことかは。しかあれば、ただ世の中は、この殿の御光ならずといふことなきに、この春こそはうせたまひにしかば、いとど、ただ三后のみおはしますめり。

と、貞信公後裔を持ち出し、最後に、

今の世となりては、一の人の、貞信公、小野宮殿をはなち奉りては、十年とおはする事の、近くははべらねば、この入道殿も、いかがと思ひ申しはべりしに、

と、「問語」で、「おぼろげの人はなすべからず」[補注9]と権威づけた歴代大臣の中でも、貞信公、小野宮に匹敵すると記して、「大臣物語」を終わる。

以上、「大臣物語」に於いて、藤原氏の繁栄を、九条家の発展の過程で追ったのは、若侍の登場が、冷泉帝期の言及と小一条院退位の二ヶ所であった事にもよる。さてこの二基点を「九条家の発展」の視点から整理してみる。

一、九条家兼家等の政権掌握段階

冷泉から円融に帝位継承されるに当たり、排斥されたのは源高明を舅とする為平親王。(源氏繁栄の阻止)

二、道長一族による栄華へ至る段階

三条から後一条に帝位継承されるに当たり、排斥されたのは敦明親王。(三条帝の皇統の断絶)

次に、これらの「道長の栄華の由来」を、「大臣物語」検討前に問題とした五事項と関連させてみたい。再三述べているが、「貞信公の後裔の繁栄」は「序」、「大臣物語」、「藤原氏の物語」、最後の「雑々物語」に明示されるに至るまで、『大鏡』全編を貫いていると考える。そして、「道長」伝に見られる「道長の栄華」に対する釈然としない口振りは、貞信公忠平の嫡流小野宮の意識によるものと考える。つまり、小野宮側からみた「道長の繁栄」と考える。

では最後に、その貞信公庶流九条家発展の基点とする事件を、小野宮と関連させて再び整理してみたい。為平親王

排斥の場面で『大鏡』は、『栄花』で「先帝の意を聞いていた」とする実頼に全く触れないで、高明流罪は師尹の讒言によると記す。[補注10] 又兼家等兄弟の策謀による守平立坊と語り、その理由は、源氏の繁栄を阻むためとする。「師輔」伝で、敗れた為平の惨めさを強調し、だから高明流罪（安和の変）なども興ったのだとするが、それ以上言及しない。実頼を、『栄花物語』の巻第一「月の宴」では、

　左大将頼忠に世をも譲りきこえ給はで、ありのまゝにてうせさせ給ぬる御心ざまいとありがたし。

と記す。山中裕氏は「主導力は実頼、師尹」とされる。（山中裕氏「栄花物語・大鏡に現れた安和の変」（『日本歴史』昭和37・6））。ただ、[補注11] 資料を見ると、冷泉帝治世二年の間、関白実頼、左大臣高明、右大臣師尹である。とすると、「雑々物語」の「冷泉帝から朝廷の綱紀が乱れた。小野宮は関白であるが政権を御をぢたちに譲渡し、左大臣雅信、重信と村上帝を偲んだ」とする記述の虚実が問題となる。雅信が左大臣になるのは円融帝治世九年目、時の関白は頼忠である。「頼忠」伝に、

　この頼忠の大臣、一の人にておはしましかど、御直衣にて内に参りたまふ事はべらざりき。奏せさせたまふべき事あるをりは、布袴にてぞ参りたまひ、さて殿上に候はせたまふ。年中行事の御障子のもとにて、さるべき職事・蔵人などしてぞ、奏せさせたまひ、うけたまはりたまひける。又あるをりは、鬼の間に帝圓融出でしめたまひて、召しあるをりぞ参りたまひし。関白したまへど、よその人におはしましければにや。

とある。

　氏長者は、実頼、頼忠、兼通、兼家、道長と継承される。調査が不充分で明言できないが、小野宮実頼が守平立坊及び安和の変（高明流罪）に関係していてはならない事、又冷泉帝期に小野宮実頼から九条家に政権が移行し、同治世から朝廷の綱紀が乱れねばならなかった事、つまり「九条家のものによって源氏の繁栄が阻止され、又その外戚政治によって朝廷の綱紀が乱された」とするのではないかと考える。虚偽を記してまで、「道長の栄華の由来」を小野宮の視点から語ろうとするその真の意図を次章「大鏡の作者」を経た後、第三章で究明したい。

第二章　大鏡の作者

まず小野宮の系譜を、「実頼」伝からみる。

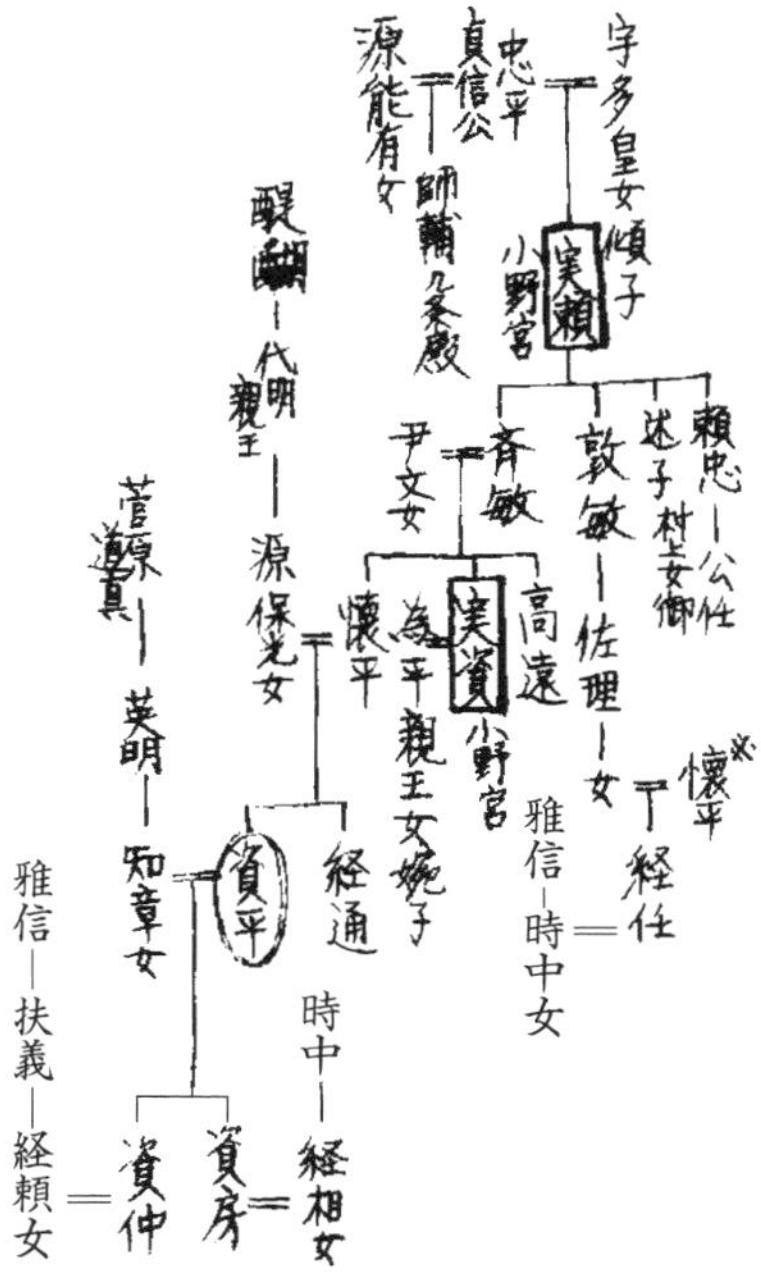

貞信公忠平の太郎実頼が小野宮、二郎師輔が九条家である。実頼は孫の実資を養子にし、実資は甥の資平を猶子とした。私は『大鏡』の作者を、「実頼」伝において、

また侍従宰相資平の君、今の皇太后宮権大夫にておはすめる。その斉敏の君の御をのこ子、御祖父小野宮の大臣実頼の御子にしたまひて、実資とつけ奉りたまひて、いみじうかなしうしたまひき。（略）その君実資こそ、今の小野宮の右大臣と申して、いとやむごとなくておはすめり。この大臣実資の、御子なきなげきをしたまひて、我が御姪の資平の宰相を養ひたまふめり。

と記される資平と考える。養父実資は『小右記』を記す。その記事の大半が資平からの伝聞を記したものである。補注12 一男資房は『春記』を記す。二男資仲は歌才に秀でる。資平の日記は散逸している。

資平の年譜を、『公卿補任』から簡略ながら追ってみる。

権中納言懐平卿二男　母中納言源保光卿女
寛和二年　生
長和五年正月廿九日　補新帝蔵人頭（31歳）
長和六年　公卿（32歳）
寛仁五年　皇太后宮（妍子）権大夫（36歳）
万寿四年　止（妍子薨）（42歳）
長元十年　皇后宮（禎子）権大夫（52歳）
天喜二年　皇太后宮（禎子）大夫（69歳）
治暦三年　皇太后宮（禎子）大夫
十二月五日薨（年八十二）

資平は、公卿としての生涯を、三条帝皇后妍子、特に遺児一品宮（禎子）と共に送った事になる。禎子の一男尊仁（後三条）が即位するのは、資平の死の翌年治暦四年七月廿一日（御年三十五）である。世継の夢想（禎子の栄え）が、「藤原氏の物語」、及び「雑々物語」の最後に記される所以と考える。

　では、次に禎子の父三条帝の皇統を絶つ事になった「敦

明親王皇太子退位事件」における、『大鏡』と『栄花』の相違点を検討してみたい。まず『栄花』の道長は、「三条帝の物怪による。一品宮のためにも再考を」と答えたとする。『大鏡』の道長は、「冷泉院の物怪による」とし、「一品宮」には触れない。三条帝についた物怪は「桓算供奉」と「三条天皇」紀で言及している[補注13]。そこでは、三条帝の譲位を、比叡山で平癒祈願のためとし、道長の圧迫については触れない。『栄花』で、「三条帝が当然として立坊させたのに、退位など前例のない事をしてはならない」と諫める娍子の言は、『大鏡』では、世の道理として世継が語り、娍子は「御匣殿の事を進めなさい」と力付けている。そして、「三条帝の皇統は絶えてしまったのだろうか」とは、語らない。『栄花』では、敦康親王立坊の話があったとするが、『大鏡』では、若侍が、「そらごとなり。なにゆゑ、あることにもあらなくに、おはします人の御こと申す。便なきことなりかし。」と、強すぎる否定をする。『大鏡』では、退位した敦明を浅慮と一度は断ずるが、道長の饗応振りを強調した上で、「本懐であろう」と評す。最後に、『栄花』では、「さるべき人」と漠然と記すのを、『大鏡』では、明確にその動向と共に記す。特に、能信（道長男、明子腹）の登場が注意される。

　以上、整理すると、次の事が言えるのではないかと考える。三条帝の譲位が道長の圧力にも拠ると記したくなかった。これは、道長の「三条帝の物怪のせい」などという嫌がらせを記さない事にも推測される。「三条帝の皇統が絶えてしまったのだろうか」などという事は、『栄花物語』の、道長の「一品宮のために」などというお為ごかしと共に、記さないものと考える。奉るに足りなかった敦明に対して、「不覚のことなりや。」と断じても、なお、その敦明に対して過度の接待振りを道長に演じさせる事によって、体面を保たせている。あくまでも、三条帝、及び敦明の優位、つまり、道長の介在を許さない態度と見る。「雑々物語」に於いて、小野宮実頼を「貴臣」とし、「冷泉帝から朝廷の綱紀が乱れた」とする作者の意識がうかがえる。

　ところで、ここで言及していない敦康親王立坊の件と能信の活躍の記述の虚実、及びなぜ資平が、後人に「後日物語」を追記される程に、三条帝皇女禎子の栄えを願ったのかについては、第一章で保留した問題と共に、次章で追究したい。

第三章　大鏡の成立背景

後人の追加記「後日物語」に於いて、「なからむ裔伝へさせたまふべき君」とされる禎子内親王御父、三条帝即位から、その子尊仁つまり後三条帝期までを、年代を追いながら次にみていきたい。

　以上、略年表を追うと、資平と共に、禎子・尊仁親王に関係するのが、能信とわかる。世継の夢想が現実となる禎

子立后の様子は、『栄花物語』巻第三十四「暮まつほし」に、

　二月十余日に一品宮后に立ゝせ給。大夫には故中宮の大夫（能信）、権大夫には資平の右衛門督、亮・大進など皆あるべき限なり。[補注14]三月に、又式部卿（敦康）の姫君（嫄子）、后に立ゝせ給。一品宮をば皇后宮、この宮をば中宮と申す。（略）皇后宮とは陽明門の院におはします。女一宮（良子）は斎宮、女二の宮（娟子）は斎院、左大殿（俊房）の上にならせ給へりき。男二の宮（後三条）は一院におはします。皇后宮、一二の宮、斎宮・斎院に居させ給ぬれば、一所若宮うち遊ばしきこえさせ給て、物をのみおぼしめしておはします。中宮は程なく入らせ給ぬ。皇后宮は、入らせ給へとあれど、いかにおぼしめすにか、入らせ給はず。

と、記される。時の関白頼通の勢力の中での、禎子の状況がわかる。この緊張は、[補注15]次に掲げる『今鏡』の尊仁親王立坊の模様にも見られる。

『今鏡』（日本古典全書　板橋倫行氏校註　朝日新聞社　昭和43）の「すべらぎの上　第一」〈司召し〉の記述を次に引用する。

　父の帝後朱雀院、……位去らせ給ひて、御子の宮後冷泉に譲り申させ給ふ事ばかりにて、東宮立たせ給ふ事はともかくも聞えざりけるを、能信と聞え給ひし大納言は、宇治殿頼通などの御弟の、高松明子の御腹におはせしが、御前後冷泉に参りて、「二の宮後三条をばいづれの僧にか附け奉り侍るべき」と聞え給ひけるに、「坊にこそは立てめ。僧にはいかゞ附けむ。関白頼通の『東宮の事はしづかに』といへば、後にこそは」と仰せられけるを、「今日立たせ給はずば、かなふまじき事に侍り」と申し給ひければ、「さは今日」とてなむ東宮には立たせ給ひける。やがて大夫には、その能信の大納言なり給ひき。

『今鏡』の最初の条に記される尊仁立坊の事情である。ところで、前章で問題にした能信であるが、その系譜を

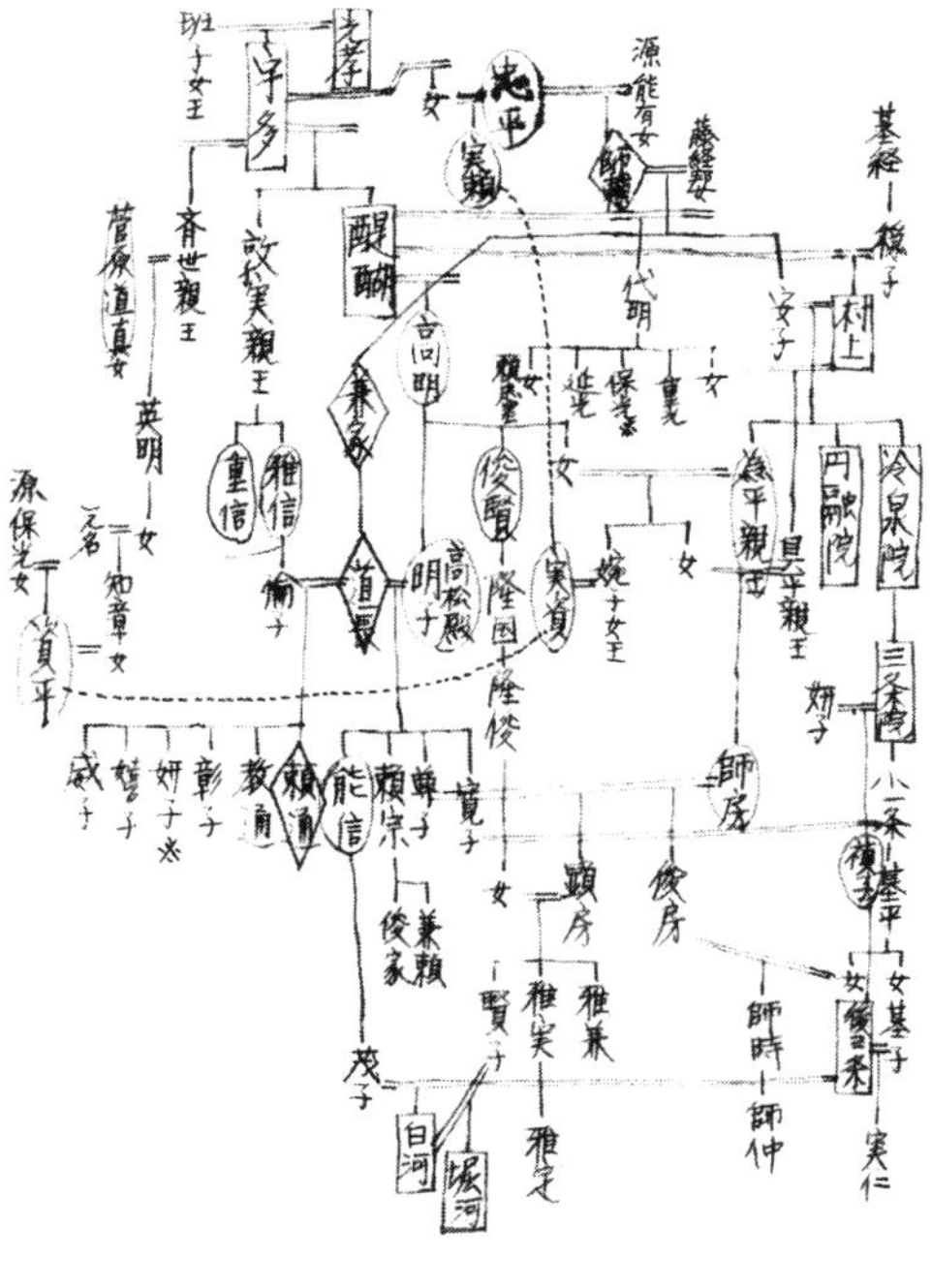

西紀	天皇	年号	摂関	太政大臣	左大臣	右大臣	宮廷事項 ※注	職官 ※
1010	一条	寛弘7			道長	顕光	三月廿日、姸子、東宮に入る 十月七日、為平親王薨	正月廿九日 伊周薨
1011	10｜6	8					八月廿三日、娍子、姸子、女御となる	
1012	三条	長和1					二月十四日、姸子中宮となる 四月廿八日、娍子、皇后となる。	四月、済時に太政大臣を贈る 懐平、皇后宮大夫
1013		2						

注、「公卿補任」「史料綜覧」「大鏡新考」保坂弘司 参照

次にみたい。『今鏡』で、わざわざ高松明子腹と言及しているが、『大鏡』に於いても、明記する。「道長」伝で「北の政所二人ながら源氏」故に、行く末は源氏が栄えるであろうと語る世継の意図を、追究してみたい。

結論を先に述べると、『大鏡』を記した資平の意図は、源氏諸流と共に、禎子内親王を立后させ、その尊仁親王を即位させる事にあったと考える。つまり、その源氏諸流の中でも、特に高明女明子を母とする能信と共に、反頼通の勢力を、三条帝の遺児禎子を奉る事に拠って築いていったのではないかと考える。三条帝治世に於いて、実資・資平は道長に対抗していた。立坊させた敦明は自ら退位する。道長生前に一品宮禎子は東宮敦良に参内する。その年の暮れに、道長薨ず。禎子の後見はどうなっていたのか。禎子立后の背景にも能信がいたと考える。小野宮実資養子資平にとって、その能信の祖父高明を流罪へと追いやった守平立坊に、実頼が関与していてはならなかったと考える。そ

1023	1022	1021	1020	1019	1018	1017	1016	1015	1014
					後一	条	2|1	三	条
3	2	治安1	4	3	2	寛仁1	5	4	長和3
			関 頼通			頼通			
		公季				道長			
		頼通				顕光			道長
		実資				公季			顕光
四月一日、禎子内親王、大后宮にて著裳の儀	七月十四日、法成寺金堂供養、臨幸、行啓	五月廿五日、顕光薨、二月一日、嬉子、東宮に参る 十月十四日、春日行幸 大后、行啓	三月廿二日、法成寺無量寿院の落慶供養	三月廿五日、皇后娍子出家	十月十六日、皇太后彰子為大后、中宮妍 為皇太后、尚侍威子為中宮 十二月十七日、敦康親王、薨ず	六月一日、遵子崩（大后）、 八月九日、罷皇太子敦明、号小一条院 十一月廿六日、小一条院、寛子を女御に迎ふ	正月廿九日、三条天皇退位、敦明親王、立太子		
		六月廿一日、資平 兼皇太后宮権大夫 教通、内大臣			十一月十六日、能信、中宮権大夫	頼通、内大臣			

1033	1032	1031	1030	1029	1028	1027	1026	1025	1024
後一条									
6	5	4	3	2	長元1	4	3	2	万寿1
				関 頼通					
				頼通					
				実資					
				十月十七日、公季薨		三月廿三日、禎子、春宮に参合 九月十四日、皇大后宮妍子崩 十二月四日、入道相国薨	正月十九日大皇太后宮彰子入道、号上東門院	三月廿五日、皇后宮娍子崩 七月九日小一条院寛子薨 八月五日、東宮妃嬉子薨ず 八月三日嬉子親仁親王を産む（後冷泉）	
						九月十四日、資平、止大夫、依本官也			

1043	1042	1041	1040	1039	1038	1037	1036	1035	1034
				後朱雀			7 | 4	後一条	
4	3	2	長久1	3	2	長暦1	9	8	長元7
									関 頼通
									頼通
									実資
	三月十日、延暦寺の僧徒、園城寺円満堂を焼く 三月三十日 小一条院、延暦寺にて受戒	五月十四日、園城寺戒壇建立の可否を諸宗に問い 十二月五日、尊仁親王御文始		二月十八日 明尊僧正、座主反対に会う。 八月二十八日中宮嫄子崩御	十二月廿五日 尊仁親王、著袴の義	三月一日、中宮禎子、皇后となる。 女御嫄子、中宮となる。 八月十七日、親仁親王、皇太子となる。	四月十七日、天皇崩		七月十八日、禎子、尊仁出産
				八月廿四日 源経頼薨		四月廿七日、資平兼皇后宮権大夫。 三月一日、能信為皇后宮大夫(冊立) 八月十七日、頼宗兼春宮大夫 源師房兼春宮権大夫			

1053	1052	1051	1050	1049	1048	1047	1046	1045	1044
後冷泉								4	
天喜1	7	6	5	4	3	2	永承1	2	寛徳1
						関 頼通			
						頼通			
						教通			
		二月十三日、皇后禎子為皇太后、藤寛子為皇后、 正月八日、敦明親王、薨ず。					正月十八日、実資薨	正月十六日禅位于皇太子(親仁)。皇弟尊仁親王(後三条)、皇太子となる。	
源資綱 十二月廿八日、兼皇后宮権大夫 源基平、正四 侍従		二月十三日、資平為皇太后宮権大夫、源隆国兼皇后宮大夫 八月十日経通薨、経任兼皇后宮権大夫		資業式部大輔		二月廿六日、経通兼大宰権帥	六月、大学頭大江挙周薨 十月十三日源基平(小一条院男、母頼宗女)昇殿	正月十六日、能信兼春宮大夫(冊命) 資房兼春宮権大夫	正月一日 隆家薨

1063	1062	1061	1060	1059	1058	1057	1056	1055	1054
後冷泉									
6	5	4	3	2	康平1	5	4	3	天喜2
		頼通							関 頼通
		頼通							
		教通	教通						頼通
		頼宗	頼宗						教通
	六月廿二日 東宮妃茂子薨		十二月廿六日、関白頼通、大僧正明尊り九十賀を白河台で行ふ			三月十四日 上東門院、法成寺供養、大僧正明尊に封			
				兼頼（頼宗二男）十月廿三日任春宮権大夫		資房、春宮大夫 正月廿四日薨 57才	資綱 皇太后宮権大夫		能信、東宮大夫 頼宗、内大臣 資平、皇太后宮大夫、資綱、皇后宮権大夫 源隆国 皇后宮大夫 経任、皇后宮権大夫 資房、春宮権大夫 基平、侍従

1073	1072	1071	1070	1069	1068	1067	1066	1065	1064
白河 12	12 後三条				7 | 4	後冷泉			
5	4	3	2	延久1	4	3	2	治暦1	7
			教通		関 教通			関 頼通	
			師実		教通			教通	
			源師房		師実			師実	

[illegible]月三日 頼宗薨
二月九日、能信、春宮大夫、薨、(延久五年五月六日 贈太政大臣正一位)
五月五日 教通 氏長者
三月廿三日 皇太后、延暦寺で皇太子の左運を祈とツ
四月十九日 皇太弟践祚(春秋卅五)
七月廿一日 即位、十二月廿二日 大嘗会
頼通、三月廿三日 辞退政、道宇治(延久六年二月二日薨)
女御 源基子 実仁を産む

五月十五日、源基平薨
十二月九日、長家、中宮大夫薨
資平、皇太后宮大夫、六月三日転正(八十[illegible])
経任、皇后宮大夫、二月十六日薨
資綱、皇太后宮权大夫
資平(八十三才)、皇太后宮大夫、十二月五日薨
経長、皇后宮大夫、能長、春宮大夫
隆俊、皇后宮权大夫
資仲、昇殿(蔵人頭)八月十三日
経輔、皇太后宮大夫、七月三日為太皇大
右宮大夫
資綱 正月廿七日兼太皇太后宮权大夫
二月十七日止大夫(号陽明門院[illegible])
忠家、太皇太后宮大夫
資仲 十二月二日 兼春宮权大夫(二位)

れと同時に又、能信も敦明親王退位事件に深く関与していてはならなかったのではないのか。当時、道長に対抗していた実資、資平と、頼通とは不仲であった能信が結託して、禎子を奉る上に必要とした理念は何だったのか。「雑々物語」で、

今に絶えずひろごらせたまへる御裔とか。帝と申せど、かくしもやはおはします。

と記される、宇多皇統系の者による皇位を強化した新しい政治体制を築く事ではなかったかと考える。「雑々物語」の、実頼が雅信・重信と綱紀ある治世をされた村上帝を偲ぶ（虚実は別として）場面で、世継は若侍に対して、

何事も聞き知り見わく人のあるはかひあり、なきはいと口をしきわざなり。今日かかる事ども申すも、わ殿の聞きわかせたまへば、いとど今少しも申さまほしきなり。

と語る。その世継に対して、

侍もあまえたりき。

と、記す作者の願いは何だったのか。高明流罪に関しては言及しない作者が、無実の罪で太宰で没したとする菅原道真にみせる表現は練り上げたものと思う。その道真を雷神となってもなお朝廷の秩序を乱さなかったと記す一方、隆家をして一条帝を「人非人」と言わせる資平の意識がつかめない。下には、地下の者の台頭、上では外戚の傀儡となっていた当時の社会の中で、作者は何を求めていたのか。自ら策動しながら、「道長」伝に、

通任『春宮大夫頼宗、中宮権大夫能信殿などの大納言にならせたまひしをりは、さりとも御耳とどまりて聞かせたまふらむ、とおぼえしかど、（略）顕信「かうやうの事、ただしばしの事なり。」とうちのたまはせしなむ、めでたく優におぼえし。』

と記す、資平の彼岸は何か。

資平の願いの一つだった三条帝皇統を継承すべく、立坊した尊仁親王を、『今鏡』の〈司召し〉では、

世を治めさせ給ふ事、昔かしこき御世にも恥ぢずおはしましき。御身の才は、やむごとなき博士にもまさらせ給へりけり。東宮におはしましける時、中納言匡房まだ下﨟に侍りけるに、世を恨みて、「山の中に入りて、世にも交らじ」など申しければ、経任と聞えし中納言の、「われはやむごとなかるべき人なり。しかあらば、世のため身のためくちをしかるべし」と諌めければ、宇治の太政大臣頼通心得ず思ほしたりけれど、東宮後三条に参り給ひければ、宮も喜ばせ給ひて、やがて殿上して人の装など借りてぞ、簡にもつきける。さて夜昼文の道の御友にてなむ侍りける。……大貳実政は、東宮の御時の学士にて侍りしを、時なくおはしませば、（略）さて、親王位に即かせ給ひて後に、（略）蔵人頭にて中納言資仲侍りける、重ねて申しけるは、「実政申すことなむ侍る。（略）」と奏しければ、

その折覚ししづめさせた給ひて、計らはせ給ふ御気色
なりける。

と記す。ここに登場する人々はすべて実資、資平と親しくしていたと考える。[補注16]どのような帝として成長されたのか。比叡山と皇室の結びつきもこの帝を境に強められていったのではないかと考える。[補注17]最後に、敦康親王立坊の件であるが、「おはします人」を「現在生存している人」と解釈すると、矛盾が出て来る。敦康親王は寛仁二年（一〇一八）に薨ぜられている。もしこれを、禎子と対立する嫄子の父という意味から出た言葉なら又新しい問題が出て来るが、これ以上わからない。

結論

『大鏡』は、小野宮資平に拠って書かれたものではないかと考える。道長に対抗していた小野宮にとって、三条帝の皇統を保つ事は同時に自家の存続を意味していたと考える。小一条院は頼むに足りなかった。禎子立后のためには、自家の力では不充分である。かといって、他氏と結託し成功しても、その主勢力には成り得ない事は承知していたように思う。高明女明子腹の能信は頼通とは不仲であったようだ。結託するに必要な理念がいる。現実には権力抗争であるが、頼通を追い落とす理念が必要となる。私は、その理念と現実での利害を充分計算し尽くして『大鏡』は記されていると考える。共通の現実での利害とは、頼通を破って、政権の主導力を握ること、頼通を追い落とす大義名分は、その外戚の地位による朝廷の私物化に対する批判である。ではそれを実行するに当たって、自家の優位性を示さなければならない。小野宮が、現在栄華の絶頂である九条家一門と同じ出であるが、その実頼の母を宇多皇女としたところに、権威付けをしたと考える。言わば忠平の嫡流とも云うべき小野宮が、かつて祖先を同じくしていた源氏諸統の人々と、忠平の庶流とも云うべき九条家の目に余る横暴を阻止するために奉ったのが禎子内親王ではないかと考える。そのためには、高明をかって流罪に追いやった守平親王立坊に関わってはならない。そしてその時既に実頼は九条家の者たちに阻害されていなければならない。三条帝の皇統の継続を願う以上、能信が敦明親王を強迫した立場であってはならない。そして、いくつにも分岐している源氏諸流を禎子立后、尊仁即位への方向へと、細心の注意を払って誘導し、結託させようと計ったのではないかと考える。それが単なる権勢欲だけに駆られたものでなかった事は、『大鏡』が、現在に至るまで読み続けられて来た事、そして、何にもまして、時代の転換期に当たって、その動向を決定させる程の力量をみれば充分であろう。成立年代がわからないため、どの程度の確信を持って記しているのか明言できないが、道長批判と考える。尊仁の皇太子時代は不穏な事が多かったと記されている。まだまだ予断

を許さない形勢にあったのだろう。小野宮資平による記述と言いながら、その養父実資の日記『小右記』すら満足に読まないで記したことが残念である。

最後に無事に卒業論文を提出できたことを、
わが両親に感謝する。

参考文献

○大鏡　日本古典全書　朝日新聞社　昭和51
○大鏡　日本古典文学全集　小学館　昭和54
○大鏡新考　保坂弘司　學燈社　昭和49
○栄花物語　日本古典文学大系　岩波書店　昭和39
○栄花物語全注釈一〜七　松村博司　角川書店　昭和55
○今鏡　日本古典全書　朝日新聞社　昭和43
○『日本古典成立の研究』平田俊春　日本書院　昭和47
○古今著聞集・古事談（国史大系）
○十訓抄・続古事談・江談抄（国史大系）
○尊卑分脈・公卿補任・日本紀略（国史大系）
○小右記・左経記・春記（史料大成）
○史料綜覧

補注1　『大鏡』の構成

次に掲示した『大鏡』の構成は、岡一男氏校注『大鏡』（日本古典全書　朝日新聞社　昭和51）の目次から、引用した。本文・補注に引用した『大鏡』の原文はすべてこれによる。

序
帝王物語（本紀）
一　五十五代　文徳天皇田邑　仁寿三・斉衡三・天安二
一　五十六代　清和天皇水尾　貞観十八
一　五十七代　陽成天皇　元慶八
一　五十八代　光孝天皇小松　仁和三
一　五十九代　宇多天皇亭子　寛平九
一　六十代　醍醐天皇　昌泰三・延喜廿二・延長八
一　六十一代　朱雀院天皇　承平七・天慶九
一　六十二代　村上天皇　天暦十・天徳四・応和三・康保四
一　六十三代　冷泉院天皇　安和二
一　六十四代　圓融院天皇　天禄三・天延三・貞元二・天元五・永観二
一　六十五代　花山院天皇　寛和二
一　六十六代　一条院天皇　永延二・永祚一・正暦五・長徳四・長保五・寛弘八
一　六十七代　三条院天皇　長和五
一　六十八代　当代（後一条天皇）　寛仁四・治安三・万寿二
（已上十四代一百七十五年）
間語

大臣物語（列伝）

一　左大臣冬嗣　（閑院大臣）
一　太政大臣良房　（忠仁公）
一　右大臣良相　（西三条大臣）
一　権中納言従二位左兵衛督長良（枇杷大臣）
一　太政大臣基経　（昭宣公）
一　左大臣時平　（本院大臣）
一　左大臣仲平　（枇杷左大臣）
一　太政大臣忠平　（貞信公）
一　太政大臣実頼　（小野宮殿）
一　太政大臣頼忠　（三条殿）
一　左大臣師尹　（小一条大臣）
一　右大臣師輔　（九条殿）
一　太政大臣伊尹　（一条殿）
一　太政大臣兼通　（堀河殿）
一　太政大臣為光　（法住寺大臣）
一　太政大臣公季　（閑院大臣）
一　太政大臣兼家　（東三条大臣）
一　内大臣道隆　（中関白殿）
一　右大臣道兼　（粟田大臣）
一　太政大臣道長　（御堂関白殿）

藤原氏の物語

雑々物語

大團圓

後日物語（二の舞の翁物語）

補注2「藤原氏の物語」

この鎌足の大臣よりのつぎつぎ、今の関白殿まで、十三代にやならせたまひぬらむ。その次第をきこしめせ。藤氏と申せば、ただ藤原をばさいふなりとぞ、人はおぼさるらむ。さはあれど、もとすゑ知ることは、いとありがたきことなり。

一　内大臣鎌足の大臣、藤氏の姓賜はりたまひての年の十月十六日にうせさせたまひぬ、御年五十六。大臣の位にて廿五年。この姓の出でくるを聞きて、紀の氏の人のいひける、『藤かかりぬる木は枯れぬるものなり。今ぞ紀の氏はうせなむずる。』とぞのたまひける。まことにこそしかはべれ。……

一　鎌足の大臣の二郎、左大臣正一位不比等大臣、御年六十二、養老四年八月三日うせたまふ。大臣の位にて十三年、贈太政大臣にならせたまへり。元明天皇・元正天皇の御時二代。

一　不比等大臣の二郎、房前の大臣、宰相にて二十年、大炊天皇の御時、天平宝字四年庚子八月七日、贈太政大臣になりたまふ。元正天皇・聖武天皇二代、この間宰相にて、天平九年四月十七日にうせたまひにき。

一　房前の大臣の四男、真楯の大納言、称徳天皇の御時、天平神護二年三月十六日にうせたまひぬ、御年五十二。贈太政大臣、公卿にて七年。

一　真楯の大納言の御次郎、右大臣従二位左近衛大将内麻呂の大臣、御年五十七。公卿にて二十年、大臣の位にて七年、贈従一位左大臣。桓武天皇・平城天皇の二代にあひたまへり。

一　内麻呂の大臣の御三郎、冬嗣の大臣は、左大臣までなりたまへり。贈太政大臣。この殿より次さまざまあかしたれば、こまやかに申さじ。鎌足の御代より栄えひろごりたまへる、御末々やうやううせたまうて、この冬嗣のほどは、むげに心ぼそくなりたまへりし、その時は、源氏のみぞ、さまざま大臣・公卿にておはせし。それにこの大臣なむ、南円堂をたてて、丈六の不空羂索観音をすゑ奉りたまふ。……「その仏経の力にこそはべるめれ、また栄えて帝の御後見今にたえず、すゑずゑせさせたまふめるは。その供養の日ぞかし、こと姓の上達部あまた、日のうちにうせたまひにけるは。まことにや、人々申すめり。

一　冬嗣大臣の御太郎、長良の中納言は、贈太政大臣。

一　長良大臣の御三郎、基経大臣は、太政大臣までなりたまへり。

一　基経大臣の御四郎、忠平大臣は、太政大臣までなりたまへり。

一　忠平大臣の御次郎、師輔大臣は、右大臣までなりたまへり。

一　師輔右大臣の御三郎、兼家の大臣、太政大臣まで。

一　兼家大臣の御五郎、道長の大臣、太政大臣まで。

一　道長大臣の御太郎、ただ今の関白左大臣頼通のおとど、これにおはします。

この殿の御子の、今までおはしまさざりつるこそ、いと不便にはべりつるを、この若君の生れたまへる、いとかしこき事なり。母は申さぬことなれど、これはいとやむごとなくさへおはするこそ。故左兵衛督は、（略）帝・東宮をはなち奉りては、これこそうまごのをさとて、やがて御わらは名を長君とつけ奉らせたまふ。この四家の君たち、昔も今もあまたおはします中に、みちたえず勝れたまへるはかくなり。

補注3　「藤原氏の物語」

おなじ事のやうなれど、又つづきを申すべきなり。后宮の御父、帝の御祖父となりたまへるたぐひをこそは、あかし申さめ。」とて、

世継「一　内大臣鎌足の大臣の御女二人、やがて皆天武天皇に奉りたまへりけり。男・女親王たちおはしましけれど、帝・東宮立たせたまはざめり。

一　贈太政大臣不比等のおとどの御女二所、一人の御女は、文武天皇の御時の女御、親王うまれたまへり。それ

を聖武天皇と申す。御母をば光明皇后と申しき。今一人の御女は、やがて御甥の聖武天皇に奉りて、女みこうみ奉りたまへるを、女帝に立て奉りたまへるなり。高野の女帝と申す、これなり。四十六代にあたりたまふ。それおりたまへるに、又帝ひとりを隔て奉りて、又四十八代にかへりゐたまへるなり。御母后を、贈皇后と申す。しかれば不比等の大臣の御女、二人ながら后におはしませれど、高野の女帝の御母后は、贈后と申したるにて、おはしまさぬ世に后宮にゐたまへると見えたり。かるがゆゑに不比等大臣は、光明皇后、又贈后の御父、聖武天皇ならびに高野の女帝の御祖父。

一　贈太政大臣冬嗣のおとどは、太皇太后順子の御父、文徳天皇の御祖父。

一　太政大臣良房のおとどは、皇太后宮明子の御父、清和天皇の御祖父。

一　贈太政大臣長良のおとどは、皇太后高子の御父、陽成天皇の御祖父。

一　贈太政大臣総継のおとどは、贈皇太后沢子の御父、光孝天皇の御祖父。

一　内大臣高藤のおとどは、皇太后胤子の御父、醍醐天皇の御祖父。

一　太政大臣基経のおとどは、皇后宮穏子の御父、朱雀・村上二代の御祖父。

一　右大臣師輔のおとどは、皇后安子の御父、冷泉院、并に圓融院の御祖父。

一　太政大臣伊尹のおとどは、贈皇后懐子の御父、花山院の御祖父。

一　太政大臣兼家のおとどは、皇太后詮子また贈后超子の御父、一条院・三条院の御祖父。

一　太政大臣道長のおとどは、太皇太后宮彰子、皇太后宮妍子、中宮威子、東宮の御息所の御父、当代、并に東宮の御祖父におはします。

補注4　「雑々物語」の逸話について

次の、一～廿四の逸話の小題は、橘健二氏校注・訳『大鏡』（日本古典文学全集20　小学館　昭和54）の、「雑々物語」の話群の小見出しを引用した。

一、光孝天皇即位の光景と、賀茂臨時祭の始

二、八幡臨時祭　宇多・醍醐天皇の人間味

三、大井河の行幸

四、朱雀天皇譲位の事情

五、村上天皇の寛容

六、鶯宿梅

七、承香殿の女御　斎宮の女御

八、繁樹の妻・世継の妻・良峯衆樹ら

九、兵衛の内侍の親　実頼ら先帝を偲ぶ

「かやうに物のはえうべうべしき事どもも、天暦の

御時までなり。冷泉院の御代になりてこそ、さはいへども、世は暮れふたがりたる心ちせしものかな。世のおとろふることも、その御時よりなり。小野宮殿も、一の人と申せど、よそ人にならせたまひて、わかく花やかなる御をぢたちにまかせ奉らせたまふ。また帝は申すべきならず。

あはれにさぶらひける事は、村上うせおはしまして、またの年、小野宮に人々まゐりたまひて、いと臨時客などはなけれど、嘉辰令月などうち誦ぜさせたまふついでに、一条の左大臣・六条殿など拍子とりて、席田うちいでさせたまひけるに、『あはれ先帝のおはしまさましかば。』とて、御笏もうちおきつつ、あるじ殿をはじめ奉りて、事忌もせさせたまはず、うへの御衣どもの袖ぬれさせたまひにけり。さる事なりや。何事も聞き知り見わく人のあるはかひあり、なきはいと口をしきわざなり。今日かかる事ども申すも、わ殿の聞きわかせたまへば、いとど今少しも申さまほしきなり。」といへば、侍もあまえたりき。

十、一条雅信・六条重信
十一、円融院・石清水臨時祭を御覧
十二、故女院詮子の四十の賀
十三、太皇太后彰子の大原野行啓の華やかさ
十四、怪異、後の障りなし―大極殿・春日社前
十五、世継、自分の話を自慢し侍の才学ほめる
十六、世継、自分の話の真実なるを誓う
十七、繁樹の長寿と高麗の相人の言

「……昭宣公の君達三人おはしまして、え申さずなりにき。それぞかし、時平のおとどをば、相人『御かたちすぐれ、心だましひ秀れ賢くて、日本には余らせたまへり。日本のかためと用ゐむに余らせたまへり。』と相し申ししは。枇杷殿をば、相人『あまり御心うるはしくすなほにて、諂ひかざりたる小国にはおはせぬ御相なり。』と申す。貞信公をば、相人『あはれ、日本のかためや。ながく世をつぎ門ひらくこと、ただこの殿。』と申したれば、忠平『我を、あるが中に、才なく、心諂曲なりと、かくいふは恥かしきこと。』と仰せられけるは。

されど、その儀に違はせたまはず、門をひらき、栄花を開かせたまへば、なほ、いみじかりけりと思ひはべりて、又まかりたりしに、小野宮殿おはしまししかば、え申さずなりにき。ことさらに怪しき姿をつくりて、下臈の中に遠く居させたまへりしを、多かりし人の中より、延びあがり見奉りて、指をさして、物を申ししかば、何事ならむと思ひたまへしを、後に承はりしかば、相人『貴臣よ。』と申しけるなりけり。さるは、いと若くおはします程なりかしな。……

十八、宇多法皇と遊女白女との出合い
十九、延喜の帝、貫之、躬恒の歌を召す

廿、円融院の子の日の御遊と曾禰好忠
廿一、三条院の大嘗会の御禊
廿二、一品の宮の御裳着と女房の我執
廿三、講師登壇、世継等の姿見失う
廿四、朝覲行幸に鳳輦を階下に寄せる由来

補注5 「本紀」の記述内容について

次の「 」内は、橘健二校注・訳『大鏡』の、文徳天皇紀の頭注を引用した。

「文徳天皇からはじまる「天皇紀」は、系譜を主として、（A）前半は、天皇の略年譜をあげ、父帝・母后・母方祖父・誕生、元服・立坊・即位・在位期間・譲位その他の挿話。（B）後半は、母后についての記事で、天皇を生んだ年齢・立后・皇太后になったこと・出家その他の挿話。藤原氏と皇室との密接な関係を明らかにし、道長栄華、外戚（摂関）政治の由来を追究しようとする。」

補注6 「右大臣師輔」

この大臣は、忠平の大臣の二郎君、御母右大臣源能有の御女、いはゆる九条殿におはします。（略）御孫にて、東宮冷泉、又四為平、五圓融の宮を見おき奉りて、かくれたまひけむは、極めて口惜しき御ことぞや。御年六十にも足らせたまはねば、行末遙かに、ゆかしき事は多かるべきほどにてよ。（略）その殿の御公達十一人、女五六人ぞおはしましし。第一の御女安子、村上の先帝の御時の女御、多くの女御・御息所の中に、勝れてめでたくおはしましき。（略）冷泉院・円融院・為平式部卿の宮と、女宮四人との御母后にて、又ならびなくおはしましき。帝・東宮と申し、代々の関白・摂政と申すも、多くはただこの九条殿師輔の御一すじなり。男宮たちの御有様は、代々の帝の御事なれば、返す返す又はいかが申しはべらむ。

補注7 「太政大臣兼家」

この大臣は、これ九条殿師輔の三郎君、東三条の大臣にておはします。御母は一条摂政伊尹に同じ。冷泉院・円融院の御をぢ、一条院・三条院の御祖父、東三条女院詮子、贈皇后宮超子の御父、公卿にて二十年、大臣の位にて十二年、摂政にて五年、太政大臣にて二年世をしらせたまふ。栄えて五年ぞおはします。（略）

内裏に参らせたまふにはさらなり。牛車にて北の陣まで入らせたまへば、それよりうちは、何ばかりのほどならねど、紐解きて入らせたまふこそ。されどそれはさてもあり。相撲のをり、内一条・東宮三条のおはしませば、二所の御前に、何をもおしやりて、汗とりばかりにて候はせたまひけるこそ、世にたぐひなくやむごとなき事なれ。（略）東三条殿の西の対を、清涼殿づくりに、御しつらひより始めて、住ませたまふなどをぞ、あまりなる事に人申すめりし。なほ、ただ人にならせたまひぬれば、御果報の及ばせたまはぬにや。さやうの御身もちに、久しうは保たせたまはぬとも、定め申すめりき。

補注8　「太政大臣道長」

この大臣は、法興院のおとど兼家の御五男、御母は従四位上摂津守右京大夫藤原中正朝臣の女なり。その朝臣は従二位中納言山蔭卿七男なり。この道長の大臣は、今の入道殿下これにおはします。一条院・三条院の御をぢ、当代後一条・東宮後朱雀の御祖父にておはします。……

三十にて、……五月十一日に、……関白の宣旨承はりたまうて、栄えそめさせたまひにしぞかし。……そのままに又外ざまへも分れずなりにしぞかし。いまいまも、さこそは侍るべかむめれ。

この殿道長は北の方二所おはします。この宮々の御母うへと申すは、土御門左大臣源雅信の大臣の御女倫子におはします。雅信のおとどは、亭子の帝宇多の御子一品式部卿の宮敦実親王の御子、左大臣時平の大臣の御女の腹にうまれたまひし御子なり。その雅信の大臣の御女倫子を、今の入道殿下の北の政所と申すなり。その御腹に女君四所、男君二所ぞおはします。……

ただ人と申せど、帝・東宮の御祖母にて、准三宮の御位にて、千戸の御封えさせたまふ。年官・年爵たまはらせたまひ、からの御車にて、いとたはやすく、御ありきなども、なかなか御身安らかにて、ゆかしう思しけることは、世の中の物見、何の法会やなどあるをりは、御車にても、御桟敷にても、必ず御覧ずめり。内・東宮・宮々と、あかれあかれよそほしくておはしませど、いづかたにも渡り参らせたまひては、さしならびおはします。ただ今三人の后彰子・妍子・威子、東宮の女御嬉子、関白左大臣頼通、内大臣教通の御母、帝・東宮はた申さず。おほよそ世のおやにておはします。入道殿と申すも更なり。大方この二所道長・倫子ながら、さるべき権者にこそおはしますめれ。（略）世の中には、いにしへ・ただ今の国王・大臣・皆藤原氏にてこそおはしますに、この北の政所倫子ぞ源氏にて、御幸極めさせたまひにたる。……

又、高松殿明子のうへと申すも、源氏におはします。（略）女君二所、男君四所おはしますぞかし。

女君と申すは、今の小一条院の女御寛子、今一所尊子は、故中務卿具平親王と申すは、村上の七のみこにおはしましき。その御男君、三位中将師房の君と申すを、今の関白殿頼通のうへ隆姫の御兄弟なる故に、関白殿御子にし奉らせたまふを、入道殿道長婿どり奉らせたまへり。浅はかに心えぬ事とこそ世の人申ししか。殿道長の内の人も思したりしかど、入道殿思ひおきてさせたまふやうありけむかしな。

　男君は大納言にて、春宮大夫頼宗と聞きゆる、御童名いは君。今一所、これにおなじ、大納言中宮権大夫能信と聞ゆる。今一所、中納言長家、御童名こわか君。今一人は右馬頭にて、顕信とておはしき、御童名こけ君なり。寛弘九年壬子正月十九日入道したまひて、この十余年は、仏のごとくして行はせたまふ。

……

……この北の政所の二人倫子・明子ながら源氏におはしませば、末の世の、源氏の栄えたまふべきと定め申すなり。かかれば、この二所の御有様、かくの如し。

　但し、殿の御前道長は、三十より関白せさせたまひて、一条院・三条院の御時、世をまつりごち、我が御ままにておはしまししに、又当代後一条の九歳にて位に即かせたまひしかば、御年五十一にて摂政せさせたまふ年、我が身は太政大臣にならせたまひて、摂政をば今のおとどにゆづり奉らせたまひて、御年五十四にならせたまふに、寛仁三年己未……

　三月廿一日御出家したまへれど、なほ又おなじき五月八日、准三宮の位にならせたまひて、年官・年爵えさせたまふ。帝・東宮の御祖父、三后・関白左大臣頼通・内大臣教通、あまたの納言の御父にておはします。世をたもたせたまふこと、かくて三十一年ばかりにやならせたまひぬらむ。今年は満六十におはしませば、かんの殿嬉子の御産の後、御賀あるべしとぞ人申す。いかにまたさまざまおはしまさへて、めでたくはべらむずらむ。おほかた又世になき事なり、大臣の御女三人、后にてさしならべ奉りたまふこと。あさましく希有のことなり。（略）この入道殿下の御ひとつ門よりこそ、太皇太后宮彰子、皇太后宮妍子、中宮威子、三所出でおはしたれば、まことに希有々々の御さいはひなり。皇后宮娍子一人のみ筋わかれたまへりといへども、それすら貞信公忠平の後裔におはしませば、これをよそ人とおもひ申すべきことかは。しかあれば、ただ世の中は、この殿の御光ならずといふことなきに、この春こそはうせたまひにしかば、いとど、ただ三后のみおはしますめり。

……中関白殿道隆・粟田殿道兼・うちつづきうせさせたまひて、入道殿に世のうつりしほどは、さも胸つぶれて、きよきよとおぼえはべりしわざかな。いとあがりての世は知りはべらず。翁ものおぼえてのちは、かかる事さぶらはぬものをや。今の世となりては、一の人の、貞信公忠平、小野宮殿実頼をはなち奉りては、十年とおはする事の、近くははべらねば、この入道殿も、いかがと思ひ申しはべりしに、いとどかかる運におされて、御兄たちは、とりもあへずほろびたまひにしにこそおはしますめれ。

「後一条院」

……おなじ帝王と申せども、御後見多くたのもしくおはします。御祖父にてただ今の入道殿下道長、出家せさせたまへれど、世のおや、一切衆生を一子の如くはぐくみおぼしめす。第一の御をぢ、ただ今の関白左大臣頼通、一天下をまつりごちておはします。次の御をぢ、内大臣・左近大将教通にておはします。次々の御をぢと申すは、大納言・東宮の大夫頼宗、中宮権大夫能信、中納言長家など、さまざまにておはします。かやうにおはしませば、御後見多くおはします。昔も今もみかどかしこしと申せど、臣下のあまたして傾け奉る時は、かたぶきたまふものなり。さればただ一天下は、わが御後見のかぎりにておはしませば、いと頼もしくめでたき事なり。

補注9　太政大臣について「閒語」より

……太政大臣は、いにしへの帝の御代には、たはやすくおかせたまはざりけり。或いは帝の御おほぢ、或いは帝の御をぢぞなりたまひける。又しかのごとく、帝王の御祖父・をぢなどにて、御後見したまふ大臣・納言数おほくおはす。うせたまひて後、贈太政大臣などになりたまへるたぐひあまたおはすめり。さやうのたぐひ七人ばかりやおはすらむ。わざとの太政大臣はなりがたく、すくなくぞおはする。

……但し職員令に、「太政大臣にはおぼろげの人はなすべからず。その人なくば、ただにおかるべし。」とこそあなれ。おぼろげの位にははべらぬにや。

補注10　「左大臣師尹」

大臣の位にて三年、左大臣にうつりたまふ事、西宮殿高明筑紫へ下りたまふ御かはりなり。その御事のみだれは、この小一条の大臣のいひいでたまへるとぞ、世の人聞えし。さて、その年もすぐさずうせたまふことをこそ申すめりしか。それもまことにや。

補注11

年号	康保三	四	安和元
西紀	966	967	968
天皇	村上	冷泉	
摂政関白		実頼	
太政大臣		実頼	実頼
左大臣	実頼	実頼	高明
右大臣	高明	高明	師尹
大納言	在衡	在衡	在衡
	師尹	師尹	源兼明
		源兼明	伊尹
中納言	源兼明	師氏	師氏
	師氏	橘好古	橘好古
	朝忠	伊尹	頼忠
	橘好古		
歴史事項		五月廿五日 村上帝崩 九月一日 守平立坊	

天元元	二	貞元元	三	二	天延元	三	二	天禄元	二	年号
978	977	976	975	974	973	972	971	970	969	西紀
									円融	天皇
頼忠	兼通	兼通	兼通	兼通	兼通	伊尹	伊尹	実頼		摂政関白
頼忠	兼通	兼通	兼通	兼通		伊尹	伊尹	実頼	実頼	太政大臣
源雅信	頼忠	源兼明	源兼明	源兼明	源兼明	源兼明	源兼明	在衡	師尹	左大臣
兼家	源雅信	頼忠	頼忠	頼忠	頼忠	頼忠	頼忠	伊尹	在衡	右大臣
爲光	兼家	源雅信	源雅信	源雅信	源雅信	橘好古	源兼明	源兼明	源兼明	大納言
朝光	爲光	兼家	兼家	兼家	兼家	源雅信	頼忠	師氏	伊尹	
源重信	朝光	源延光	源延光			兼家	橘好古	頼忠	師氏	
文範	源重信	源重信	源重信	源重信	源重信	朝成	源雅信	源雅信	橘好古	中納言
源顕光	済時	済時	朝成	朝成	朝成	源延光	兼家	兼家	頼忠	
済時	源顕光	爲光	済時	源延光	源延光	源重信	朝成	橘好古	兼家	
源重光	文範	文範	文範	文範	文範	兼通	源延光			
	十月八日 兼通薨 十月十一日 頼忠爲氏長者			二月八日 兼通爲氏長者		十一月一日 伊尹薨 十一月十七日 頼忠爲氏長者		五月十八日 実頼薨 号小野宮	十月十四日 師尹薨 八月十三日 守平受禅	歴史事項

二	永延元	二	寛和元	二	永観元	五	四	三	二	年号
988	987	986	985	984	983	982	981	980	979	西紀
		一条		花山						天皇
兼家	兼家	兼家	頼忠	頼忠	頼忠	頼忠	頼忠	頼忠	頼忠	摂政関白
頼忠	頼忠	頼忠	頼忠	頼忠	頼忠	頼忠	頼忠	頼忠	頼忠	太政大臣
源雅信	源雅信	源雅信	源雅信	源雅信	源雅信	源雅信	源雅信	源雅信	源雅信	左大臣
爲光	爲光	爲光	兼家	兼家	兼家	兼家	兼家	兼家	兼家	右大臣
源重信	源重信	源重信	爲光	爲光	爲光	爲光	爲光	爲光	爲光	大納言
朝光	朝光	朝光	源重信	源重信	源重信	朝光	朝光	朝光	朝光	
道隆	道隆	済時	朝光	朝光	朝光	源重信	源重信	源重信	源重信	
済時	済時	道隆	済時	済時	済時	済時	済時	済時	済時	中納言
源顕光	文範	文範	文範	文範	文範	文範	文範	文範	文範	
道兼	源顕光	源顕光	源顕光	源顕光	源顕光	源顕光	源顕光	源顕光	源顕光	
源重光	源重光	源重光	源重光	源重光	源重光	源重光	源重光	源重光	源重光	
		六月廿三日 頼忠停関白 六月廿四日 兼家爲氏長者								歴史事項

年号	永祚元	正暦元	二
西紀	989	990	991
天皇			
摂政関白	兼家	道隆	道隆
太政大臣	頼忠	兼家	爲光
左大臣	源雅信	源雅信	源雅信
右大臣	爲光	爲光	源重信
大納言	内大道隆	源重信	道兼
	源重信	朝光	朝光
	朝光	済時	済時
中納言	済時	道兼	道兼
	道兼	源顕光	源顕光
	源顕光	源重光	源重光
	源重光	源保光	源保光
歴史事項	六月六日　頼忠薨	七月二日　兼家薨	

補注12「小右記」

次の「小右記」の記録は、『増補史料大成　小右記』（臨川書店　昭和40）から引用した。

長和四年十月二日「小右記」

資平云、主上密々被仰云、日来左大臣頻責催譲位事、太奇事也、又云、当時宮達不可奉立東宮、依不可堪其器、故院三宮足爲東宮者、於吾前所定如此、左右思慮何爲、至今譲位事都思留了、御目於昏、仰神祇大副守孝、七箇日、於伊勢太神宮可奉仕御禱之由、（略）又被仰云、大納言公任、中納言俊賢、爲爲吾多不善事、催左大臣令責吾禅位、此事不安、仍訴申神明、彼身及子孫不宜歟、十善故登宝位、而臣下何有危吾位哉、憂心一時不休者、不可外漏、爲見合向後事所記耳、

長和四年十二月十六日「小右記」

早且資平来云、御譲位事可在正月之由、去夕被仰左相府了、宮達御元服着裳等事、令委附相府給、至斎宮御着裳事不可知、還上之後令着許也者、見天気、依無神恩歟、左大将之報、今朝資平来云、依連日物忌、昨日通達者、資平臨夜来云、爲案内辞状、欲遣平相公許者、余答云、有何事、卽退去、不幾帰来云、相逢平相公、々々云、只欲上致仕之表、至譲状不心清之事者、事之委趣、先密奏次可達相府、不可惜下官口、伺便宜自可申相府之由諷諫畢、相府触事無隔心云々、仍所示也、若諾耳、主上常被仰云、汝事深所剋念、以此旨示相府無固辞歟、縦雖確執不可承引、昨日所被仰又如此、譲位後儲宿所可祇候由、丁寧有仰、今夜参内、依相府命者、

又云、女二宮皇后宮腹、可爲一品、亦女三宮中宮腹殊可給千戸封并年爵年官等、依未及着裳不可叙一品云々、是乱代之又乱代也、当時有四后一品親王三人之中、故大宮院男女親王皆賜千戸封并年爵年官等、又重此事、嗟乎嗟乎、

寛仁元年八月七日「小右記」

今日承行諸社奉幣事、仍早出、先参謁大殿、被談青宮

辞退事、日来云々嗷々、不可聞入之事也、然間一日以彼宮蔵人少内記行任、被仰此事礼（體カ）於能信、又有可参之仰、一昨来云、若所参入歟、仰可参之由、臨夜参入、左府良久候御前、退出後召御前、被仰可辞退皇太子之事、若相逢前摂政乎、以人相伝有子細歟、何為者、承此気色昨日参入、候御前、摂政又祗候、無輔佐人宮事有若亡、院崩御後便無爲方、伝大夫其中不宜、一分爲我無益、不如辞退、心閑休息、但一兩人可召仕事被相計者、申云、左右難申、若可有御表歟、表更無可令作之人、被相逢乎、委趣此事又有何事乎、摂政同聞者、又申云、令祗候令給受領、自致恪勤歟、御気色掻和悦、其後快被仰雑事、此外多事、不能具記、余亦申希代由退去、

寛仁元年十一月廿二日「小右記」

院今夜可坐高松云々、以大殿高松腹太娘被奉答云々、左大将教通、左衛門督頼宗脂燭、已座重喪、令有婚礼、疋夫豈然乎、嗟々可弾指、或云、院御方過所常命管絃云々、自吹笛給云々、節会事在其部、

万寿二年八月十六日「小右記」

……宰相来云、資房熱気未散、又女子小児等三人煩、二人者瘡出者、（略）―尚侍葬送事―……禅閤有命、但春宮大夫、中宮権大夫能信、骨肉間不可忌、相従云々、太皇太后宮、皇太后宮司等、不相送云々、皆禅閤定云々、権大納言行成着藁履歩行、頗無所拠由、

万寿二年八月十七日「小右記」

……実成、通任等卿、先日被戒可行駒牽事之由、仍不到一昨尚侍葬所、上達部無故障悉向尚侍凶事、年不及三十上達部煩赤斑瘡、不到彼処云々、無指障上達部、挙首向凶礼場、着藁履歩行、未曽有云々、万人密語云々、恠歟

万寿二年八月十八日「小右記」

……来廿四日院御息所七々法事、可有請用歟者、事若有実、過彼日帰寺、又云、可分與哥梨勒五ヶ日服料、即志與了（與薬事）、今朝左大辨乞哥梨勒檳榔子、付使遣之

万寿二年八月廿四日「小右記」

今日院御息所七々法事、於院被行、調備僧前一前高杯十二本、加折敷、机廿前、大破子四荷　手作布三十端、前物机等、於政所々令調備奉之、

万寿二年八月廿八日「小右記」

宰相云、今日院御息所七々日、有院召、仍参入者、入夜示送云、参院次、左右金吾相共訪大納言、乍立談話

云、不可憑者、従簾中急速招呼、大躰不覚歟云々、

万寿三年七月八日「小右記」

中将来云、参禅閣、依例佛事、関白内府已下諸卿、及雲上侍臣諸僧会集、有饗饌、大納言能信卿僕従濫行、事次能信卿披陳無実事之間、為関白頗吐冷談詞、関白大怒、罵辱尤甚、禅閣被追立能信卿、往古未有如此之事云々、輦車此両三日令採色、

万寿三年七月十日「小右記」

昨日小一条院御息所周忌法事云、七僧外百僧云、昨日不堪老骨、輦車之事、以中将令奉禅閣并関白、皆有報旨、中将云、禅閣日、衰老病患之身相扶参内、従朔平門歩行参入、其程太遠、更不可堪、故入道殿乗車入自朔平門、到玄輝門下々給、令思彼例、入従式乾門到陰明門下、々従車欲参入、雖有所憚、進退惟谷、歩行之程頗可近々、仍内々所思也、故殿無御病、而乗車入給中隔、我者病極重、密々乗車到陰陽門下、々自車欲参入者、中隔西方路甚行穢、

補注13「三条天皇」の物怪

……御病により、金液丹といふ薬をめしたりけるを、『その薬くひたる人は、かく目をなむ病む。』など、人は申ししかど、まことには、桓算供奉の御物怪にあらはれて申しけるは、『御首にのりゐて、左右のはねをうちおほひ申したるに、うちはぶき動かす折に、少し御覧ずるなり。』とこそいひはべりけれ。

御位去らせたまひしことも、おほくは中堂にのぼらせたまはむとなり。さりしかど、のぼらせたまひて、更にその験おはしまさざりしこそ口惜しかりしか。やがておこたりおはしまさずとも、少しの験はあるべかりしことよ。されば、いとど山の天狗のし奉るとこそ、さまざまに聞えはべれ。

五月一日甲辰。…太上天皇（三条）登天台山。依御目病也。七箇日可被修七壇御修法也。公卿以下着布衣并水干装束。扈従之。摂政（道長）并左大将（頼通）自西坂本帰京。

『日本紀畧』後篇十三　後一条天皇（長和五年）

補注14「亮・大進など皆あるべき限りなり」

次の記事は、『栄花物語全注釈（六）』（松村博司氏著　角川書院　昭和55）の、巻第三十四〈暮まつほし〉の語釈から引用した。

「亮□位藤原朝臣良経兼・権亮従四位下藤原朝臣中尹・大進正五位下高階朝臣俊平・権大進従五位上藤原朝臣惟経・少進従五位下藤原朝臣資国・権少進正六位上平朝臣業貞……」（『行親記』長元九年二月十三日）

補注15　禎子立后後の状勢

次の、『春記』の記事は、松村博司氏著『栄花物語全注釈（七）』の、巻第三十七〈けぶりの後〉の補説から引用した。

『春記』（長久元年十二月十八日条）に、「人々云フ、皇后宮此ノ四年参入シ給ハズ、已ニ棄テ置キ果タサルル上陽人ノ如シト。故中宮参入シ給フ事ニ依リテナリ。而シテ彼ノ宮忽然トシテ已ニ逝キ給フ。其ノ後内府女参入御マス。仍リテ又遅々。而ルニ今彼ノ女御マシ、忽チニ事故有ル故ニ退出ス、仍リテ此ノ宮参入シ給フ。」と記している。

補注16　禎子、尊仁出産

自夜前一品宮有産気、関白殿以下多被参入云々、仍忩参入。而雖有御気色未令遂給云々、及未刻退出、風聞、西刻産男子、子刻御湯読書、

紀伝、従四位下行東宮学士藤原朝臣義忠、

正四位下式部権大輔兼木工頭大江朝臣擧周……

「左経記」（長元七年七月十八日）

源経頼・・・資平次男資仲の舅

「今鏡」すべらぎの中第二〈御法の師〉

この帝の御母陽明門院禎子と申すは、三条院の御娘なり。後朱雀院、東宮の御時より……この帝をば、廿二にて生み奉らせ給へり。長元十年二月三日、皇后宮に立ち給ふ。御歳廿五。その時、江侍従立たせ給へしと聞きて、

紫の雲のよそなる身なれどもたつと聞くこそうれしかりけれ

となむ詠めりける。

補注17　「今鏡」すべらぎの中第二〈手向〉

この帝後三条世をしらせ給ひて後、世の中みな治まりて、今に至るまでそのなごりになむ侍りける。剛き御心もおはしましながら、また情多くぞおはしける。石清水の放生会に、かみ、宰相、諸衛のすけなど立てさせ給ふ事も、この御時より始まり、佛の道もさまぐ\それよりぞ、まことしき道はおこりける事多く侍るなる。（略）山、三井寺の才高き僧など、位高く上り、深き道も弘まり侍るなり。

『大鏡』世継の意図

一章　『大鏡』の視点

一節　『大鏡』の構成

㈠　設　定

時…………万寿二年（一〇二五年）
場所………雲林院の菩提講
登場人物…世継・繁樹・若侍ら
記述方法…世継らの語りを作者が傾聴している。

㈡　構　成

序[注1]

天皇紀（十四代）
五十五代　文徳
五十六代　清和
五十七代　陽成（院）
五十八代　光孝
五十九代　宇多
六　十　代　醍醐
六十一代　朱雀（院）
六十二代　村上
六十三代　冷泉（院）
六十四代　円融（院）
六十五代　花山（院）
六十六代　一条（院）
六十七代　三条（院）
六十八代　当代（後一条）

大臣序説

大臣列伝（藤原氏　二十名）
左大臣　冬嗣
太政大臣　良房
右大臣　良相
権中納言従二位左兵衛督　長良
太政大臣　基経

左大臣　時平
左大臣　仲平
太政大臣　忠平
太政大臣　実頼
太政大臣　頼忠
左大臣　師尹

右大臣　師輔
太政大臣　伊尹
太政大臣　兼通
太政大臣　為光
太政大臣　公季

太政大臣　兼家
内大臣　道隆
右大臣　道兼

太政大臣　道長

藤原氏物語[注2]

雑々物語（昔物語）

後日物語（二の舞の翁物語）

以上、『大鏡』全体を、大きく分けると、序、天皇紀・大臣列伝（特に、太政大臣道長に重点を置いている）・藤原氏物語・雑々物語の、五つの部分になる。

二節　『大鏡』の目的

(一)　各構成の記述事項

序

記述内容と記述意図

○道長の天下一の栄華の様子を、帝・后・その他の大臣・公卿を混えて語る事によって、世の中の事が明確になる。

……たゞいまの入道殿下の御ありさまの、よにすぐれておはしますことを、道俗男女のおまへにて申さんとおもふが、いとことおほくなりて、あまたの帝王・后、又大臣・公卿の御うへをつゞくべきなり。そのなかにさいはひ人におはしますこの御ありさま申さむとおもふほどに、世の中のことのかくれなくあらはるべき也。

天皇紀

(1) 天皇の略年譜
父帝、及び続柄。母后、及び母方祖父。天皇の誕生年月、及び人柄。元服・立坊・即位年月日、及び年齢。在位期間、及び出家年月日等。

(2) 母后について
天皇を産んだ年齢。立后の年月、及び年齢。(皇太后宮になった年月日、及び年齢)。母后の伝えられている話等。

以上、簡略な天皇紀の年譜を通して言える事は、「天皇の母后を通じての外祖父に、つまり外戚関係に焦点をあわせている」という事である。

大臣序説

(1) 天皇紀を記した理由
○道長の栄華は、外戚の地位に起因する。

……入道殿下の御栄花もなに丶よりひらけたまふぞと思へば、先みかど・后の御ありさまを申へき也。

(2) 藤原氏の大臣紀を語るに当っての抱負
○世の中のこと(つまり道長に象徴される外戚の世)、又過去から現在、さらに未来に至る歴史(藤原氏の外戚としての歴史)を、分明する『日本紀』である。

繁樹「あきらけきかゞみにあへば、すぎにしもいまゆくすゑのこともみえけり」
世継「すべらぎのあともつぎ〳〵かくれなく、あらたにみゆるふるかゞみかも」

「おきならがとく事をば、日本紀きくとおぼすばかりぞかし」

(3) 藤原氏の歴代の大臣の中での道長の栄華の実情
○道長の栄華が、古今を通じて最高であり、又道長は、則闕の官として定められている太政大臣としても、最も優れている。

……目にもみ、耳にもきゝあつめて侍るよろづの事のなかに、たゞいまの入道殿下の御ありさま、いにしへをきゝ、いまをみ侍るに、二もなく三もなく、はかりなくおはします。

……太政大臣は、このみかどの御よに、たはやすくをかせたまはざりけり。或みかどの御祖父、或御舅ぞなりたまひける。又、如然帝王の御祖父・舅などにて御うしろみし給大臣・納言、かずおほくおはす。うせ給てのち贈太政大臣などになりたまへるたぐひ、あまたおはすめり。さやうのたぐひ七人ばかりにやおはすらん。わざとの太政大臣は、なりがたく、すくなくぞおはする。

……職員令に、「太政大臣には、おぼろげの人はなすべからず。その人なくば、たゞにをけるべし」とこそあむなれ。

……この十一人の太政大臣達の御次第ありさま始終申侍らんと思なり。

……そのなかに、おもふに、たゞいまの入道殿、よにすぐれさせたまへり。

藤原氏大臣列伝

(1)　大臣の略年譜、大臣、子女の閨閥関係及び宮廷社会での有り様

○父大臣及び続柄。母及びその父。公卿としての期間。大臣・太政大臣になった年月日。娘を通しての帝との関係。大臣・その子女の閨閥関係と宮廷社会での人間関係の逸話及び批評。

(2)　大臣列伝の構成の特徴

○天皇紀では、歴代の順に記していたのに対し、大臣紀では、外戚の地位による藤原氏摂関家の家門の系譜を追う形となっている。

①冬嗣　～　師伊
②師輔　～　公季
③兼家　～　道兼
④道長

つまり、冬嗣から師輔。師輔から兼家・道長へと移る摂政家を追う形となる。

以上、大臣列伝では、藤原氏代々の外戚関係を基盤として、最後に道長が藤原氏としても最高の栄華

を極めた有り様を、宮廷社会での人間関係とともに記す。

藤原氏物語

(1) 藤原氏の始祖鎌足から、現在の頼通までの十三代の系譜

一代　鎌足
二代　不比等
三代　房前
四代　真楯
五代　内磨
記事内容……略年譜（父との続柄。官位。在位期間。在官時の天皇）
六代　冬嗣
七代　長良
八代　基経
九代　忠平
十代　師輔
十一代　兼家
十二代　道長
十三代　頼通
記事内容……父との続柄。最終官位。

---

(2) 藤原氏の氏神・氏寺・「山階道理」の由来。
○氏神「春日明神」の由来
鎌足の出生地常陸国の鹿島から元明帝が、大和国三笠山に移し、以来藤原氏の氏神として祭る。吉田明神は一条帝期から官祭となる。
○氏寺「妙楽寺（多武峯）」――鎌足の氏寺
○不比等の「山階寺」が世の中心となり、「山階道理」として通用させている。

……かのてらに藤原氏をいのり申に、この寺ならびに多武峯・春日・大原野・吉田に、例にたがひあやしき事いできぬれば、御寺の僧・禰宜等など公家に奏申て、その時に藤氏の長者殿うらなはしめ給に、御つゝしみあるべきは、としのあたり給殿ばらたちの御もとに、御物忌をかきて、一の所よりくばらしめ給。

……いみじき非道事も、山階寺にかゝりぬれば、又ともかくも人ものいはず、「山しな道理」とつけて、をきつ。まつかゝれば、藤氏の御ありさま、たぐひなくめでたし。

（3）外戚にある藤原氏大臣を列記

○道長の外戚としての栄華は、他の歴代の外戚の中でも、又日本国中でも最高である。

内大臣　鎌足
贈太政大臣　不比等（宮子・光明子）聖武・孝謙の外祖父
贈太政大臣　冬嗣（順子）文徳の外祖父
太政大臣　良房（明子）清和の外祖父
贈太政大臣　長良（高子）陽成院の外祖父
贈太政大臣　総継（沢子）光孝の外祖父
内大臣　高藤（胤子）醍醐の外祖父
太政大臣　基経（穏子）朱雀・村上の外祖父
右大臣　師輔（安子）冷泉院・円融院の外祖父
太政大臣　伊尹（懐子）花山院の外祖父
太政大臣　兼家（詮子・超子）一条院・三条院の外祖父
太政大臣　道長（彰子・妍子・威子・嬉子）今上（後一条）・皇太子（後朱雀）の外祖父

……こゝらの御なかに、后三人ならべすへてみたてまつらせ給ことは、入道殿下よりほかにきこえさせ給はざんめり。関白左大臣（頼通）・内大臣（教通）・大納言二人（頼宗・能信）・中納言（長家）の御おやにておはします。さりや、きこしあつめよ。日本国には唯一無二におはします。
（4）道長、「無量寿院（法成寺）」建立

○道長の無量寿院は、妙楽寺（鎌足）、山階寺（不比等）、極楽寺（基経）、法性寺（忠平）、楞厳院（師輔）、東大寺（聖武帝）、大安寺（兜率天の第一の院を模倣）、法住寺（為光）、四天王寺（聖徳太子）、奈良の七大寺・十五大寺等の諸寺よりも勝っている。

○道長の無量寿院建立の動機について

……かるがゆへに、この無量寿院も、おもふに、おぼしめし願ずること侍りけん。浄妙寺は、東三条のおとゞの、大臣になり給て、御慶に、木幡にまいりたまへりし御共に、入道殿ぐしたてまつらせ給て、御覧ずるに、「おほくの先祖の御骨おはするに、鐘のこゑきゝ給はぬ、いとうきことなり。わが身おもふさまになりたらば、三昧堂たてん」と、御心のうちにおぼしめしくわだてたりけるとこそ、うけ給はれ。

(5) 道長の法成寺（無量寿院）建立に対する繁樹と世継との会話

○世継……道長の発願が最高であり、神仏の化身と仰いでいる。

○繁樹……世間では、道長の頻繁な夫役徴発を非難している。

○世継……道理を知る人は自分から参加すべきである。又参加すれば物をもらえるという結構な事もある。

○繁樹……全くである。衣食に困窮するような事になったら、貞信公の末裔のよしみで、恵んでもらうつもりである。

○世継……私も同様です。さて、思う存分、心の内を語る事ができました。

世継　……かゝれば、或は聖徳太子のむまれ給へると申、あるいは弘法大師の、仏法興隆のためにむまれたまへるとも申めり。げにそれは、おきながさがなめにも、たゞ人とはみえさせ給はざめり。なを権者にこそおはしますべかめれとなん、あふぎみたてまつる。かゝれば、この御よのたのしきこと、かぎりなし。……かばかり安穏泰平なる時にはあひなんやと思ふは。……

繁樹　……たゞいまは、この御堂の夫を頻にめす事こそ、人はたへがたげに申めれと。……

世継　……二三日まぜにめすぞかし。されど、それまいるにあしからず。……「いかでちからたへば、まいりてつかうまつらん。ゆくすゑに、この御堂のくさきとなりにしがな」とこそ思侍れ。されば、ものゝこゝろしりたらん人は、のぞみてもまいるべきなり。されば、おきならまたあらじ、一度かゝずたてまつり侍なり。さてまいりたれば、あしきことやはある。飯・酒しげくたび、もちてまいるくだものをさへめぐみたび、つねにつかうまつるものは、衣裳をさへこそあてをこなはしめ給へ。されば、まいる下人も、いみじういそがしがりてぞすゝみつどふめる。

繁樹　……しか、それさる事に侍り。たゞし、おきならが思ひえて侍るやうは、いとたのもしきなり。おきないまだ世に侍るに、衣裳やれ、むづかしきめみ侍らず。又、飯酒にともしき目み侍らず。もしこの事どもの術なからん時は、帋三枚をぞもとむべき。ゆへは、入道殿下の御前に、申文をたてまつるべきなり。そのふみにつくるべきやうは、「翁、故太政大臣貞信公殿下の御時の小舎人わらはなり。それおほくのとしつもりて、術なくなりて侍。閣下のきみすゑのいゑの子におはしませば、おなじきみとたのみあふぎたてまつる。ものすこしめぐみ給らん」と申さんには、少々のものはたばじやはと思へば、……

世継　……「それはげにさる事なり。家貧ならんおりは、御寺に申文をたてまつらしめんとなん、いやしき童部とうちかたらひ侍」……「さても〳〵、うれしう対面したるかな。としごろの袋のくちあけ、ほころびをたち侍りぬる事。」

(6)　道長一族の無量寿院参詣の様子

○太宮彰子・皇太后宮妍子・中宮威子・尚侍殿嬉子・一品の宮禎子・道長・頼通等、道長一族の栄華の頂点

○参詣の為上京したある聖の言葉

……関白殿（頼通）まいらせ給て、雑人どもをはらひのゝしるに、「これこそは一の人におはすめれ」とみたてまつるに、入道殿（道長）の御まへにゐさせ給へば、「なをまさらせ給なりけり」とみたてまつるほどに、又行幸なりて、乱声し、まちうけたてまつらせたまふさま、御こしのいらせたまふほどなどみたてまつりつるとのたちのかしこまり申させ給へば、「なを国王こそ、日本第一の事なりけれ」と思に、おりおはしまして、阿弥陀堂の中尊の御まへについゐさせたまひておがみ申させ給しに、「なを〳〵ほとけこそかみなくおはしましけれ」と、「この会のにはにかしこう結縁し申て、道心なんいとゞ熟し侍ぬる。」

(7)　世継の夢想　及び作者の言葉

○一品宮禎子が、詮子・彰子の様に栄える夢を見たので、その将来を見たいが故に、命が惜しい。

……「世次が思事こそ侍れ。便なきことなれど、あすともしらぬ身にて侍れば、たゞ申てん。この一品宮の御ありさまのゆかしくおぼえさせ給にこそ、又いのちおしくはべれ。そのゆへは、むまれ

おはしまさんとて、いとかしこき夢想みたまへりし也。さ覚侍しことは、故女院・この太宮などはらまれさせ給はんとてみえしたゞおなじさまなるゆめにはべりしなり。それにてよろづをしはかられさせ給御ありさまなり。皇太后宮（妍子）にいかで啓せしめんとおもひ侍れど、そのみやの辺の人にえあひ侍ぬがくちをしさに、こゝらあつまり給へるなかに、もしおはしましやすらんとおもふたまへて、かつはかく申侍ぞ。ゆくすゑにも「よくいひけるものかな」とおぼしあはすることも侍りなん」といひしおりこそ、「こゝにあり」とて、さしいでまほしかりしか。

雑々物語（昔物語）

(1) 世継が見聞し記憶する最古の事件
- 小野宮辺りで忙しいので、何事かと思ったら光孝帝の即位の為だった。

(2) 世継の七歳位の時の事件
- 当時、侍従だった宇多帝の鷹狩りのお供の際、賀茂明神が現われ、語しかけるのを見た。

(3) 石清水八幡宮（源氏の氏神）の臨時祭は、平将門の鎮定祈願の為に、朱雀院時に始まる。この朱雀院は、菅原道真の祟りが噂される折に生まれたが、もし生まれていなかったら、藤原氏はこれ程栄えなかっただろう。

(4) 繁樹の宇多・醍醐帝時の記憶
- 醍醐帝の世はすばらしく、この世への執着となる程である。

(5) 繁樹、朱雀帝譲位時の母后との歌を語る。

(6) 繁樹一生の恥辱
- 村上帝時、貫之の娘の家から梅木を無粋に持ち去った事

(7) 繁樹、村上帝と女御徽子との優雅さを語る。

(8) 繁樹、繁樹の妻、侍、世継等の思い出話

(9) 世継の世評
- 催し物が、格式をもって行なわれたのは、村上帝の天暦の治世までである。
- 冷泉帝期からは、朝廷の威勢が衰え世の中が暗くなった。
- 小野宮殿（実頼）は外戚ではないので、政権を冷泉院の舅達（伊尹・兼通）に任せた。冷泉帝は、言うまでもない。
- 小野宮邸で、源雅信、重信らが村上帝の世を

偲んだのも当然である。
•何事でも、良く見分けて理解してくれる人がいるのは、やはり甲斐のある事で、いないのは口惜しい事である。
⑽ 世継、話を「源氏」に移す。
•雅信・重信供に宇多帝の孫で人格は当然立派であったが、村上帝は重信をより愛された。
⑾ 円融院が、花山帝期の石清水八幡の臨時祭を御覧になった模様
•当時蔵人頭であった実資が供をされ、冷泉院の前に来ると、兼家・雅信が出向え、又時中も優雅な勅使振りであった。
⑿ 女院詮子四十の賀での頼通と頼宗の舞の評判
•頼宗の舞の師に詮子が位階を授けた事で、頼通の母倫子は機嫌をそこねた。
⒀ 大宮彰子の大原野社の行啓の際の頼通、道長の不体裁
⒁ 怪異な事件
•一条帝即位時の大極殿での怪事を、兼家取り合わずに式を挙行した。
•大宮彰子と母倫子とが春日社に参詣した際、供物を旋風が源氏の氏寺である東大寺の大仏殿の前に落した。
⒂ 世継、自分の博識を自慢すると共に、若侍の深い造詣をほめる。
⒃ 若侍、繁樹の年を推量する。
⒄ 繁樹、高麗の相人の言を語る。
•繁樹とその妻を長命と相す。
•基経の子息（時平・仲平・忠平）を相す。
•小野宮実頼を貴臣と相す。
⒅ 繁樹、宇多法皇が遊女白女の歌に感心したと語る。
⒆ 繁樹、醍醐帝が、古今集撰定の為、貫之・躬恒を召された事を語る。
⒇ 若侍、円融院の子の日の御遊での曽禰好忠の様子を尋ねる。
•好忠の無法さに、実頼、朝光が退場させた。
(21) 若侍、三条帝の大嘗会の御禊の様子を語る。
(22) 世継、皇太后宮妍子付きの女房について語る。
(23) 作者の感慨
•翁たちの話の中でも特に一品宮禎子に関する夢を聞きたかったが、説経の中途に起った騒ぎで、見失ってしまった事が残念でした。
(24) 朝覲行幸の帰還の際、御輿を寝殿の御階に寄

せる由来

後日物語（後人の追加記）

ある千日講の場で、昔の若侍に会い、その後の事を聞く形。

(1)　若侍は、「世継とは、その後、後三条帝が生まれてから会ったが、耳に残る程の話もなかった」と、語り始める。

(2)　後朱雀帝の二の宮の母禎子が立后する。世継の夢ははずれなかった。

(3)　皇后禎子は尊仁親王の事で、心強くしているが、頼通の態度に悩み入内しない。中宮嫄子が皇子出産の際は立坊されると考えられるのも最もな事である。

(二)　『大鏡』の記述目的

「序」並びに「大臣序説」に記される作者の記述意図を整理すると、次の様になる。

「現在の道長の天下一の栄華は、藤原氏の外戚関係に因る繁栄の歴史を基盤とする。その過程の歴代の帝・后・藤原氏大臣（中でも、道長は太政大臣としても日本一である）・公卿の有り様を語る事によって、世の中の事が明らかにされるはずである。」

三節　『大鏡』の視点

「現在、天下一の道長の栄華、及びその基を築いた藤原氏歴代の大臣を語る事によって、『世の中の事』が明らかになる。」と語る作者であるが、その歴史、つまり外戚関係によって発展し続け、道長の未曾有の栄華に至るまでの藤原氏摂関政治の歴史を、作者は、どのような視点から、又どのような意識をもって、どのような事を明らかにしようとしているのか。

天皇紀・藤原氏大臣列伝・藤原氏物語の記述を通して究明してみたい。

(一)　「天皇紀」・「藤原氏大臣列伝」の構成に於いて

- 天皇紀……五十五代文徳帝から六十八代今上（後一条院）帝までの歴代の天皇の順
- 大臣列伝……文徳帝の外祖父冬嗣から、今上帝

の外祖父道長までを、摂関家の家門の系譜の順

藤原氏の大臣列伝が摂関家の系譜を追う形である事は、作者の関心の一端が、そこにあったと考える。

つまり、歴代の天皇及び大臣の事績、又在位・任官時の事件を単に羅列するのが目的ではない。作者は、道長の絶対なる権勢の基が、藤原氏代々の他氏を排して築いてきた外戚の地位確立の歴史にあると見定めている。そして、その外戚の地位が、即ち人間・世の中を動かす権力となる事も心得えている。天皇紀の短い記事にすら、外戚関係に重点を置く。大臣列伝に於いて、その外戚の地位確得の世の流れの中で生きる人間の営みが記されるわけであるが、作者は、その世の中の動き（歴史）を現在の絶対者道長に焦点をあてて、記し始める。

　　　　冬嗣次男　　冬嗣五男　冬嗣長男
①冬嗣――（良房）――（良相）――長良――

長良三男　基経長男　　基経次男　基経四男
基経――（時平）――（仲平）――忠平――

忠平長男　実頼次男　忠平五男
実頼――　頼忠――（師尹）

忠平次男　師輔長男　師輔次男　師輔九男
②師輔――（伊尹）――（兼通）――（為光）

　　師輔十一男
――（公季）

師輔三男　兼家長男　兼家三男
③兼家――（道隆）――（道兼）

兼家五男
④道長

864	863	862	861	860	859	858	857	856	855	854	853	852	851	850	西紀
6	5	4	3	2	貞観 1	2	天安 1	3	2	斉衡 1	3	2	仁寿 1	嘉祥 3	年号
		清和				11 8				文徳				4	天皇
	←				良房	摂政 11									摂政関白
							2 良房								太政大臣
							2 源信								左大臣

879	878	877	876	875	874	873	872	871	870	869	868	867	866	865	西紀
3	2	元慶 1	18	17	16	15	14	13	12	11	10	9	8	7	年号
	陽成	1	11							清和					天皇
		摂政 基経													摂政関白
							9 ←							良房	太政大臣
							8 源融				12 ←			源信	左大臣

894	893	892	891	890	889	888	887	886	885	884	883	882	881	880	西紀
6	5	4	3	2	寛平 1	4	3	2	仁和 1	8	7	6	5	4	年号
			宇多			11	8	光孝	2	2			陽成		天皇
				12 ←									関白 基経	11	摂政関白
				1 ←										基経	太政大臣
								源融							左大臣

909	908	907	906	905	904	903	902	901	900	899	898	897	896	895	西紀
9	8	7	6	5	4	3	2	延喜 1	3	2	昌泰 1	9	8	7	年号
						醍醐						7 | 7			天皇
															摂政関白
															太政大臣
4 ←										2 時平			藤 良世	8 ←	左大臣

924	923	922	921	920	919	918	917	916	915	914	913	912	911	910	西紀
2	延長 1	22	21	20	19	18	17	16	15	14	13	12	11	10	年号
							醍醐								天皇
															摂政関白
															太政大臣
1 忠平															左大臣

939	938	937	936	935	934	933	932	931	930	929	928	927	926	925	西紀
2	天慶 1	7	6	5	4	3	2	承平 1	8	7	6	5	4	3	年号
				朱雀				11	9						天皇
								摂政 忠平	9						摂政関白
			8 忠平												太政大臣
		1 仲平		←					忠平						左大臣

西紀	940	941	942	943	944	945	946	947	948	949	950	951	952	953	954
年号	3	4	5	6	7	8	9	天暦 1	2	3	4	5	6	7	8
天皇			朱雀				4 4				村上				
摂政関白	忠平	← 11	関白 忠平							8 ←					
太政大臣	忠平									8 ←					
左大臣	仲平					9 ←		4 実頼							

西紀	955	956	957	958	959	960	961	962	963	964	965	966	967	968	969
年号	9	10	天徳 1	2	3	4	応和 1	2	3	康保 1	2	3	4	安和 1	2
天皇			村上										5 10	冷泉 8	9
摂政関白													6	関白 実頼	
太政大臣													12	実頼	
左大臣						実頼							12 ←	源高明 3 ←	藤師尹

西紀	970	971	972	973	974	975	976	977	978	979	980	981	982	983	984
年号	天禄 1	2	3	天延 1	2	3	貞元 1	2	天元 1	2	3	4	5	永観 1	2
天皇							円融								8 10
摂政関白	5 ←	摂政伊尹 5	←	関白兼通				10 ← 関白頼忠 10							
太政大臣	←		伊尹 11		兼通 2			10 ←	頼忠 10						
左大臣	藤在衡		源兼明 11					4 ← 頼忠	源雅信 10						

西紀	985	986	987	988	989	990	991	992	993	994	995	996	997	998	999
年号	寛和 1	2	永延 1	2	永祚 1	正暦 1	2	3	4	5	長徳 1	2	3	4	長保 1
天皇	花山	6 7						一条							
摂政関白	頼忠	← 7	摂政兼家		← 5	摂政道隆		←	4	関白道隆 ←	関白道兼				
太政大臣	頼忠			6 ←	兼家		為光								
左大臣				雅信					7 ←	源重信	7	道長			

西紀	年号	天皇	摂政関白	太政大臣	左大臣
1000	2				
1001	3				
1002	4				
1003	5				
1004	寛弘 1	一条			
1005	2				
1006	3				
1007	4				道長
1008	5				
1009	6				
1010	7				
1011	8	6 / 10			
1012	長和 1				
1013	2	三条			
1014	3				

西紀	年号	天皇	摂政関白	太政大臣	左大臣
1015	4				道長
1016	5	1 / 2	道長		12 ←
1017	寛仁 1		3	12 道長	3 顕光
1018	2		摂政 頼通		
1019	3		12 ←		
1020	4	後一条	関白 頼通		
1021	治安 1			7 公季	5 ← / 7 頼通
1022	2				
1023	3				
1024	万寿 1				
1025	2				

（橘健二氏著『大鏡』の「大鏡年表」より）

(二) 「大臣列伝」に於いて

「外戚関係による藤原氏の摂関の系譜を、どのような観点から見て記述しているのか」を追ってみる。

以下、「列伝」の一部ではあるが、作者の見解（非常に綿密・周到な語り口を感じさせる）と、受けとめた記事の概略をまとめる。

左大臣冬嗣

太政大臣良房（忠仁公）

- 藤原氏で、太政大臣となった最初の人。
- 兄の長良を官位で越したが、長良の子孫（基経）が栄え続けている。

……水尾の帝（清和）は御孫におはしませば、即位の年、摂政の詔あり、年官・年爵たまはり給ふ。……この殿ぞ、藤氏のはじめて太政大臣・摂政したまふ。めでたき御ありさま也。……御兄の長良の中納言、ことのほかにこえられたまひけんおり、いかばかりからうおぼされ、又世人も事のほかに申けめども、その御すゑこそいまにさかえおはしますめれ。ゆくすゑは、ことのほかにまさりたまひけるものを。

右大臣良相

- 子孫は振わなかった。

……御子二人おはせしも、……いとあさくてやみ給にき。かくばかりすゑさかえ給ける中納言殿（長家）を、やへ〳〵の御おと、にてこえたてまつり給ける御あやまちにやとこそ、おぼえ侍れ。

権中納言二位左兵衛督長良

- 子息の中で基経がすぐれている。

……陽成院の御時に、御祖父におはすがゆへに、……贈左大臣正一位、次贈太政大臣。枇杷大臣と申す。此殿の御男子六人おはせし、その中に、基経のおとゞすぐれ給へり。

太政大臣基経（昭宣公）

- 基経の提唱により、光孝帝が即位し、以来、基経の子孫が光孝帝皇孫を後見している。
- 基経の邸であった堀川院は、格式あるものであったが、今は頼通の高陽院におされてしまった。方四町の家は冷泉院のみと思っていたが、末の世になると、すぐれたものが出て来る。

- 基経は、宇多帝時に准三宮位となり、朱雀院、村上帝の外祖父である。世評も高い。

……小松の帝（光孝）の御母・このとのゝ御母、はらからにおはします。……このおとゞ（基経）こそ、「皇胤なれど、姓給てたゞ人にてつかへて、位につきたる例やある」と申いで給へれ。……このおとゞのさだめによりて、小松の帝は位につかせ給へる也。帝の御すゑもはるかにつたはり、おとゞのすゑもともにつたはりつゝ、うしろみ申給。さるべくちぎりをかせ給へる御中にやとぞ、おぼえはべる。……御家は、堀川院・閑院とにすませ給しを、堀川院をば、さるべき事のおりはれ〴〵しきれうにせさせ給。……この高陽院殿にこそおされにてはべれ。方四丁にて四面に大路ある京中の家は、冷泉院のみとこそ思候つれ、よのすゑになるまゝに、まさる事のみいでまうでくるなり。この昭宣公のおとゞは、陽成院の御をぢにて、宇多のみかどの御時に、准三宮の位にて年宮・年爵をえ給、朱雀院・村上の祖父にておはします。よおぼえやむごとなしと申せばをろかなりや。

左大臣時平

- 醍醐帝時、時平は二十八・九才で左大臣であり、右大臣菅原道真と政務を執ったが、道真が非常に学識に富んでいた為、帝の信頼が厚かった。それ故か、道真は大宰に流され、帝の厳命により子息とも別れ、かの地で亡くなった。今は北野に神として祭られ、帝も行幸される。筑紫での住いは安楽寺となり、朝廷が管理している。
- 時平、及び子息が短命なのは、道真を讒言した故であるが、政治力には優れていた。
- 道真が雷神となって清涼殿に落ちるかに見えた時、時平が刀を抜いて、「生前、自分の下位にいたのだから、雷神になっても遠慮すべきである」と言ったら、鎮ったと伝えられている。が、鎮ったのは、時平に負けたのではなく、朝廷の権威が満ち、その道理を乱してはならない事を示したのである。

……このおとゞ（時平）は、基経のおとゞの太郎也。御母、四品弾正尹人康親王の御女也。醍醐の帝の御時、このおとゞ左大臣のくらゐにて年いとわかくておはします。菅原のおとゞは右大臣の位にておはします。そのおり、みかど御としいとわかくおはします。左・右の大臣に、よの政をおこなうべきよし宣旨くだされ給へりしに、そのおり左大臣（時平）御年廿八九ばかりなり。右大臣の御とし五十七八にやおはしましけん。ともによのまつりごとをせしめ給しあひだ、右大臣は、才よにすぐれめでたくおはしまし、御こゝろをきてもことのほかにかしこくおはします。左大臣は、御としもわかく、才もことのほかにおとり給へるにより、右大臣の御おぼえ事のほかにおはしましたるに、左大臣やすからずおぼしたるほどに、さるべきにやおはしけん、右大臣の御ためによからぬ事いできて、昌泰四年正月廾五日、大宰権帥になしたてまつりてながされ給ふ。……みかど（醍醐）の御をきてきはめてあやにくにおはしませば、この御子どもをおなじかたにつかはさゞりけり。……やがてかしこにてうせ給へる、夜のうちに、この北野にそこらの松をおほしたまひて、わたりすみ給をこそは、只今の北野宮と申て、あら人神におはしますめれば、おほやけも行幸せしめ給ふ。いとかしこくあがめたてまつりたまふめり。つくしのおはしましどころは安楽寺といひて、おほやけより別当・所司などなさせ給て、いとやむ事なし。……これよりほかの君達皆卅余・四十にすぎ給はず。其故は、たの事にあらず、この北野の御なげきになんあるべき。……あさましき悪事を申をこなひたまへりし罪により、このおとゞの御末はおはせぬなり。さるは、やまとだましひなどはいみじくおはしましたるものを。……又、きたのゝ神にならせ給ひて、いとおそろしくかみなりひらめき、清涼殿におちかゝりぬとみえけるが、本院のおとゞ、大刀をぬきさけて、「いきても、我つぎにこそものし給しか。今日、神となり給へりとも、このよには、我にところをき給べし。いかでかさらではあるべきぞ」と、にらみやりて、のたまひける。一度はしづまらせ給へりけりとぞ、世人申はべりし。されど、それは、かのおとゞのいみじうおはするにはあらず、王威のかぎりなくおはしますによりて、理非をしめさせたまへるなり。

左大臣仲平

・心がきれいであった。

……ひさしの大饗せさせ給けるにも、よこざまにすへまいらせさせたまひけるこそ、年ごろすこしかたはらいたくおぼされける御心とけて、いかにかたみにこゝろゆかせたまへりけんと、御あはひめでたけれ。このとの、御こゝろ、まことにうるはしくおはしましける。

太政大臣忠平（貞信公）

・忠平の邸に参上する際の通路には石畳が敷いてある。これは、宗像明神が祭ってある為、車を下りて通ったのであるが、雨の日の為の設備である。今では卑賤の者が、馬・車に乗ったまま通るのを見ると残念である。

・道長は、「先祖のものは、なんでも自分のものにしたいが、この小一条邸だけは、気の休む事がないのでいらない」と言ったと聞くが、最もな事である。

・忠平に対して、宗像明神は、直接話をした。

・忠平が勅命執行の為、参内した時、鬼が阻んだが、「勅命を受けて参る者をとらえるとは、身のためにならない」と退散させた。

……つねにこの三人の大臣達のまいらせ給れうに、小一条の南、勘解由の小路には石だゝみをぞせられたりしが、まだ侍ぞかし。宗像の明神のおはしませば、洞院小代の辻子よりおりさせ給しに、あめなどのふるひのれうとぞうけたまはりし。凡その一町は人まかりありかざりき。いまは、あやしのものもむま・車にのりつゝ、みし〳〵とあるき侍れば、むかしのなごりに、いとかたじけなくこそみたまふれ。このおきなどもは、いまも、おぼろけにてはとほり侍らず。……（道長）「先祖のものはなにもほしけれど、小一条のみなん要に侍らぬ。人は子生、死がれうにこそ家もほしきに、さやうのおりほかへわたらん所は、なに、かはせん。又、凡、常にもたゆみなくおそろし」とこそ、この入道殿はおほせらるなれ。ことはりなりや。この貞信公には、宗像の明神うつゝにものなど申給けり。……（忠平）「おほやけの勅宣うけたまはりて定にまいる人とらふるは、なにものぞ。ゆるさずば、あしかりなむ」とて、御大刀をひきぬきて、彼が手をとらへさせ給へりければ、まどひてうちはなちてこそ、うしとらのすみざまにまかりにけれ。

太政大臣実頼（清慎公）

- 和歌に長じ、又その有識・端正さは、世の人の模範となっている。

……和歌のみちにもすぐれおはしまして、後撰にもあまた入たまへり。凡何事にも有識に、御こゝろうるはしくおはしますことは、よの人の本にぞひかれさせ給。小野宮のみなみおもてには、御もとゞりはなちてはいで給ことなかりき。そのゆへは、いなりのすぎのあらはにみゆれば、「明神御らむずらんに、いかでかなめげにてはいでん」との給はせて、いみじくつゝしませ給に、をのづからおぼしめしわすれぬるおりは、御そでをかづきてぞおどろきさはがせ給ける。

太政大臣頼忠（廉義公）

- 頼忠は、一条帝即位後、外戚でない為、関白を辞す。
- 隆家の妻は、重信の娘であり、その母は頼忠の娘であるから、頼忠の孫にあたるのに、挨拶がなかった。
- 頼忠は、関白であった時、直衣で参内した事はなく、奏上の折には、布袴にて殿上した。
- 蔵人を通して奏上し、勅命を受け、帝が召される時だけ伺候したが、これは帝と姻戚でなかったからか。

……一条院くらゐにつかせ給しかば、よそ人にて、関白のかせたまひにき。たゞおほきおほいどのと申て、四条の宮にこそはひとつにすませ給しか。それに、このさきの帥殿は時の一の人（兼家）の御孫にて、えもいはずはなやぎ給しに、六条殿（重信）の御むこにておはせしかば、常に西洞院のぼりにありき給を、この人ならば、ことかたよりよきてもおはすべきを、おほきさき（遵子）・太政大臣（頼忠）のおはしますまへをむまにてわたり給。……うちみいれつゝ、馬の手綱ひかへて、あふぎたかくつかひてとほり給を、あさましくおぼせど、中〳〵なる事なれば、ことおほくものたはで、たゞ「なさけなげなるをのこにこそありけれ」と許ぞ申給ける。非常のことなりや。さるは、帥中納言殿（隆家）のうへの、六条殿のひめぎみは、母は三条殿の御女におはすれば、御まごぞかし。されば、人よりはまいりつかまつりだにこそし給べかりしか。この頼忠のおとゞ、一の人にておはしましゝかど、御直衣にて内にまいり給事侍らざりき。奏せさせ給べきことあるおりは、布袴にてぞまいり給。さて殿上にさぶらはせたまふ。年中行事の御障子のもとにて、さるべき職事蔵人などしてぞ奏せさせ給、うけたまはり給ける。又、或おりは、鬼間にみかどいでしめ給て、めしあるおりぞまいり給し。関白し給へど、よその人におはしましければにや。

左大臣師尹

- 師尹が左大臣になったのは、西宮殿高明が大宰へ下った代りである。
- 高明の事件（安和の変）は、師尹の讒言に拠ると噂し、又間もなく亡くなったのも、その為だと評判したが、本当でしょうか。
- 師尹子息の済時女娍子は三条帝の皇后で敦明親王をもうけていた。……「敦明親王皇太子退位事件」

……左大臣にうつり給事、西宮殿つくしへ下給御替也。その御事のみだれは、この小一条のおとゞのいひいで給へるとぞ、よの人きこえし。さてそのとしもすぐさずうせ給ことをこそ、申めりしか。それもまことにや。……この殿（済時）の御北方にては、枇杷大納言延光の御女ぞおはする。女君二所・男君二人ぞおはせし。女君（娍子）は、三条の院の東宮にておはしましゝおりの女御にて、宣耀殿と申て、いと時におはしましゝ。男親王四所・女宮二人女君は三条院の東宮にてむまれ給へりしほどに、東宮くらゐにつかせ給て又のとし、長和元年四月廾八日、后にたち給て、皇后宮と申す。……このみやの御はらの一の親王、敦明親王とて、式部卿と申しほどに、長和五年正月廾九日、三条院おりさせ給へば、この式部卿、東宮にたゝせ給にき。御年廾三。但道理ある事とみな人おもひまうしゝ。

右大臣師輔

- 師輔の一女安子は、村上帝の女御として特に栄えていた。
- 村上帝は、この女御に遠慮され、奏上される事を拒否できない様子であった。

・女御は嫉妬深い性質で、ある日、村上帝が芳子の局にいらっしゃった際、土器の破片を女房に投げ入れさせた。村上帝は、立腹されて、「伊尹・兼通・兼家らの指図であろう」と、謹慎させたところ、女御は、「大逆の罪があろうと、自分に免じて許すのが当然なのに、すぐに勅勘を解いて下さい」と、帝の衣を離さないので、とうとう許された。

・この女御は、冷泉院・円融院・為平卿の母后で、立ち並ぶ者のない栄えである。

・帝・春宮・又代々の関白・摂政は、以後、九条師輔の血統である。

・この女御の式部卿為平が、冷泉院の次に立坊するのが当然であったのだが、源高明の女婿であった為に、源氏に政権が移り、源氏の繁栄となるのを阻止する為に、女御の兄たち（伊尹・兼通・兼家ら）が無理矢理守平（円融院）を立坊させた策略を、世間の人も、宮中でも知る事ができようか。当然為平卿が立坊されると思っていたのに、急に兼家が、守平をつれて参内し、こともあろうに為平卿を添え物にした為、人々は気の毒に拝見した。ましてや、高明公はどんなお気持ちであった事か。だから、あのような事件（安和の変）も起って来たのですよ。……後に、為平卿は、甥である花山帝に、女御（婉子女王）を出されたのを、「そうまでしなくても」と世間では非難したが、花山帝が退位した後、小野宮実資の夫人となられた事は、不思議な縁である。

・現在も未来も、九条殿の子孫が繁栄し続ける事でしょう。

・世継と若侍の談話

世継
「昔から今に至るまで、繁栄し続けている九条殿にとって、冷泉院の事だけが残念です」

侍
「しばしば、冷泉帝期が持ち出されますが」

世継
「当然でしょうね。冷泉院が誕生したからこそ、藤原氏が現在まで栄え続けているのです。道長公も『そうでなければ、今頃は雑役として使われていたろう』と言われたそうですが、そうでしょうねえ。師輔公が、帝（冷泉）の守護霊となっているという事です。」

侍

「そういう事なら、元方・桓算供奉などの物の怪を払い除けそうなものですが」

世継

「それは又それなりの宿縁があるのでしょう。お心が端正で、政治も立派に執られるはずなのにと、世間では残念に思っています。九条殿の子女、――冷泉院・円融院の母、登子、伊尹公・兼通公・兼家公・忠君の六人は、藤原経邦の女（盛子）の腹です。『女子』と言うのは、この事でしょうか。腹は違いますが、子息たち五人は太政大臣、その中三人は摂政をしました。」

……そのとの（師輔）、御君達十一人、女五六人ぞおはしましゝ。第一の御女（安子）、村上の先帝の御時の女御、……すぐれてめでたくおはしましき。みかど（村上）もこの女御殿にはいみじうをぢまうさせたまひ、ありがたきことをも奏せさせ給ふことをば、いなびさせたまふべくもあらざりけり。いはんや、自余の事をば、まうすべきならず、すこし御心さがなく、御ものうらみなどせさせ給ふやうにぞ、よその人にいはれおはしましし。……みかどのおはしますほどにて、これはかりにはえたへさせたまはず、むづかりおはしまして、「かうやうのことは、女房はせじとて。伊尹・兼通・兼家などがいひもよほして、せさするならん」とおほせられて、みな殿上にさぶらはせたまふほどなりければ、三所ながらかしこまらせたまへりしかば、……「いかでかゝる事はせさせたまふぞ。いみじからんさかさまのつみありとも、この人〳〵をばおぼしゆるすべきなり。いはんや、丸がかたざまにてかくせさせたまふは、いとあさましう心うき事なり。たゞいまめしかへせ」と申させたまひければ、「いかでかたゞいまはゆるさん。おとぎゝみぐるしきことなり」ときこえさせ給けるを、……御衣をとらへたてまつりて、たて〳〵まつらせたまはざりければ、「いかゞはせん」とおぼしめして、この御方へ職事めしてぞまいるべきよしの宣旨、くださせたまひける。……冷泉院・円融院・為平式部卿宮と、女宮四人と御母后にて、又ならびなくおはしましき。みかど・春宮と申、たゝ代ゝの関白・摂政とまうすも、おほくは、たゞこの九条殿の御一すぢなり。おとこみやたちの御ありさまは、代々のみかどの御ことなれば、返ゝ又はいかゞはまし侍らん。この后の御はらには、式部卿の宮こそは、冷泉院の御つぎにまづ東宮にもたちたまふべきに、西宮殿の御むこにおはしますによりて、御おとゝのつぎの宮（円融）にひきこされさせたまへるほどなどの事ども、いといみじく侍り。そのゆへは、式部卿の宮みかどにゐさせたまひなば、西宮殿のぞうに世中うつりて、源氏の御さかへになりぬべければ、御舅達の、たましひふかく、非道に御おとゝをばひきこしまうさせたてまつらせたまへるぞかし。世中にも宮のうちにも、とのばらのおぼしかまへけるをばいかでかはしらん。「次第のまゝにこそは」と式部卿の宮の御事をばおもひ申たりしに、にはかに、「わかみやの御ぐしかいけづりたまへ」など御めのとたちにおほせられて、大入道殿御車にうちのせたてまつりて、北の陣よりなんおはしましけるなどこそ、つたへうけたまはりしか。されば、道理あるべき御方人たちは、いかゞはおぼされけむ。そのころ宮たちあまたおはせしかど、ことしもあれ、威儀のみこをさへせさせたまへりしよ。みたまへりける人も、あはれなる事にこそ申けれ。そのほど、西宮殿などの御心地よな、いかゞおぼしけむ。さてぞかし、いとおそろしくかなしき御事ども出できにしは。……式部卿の宮、わが御身のくちをしくほいなきをおぼしくづほれてもおはしまさで、なをすゐのよに、花山院のみかどは、冷泉院のみこにおはしませば、御甥ぞかし、その御時に、御女（婉子）たてまつりたまて、御みづからもつねにまいりなどし給けるこそ、「さらでもありぬべけれ」と、よの人もいみじうそしりまうしけり。さりとても、御継などのおはしまさば、いにしへの御本意のかなふべかりけるともみゆべきに、御かど出家したまひなどせさせたまひてのち、又いまの小野宮の右大臣殿（実資）の北方にならせたまへりしよ、いとあやしかりし御事どもかし。……いまゆくすゑも九条殿の御すゑのみこそ、とにかくにつけて、ひろごりさかへさせたまはめ。……いにしへよりいまにかぎりもなくおはしますとのゝ、たゞ冷泉院の御ありさまのみぞ、いとこゝろうくゝちをしきことにてはおはします」といへば、さぶらひ、「されど、ことの例には、まづその御ときをこそはひかるめれ」といへば、「それは、いかでかはさらでは侍らん。そのみかどのいでおはしましたればこそ、この藤氏のとのばらいまにさかへおはしませ。「さらざらましかば、このごろわづかにわれらも諸大夫ばかりになりいでゝ、ところ〲の御前雑役につられありきなまし」とこそ、入道殿はおほせられければ……かゝれば、おほやけ・わたくし、その御時のことをためしとせさせたまふ、ことはりなり。……げにうつゝにてもいとたゞ人とはみえさせたまはざりしかば、ましておはしまさぬあとには、さやうに御まぼりにてもそひまうさせ給つらん」「さらば、元方卿・桓算供奉をぞをひのけさせたまふべきな」。「それは又しかるべきさきの御よの御むくひにこそおはしましけめ。さるは、御心いとうるはしくて、よのまつりごとかしこくせさせ給つべかりしかば、世間にいみじうあたらしきことにぞ申めりし。さて又、いまは故九条殿の御子どものかず、この冷泉院・円融院の御母、貞観殿の尚侍、一条の摂政、堀河殿、大入道殿、忠君の兵衛督と六人は、武蔵守従五位上経邦の女のはらにおはしまさふ。世の人「女子」といふことは、この御事にや。おほかた、御はらことなれど、男君達五人は太政大臣、三人は摂政し給へり。

太政大臣伊尹（謙徳公）

- 伊尹は、円融院の舅であり、花山院の外祖父で、摂政をし、世の中の事で自分の思いどおりにならない事はなく、分を越えた贅沢を特に好んだ。
- 繁栄を見残して、五十にもならずに亡くなった事を、世の人々は父師輔公に劣らぬ程惜しんだ。
- 冷泉帝と花山帝の御不例がちを俊賢が口にすると、道長は、「非常に都合の悪い事を言う」と言いながらも、大笑いした。

……みかどの御舅・東宮の御祖父にて摂政させ給へば、よの中はわが御こゝろにかなはぬことなく、過差ことのほかにこのませたまひて、……かやうの御さかへを御覧じをきて、御とし五十にだにたらでうせさせ給へるあたらしさは、ちゝおとゞにもおとらせ給はずこそ、よ人おしみたてまつりしか。……ひたぶるにいろにはいたくもみえず、たゞ御本性のけしからぬさまにみえさせたまへば、……源民部卿は、「冷泉院のくるひよりは、花山院のくるひはずちなきものなれ」と申たまひければ、入道殿は、「いと不便なることをも申さるゝかな」とおほせられながら、いといみじうわらはせ給けり。……（花山院は）さて検非違使つきやいといみじうからうせめられ給て、太上天皇の御なはくたさせたまひてき。かゝればこそ、民部卿殿の御いひごとは、げにとおぼゆれ。

太政大臣兼通（忠義公）

- 兼通には、異常な心があった。繁栄を続けている兼家の官位を、理由もなく取り上げたとは、天も穏やかでないと思われたでしょう。しかし円融院の御時で、兼家不遇の時もわずかであった。

……このおとゞの、すべて非常の御心ぞおはしゝ。かばかりするゐたえずさかへおはしましける東三条殿を、ゆへなきことにより、御官位をとりたてまつり給へりし、いかに悪事なりしかは。天道もやすからずおぼしめしけんを。そのおりのみかど、円融院にぞおはしましゝ。かゝるなげきのよしを長歌によみて、たてまつり給へりしかば、みかどの御かへり、「いなふねの」とこそおほせられければ、しばしばかりをおぼしなげきしぞかし。

太政大臣為光（恒徳公）

- 為光は、法住寺を造営した。摂政・関白をしなかった者としては豪勢なものである。

……法住寺をぞ、いといかめしうをきてさせたまへる。摂政・関白せさせ給はぬ人の御しわざにては、いとまうなりかし。このおとゞいとやむごとなくおはしましゝかど、御すゑほそくぞ。

太政大臣公季（仁義公）

- 公季公は、師輔の十一男で、宮腹です。醍醐帝の皇女で、朱雀・村上帝の同腹の妹です。師輔公が内親王のもとへ密かに通う事を、世間では不都合な事と言い、村上帝も不快な事と思っておられたが、表立って咎めなかったのも、師輔に対する寵遇が深かった為である。まだ、噂にもならず、村上帝がお気づきにならなかった頃、雷雨の日、「内親王が怖がっているだろうから、参れ」と伺候している人々に言われた時、小野宮実頼が、「参るまい。庭が汚れているから」とつぶやかれたが、後で思いあたられた事だろう。

• 何事も、親王たちと同じに扱われますが、食台の高さだけを一寸低くして区別された。

• 公季公は、内住みだったために、皇子達との遊戯の折、つい対等に振まうのを、後の円融院は「自分たちと同じ身分のものだと思っているのだろうか。そんな風には思ってもらいたくない」と言って嘆かれた。

• 公季公が、年をとってから孫の公成をかわいがり、敦良親王（後朱雀）に「公成に目をかけて下さい」と、くり返し奏上されたのを、後に敦良親王が「しみじみとしたが、おかしくもあった」と話された。

……これ、九条殿の十一郎君、母、宮ばらにおはします。みこの御女をぞ、きたのかたにておはしまし〻。……このおほきおと〻の御母上は、延喜のみかどの御女、四宮ときこえさせき。延喜、いみじうときめかせおもひたてまつらせたまへりき。……二代のみかどの御いもうとにおはします。さて内ずみしてかしづかれおはしま〻しを、九条殿は女房をかたらひて、みそかにまいりたまへりしぞかし。よの人便なきことに申、村上のすべらぎもやすからぬことにおぼしめしおはしましけれど、いろにいで〻とがめおほせられずなりにしも、この九条殿の御おぼえのかぎりなきによりてなり。又人〱、うちさ〻めき、うへにもきこしめさぬほどに、あめのおどろ〱しうふり、雷鳴ひらめきしひ、この宮内におはしますに、「殿上の人〱、四宮の御方へまいれ。おそろしうおぼしめすらん」とおほせごとあれば、たれもまいりたまふに、をの〻宮のおと〻（実頼）ぞかし、「まいらじ。おまへのきたなきに」とつぶやきたまへば、のちにこそみかどおぼしめしあはせけめ。……なに事も、みやたちのおなじやうにかしづきもてなし申させたまふに、おものめす御台のたけばかりをぞ一寸おとさせたまひけるをけぢめにしることにはせさせたまひける。むかしは、みこたちもおさなくおはしますほどは、内ずみせさせたまふことはなかりけるに、このわかぎみ（公季）のかくてさぶらはせたまふは、あるまじきこと、そしりまうせど、……わかうおはしませば、をのづから御たはぶれなどのほどにもなみ〳〵にふるまはせたまひしおりは、円融院のみかどは、「おなじほどのをのこどもとおもふにや、か丶らであらばや」などぞうめかせたまける。か丶るほどに、御としつもらせたまて、又御孫の頭中将公成の君をことのほかにかなしがりたまひて、……無量寿院の金堂供養に、東宮（敦良）の行啓ある御くるまにさぶらはせたまひて、ひとみち、「公成おぼしめせよ〳〵」と、おなじ事を啓させ給ける。「おはれなるものから、おかしくなんありし」とこそ、宮おほせられけれ。重木がめゐのむすめの、中つかさのめのとのもとに侍がまうできて、かたり侍しなり。

太政大臣兼家

- 師輔の三男で、冷泉院・円融院の舅、一条院・三条院の外祖父、詮子・超子の父で、公卿として二十年、摂政として五年、太政大臣として二年、天下を治めて五年程栄えた。
- 参内する際には、当然、牛車で朔平門まで入り、そこから清涼殿までは袍の領の入紐を解いて入った。
- 相撲の節会では、一条院・皇太子（三条）の前で、肌着だけになっていたのは、恐れおおい事であった。
- 邸である東三条殿の西の対を清涼殿造りにして住んでいたのには、世間の人も誹謗した。
- 分をわきまえない身持ちの為に、長く世を治められなかったのだと批評した。
- 三条帝は、綏子と源頼定が通じていると聞き、道長に確かめさせたところ、事実であった。頼定はその後、三条帝が在位の間、昇殿を許されなかったが、後一条帝の時許され、検非違使などをして亡くなった。
- 基経公の子息——時平・仲平・忠平を、「三平」と評判したので、兼家の子息、道隆・道兼・道長を、「三道」と世間の人が言うかと思ったら、とうとう聞かないでしまった。

……このおと丶は、九条殿の三郎君、東三条のおと丶におはします。……冷泉院・円融院の御舅、一条院・三条院の御祖父、東三条女院・贈皇后の御父。公卿にて廿年、大臣のくらゐにて十二年、摂政にて五年、太政大臣にて二年、世をしらせたまふさかへて五年ぞおはします。……内にまいらせ給には、さらなり、牛車にて北陣までいらせたまへば、それよりうちはなにばかりのほどならねど、ひもどきていらせたまふこそ。されど、それはさてもあり、相撲のおり、内・春宮のおはしませば、二人の御前になにをもをしやりて、あせとりばかりにてさぶらせたまひけるこそ、よにたぐひなくやむごとなきことなれ。すゑには、……おとこずみにて、東三条どの、西対を清涼殿づくりに、御しつらひよりはじめて、すませたまふなどをぞ、あまりなることに人申めりし。なを、たゞ人にならせたまひぬれば、御果報のをよばせたまはぬにや。さやうの御身もちにひさしうはたもたせたまはぬとも、さだめ申めりき。……あやしきことは、源宰相頼定のきみのかよひたまふとよにきこえて、さとにいで給にきかし。たゞならずおはすとさへ、三条院きかせたまて、この入道殿(道長)に、「さることのあなるは、まことにやあらん」とおほせられければ、「まかりて、みてまいり侍らん」とて、おはしましたりければ、……東宮にまいり給て、「まことにさぶらひけり」とて、したまひつるありさまを啓せさせたまへば、……この御あやまちより、源宰相、三条院の御時は、殿上もしたまはで、地下の上達部にておはせしに、この御時にこそは、殿上し、検非違使別当などになりて、うせ給にしか。……昭宣公の御君達「三平」ときこえさすめりしに、この三所をば「三道」とやよの人申けん、えこそうけたまはらずなりにしか」とて、ほゝゑむ。

内大臣道隆

- 道隆は、一条帝に、伊周に関白をと頼んで亡くなる。伊周は関白となったが、すぐに道兼に渡り、嘆いているうちに、その道兼が亡くなり、道長に移る。情けない有様であったが、さらに翌年、花山院の事件で大宰へ下ったのは二十三歳の時であった。しかし、このような事は、中国にもある事で、日本では、道真公がその例ですと涙ぐむ。
- 世の末は、人の心も弱くなるのだろうか。「仲が悪い」と評判だったのに、元方の霊の様に祟ったとは聞かない。これは、道長の立派な権勢故だろうか。年をとった為の言いぎでしたかなと言葉を濁す。

・隆家は、甥の敦康親王が立坊されるのを期待していたが、一条帝が最後に「立坊させる事が出来なかった」と言われたので、非常に残念に思った。世間では、「隆家殿が後見されたら、天下の政は治まる」と期待していたが、道長の権勢は強いものだった。

・隆家は目を煩い、三条帝に大宰への赴任を許され、筑紫に行ったところ、刀伊国のものが、突然越えて来たが立派に対処した。これは隆家の家門が高かった為である。（純友・将門の謀反などが帝の世にどうして成功しようか）隆家は、世間の評判も高い。

・花山院は、この隆家と張り合って勝たれた。さすがは帝の御威光である。冗談事なのに、花山院は本気で勝負している様であった。

……御やまひをもくなるきはに、内にまいり給て、「をのれかくまかりなりにて候ほど、この内大臣伊周のおとゞに百官并天下執行の宣旨たぶべき」よし申くださしめたまて、我は出家せさせ給てしかば、この内大臣殿（伊周）を関白殿とて、よの人あつまりまいりしほどに、粟田殿（道兼）にわたりにしかば、てにすゑたるたかをそらいたらんやうにて、なげかせたまふ。一家にいみじきことにおぼしみだりしほどに、そのうつりつるかたもゆめのごとくにてうせ給にしかば、いまの入道殿（道長）、そのとしの五月十一日より、世をしろしめしゝかば、かの殿いとゞ無徳におはしましゝほどに、又のとし、花山院の御事いできて、御つかさ・くらゐとられ給て、たゞ大宰の権帥になりて、長徳二年四月廿四日にこそは、くだり給にしか、御とし廿三。いかばかりあはれにかなしかりことぞ。されど、げにかならずかやうの事わがおこたりにてながされ給にしもあらず、よろづのこと身にあまりぬる人の、もろこしにも、このくにゝも、あるわざにぞ侍なる。むかしは北野の御事ぞかし」などいひて、はなうちかむほども、あはれにみゆ。……されど、世のすゑは人のこゝろもよはくなりにけるにや、「あしくおはします」など申しかど、元方の大納言のやうにやはきこえさせたまふな。又、入道殿下のなをすぐれさせ給へる威のいみじきに侍めり。おいのなみに、いひすぐしもぞし侍」と、けしきだちて、このほどはうちさゝめく。

……さて、式部卿の宮の御事を、さりとも〳〵とまちたまふに、一条院の御なやみをもらせたまふきはに、御前にまいり給て、御きそくたまはり給ければ、「あのことこそ、つゐにえせずなりぬれ」とおほせられけるに、「『あはれの人非人や』とこそまうさまほしくこそありしか」とこそのたまふけれ。さて、まかでたまうて、わが御いへのひがくしのまにしりうちかけて、手をはた〳〵とうちゐたまへりける。よの人は、「宮（敦康）の御ことありて、この殿（隆家）御うしろみもしたまはゞ、天下のまつりごとはしたゝまりなん」とぞ、おもひ申ためりしかども、この入道殿の御さかへのわけらるまじかりけるにこそは。三条院の大嘗会御禊にきらめかせたまへりしさまなどこそ、つねよりもことなりしか。人の「このきはゝ、さりとも、くづをれたまひなん」とおもひたりしところをたがへんと、おぼしたりしなめり。さやうなるところのおはしましゝなり。……御目のそこなはれ給にしこそ、いと〳〵あたらしかりしか。よろづにつくろはせたまひしかど、えやませたまはで、御まじらひたえたまへるころ、大弐の欠いできて、人〳〵のぞみのゝしりしに、「唐人のめつくろふがあなるにみせん」とおぼして、「こゝろみにならばや」と申たまふければ、三条院の御時にて、又いとをしくやおぼしめしけん、ふたことゝなくならせ給てしぞかし。……かのくにゝおはしましゝほど、刀夷国のもの、にはかにこの国をうちとらんとやおもひけん、こえきたりけるに、筑紫にはかねて用意もなく、大弐殿（隆家）ゆみやのもとすゑもしりたまはねば、いかゞとおぼしけれど、やまとごゝろかしこくおはする人にて、筑後・肥前・肥後九国の人をおこしたまふをばさることにて、府の内につかうまつる人をさへをしこりてたゝかはせ給ければ、かやつがかたのものどもいとおほくしにけるは。さはいへど、家たかくおはしますけに、いみじかりしこと、たひらげたまへる殿ぞかし。おほやけ、大臣・大納言にもなさせ給ぬべかりしかど、御まじらひたえにたれば、たゞにはおはするにこそあめれ。……将門は「みかどをうちとりたてまつらん」といひ、純友は「関白にならん」とおなじく心をあはせて、「この世界にわれとまつりごとをし、きみとなりてすぎん」といふことをちぎりあひて……おほかたおぼろげのいくさにどうずべうもなくなりゆくを、かしこうかまへてうちてたてまつりたるは、いみじきことなりな。それはげに人のかしこきのみにはあらじ、王威のおはしまさんかぎりは、いかでかさる事あるべきと思へど。さて、壱岐・対馬の国の人をいとおほく刀夷国にとりていきたりければ、新羅のみかどいくさをおこし給て、みなうちかへしたまてけり。さてつかひをつけて、たしかにこの嶋にをくり給へりければ、かの国のつかひには、大弐、金三百両とらせてかへさせ給ける。このほどの事も、かくいみじうしたゝめ給へるに、入道殿なをこの帥をすてぬものにおもひきこえさせたまへるなり。さればにや、世にも、いとふりすてがたきおぼえにてこそおはすめれ。……中納言殿（隆家）の御くるま、一時ばかりたちたまて、かでのこうぢよりは北に、みかどちかうまではやりよせ給へりしかど、なをえわたり給はでかへらせ給に、院方にそこらつどひたるものども、ひとつごゝろにめをかためまもり〳〵て、やりかへしたまふほど、はと一度にわらひたりしこゑこそ、いとおびたゞしかりしか。さるみものやは侍しとよ。王威はいみじきものなりけり、えわたらせ給ざりつるよ。「無益の事をもいひてけるかな。いみじきぞくかうとりつる」とてこそ、わらひたまふけれ。院はかちえさせ給へりけるをいみじとおぼしたるさまも、ことしもあれ、まことしきことのやうなり。

右大臣道兼

- 道兼は花山院を騙して退位させ、その男兼隆は小一条院をだまして退位させた。帝・皇太子に近づかないでいるべき一族と評判されたのは、全く珍しい事である。

……粟田殿（道兼）、花山院すかしおろしたてまつり、左衛門督（兼隆）、小一条院すかしおろしたてまつり給へり。みかど・春宮の御あたりちかづかでありぬべきぞうといふ事のいできにしぞ、いと希有に侍きな。……さるは、御心いとなさけなくおそろしくて、人にいみじうをぢられたまへりしとの、あやしくすゑなくてやみたまひにしなり。この殿、ちゝおとゞ（兼家）の御いみには、土殿などにもゐさせたまはで、あつきにことづけて、御簾どもあげわたして、御念誦しなどもしたまはず、さるべき人〳〵よびあつめて、後撰・古今ひろげて、興言しあそびて、つゆなげかせ給はざりけり。そのゆへは、花山院をばわれこそすかしおろしたてまつりたれ、されば、関白をもゆづらせたまふべきなりといふ御うらみなりけり。よづかぬ御事なりや。

以上、作者の意識が表われていると思われる部分を、抜き出してみた。次に、それを箇条書きに整理してみる。

一、基経の父長良に同調的である。

一、基経の提唱――正当な皇統の継承――の結果、以来、基経の子孫が光孝帝皇孫の後見をしている。

一、時平と共に政治を執った菅原道真は、無実の罪で大宰で没っした。が、雷神となっても、皇威の秩序を乱さなかった。

一、忠平の邸の宗像社は、道長さえ畏怖する神であるが、忠平とは直接話をした。

一、実頼の男頼忠は、外戚でない為、関白を辞す。在職中の態度は、威儀正しいものであった。

一、師尹は、安和の変で大宰へ下った源高明の替りに、左大臣となった。讒言したと噂が立ったが、明確ではない。

一、師輔の女安子は村上帝の女御で、帝も遠慮する程だった。安子は、冷泉・円融の母后で、以後、皇統・摂関は全て九条師輔の血統となる。

一、「安和の変」は、為平の舅である源高明を阻むために、兼家達が策謀したのである。なんと言っても冷泉帝期の九条家の発展が、現在の道長の栄華の基になっている。師輔の妻を『子を持つなら女』の例とでも言うのでしょうか。

一、伊尹と為家とは贅沢・豪勢な一生であった。冷泉・花山帝共にご不例がちであった。

一、公季は、宮腹で内裏で育ち、つい対等に振る舞うのを、後の円融帝が嘆いた。

一、兼家は、冷泉・円融の舅、一条・三条の外祖父として権勢を極めた。又帝の御前で肌着となったり、邸を清涼殿造りにした。分をわきまえなかった為に長く政治を執れなかったのだと世間では批評した。三条帝の妃と密通した頼定は、後に、後一条帝時に昇殿を許され検非違使などをした。
一、道隆の男伊周と道長は「仲が悪い」と噂されたが、祟ったという話を聞かないでしまった。隆家は世評も高く、敦康卿の後見として政を執ったら、世の中が治まると期待されていた。
一、道兼は、花山帝を騙して退位させ、その功績により、関白を譲られると考えていた。

以上、「大臣列伝」に於ける作者の見解を大まかながらまとめると、「現在の道長の絶対なる権勢を実現させた藤原氏の外戚としての繁栄の過程に於いて、大局的には、冬嗣孫基経と光孝帝の結びつきを基としている。そして、その藤原氏の繁栄の過程に於いて広がって行く家門の中で、九条師輔の子女の外戚確得による政権掌握が特に強く印象づけられている。つまり『以後、皇統・摂関家の全てこの九条殿の血統』と記して、次の『太政大臣道長』伝への前段としている。その歴史の中で排斥されていった菅原道真・関白頼忠・為平卿と舅源高明・中関白家の隆家に対しては、共に、皇威を重んじ、その秩序を遵守し、学才に優れ、又は大和魂にあふれる人物として描かれている。反対に、九条家師輔の系譜に列なる人々は、外戚という権勢による人臣の分を越えた振る舞い、有りさま、又それにともなう意識の変化を呈する姿で描かれている。」と考える。

(三)「天皇紀」に於いて

では次に、前記の(二)で見た藤原氏大臣を外戚にもつ歴代の天皇についての記事から、「大臣伝」でと同じく作者の見解を追ってみる。

五十五代　文徳
御こゝろあきらかに、よく人をしろしめせり。
五十六代　清和
御心いつくしく、御かたちめでたくぞおはしましける。……又、水尾の帝と申す。この御すゑぞかし、いまのよに源氏の武者のぞうは。それも、おほやけの御かためとこそはなるめれ。
五十七代　陽成院
……八十一にて、かくれさせたまふ。御法事の願文には、「釈迦如来の一年の兄」とはつくられたるなり。智恵ふかくおもひよりけむほど、いと興あれど、「仏の御年よりは御年たかしといふこゝろの、後世のせめとなむなれる」とこそ、人のゆめにみえけれ。

五十八代　光孝

五十九代　宇多

このみかどの源氏にならせ給事、よくしらぬにや、「王侍従」とこそ申けれ。陽成院の御時、殿上人にて、神社行幸には舞人などせさせ給たり。くらゐにつかせ給てのち、陽成院をとほりて行幸ありけるに、「当代は家人にはあらずや」とぞおほせられける。さばかりの家人もたせ給へるみかども、ありがたき事ぞかし。

六十代　醍醐

又同九年丁巳七月三日、くらゐにつかせたまふ、御年十三。やがてこよひ、よるのおとゞより、にはかに御かぶりたてまつりてさしいでおはしましたりける。「御てづからわざ」と人の申は、まことにや。

六十一代　朱雀院

六十二代　村上

前東宮（文彦太子）にをくれたてまつりて、かぎりなくなげかせ給同年、朱雀院生給、我后にたゝせ給けんこそ、さま〴〵御なげき・御よろこびかきまぜたる心地つかふまつれ。よの、「おほきさき（穏子）」と、これ申。

六十三代　冷泉院

寛弘八年十月廿四日、御年六十二にて、うせさせおはしましけるを、三条院くらゐにつかせ給年にて、大嘗会などのゝびけるをぞ、「おりふし」と、よの人申ける。

六十四代　円融院

このみかどの東宮にたゝせ給ほどは、いときゝにくゝいみじきことゞもこそはべれな。これは、みな人のしろしめしたる事なれば、こともながし、とゞめ侍りなん。……母后（安子）の、御とし廿三四にて、うちつゞきこのみかど・冷泉院とうみたてまつり給へる、いとやむごとなき御すくせなり。御はゝかたのおほぢは、出雲守従五位下藤原経邦といひし人なり。すゑのよには、さうせさせ給てこそは、贈三位し給とこそは、うけ給しか。いませぬあとなれど、このよのひかりは、いと面白ありかし。

六十五代　花山院

●道兼は、花山院をせきたてたり、うそ泣きしたりして、花山寺までお連れする。そこで「父兼家に出家前の姿を今一度」と言って逃げるが、その時始めて帝は騙されたと気づく。兼家は、分別ある家来を手配して道兼が出家させられないようにしていた。

……寛和二年丙戌六月廿二日の夜、あさましくさぶらひしことは、人にもしらせ給はで、みそかに花山寺におはしまして、御出家入道せさせたまへりしこそ、御年十九。よをたもたせ給事、二年。そのゝち廿二年おはしましき。おはれなることは、おりおはしましけるよは、……ありあけの月のいみじくあかゝりければ、「顕証にこそありけれ。いかがすべからん」とおほせられけるを、

「さりとて、とまらせたまふべきやう侍らず。神璽・宝剣わたり給ぬるには」と、あはたどのゝさはがし申給けるは、まだ御かどいでさせおはしまさゞりけるさきに、てづからとりて、春宮の御かたにわたしたてまつり給てければ、かへりいらせ給はんことはあるまじくおぼして、しか申させたまひけるとぞ。……弘徽殿の御文の……おぼし出て、「しばし」とて、とりにいらせおはしましゝかし。あはた殿の、「いかにおぼしめしならせおはしましぬるぞ。たゞいますぎば、をのづからさはりもいまうできなん」と、そらなきし給けるは。……晴明が家のまへをわたらせ給へば、みづからのこゑにて、……「みかどおりさせ給ふとみゆる天変ありつるが、すでになりにけりとみゆるかな。まいりてそうせん。車にさうぞくせよ」といふこゑきかせ給けん。さりともあはれにおぼしめしけんかし。……花山寺におはしましつきて、御ぐしおろさせ給てのちにぞ、あわた殿は、「まかりいでゝ、おとゞにも、かはらぬすがた今一度みえ、かくと安内申て、かならずまいり侍らん」と申給ひければ、「我をばはかるなりけり」とてこそなかせたまひけれ。あはれにかなしきことな

りな。ひごろ、よく御弟子にてさぶらはんとちぎりて、すかし申給けんがおそろしさよ。東三条殿は、「もしさることやしたまふ」とあやうさに、さるべくおとなしき人〳〵、なにがしかゞしといふいみじき源氏の武者達をこそ、御をくりにそへられたりけれ。京のほどはかくれて、堤の辺よりぞうちいでまいりける。寺などにては、もしをして人などやなしたてまつるとて、一尺許のかたなどもぬきかけてぞまもり申ける。

六十六代　一条院

六十七代　三条院

・三条帝が、退位後、目がお見えにならなかった事は、お気の毒であった。

・一品宮禎子内親王を格別愛され、院の御所に来られる度に贈物を与えられた。ある時、禎子内親王が三条院の地券をいただいて帰られると、道長が「昔から天皇家代々の所有物故、そのままにしておくべきです」と返したので、今でも天皇家の伝領として存続している。

・眼病の治療をしたが、その効果がなかったのは残念であった。桓算供奉の物の怪がついているのであった。退位された理由は、専ら比叡山の根本中堂での眼病平癒祈願の為である。

・お人柄は、親しみがあり、穏やかで、人々は大変慕っているようです。

……院にならせ給て、御目を御らんぜざりしこそ、いといみじかりしか。……このみやをことのほかにかなしうしたてまつらせたまうて、御ぐしのいとをかしげにおはしますをさぐり申させたまて、「かくうつくしうおはする御ぐしをえみぬこそ、こゝろうくゝちをしけれ」とて、ほろ〳〵となかせ給けるこそ、あはれに侍れ。わたらせ給たるたびには、さるべきものをかならずたてまつらせ給。三条院の御券をもて、かへりわたらせたまうけるを、入道殿御覧じて、「かしこくおはしける宮かな。おさなき御こゝろに、ふるほぐとおぼしてうちすてさせたまはで、もてわたらせたまへるよ」とけうじ申させ給ければ、「まさなくもまうさせ給かな」とて、御めのとたちはわらひまうさせたまける。冷泉院もたてまつらせ給けれど、「むかしより帝王の御領にてのみさぶらふところの、いまさらにわたくしの領になり侍らんは、便なきことなり。おほやけものにて候べきなり」とて、かへしまうさせたまひてけり。されば、代ゝのわたり物にて、朱雀院のおなじ事に侍べきにこそ。この御目のためには、よろづにつくろひおはしましけれど、そのしるしあることもなき、いといみじことなり。……桓算供奉の御物のけにあらはれて申けるは、「御くびにのりゐて、左右のはねをうちおほいまうしたるに、うちはぶきうごかすおりに、すこし御らんずるなり」とこそいひ侍けれ。御くらゐさらせたまし事も、おほくは中堂にのぼらせたまはんとなり。さりしかど、のぼらせたまひて、さらに其験おはしまさゞりしこそ、くちおしかりしか。……御こゝろばへいとなつかしう、おひらかにおはしまして、よの人いみじう恋申めり。

六十八代　後一条院

- この帝については、知らない人はないと思うが、一応申します。
- 帝と言っても当代は、後見が多く心強い。祖父である道長は天下一の親の様なもので、全ての者をわが子のように目をかけている。
- 帝が賢くても、臣下が大勢で退位させ滅ぼす事もあるが、当代は、全て天下中後見役なので心強く結構な有り様である。先代の一条院が「敦康親王を立坊させるべきであるが、後見役がいないので敦成親王を立てるのだ」と言われた事は最もな事です。

……次帝、当代。一条院の第二皇子也。御母、今の入道殿下の第一御女也。皇大后宮彰子と申。たゞいまたれかはおぼつかなくおぼし思ふ人のはべらん。されど、まづすべらぎの御事を申さまにたがへ侍らぬ也。……おなじ帝王と申せども、御うしろみおほく、たのもしくおはします。御祖父にて、たゞいまの入道殿下、出家せさせたまへれど、よのおや、一切衆生を一子のごとくはぐゝみおぼしめす。第一の御舅、たゞいまの関白左大臣、一天下をまつりごちておはします。次の御舅、内大臣左近大将にておはします。次ゝの御舅と申は、大納言春宮の大夫・中宮権大夫・中納言などさま〴〵にておはします。かやうにおはしませば、御うしろみおほくおはします。むかしもいまも、みかどかしこしと申せど、臣下のあまたしてかたぶけたてまつる時は、かたぶきたまふものなり。されば、たゞ一天下は我御うしろみのかぎりにておはしませば、いとたのもしくめでたきことなり。むかし一条院の御なやみのおり、おほせられけるは、「一の親王（敦康）をなん春宮とすべけれども、うしろみ申べき人のなきにより、おもひがけず。されば二宮をばたて〳〵まつるなり」とおほせられけるぞ、この当代の御ことよげにさることぞかし。

以上、「天皇紀」では、藤原氏が初めてその外戚となった五十五代文徳帝から今上（後一条）帝迄を記すわけであるが、六十三代冷泉院までは簡略な記述である。円融・花山・三条帝についての記事が多いのであるが、まず、六十四代円融院から見る。『いとき、にく、いみじきことゞも』と記すが、その後に弁明をしていない姿勢に注意される。次に六十五代花山院については、兼家男道兼に騙されて出家する帝の姿を記す一方、兼家の手配した源氏の武者達が、道兼を守る為に派遣されているという記述が興味深い。又六十七代三条帝では、趣を異にして、三条帝の、皇女禎子に対する愛情、又、その中に、三条帝・禎子・道長を配しての「天皇家の所領」にまつわる話、三条帝の退位の事情（眼病平癒の為）について記す。最後に今上帝（六十八代後一条）については「天下一の道長を始めとする後見がついているので、それも帝を転覆させる心配のない後見ばかりで誠にめでたい。前に『敦康親王には適当な後見がないから敦成を』という一条帝の言葉は最もな事である。」と記すわけであるが、総じて、後一条帝紀には力を入れていないように思われる。作者の興味はあくまでも、帝の外戚関係にある。天下一の道長を後見にして、後一条帝は「いとたのもしくめでたきことなり」と記す口振りには、釈然としないものを感じる。

以上、ここに見られる作者の意識について、うかがわれる事は、「単に、同氏族間の外戚関係による政権争いの次元に於ける批判ではない。帝・及びその外戚をも傍観的に批判できる立場の者の意識が感じられる。」という事である。しかし、その中にあって、道長に対する作者の強烈な意識がどのようなものであり、又それが何に起因しているのかという事が疑問となって残る。

(四) 藤原氏の歴史（外戚の地位による繁栄）に於いて

「師輔」伝での、道長の言葉にも見られるように、冷泉帝期を自身の栄華の発展の一基点としているが、冷泉帝から次の円融帝へと至る間の事件として、「安和の変」が、師輔の子息―兼家・伊尹・兼通らに、策謀されたと『大鏡』では記すわけであるが、『栄花物語』では、どのように見ているのかを、次に比較検討して見る。

『栄花物語』巻一「月の宴」[注3]の記述

小野宮のおとゞ（実頼）忍びて奏し給ふ。「もし非常の事もおはしまさば、東宮には誰をか」と御けしき給はり給へば、「式部卿の宮（為平）をとこそは思ひしかど、今におきてはえ居給はじ。五宮をなんしか思ふ」と（村上帝）仰せらるれば、うけたまはり給ひぬ。……されど終に五月廿五日にうせ給ぬ。東宮（憲平―冷泉）位につかせ給ふ。……東宮の御事まだともかくもなきに、世の人皆心〳〵思定めたるもをかし。「大臣（実頼）は皆知りておはすめる物を」と。……事ども、皆はてゝ、少し心のどかになりてぞ、東宮の御事あるべかめる。式部卿宮わたりには、人知れず大臣の御けしを待ちおぼせど、あへて音なければ、「いかなればにか」と御胸つぶるべし。源氏のおとゞ（高明）、「もしさもあらずば、あさましうも口惜しうもあべきかな」と物思ひにおぼされけり。かゝる程に、九月一日東宮（守平―円融）立ち給ふ。五宮ぞたゝせ給ふ。御年九にぞおはしける。みかど（冷泉）の御年十八にぞおはしましける。……春宮の大夫には、中納言師氏、傅には小一条の大臣（師尹）なり給ぬ。皆九条殿（師輔）の御はらからの殿ばらにおはすかし。たゞし九条殿の君達は、まだ御位ども浅ければ、えなり給はぬなるべし。……かゝる程に同じ年の十二月十三日、小野宮のおとゞ太政大臣になり給ぬ。右大臣には小一条のおとゞ（師尹）なり給ひぬ。源氏の大臣位はまさり給へれど、あさましく思ひのほかなる世中をぞ、心憂きものにおぼしめさるゝ。かゝる程に年もかへりぬ。「四の宮（為平）みかどがねと申思ひしかど、いづらは。源氏のおとゞの御婿になり給しに、事違ふと見えしものをや」など、世にある人、あいなきことをぞ、苦しげにいひ思ふものなめる。……かゝる程に、世中にいとけしからぬ事をぞいひ出でたるや。それは、源氏の左の大臣の、式部卿宮の御事をおぼして、みかどを傾け奉らんとおぼし構ふといふ事出で来て、世にいとき、にく、の、しる。「いでや、よにさるけしからぬ事あらじ」など、世の人申思ふ程に、仏神の御ゆるしにや、げに御心の中にもあるまじき御心やありけん、三月廿六日にこの左大臣殿に検非違使うち囲みて、宣命読みの、しりて、「みかどを傾け奉らんと構ふる罪によりて、大宰権帥になして流し遣す」といふ事を読みの、しる。今は御位もなき定なればとて、網代車に乗せ奉りて、たゞ行きに率て奉れば、式部卿の宮の御心地、大方ならんにてだにいみじとおぼさるべきに、まいて我御事によりて出で来たること、おぼすに、せん方なくおぼされて、「われも〳〵」と出で立ち騒がせ給ふ。北の方・御女・男君達、いへばおろかなるとの、内の有様なり。思ひやるべし。昔菅原の大臣の流され給へるをこそ、世の物語に聞しめし、か、これはあさましういみじきめを見て、あきれ惑ひて、皆泣き騒き給ふも悲し。……醍醐のみかど、いみじうさかしうおはしまして、聖のみかど、さへ申しみかどの御一の御子、源氏になり給へるぞかし。か、る御有様は、よにあさましく悲しう心憂き事に、世に申の、しる。式部卿の宮、「法師にやなりなまし」とおぼせど、稚き宮達のうつくしうておはします。大北の方の世をいみじきものにおぼいたるも、たゞ今は宮一所の御蔭にかくれ給へれば、えふり捨てさせ給はず。いみじうあはれに悲しとも世の常なり。

以上の『栄花物語』に見られる「安和の変」の記述と、『大鏡』に記される記述「(二)大臣列伝に於いて」との相違点を次に検討したい。

総じて『栄花物語』では、穏やかな表現が印象に残るが、その中で、「小野宮実頼が、村上帝の内意を聞いていた」という記述が興味深い。一方、『大鏡』に於いては、この事件の中で、実頼については全く触れていない。そして、その軽快なテンポの語り口で、師輔子息、兼家たちの、策謀を悪どく強調し、高明については、「源氏の繁栄を阻止するため」といった程度に触れ、敗れた為平については、そのみじめさを強調して、同情をかうと共に、そのふがいなさを非難しながら、その女婉子の話を媒介として小野宮実資との結びつきを記述して終っている。

ここで言える事は、

「『大鏡』の作者は、小野宮と、高明又は為平とが敵対する事を望まない人である。」という事である。

※『大鏡』での、小野宮系、九条師輔系の人々の記述と比較してみると、おもしろいので、『栄花物語』に於ける小野宮実頼についての記事を、参考までに次に載せる。

『栄花物語』巻一「月の宴」

……小野宮の大臣は、歌をいみじく詠ませ給ふ。すき〴〵しきものから、奥深く煩しき御心にぞおはしける。九条の大臣は、おいらかに、知る知らぬわかず心広くなどして、月頃ありて参りたる人をも、たゞ今ありつるやうに、けにくゝも持てなさせ給はずなどして、いと心安げにおぼし掟てためれば、大とのゝ人〳〵、多くは此九条殿にぞ集りける。小一条の師尹の大臣は、知る知らぬ程のうとさむつまじさも、おぼしおぼさぬ程のけぢめけざやかになどして、くせ〴〵しうぞおぼし掟てたりける。その程さま〴〵をかしうなんありける。……五月十八日に（実頼）うせ給ひぬ。後に御諡清慎公と聞ゆ。左大将頼忠に世をも譲りきこえ給はで、ありのまゝにてうせさせ給ぬる御心ざまいとありがたし。御年七十一にぞならせ給ける。

㈤　現在の道長の、絶対的（自分の家族のみ）な栄華を実現させた事件

「序」で「あきらけき鏡」と詠んだ翁が、若侍と、最も熱を入れて語る事件――敦明親王（小一条院）東宮退位事件を、前段㈣と同じく、『栄花物語』での記述と、比較検討して、作者の視点をさぐりたい。


『栄花物語』巻十「ひかげのかづら」

寛弘八年六月十三日御譲位、十月十六日（三条帝）御即位なり。さき〴〵は見ねば知らず。こたみはいみじうめでたし。みかどもいみじうねびとゝのほり、雄ゝしうめでたくおはします。おほとの（道長）などを、なべてならずいみじうおはしますと見奉り思ふに、事限ありければ、御輿のしりに歩ませ給たるこそ、あぢきなき事なりけれ。さるは、御有様などは、「なぞのみかどにか。かばかりめでたき

御有様にこそ」と見奉り思ふに、口惜しうこそ。まめやかには、そこらの上達部・殿上人御送仕うまつり給ひて、御輿の捧げられ給へるほどこそ、猶限なき十善の王におはしますめれ。かくて今は御禊・大嘗会など、公私の大きなる事におぼし騒ぐに、折しもあれ、この頃冷泉院悩ませ給ふといふ事こそ出で来たれば、世にいみじきことなり。……十月廿四日、冷泉院うせさせ給ひぬ。……さるは年頃は司召に、まづあやしき国をも院分と選り奉らせ給へれば、我（三条帝）御代にだに、いかでよきをとこそ思ひつれ、口惜しくあはれにおぼしめさる。

『栄花物語』巻十二「たまのむらぎく」

長和五年正月十九日（三条帝）御譲位。春宮には式部卿宮（敦明）たゝせ給ひぬ。二月七日御即位なりける。みかど（後一条）は九つにならせ給ひ、東宮は廿三にぞおはしける。こよなき程の御およずけなり。おりゐの帝をば、三条院と聞えさす。……新式部卿の宮とは、一条院の帥の宮（敦康）をぞ聞えさすめる。「もしこの度もや」などおぼしけん事音なくてやませ給ひぬ。東宮も理に世の人は申思たれど、この宮には「あさましうことの外にもありける身かな」とうち返し〳〵我御身一つを怨みさせ給へど、かひなかりけり。御即位に大極殿にみかど出でさせ給へるに、御角髪結はせ給へる程、いみじうゝつくしくめでたうおはします。東宮（敦明）の御有様のやむごとなうめでたうおはしますにつけても、皇后宮（娍子）は、「あはれ、大将殿おはしまさましかば、いかにめでたき御後見ならまし」とのみ御心におぼし続けさせ給て、ゆゝしければ忍びさせ給ふ。大殿（道長）は、世は変らせ給へど、御身はいとゞ栄へさせ給ふやうにて、……院（三条）・東宮（敦明）の御事をさへ申つけさせ給へば、姫宮（禎子）の御事を思ひきこえさせ給へば、御暇もおはしまさねど、よろづ扱ひきこえさせ給ふ。……東宮には、「堀河の女御参らせ給へ〳〵」とのみあれど、「さき〴〵のやうに、思のまゝにてはいかが」とおぼしやすらふめるに、大とのゝ御婿にならせ給べしとある事の世に聞ゆるにも、堀河の院には、かやう事により、押し返し物をおぼすべし。院には、猶御悩いと苦しくのみおぼしめされて、物心細くおぼさる。今年は御禊・大嘗会などのあるべき年なれば、「今年ともかくもおはしまさずもがな」とおぼしけり。とのゝ御前、公事のさまざま繁きにもおぼし紛れず、院の御事をおぼし扱はせ給。枇杷殿におはしませば、宗像の御祟もむつかしければ、三条院を夜昼に急ぎ造らせ給とあるは、入道一品の宮のおはしましし所なりけり。

『栄花物語』巻十三「ゆふしで」

御なやみ重らせ給て、院源僧都召して御髪下させ給ふ程は、宮々・中宮（妍子）を始め奉りていみじう世になう悲しき事におぼしめして、涙に沈ませ給へり。皇后宮（娍子）は、よそに聞かせ給ふおぼつかなさを添えて、いみじうおぼし惑はせ給ふ。殿の御前（道長）もいみじう嘆かせ給ふ。一院とておはしまさんに堪へたる御心掟を、口惜しく心憂く返ゝおぼしめせどかひなし。「同じ院と申なかにも、心うるはしく物清くおはします。あべいことなれど、いともの、栄おはしましつる物を。姫宮などの大人びさせ給はんほどの御心掟などもゆかしかりつるものを」など返ゝおぼし続けさせ給ふ。

「さばかくても平かにだにおはしまさば」などぞ、見奉らせ給。……かくて日頃心のどかなるにうちたゆませ給へるに、寛仁元年五月九日昼つかた、あさましうならせ給ひぬ。……十二日の夜ぞ御葬送せさせ給ふ。……五月雨もいみじき頃にてむつかしけれど、げにそれにさはるべき事ならねば、せさせ給。宮達の三所歩み続かせ給へるぞ、いみじうあはれに悲しき。東宮はよろづもの覚えさせ給はず。皇后宮もこゝらの年来の御中らひなれば、聞えさするも疎なり。……この院も、御処分もなくてうせさせ給ひにけり。冷泉院の御領所〳〵候ひしも、この院の選りすぐりて知らせ給ひけり、又大入道殿（兼家）の、御孫の宮〳〵の御中に、この院をいみじう又無き物に思ひきこえさせ給ひければ、昔も、猶知らせ給ひし程の事も、勝れたる所〳〵をば、たゞこの院に奉らせ給へれば、さき〳〵の院よりも、この院はいみじうやむごとなきもの多くぞ候ひける。……かかる程に、春宮、などの御心の催しにかおはしますらん、かくて限なき御身を何ともおぼされず、昔の御忍び歩きのみ恋しくおぼされて、時〳〵につけての花も紅葉も、御心にまかせて御覧ぜしのみ恋しく、「いかでさやうにてもありにしがな」とのみおぼしめさるゝ御心、夜昼急におぼさるゝもわりなくて、皇后宮に「一生は幾何に侍らぬに、猶かくて侍こそいとくいぶせく侍れ。さるべきにや侍らん、古の有様に心安くてこそあらまほしく侍れ」など、折〳〵に聞え給へば、宮は、「いと心憂き御心なり。御物のけの思はせ奉るならん。故院のあるべきさまにし据へ奉らせ給し御事をも、いかにおぼしめして、やがて御跡をも継がず、世の例にもならむとおぼしめすぞ。いと心憂き事なり」など、常には諫め申させ給ひて「御物のけのかく思はせ奉るぞ」とて、所〴〵に御祈をせさせ給ふ。おぼし余りて、「若やかなる殿上人申しあくがらすならん」とて、いみじう召し仰せなどせさせ給ふ。されど殿の御前に、さるべき人して、「かやうになん」と、まねび申せ給ふ。との丶御前「いとあるまじき御事なり。さば、故院の御継なくてやませ給べきか。いみじかりし世の御もの丶けなれば、それがさ思はせ奉るならむ」と宣はせて、き丶入れさせ給はぬを、「いかで対面せん」と度〳〵聞えさせ給へば、殿参らせ給へり。おぼつかなき世の御物語など聞えさせ給ひて、次に「猶身の宿世の悪きにや侍らん、かくうるはしき有様こそいとむつかしけれ。いかでおり侍なん。おり侍りて、一院といはれて侍らん」と聞えさせ給へば、「さらにあるまじき御心掟におはします。故院のよろづに御後見仕うまつるべき由仰せられしかば、皆さ思ふ給へながら、えさらぬ事の多く侍れば。内にも当代（後一条）いと稚くおはしませば、よろづ暇なく候てなん。中に就いて、この一品の宮（禎子）の御ためを思ふ給ふれば、心のどかに世をもおぼし保たせ給ておはしまさんこそ、頼しう嬉しう候ふべけれ。たゞこれは、こと事ならじ、御物のけのおぼさる丶なめり」と申させ給へば、「なでう物のけにかあらん。……それに猶えあるまじくおぼされば、本意あり、さるべき様にとなん思ふ」と申させ給へば、「いとふびんなる事なり。出家とまでおぼしめされば、いと殊の外に侍り。さらばさるべき様に仕うまつるべきにこそは候なれ。一院にておはしまさんも、御身はいとめでたき事におはします。世にめでたき事は、太上天皇にこそおはしますめれ」など、よく御心のどかに聞えさせ給ひて、まかで給ぬ。そのま丶にやがて大宮に参らせ給て、「かう〳〵の事をなん、東宮度〳〵宣はすれど、さらにうけひき申さぬに、召して仰せられつるやう」など、こまやかに申させ給ふに、摂政殿（頼通）もおはします。「人のこれをとかく思ひきこえさする事ならばこそあらめ、わがたはやすくならせ給へる御心なれば、一院とて心にまかせてとおぼしたるも、いとあらまほしき事なり。さても東宮には、三宮（敦良）こそは居させ給はめ」と申させ給ふ。大宮（彰子）「それはさる事に侍れど、式部卿宮（敦康）などのさておはせんこそよく侍らめ。それこそみかどにも据へ奉らまほしかりしか、故院（一条）のせさせ給し事なれば、さてやみにき。この度はこの宮（敦康）の居給はん、故院（一条）の御心の中におぼしけん本意もあり、宮（敦康）の御為もよくなむあるべき。若宮は御宿世に任せてもあらばやとなん思ひ侍る」と聞えさせ給へば、大殿（道長）「げにいとありがたくあはれにおぼさるゝ事なれど、故院も、こと事ならず、ただ御後見なきにより、おぼしたえにし事なり。賢うおはすれど、かやうの御有様はたゞ御後見がらなり。帥の中納言（隆家）だに京になきこそ」など、猶あるまじき事におぼし定めつ。かくて八月九日、東宮（敦良）たゝせ給ひぬ。はじめの東宮をば、小一条院と聞えさす。……故院（三条）の御随身ども、世中をいとあへなく思ひいつるに、さべう美ゞしきなどは皆参り集りぬ。殿上人のさべう使ひつけさせ給へる人〳〵など、いみじう思へり。皇后宮いと飽かぬことに口惜しうおぼせど、又、一院とて、年官年爵得させ給、蔵人・（判官代）、何くれの定あるにつけても、悪しうもおはしまさず、今めかしく御心をやり、あらまほしげなる方は、月頃の御心に勝らせ給へり。「さば、故院（三条）の御継は、かくて止ませ給ひぬるにや」と、おぼす程ぞいと悲しき。東宮（敦良）の御乳母達、遂の御事ながら、忽のことゝは思ひかけざりつるに、あさましう嬉しきに詮方なし。東宮の大夫には、大殿の高松腹の中納言（頼宗）なり給ひぬ。権大夫には、法住寺の大い殿の兵衛督（公信）なり給ひぬ。傅には、閑院右大臣殿（公季）なり給ぬ。……式部卿の宮（敦康）、この方にはむげにおぼしめし絶えにしかど、この度の隙には必ず立ち出でさせ給べかりつるを、御宿世をば知らせ給はずとも、猶怪しくとはいかでかおぼしめさゞらん。世と共にはれ〴〵しからぬ御けしきにも、心苦しうなむ。前の東宮（敦明）の帯刀ども、「手に据ゑたる鷹を逸したる」などいふやうに思ふべし。今の東宮（敦良）のを望み申す類どもあべかめれど、殊のほかの事にて聞しめしいれず。それも理なり。げにいま〳〵しうおぼされぬべき事なり。前の東宮は、御年廿四にならせ給にけり。今の東宮は、九つにぞおはしましける。帝も東宮も、御行末遙におはします御有様につけても、いとめでたし。かくて高松殿の姫君（寛子）の御事あるべしとぞ、世にはいふめる。……さて院（敦明）の御事今日明日との、しるは、まことにやあらん。堀河の女御（延子）、この事によりて胸塞がりておぼし歎くべし。さて十二月にぞ婿取り奉り給ふべき。この頃その御用意なきにしもあらざりければ、いみじう心ことなり。この御前をば、月来御匣殿とぞ聞えさせける。御かたち有様あべい限おはします。御心ざまなど、「いとめでたし」とぞ、人は申すめる。さるべき人〳〵選り調へさせ給。「宮〳〵などに参りこみてや」とおぼしめしけれど、さるべく恥なき人〳〵多く参り集ひたり。……すべて調へたる限廿人、童・下仕四人あり。御しつらひよりはじめ、あたらしう磨きたてさせ給へれば、耀きてぞ見ゆる。その夜になりて院渡らせ給ふ。御前などさるべう心ばせある殿上人を選らせ給へり。まだなかりつる御仲らひの有様の程、世にあらまほしき事の例になりぬべし。殿上人のけしきなどもいへば疎なり。盛ならん桜などの心地したり。御車の後に大蔵卿（朝経）仕うまつり給へり。さておはしましたれば、この御腹の左衛門督（頼宗）・二位中将（能信）など、紙燭さして入れ奉り給。殿（道長）おはしますなれど、忍びて内のかたにぞおはしますべき。殿の御前どもは、側の方に忍びやかにうち群れてあるに、院の御供の人〳〵忍びさせ給へど、いと多くぞ候ふ。御随身どものけしき、えもいはずやさしく思へり。入らせ給へば、御殿油あるかなきかにほのめきわたれど、にほひ有様、夜目にも著し。東宮におはしましゝ折参らせ給たりとも、例の作法にこそはあらましか、これは今めかしうけぢかうをかしきものから、又いとやむごとなし。女君（寛子）十九ばかりにやおはしますらんと覚えたる御けはひ有様、いとかひありておぼさるべし。それにつけても堀河の女御思ひ出でられ給ふも心苦し。かの女御も御かたちよく、心ばせおはすれば、年頃いみじう思ひきこえさせ給へれど、ただ今はあたらしき御有様、今少しいたはしうおぼしめさるゝも、我ながら理知るさまにおぼさる。……御供の御随身・御車副・舎人まで、たゞ今そのまゝにて位につかせ給へらましよりもめでたしと思ひたり。……四五ありてぞ、御露顕ありける。院（敦明）、皇后宮（娍子）に参り給て「よさりいかに恥しう侍らんずらむ。かしこにまかれば、二位中将（能信）・三位の中将（長家）など待ち迎ふるが、いとすゞろはしきに、今宵は餅の夜とかきゝ侍る。大臣（道長）

も物せらるべき様にこそきゝ侍りしか」と、聞えさせ給へば、「げに、いかに」とおぼしめして、御装束どもにえならぬ香どもしめさせ給。さやうの方には、なべてならぬ宮の有様に、心殊に恥しうおぼしめして、仕立てさせ給ふ程推し量るべし。かくて御供に参る人〳〵随身など、少しも頑しきは選り捨てさせ給。おはしまして入らせ給へば、左衛門督（頼宗）や例の君達など参り給へれば、すゞろはしうおぼしめされて入らせ給ふ。殿上人の座には、懸盤のものども、いみじうし据へたり。御随身所・召次所など机の物ども数知らずもて続き据へたり。たよりある様にしなしもてなしたる様、笑ましうさすがに見ゆ。入らせ給へば、大殿油昼のやうに明きに、女房三四人、五六人づゝうち群れて、えもいはぬ有様どもにて、こほりふたがりたる扇どもをさし隠して並み候程、いみじうおどろ〳〵しきものから、恥しげなり。御しつらひ有様耀くと見ゆ。院の御心地、年来堀河の辺りの有様、御目移りにまづおぼし出でらるべし。かくて物参らせ給ふ御まかなひは、左衛門督仕うまつり給ふ。取次ぎ給ふ事は、二位中将・三位中将などせさせ給ふ。御台参りての程に、大殿（道長）出でさせ給ひて、うるはしき御装にて、御かはらけ参らせ給ほどなど、いへば疎にめでたし。院は、御衣ども直衣などの色をいとつゝましうかたはらいたくおぼせど、かやうの事は、それを何ともおぼし宣はせぬ事なれば、いかにぞややつれたる様を恥しうはおぼしめせど、中〳〵それしも、夜目には御色のあはひもてはやされて、けざやかにおかしう見えさせ給ふも、ことさらめきてもありぬべき事なりけりとぞ見えさせ給。御けはひ・にほひなどぞしみかへらせ給へる御かたちは、けぢかう愛敬づきおかしうおはしませば、今宵の御有様必ず絵にかくべし。御年廿三四ばかりにおはしませば、盛にめでたう、髭なども少しけはひづかせ給へる、「あなあらまほし、めでたや」とぞ見ゆる御有様なめるかし。かくて御供の人〴〵の祿ども、例の作法にいま少し増させ給へり。御随身所・召次所・御車副・舎人ども、さま〴〵いとおどろ〳〵しうおぼし掟てたり。大殿（道長）はかくて帰らせ給ひぬ。餅にや、筥の蓋御丁の内にさりげなくさし入れておはしましぬる程に、物忌すまじうあはれに見えさせ給ふ。

次に、つづいて『大鏡』の、この事件についての記述を見る。

『大鏡』「左大臣師尹」伝の記述

このみや（娍子）の御はらの一の親王、敦明親王とて、式部卿と申ししほどに、長和五年正月廿九日、三条院おりさせ給へば、この式部卿、東宮にたゝせ給にき、御年廿三。但道理ある事とみな人おもひまうしゝほどに、二年ばかり有て、いかゞおぼしめしけん、宮たちと申しおりよろづにあそびならはせ給て、うるはしき御ありさまいとくるしく、いかでかからでもあらばやとおぼしなられて、皇后宮に、「かくなむ思ひはべる」と申させ給を、いかでかはげにさもとはおぼさんずる。「すべてあさましく、あるまじきこと」、のみ、いさめ申させたまふに、おぼしあまりて、入道殿（道長）に御消息ありければ、まいらせたまへるに、御ものがたりこまやかにて、「このくらゐさりて、たゞ心やすくあらむとなん、思はべる」ときこえさせ給ければ、「更さにうけ給はらじ。さは、三条院の御すゑはたえねとおぼしめしをきてさせ給か。いとあさましくかなしき御ことなり。かゝる御心のつかせ給は、ことゞゝならじ、たゞ冷泉院の御もののけなどのおもはせたてまつるなり。さおぼしめすべきぞと啓し給に、「さらば、たゞほいある出家にこそはあなれ」とのたまはするに、「さまでおぼしめす事ならば、いかゞはともかくも申さむ。内に奏しはべりておこ」と申させ給おりにぞ、御気色いとよくならせ給にける。さて、殿、内にまいり給て、大宮（彰子）にも申させ給ければ、いかゞはきかせ給けんな。此度の東宮には式部卿の宮をとこそはおぼしめすべけれど、一条院の、「はかゞゞしき御うしろみなければ、東宮に当代（後一条）をたてゞゞまつるなり」とおほせられしかば、これも同ことなりと、おぼしさだめて、寛仁元年八月五日こそは、九にて、三宮、東宮にたゝせたまひて、寛仁三年八月廿八日、御年十一にて、御元服せさせ給しか。まづの東宮をば小一条院と申。いまの東宮の御ありさま、申かぎりなし。つゐの事とは思ながら、たゞいまかくとはおもひかけざりしことなりかし。小一条院、わが御心とかくのかせ給へることは、これをはじめとす。よはじまりてのち、東宮の御くらゐとりさげられたまへることは、九代許にやなりぬらん。中に法師東宮おはしけるこそ、うせ給てのちに、贈太上天皇と申て、六十余国にいはひすへられたまへれ。公家にも知ろしめして、官物のはつをさきたてまつらせ給めり。この院のかくおぼしたちぬる事、かつは殿下

の御報のはやくおはしますにをされたまへるなるべし。又おほくは元方の民部卿の霊のつかうまつるなり」といへば、

さぶらひ、「それもさるべきなり。このほどの御ことゞもこそ、ことのほかにかはりてはべれ。なにがしはいとくはしくうけ給はることはべる物を」といへば、よつぎ、「さもはべる覧。つたはりぬることは、いで〳〵うけたまはらばや。ならひにしことなれば、ものゝ猶きかまほしく侍ぞ」といふ。興ありげに思たれば、「ことのやうたいは、三条院のおはしましけるかぎりこそあれ、うせさせ給にけるのちは、よのつねの東宮のやうにもなく、殿上人まいりて御あそびせさせ給ひやもてなしかしづき申人などもなく、いとつれ〳〵に、まぎるゝかたなくおぼしめされけるまゝに、心やすかりし御ありさまのみ恋しく、ほけ〳〵しきまでおぼえさせ給けれど、三条院おはしましつるかぎりは、院の殿上人もまいりや、御つかひもしげくまいりかよひなどするに、人めもしげく、よろづなぐさめさせ給を、院うせおはしましては、世中のものおそろしく、大路のみちかひもいかゞとのみわづらはしく、ふるまひにくきにより、宮司などだにもまいりつかまつることもかたくなりゆけば、ましてげすの心はいかゞはあらむ、とのもりづかさの下部あさぎよめつかうまつることなければ、にはの草もしげりまさりつゝ、いとかたじけなき御すみかにてまします。まれ〳〵まゐりよる人〳〵は、よにきこゆることゝて、「三宮（後朱雀）のかくておはしますを心ぐるしく殿も大宮も思申させ給に、『若、内（後一条）に男宮もいでおはしましなば、いかゞあらむ。さあらぬ先に東宮にたてたてまつらばや』となん、おほせらるなる。されば、をしてとられさせ給べかんなり」などのみ申すを、まことにしもあらざらめど、げにことのさまもよもとおぼゆまじければにや、きかせ給御心地ちはいとゞうきたるやうにおぼしめされて、「ひたぶるにとられんよりは、われとやのきなまし」とおぼしめすに、又、「高松殿の御匣御まいらせ給、との、はなやかにもてなしたてまつらせ給べかなり」とも、例のことなれば、よ人のさま〳〵さだめ申を、皇后宮きかせ給て、いみじうよろこばせ給を、東宮は、いとよかるべきことなれど、さだにあらば、いとゞわがおもふことえせじ、猶かくてえあるまじくおぼされて、御母宮に、しか〳〵なん思」ときこえ

申させ給へば、さらなりや、「いと〳〵あるまじき御事なり。御匣殿の御ことをこそ、まことならば、すゝみきこえさせたまはめ。さらに〳〵思しよるまじきことなり」ときこえさせ給て、御ものゝけのするなりと、御いのりどもせさせ給へど、さらにおぼしとゞまらぬ御心のうちを、いかでかよ人もきゝけん、「さてなん、『御匣殿まいらせたてまつり給へ』とも、きこえさせたまふべかなる」などいふこと、殿辺にもきこゆれば、「まことにさもおぼしゆるぎてのたまはせば、いかゞすべからん」などおぼす。さて東宮はつゐにおぼしめしたちぬ。のちに御匣殿の御事をいはむに、中〳〵それはなどかなからむなど、よきかたざまにおぼしなしけん、不覚のことなりや。皇后宮にもかくともまうし給はず、たゞ御心のまゝに、殿に御消息きこえんとおぼしめすに、むつまじうさるべき人もゝのし給はねば、中宮権大夫殿（能信）のおはします四条坊門と西洞院とは宮ぢかきぞかし、そればかりをこと人よりはとやおぼしめしよりけん、蔵人なにがしを御つかひにて、「あからさまにまいらせ給へ」とあるを、おぼしもかけぬことなれば、おどろき給て、「なにしにめすぞ」とゝひ給へば、「まうさせ給べきことの候にこそ」と申を、「このきこゆることゞもにや」とおぼせど、「のかせ給事はさりともよにあらじ。御匣殿の御ことならん」とおぼす。いかにもわが心ひとつには、おもふべきことならねば、「おどろきながらまいりさぶらふべきを、おとゞ（道長）に案内申てなむ候べき」と申給て、先、殿にまいり給へり。「東宮より、しか〳〵なんおほせられたる」と申給へば、殿もおどろき給て、「何事ならむ」とおほせられながら、大夫殿とおなじやうにぞおぼしよらせ給ける。「まことに御匣殿の御ことのたまはせんを、いなび申さむも便なし。まいり給なば、又さやうにあやしくてはあらせたてまつるべきならず。又、さては世の人の申なるやうに、東宮のかせ給はんの御思あるべきならずかし」とはおぼせど、「しかわざとめさんには、いかでかまいらではあらむ。いかにものたまはせんことをきくべきなり」と申させたまへば、まいらせ給ほど、日もくれぬ。陣に左大臣殿（顕光）の御くるまや、御前どものあるをなまむつかしとおぼしめせど、かへらせ給べきならねば、殿上にのぼらせたまひて、「まいりたるよし啓せよ」と、蔵人にのたまはすれば、「おほい殿の、御前にさぶらはせ給へば、たゞいまはえなん申さぶらはぬ」ときこえさするほど、みまはさせ給に、にはの草もいとふかく、殿上のありさまも、東宮のおはしますとはみえず、あさましうかたじけなげなり。大い殿いで給て、かくとけいすれば、朝がれいのかたにいでさせ給て、めしあれば、まいりたまへり。「いとちかく、こち」とおほせられて、「ものせらるゝこともなきに、案内するもはゞかりおほかれど、おとゞ（道長）にきこゆべきことのあるを、つたへものすべき人のなきに、まぢかきほどなれば、たよりにもとおもひて、消息しきこえつる。其の旨は、『かくてはべるこそは本意ある事とおもひ、故院（三条帝）のしをかせ給へることをたがへたてまつらんも、かた〴〵にはゞかりおもはぬにあらねど、かくてあるなん、思ひつゞくるに、つみぶかくもおぼゆる。内（後一条）の御ゆくすゑはいとはるかにものせさせ給。いつともなくて、はかなきよに命もしりがたし。この有さまのきて、心にまかせてをこなひもし、物詣をもし、やすらかにてなんあらまほしきを、むげに前東宮にてあらむは、みぐるしかるべくなん。院号給て、年に受領などありてあらまほしきを、いかなるべきことにか』と、つたへきこえられよ」とおほせられければ、かしこまりて、まかでさせ給ぬ。その夜はふけにければ、つとめてぞ、殿にまいらせ給へるに、内へまいらせ給はんとて、御装束のほどなれば、え申させ給はず。……御車にたてまつりにおはしまさむに申さんとて、そのほど、寝殿のすみのまの格子によりかゝりてゐさせ給へるを、源民部卿（俊賢）よりおはして、「などかくてはおはします」ときこえさせ給へば、殿（俊賢）にはかくしきこゆべきことにもあらねば、「しか〴〵のことのあるを、人〳〵のさぶらへば、え申さぬなり」とのたまはするに、御けしきうちかはりて、このとのもおどろき給。「いみじくかしこきことにこそあなれ。たゞとくきかせたてまつり給へ。内にまいらせ給なば、いとゞ人がちにて、え申させ給はじ」とあれば、げにとおぼして、おはしますかたにまいりたまへれば、さならんと御心えさせ給て、すみのまにいでさせ給て、「春宮にまいりたりつるか」とゝはせ給へば、よべの御消息くはしく申させ給に、さらなりや、をろかにおぼしめさむやは。をしておろしたてまつらんことはゞかりおぼしめしつるに、かゝることのいできぬる御よろこびなをつきせず。「先いみじかりける太宮の御すくせかな」とおぼしめす。民部卿殿に申あはせさせ給へば、「たゞとく〳〵せさせ給べきなり。なにか吉日をもとはせ給。すこしものびば、おぼしかへして、『さらでありなん』とあらむをば、いかゞはせさせ給はん」と申させ給へば、さること丶おぼして、御暦御覧ずるに、今日あしき日にもあらざりけり。やがて関白殿もまいりたまへるほどにて、とく〳〵とそ丶のかし申させ給に、「先いかにも太宮に申てこそは」とて、内におはしますほどなれば、まいらせ給て、かくなむときかせたてまつらせたまへば、まして女の御こ丶ろはいかゞおぼしめされけん。それよりぞ、東宮にまいらせ給て。御子どものとのばら、又例も御供にまいり給上達部・殿上人ひきぐせさせ給へれば、……心もしらぬ人は、つゆまいりよる人だになきに、昨日二位中将殿のまいり給へりしだにあやしとおもふに、又今日、かくおびたゞしく、賀茂詣などのやうに、御さきのをともおどろ〳〵しうひゞきてまいらせ給へるを、いかなることぞとあきるるに、すこしよろしきほどの物は、「御匣殿の御事まさせ給なめり」とおもふは、さもにつかはしや。むげにおもひやりなき丶はの物は、又わが心にか丶るま丶に、「内のいかにおはしますぞ」などまで、こ丶ろさはぎしあへりけるこそ、あさましうゆ丶しけれ。母宮だにえしらせ給はざりけり。かくこの御方に物さはがしきを、いかなる事ぞとあやしうおぼして、案内し申させ給へど、例女房のまいる道をかためさせ給てけり。「とのには、としごろおぼしめしつる事などこまかにきこえん」と、心づよくおぼしめしつれど、まことになりぬるおりは、いかになりぬることぞと、さすがに御こ丶ろさはがせ給ぬ。むかひきこえさせ給ては、かた〴〵におくせられ給にけるにや、たゞきのふのおなじさまに、なか〳〵ことずくなにおほせらる丶御返は、「さりとも、いかにかくはおぼしめしよりぬるぞ」などやうに申させ給けんかしな。御気色のこ丶ろぐるしさをかつはみたてまつらせ給て、すこしをしのごはせ給て、「さらば、今日吉日なり」とて、院になしたてまつらせ給。……別当には中宮の権大夫をなしたてまつり給へれば、おりて拝し申させ給。事どもさだまりはてぬれば、いでさせ給ぬ。……勅使こそ誰ともたしかにき丶侍らね。祿など、にはかにて、いかにせられけん」といへば、「殿こそはせさせ給けめ。さばかりのことになりて逗留せさせ給はんやは」……侍「さて、かくせめおろしたてまつり給ては、又御むこにとりたてまつらせ給ほど、もてかしづきたてまつらせ給御ありさま、まことに御心もなぐさませ給ばかりこそきこえはべりしか。をものまいらするおりは、だいばん所におはしまして、御台や盤などまで手づからのごはせ給ふ。なにをも召試つゝなむまゐらせ給ける。御障子ぐちまでもておはしまして女房に給はせ、殿上にいだすほどにもたちそひて、よかるべきやうにをしへなど、これこそは御本意よと、あはれにぞ。このきはに、故式部卿の宮（敦康）の御事有けりといふ、そら事也。なにゆへ、あることにもあらなくに、むかしのことゞもこそはべれ、おはします人の御事申、便なきことなりかし」

以上、二書の記述を比較してまず言える事は、『大鏡』の作者は、「敦明親王を退位させたくなかった者である」という事である。

『栄花物語』の筆者は、道長賛美である、と良く言われるが、その記述態度には穏やかではあるが、冷徹に見すえたものがあると思われる。敦明の前に司候した際の、道長の人を喰った語り口には、紙面を通してなお一層その内心（既に道長の目は、敦明を越えて、先に移っている）が伝わって来る。

さて、その道長に比べたら、鋭どく、端正ではあるが、繊の細さが感じられる『大鏡』の記述である。敦明を退位させたくなかった作者としては、その方法として、母后娍子に「御匣殿の御ことをこそ、まことならば、すゝみきこえさせたまはめ。」と言わせている。つまり、「道長女寛子を申しうければ、まだ道があったのだ」という作者の考えである。そして自ら屈して退位した敦明を「のちに御匣殿の御事もいはむに、中〳〵それはなどかなからむなど、よきかたざまにおぼしなしけん、不覚のことなりや。」と若待に言わせ、道長に、敦明婿取りの際に、過度の接待振りを演じさせる作者の、本当のねらいは「三条帝の皇統の継続」にあるように思われる。この事件に於いては、若侍が果断な語り口で述べるが、翁は、というと、「道長は敦明の前を退出して、一応、帝（後一条）に奏上し、又前例ではその霊が祭られた。」と、『栄花物語』には見られないある種の権威主義を呈している。又、一見異質に感じられるが俊賢、能信をその言動と共に明確に登場させている事が、注意される。

㈥　道長の外戚としての栄華の有り様

作者の目的であった「道長の栄華の由来」を「太政大臣道長」伝で語り尽すわけであるが、その道長の、現在のゆるぎない外戚の地位にある有様を、どのように記述しているのかを、次に見る。

『大鏡』「太政大臣道長」伝の記述

このおとゞは、法興院のおとゞ（兼家）の御五男、……一条院・三条院の御舅、当代（後一条）・東宮（後朱雀）の御祖父にておはします。この殿、宰相になりたまはで、直権中納言にならせ給、御年廿三。……よの中きはめてさはがしきに、またのとし、いとゞいみじくなりたちにしぞかし。まづは大臣・公卿おほくうせたまへりしに、まして四位・五位のほどは、かずやはしりし。……閑院の大納言……中関白殿……小一条左大将済時卿……六条左大臣殿・粟田右大臣殿・桃園中納言保光卿……山井大納言殿……又あらじ、あがりてのよに、かく大臣・公卿七八人二三月の中にかきはらひたまふこと。希有なりしわざなり。それもたゞ、この入道殿の御さいはひの、上をきはめたまふにこそ侍めれ。かのとのばら次第のまゝにひさしくたもちたまはしかば、いとかくしもやはおはしまさまし。先は、帥殿の御こゝろもちゐのさまぐしくおはしまさば、ちゝおとゞの御やまひのほど、をのづから、天下執行の宣旨くだりたまへりしまゝに、さてもやおはしまさましし。それにまた、おとゞうせ給にしかば、いかでかみどりごのやうなるとの、世の政したまはんとて、粟田殿にわたりにしぞかし。さるべき御次第にて、それ又あるべきことなり。あさましくゆめなどのやうに、とりあへずならせ給にし、これはあるべきことかはな。このいまの入道殿、そのおり大納言中宮大夫とまうして、御としいとわかくゆくすゑまちつけさせ給べき御よはひのほどに、卅にて五月十一日に、関白の宣旨うけ給はりたまうて、さかえそめさせたまひにしまゝに、又ほかざまへもわかれずなりにしぞかし。いまぐもさこそは侍べかんめれ。このみやの殿は、きたの方ふたところおはします。このみやぐの母うへとまうすは、土御門左大臣源雅信のおとゞの御むすめにおはします。雅信のおとゞは、亭子のみかどの御子一品式部卿の宮敦実みこの御子、左大臣時平のおとゞの御女のはらにうまれたまひし御子なり。その雅信のおとゞの御むすめを、いまの入道殿下のきたのまんどころとまうす也。その御はらに、女ぎみ四ところ・おとこぎみふたところぞおはします。……第一女ぎみは、一条院の御ときに、十二にて、まいらせ給て、またのとし長保二年庚子二月廾五日、十三にて、きさきにたち給て、「中宮」と申しほどに、うちつゞき男親王二人うみたてまつりたまへりしこそは、いまのみかど・東宮におはしますめれ。ふたところの御母后、「太皇大后宮」とまうして、天下第一の母にておはします。その御さしつぎの、内侍のかみと申し、三条院の東宮におはしましゝにまいらせたまうて、みや、くらゐにつかせたまひにしかば、きさきにたゝせたまひて、「中宮」とまうしき、御年十九。さてまたのとし長和二年癸丑七月廾六日に、女親王うまれさせたまへるこそは、三四ばかりにて一品にならせたまひて、いまにおはしませ。このごろは、この御母みやを「皇大后宮」と申て、枇杷殿におはします。一品のみやは、三宮に准じて千戸の御封をえさせたまへば、このみやにきさきふたところおはしますがごとくなり。又次の女ぎみ、これもないしのかみにて、いまのみかど十一歳にて寛仁二年戊午正月二日御元服せさせたまふて、その二月にまいりたまうて、おなじきとしの十月十六日に、きさきにゐさせたまふ。たゞいまの「中宮」とまうして、内におはします。又次の女ぎみ、それもないしのかみ、十五におはします。いまの東宮十三にならせたまふとし。まいらせ給て、東宮の女御にてさぶらはせ給。入道せしめ給てのちのことなれば、いまの関白殿の御女となづけたてまつりてこそはまいらせたまひしか。……女君達の御ありさまかくのごとし。男君二所と申は、いまの関白左大臣頼通のおとゞときこえさせて、天下をわがまゝにまつりごちておはします。御年廾六にてや、内大臣摂政にならせ給けん。みかどをよずけさせたまひしかば、たゞ関白にておはします。廾余にて納言などになり給をぞいみじきことにいひしかど、いまのよの御ありさまかくおはしますぞかし。……いまの一所は、たゞいまの内大臣にて左大将かけて、教通のおとゞときこえさす。よの二の人にておはしますめり。……かゝれば、このきたのまんどころの御さかえきはめさせ給へり。たゞ人と申せど、みかど・春宮の御祖母にて、准三宮の御位にて年官・年爵給はらせ給。からの御くるまにていとたはやすく御ありきなどもなか〳〵御みやすらかにて、ゆかしくおぼしめしけることは、よのなかの御み・なにの法会やなどあるおりは、御くるまにても、桟敷にても、かならず御覧ずめり。内・東宮・宮〻とあかれ〳〵よそをしくておはしませど、いづかたにもわたりまいらせ給てはさしならびおはします。たゞいま三后・東宮の女御・関白左大臣・内大臣御母、みかど・春宮はたまうさず、おほよそよのおやにておはします。入道殿と申もさらなり、おほかたこのふたところながら、さるべき権者にこそおはしますめれ。……世中にはいにしへ・たゞいまの国王・大臣みな藤氏にてこそおはしますに、このきたのまんどころぞ、源氏にて御さいはひきはめさせ給にたる。をとゝしの御賀のありさまなどこそ、みな人みきゝ給しことなれど、なをかへす〳〵もいみじく侍しものかな。又、高松殿のうへと申も、源氏にておはします。延喜の皇子高明親王を左大臣になしたてまつらせ給へりしに、おもはざるほかのことによりて、帥にならせ給て、いと〳〵こゝろうかりし事ぞかし。その御女におはします。……故女院のきさきにおはしましゝおり、このひめぎみをむかへたてまつらせ給て、東三条殿のひむがしのたいに帳をたてゝ、壁代をひき、我御しつらひにいさゝかおとさせ給はず、しすゑきこえさせ給、女房・侍・家司・下人まで別にあかちあてさせ給て、ひめみやなどのおはしまさせしごとくに、かぎりなくおもひかしづききこえさせたまひしかば、……きさき（詮子）かしこくせいしまうさせ給て、いまの入道殿をぞゆるしきこえさせ給ければ、かよひたてまつらせたまひしほどに、女君二所・おとこぎみ四人おはしますぞかし。……この殿の君達、おとこ・女あはせたてまつりて、十二人、かずのまゝにておはします。おとこも女も、御つかさ・くらゐこそこゝろにまかせ給へらめ、御こゝろばへ・人がらどもさへ、いさゝかかたほにてもどかれさせ給べきもおはしまさず、とりどりに有識にめでたくおはしまさふも、たゞこと〳〵ならず、入道殿の御さいはひのいふかぎりなくおはしますなめり。さき〳〵の殿ばらのきんだちおはせしかども、みなかくしもおもふさまにやはおはせし。をのづから、おとこも女も、よきあしきまじりてこそおはしまさふめりしか。このきたのまんどころの二人ながら源氏におはしませば、すゑのよの源氏のさかえたまふべきとさだめ申なり。かゝれば、このふたところの御ありさま、かくのごとし。たゞし、殿の御まへは卅より関白せさせたまひて、一条院・三条院の御時、よをまつりごち、わが御まゝにておはしましゝに、又当代の、九歳にてくらゐにつかせ給にしかば、御とし五十一にて、摂政せさせ給とし、わが御身は太政大臣にならせ給て、摂政をばおとゞにゆづりたてまつらせ給て、御とし五十四にならせ給に、寛仁三年己未三月廾一日、御出家し給へれど、猶又おなじき五月八日、准三宮のくらゐにならせたまひて、年官・年爵えさせ給。みかど・東宮の御祖父、三后・関白左大臣・内大臣あまたの納言の御父にておはします。よをたもたせ給こと、かくて三十一年ばかりにやならせ給ぬらん。ことしは満六十におはしませば、かんの殿の御産のゝち、御賀あるべしとぞ、人まうす。いかにまたさま〴〵おはしまさへて、めでたくはべらんずらん。おほかたまたよになき事なり。大臣の御女三人きさきにてさしならべたてまつり給事。この入道殿下の御一門よりこそ太皇大后宮・皇大后宮・中宮三所いでおはしましたれば、まことに希有〳〵の御さいはひなり。皇后宮ひとりのみすぢわかれたまへりといへども、それそら貞信公の御すゑにおはしませば、これをよそ人とおもひまうすべきことかは。しかれば、たゞよのなかは、この殿の御ひかりならずといふことなきに、この春こそはうせたまひにしかば、いとゞたゞ三后のみおはしますめり。

到底、心底からの道長賛美とは思えないにがにがしい口調が漂う。つまり思ってもいない事を、自分を欺いて漸く口に出している感じがする。「道長の栄華」をほめ讃えるというより、その「栄華の由来」を解き明かそうとする作者が、道長を阻止するかに見えた伊周を貶し、道長の妻倫子を誇り、その男頼通を批判し、「源氏」が将来栄えるであろうと語り、道長一家の現在未曾有の栄華も、元を正せば貞信公忠平の後裔の栄えにすぎないと語る。つまり、作者には「貞信公忠平の後裔の繁栄、及び『源氏』の繁栄は、許容できるが、道長、伊周の台頭は許せない」とする意識があると考える。

(七) 太政大臣としての道長の評価

「大臣序説」で「道長は歴代の太政大臣の中で最も優れている」と語る作者であるが、「道長の栄華の由来」を、「帝・后・公卿」の事を語り尽した後に、道長を外戚としての栄華の次元ではなく、「太政大臣」として、どのように評価しているかを、次に見る。

……中関白殿・粟田殿うちつゞきうせさせ給て、入道殿によのうつりしほどは、さもむねつぶれて、きよ〳〵と覚はべりしわざかな。いとあがりてのよはしり侍らず、おきなものおぼえての、ちは、かゝること候はぬものをや。いまのよとなりては、一の人の、貞信公・小野宮殿をはなちたてまつりて、十年とおはすることの、ちかくは侍らねば、この入道殿もいかゞとおもひ申侍しに、いとかゝる運にをされて、御兄たちはとりもあへずほろび給にしにこそおはすめれ。それも又、さるべくあるやうあることを、みなよはかゝるなんめりとぞ、人々おぼしめすとて、ありさまをすこし又申べきなり。

以上『太政大臣道長』伝の最後に記される一節であるが、前段㈥にもまして「道長賛美」の意識をうかがう事はできない。道長の「太政大臣」としての評価は、その強運により、辛うじて貞信公忠平、小野宮（実頼）と席を列ねる事ができたというものである。が、忠平・実頼と道長を同列にした根拠は、「十年間、政を執行した」という以外、明確な軌範を記していない事が注意される。

㈧　「藤原氏物語」に見られる「道長の栄華」

作者は、『太政大臣道長』伝から、「みなよはかゝるなんめりとぞ、人〻おぼしめすとて、ありさまをすこし又申すべきなり」という言葉で、「藤原氏物語」へと続ける。作者は、まだ、その目的であった「道長の栄華の由来」を、記し足りなかったのか。

「藤原氏物語」に記される内容は、再び「外戚にあった藤原氏大臣」の列記、及び、「道長がその中で、最も権勢を誇った」事の、簡潔な表示に始まる。次に、藤原氏の「氏神・氏寺」の紹介後、現在の絶対者「道長」の「無量寿院」が、例の如く、古今を通して「日本一である」と記す。そして、老翁二人による「道長一家による無量寿院参詣の様子」の語りには、漸く「語りたいだけ語った後の、長年の押し殺していた気持ちの緩み」が感じられる。そして、最後に、筆記者である作者自身の言葉と共に、「一品宮禎子の栄え」を夢想する世継の記事で、

『大鏡』を完結している。

ここで『大鏡』が完成していると書いたが、作者の意図した「道長の栄華の由来を語る事によって、世の中の事が明らかになる」というねらいが、どの程度達成できたかは、よくわからない。非常に綿密な語り口が、逆に禍いとなっているようにも感じるからである。しかし、比較的、この「藤原氏物語」では、余裕を持った語り口が感じられる。その余裕、又はその長い緊張の後の安堵が、何に拠るものなのか。この「藤原氏物語」では、さしもの道長も、なにか色褪せた感じが漂う。作者の真の意図は、文字どおりの「道長の栄華の由来」を語る事ではない。ましてや「道長賛美」など程遠い話である。又、最後に記される「道長の孫女禎子の栄え」でもない。『世の中のことのかくれなくあらはるべき也』の言葉の中に秘められた何かである。

以上、『大鏡』の記述に於ける作者の見解・視点を、その構成を追いながら、又記述内容を『栄花物語』と比較検討しながら追って来た。次に、その視点の根幹と思われるものをいくつかまとめる。

『大鏡の視点』

一、九条師輔の子息達、特に兼家・(道長)の繁栄――外戚としての権勢確立を、「世を乱す。又は世を転覆させるもの」と理屈づけして、にがにがしく思っている意識がある。

一、朝廷の権威を絶対のものとして、世の中の秩序とする意識が強い。しかし、その帝をも批評する見地・態度がある。つまり、『大鏡』全編が、一応朝廷の権威による秩序で統制がとれているように感じるが、これが『大鏡』の主題となる意識とまでは言えないように思う。

一、外戚としての繁栄し続けて来た藤原氏歴代の大臣の中で、貞信公忠平を藤原氏の中核とし、その一男小野宮実頼は秩序を重んじ、孫頼忠は皇威を重んじたが、外戚でなかった為に政治の場から下りた。概して小野宮系の者(公任については後に記す)には同調的である。

一、「安和の変」で太宰に流された源高明と、その娘婿為平親王に対して、何か遠慮したものを感じる。それが、「源氏の繁栄」というおもねった言い方に、何か関係しているようにも感じる。

一、藤原氏の列伝の中で「菅原道真」伝と言える程に練り上げた記述を見せるが、概して学才を好む意識がある。
一、中関白家の者には、総じて辛辣な批評をしているが、特に伊周に対しては厳しい。一方その弟隆家に対しては、（共に苦しさを知りあった同僚・友人的な）ねぎらい・理解が感じられる。
一、済時女娍子に身近な人で、小一条院を退位させたくなかった意識がある。
一、最後に、藤原氏の外戚の歴史を追って「道長の絶対者的栄華の由来・及びその絶頂の有様」を記した後に、唐突にも思える「禎子の栄え」を夢想しているが、何か、理由があると考える。

では、これらの視点を通して語られる「道長の栄華の由来」とは、いったい何か。どのような意味をもつものなのか。そして、それを語る事によって明確になる「世の中の事」とは、何か。次章に移りたい。

二章　『大鏡』の真の意図

一節　『大鏡』の作者

㈠　作者の条件

前章に於いて、その記述の視点をまとめてみた。作者は、朝廷の権威を絶対のものとする意識を盾に、兼家・道長に対抗する藤原氏のものである。又、同じ意識によって源氏に遠慮するハメに陥っているようにも思われる。又は何らかの形で、源氏の力を必要とし、結びつきを必要とした者である。つまり朝廷の権威を絶対のものとしながら、源氏とは少し距離が感じられる。兼家・道長とは相容れないものを持ちながらも、藤原氏の者である。

小野宮系の中の誰かによって記されていると考える。前章での視点を具備すると思われる人がいるかどうか、次に、小野宮系の人々の動静を見る。

(二)「小野宮実頼」伝から

「作者は、小野宮系の中の者」と、推測したわけであるが、その「小野宮」の伝の記述から見る。

「太政大臣実頼」伝

このおとゞは、忠平のおとゞの一男におはします。小野宮のおとゞと申き。御母、寛平の法皇の御女なり。大臣のくらゐにて卄七年、天下執行、摂政・関白し給て卄年ばかりやおはしましけん。御いみな、清慎公なり。……このおとゞの御女子、女御にてうせ給にき。村上の御時にや、よくもおぼえはべらず。おとこ君は、時平のおとゞの御女のはらに、敦敏少将ときこえし、ちゝおとゞの御さきにかくれ給にきかし。……敦敏の少将の子なり、佐理大弐、よの手書の上手。……「むげのその道なべての下﨟などにこそ、かやうなることはせさせ給はめ」と、殿をもそしりまうす人〴〵有けり。その大弐の御女、いとこの懐平の右衛門督のきたのかたにておはせし、経任の君の母よ、大弐におとらず女手かきにておはすめり。大弐の御妹は、法住寺のおとゞのきたのかたにておはす。その御はらの女君は、花山院の御時の弘徽殿の女御又入道中納言の御きたのかたにて。又男子は、いまの中宮の大夫斉信の卿とぞ申める。小野宮のおとゞの三郎、敦敏の少将の同腹の君、右衛門督までなり給へりし、斉敏とぞきこえしかし。その御男君、はりまのかみ尹文の女のはらに、三所おはせし。太郎は高遠の君、大弐にてうせ給にき。二郎は懐平とて、中納言右衛門督までなり給へりし。その御男子なり、いまの右兵衛督経通の君、又侍従宰相資平の君、いまの皇大后宮権大夫にておはすめる。その斉敏の君の御男子、御祖父小野宮のおとゞの御子にしたまひて、「実資」とつけたてまつり給て、いみじうかなしうし給き。このおとゞの御名の文字なり、「実」もじは。その君こそいまの、小野宮の右大臣と申て、いとやんごとなくておはすめり。このおとゞの、御子なきなげきをし給て、我御甥の資平の宰相をやしなひ給めり。すゐに宮仕人をおぼしけるはらにいでおはしたる男子は、法師にて内供良円君とておはす。又、さぶらひける女房をめしつかひ給けるほどに、をのづからむまれ給へりける女君、かくや姫とぞ申ける。このはゝは頼忠の宰相の乳母子。北方は花山院の女御、為平式部卿の御女。……このをのゝ宮をあけくれつくらせ給こと、日にたくみの七八人たゆることなし。よの中にてをのゝをとする所は、東大寺とこの宮とこそははべるなれ。祖父おほい殿のとりわき給ししるしはおはするひと也。まことこの御男子は、いまの伯耆守資頼ときこゆめるは、ひめ君の御ひとつばらにあらず、いづれにかありけん。

㈢ 小野宮の系譜

「小野宮実頼」伝から、その系譜をまとめる。

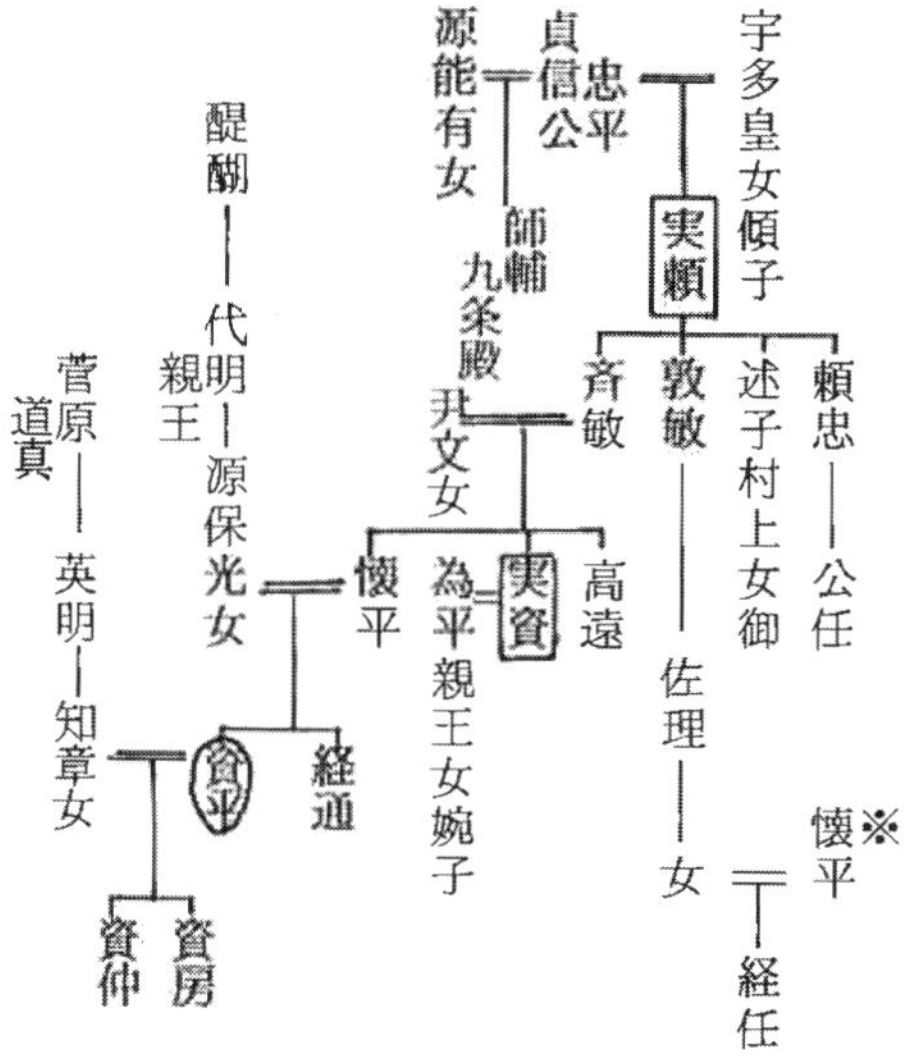

貞信公忠平の一男が小野宮実頼、二男師輔が九条家である。小野宮は、実頼から、実資、資平へと継承される。

『大鏡』に於いて、九条家の発展、特に師輔子息兼家ら（に「安和の変」の罪を転嫁させたのではないかと思われる程）に対する敵対感情を思いうかばせる。その九条家の系譜に列なる中関白家の道隆・伊周・隆家らに対しても譲らない態度を見せるが、次に、道長が絶対者になりつつある一条帝期までの、宮廷社会の動静を追って見る。

㈣　小野宮系の動静

小野宮系の中に作者がいると、考えるが、その動静を、次の略年表から追ってみる。

西紀	天皇	年号	摂関	太政大臣	左大臣	右大臣	宮廷（後宮）の動き	公卿職官
1010	一条	寛弘7			道長	顕光	二月廿日 妍子、東宮に参る。 十一月七日 為平親王薨	正月廿九日 伊周 薨
1011	6 10	8					八月廿三日 娍子、妍子女御となる 十月十六日 三条帝即位 十月廿四日 冷泉院崩御	
1012		長和1					二月十四日 妍子、中宮と為る 彰子、皇太后と為る 四月廿七日 娍子、皇后と為る	二月十四日 道綱中宮大夫 教通中宮権大夫 四月廿七日 隆家、皇后宮大夫
1013	三条	2					七月六日 妍子、禎子内親王を出産	三月十六日 懐平 皇后宮大夫
1014		3						十一月 隆家大宰権帥
1015		4						
1016	2 1	5					一月廿九日 三条帝譲位・敦明立太子 二月七日 後一条帝即位	
1017		寛仁1	頼通	道長	顕光	公季	五月九日 三条院崩御 八月九日 皇太子敦明罷・敦良立坊 八月廿五日 敦明、小一条と為る	四月十八日 懐平 薨 八月九日 公信、東宮権大夫
1018		2					一月七日 皇太后彰子を太皇太后とする 三月廿五日 皇后娍子出家 十月十六日 中宮妍子皇太后、女御威子中宮	十二月十七日 敦康親王崩
1019		3	頼通		顕光	公季		

1020	1021	1022	1023	1024	1025	1026	1027	1028	1029	1030
後一条										後一条
4	治安 1	2	3	万寿 1	2	3	4	長元 1	2	3
	頼通									頼通
	公季									
	頼通									頼通
	実資									実資
		七月十四日 道長、無量寿院金堂供養 天皇、皇太子（敦良）、太皇太后彰子、皇太后妍子、中宮威子、小一条院参詣			三月廿五日 娍子薨 七月九日 小一条院女御寛子薨 八月三日 嬉子、親仁親王（後冷泉）を出産 八月五日 嬉子薨	一月十九日 彰子出家、号上東門院 二月五日 三条院皇女禔子教通に嫁す	三月廿三日 禎子春宮に参内 九月十四日 皇太后妍子薨 十二月四日 道長薨			内大臣教通、生子入内奏上 東宮大夫頼宗、大姫君を小一条院に参らす
六月廿七日 資平、皇太后宮（妍子）権大夫	十一月三日 叙従三位（春日行幸行事）	九月廿三日 資平、叙正三位(右大臣為大納言之時石清水行幸行事賞譲)			実資 皇太弟傅 斉信 中宮大夫 頼宗 春宮大夫 能信 中宮権大夫 源道方 皇太后宮大夫 公信 春宮権大夫 経通 大皇太后宮権大夫 資平 皇太后宮権大夫。侍従 源俊賢 太皇大后宮大夫 師房 春宮権大夫		六月十三日 源俊賢 薨 十二月四日 行成 薨		十月十七日 公季 薨	

西紀	天皇	年号	摂関	太政大臣	左大臣	右大臣	宮廷（後宮）の動き	公卿職官
1031		4						
1032		5						源経頼　正月六日叙従三位（大原野行幸行事追賞）
1033		6					中宮権大夫能信、公成女を養女とする	
1034		7					七月十八日　禎子、尊仁出産	隆国、七月八日叙従三位（去春上東門院行幸別当賞）
1035		8					頼通、師房、信家を猶子とする	三月廿三日　斉信　薨
1036	4｜7	9					四月十七日　後一条帝崩御 七月十日　後朱雀帝即位 九月六日　威子　薨	
1037		長暦 1					一月七日　敦康親王女嫄子入内 二月十三日　禎子皇后　三月一日嫄子中宮 八月十七日　親仁親王立太子 十二月十三日　章子内親王　東宮妃	教通　皇太子傅（八月十七日） 頼宗　春宮大夫（三月一日） 能信　皇后宮大夫（三月一日） 長家　中宮大夫（三月一日） 源師房、春宮権大夫（八月十七日） 資平　皇后宮権大夫（四月廿七日） 公成　中宮権大夫（三月一日） 経任　侍従
1038		2					四月廿一日　中宮嫄子　祐子内親王を出産	
1039		3					三月十八日　明尊僧正　座主反対に会う 八月廿八日　嫄子禖子内親王を産後　薨 十二月廿一日　教通女生子入内	六月　通任　薨 八月廿四日　源経頼　薨
1040	後朱雀	長久 1						

1051	1050	1049	1048	1047	1046	1045	1044	1043	1042	1041
後冷泉						4	1			
6	5	4	3	2	永承 1	2	寛徳 1	4	3	2
				頼通						
				頼通						
				教通						
一月八日　小一条院敦明崩御 二月十三日　皇后禎子、皇太后と為る。寛子皇后となる。馨子内親王東宮妃	十二日廿二日　頼通女寛子入内	七月廿二日　源明子　薨	八月十一日　明尊を天台座主とする 八月廿二日　源心と天台座主とする	十月十四日　教通女歓子入内	七月十日　章子内親王中宮と為る 十二月十九日　皇太子尊仁元服	一月十六日　後朱雀帝譲位一月十八日崩御 四月八日　後冷泉帝即位 十一月十五日　大嘗会		三月卅日　小一条院、延暦寺で受戒	三月十日　延暦寺の僧徒、園城寺円満院を焼く 三月廿六日　東宮大夫頼宗女延子入内	八月十六日　小一条院出家 十一月五日　尊仁親王御書始
八月十六日　藤原経通　薨 資平、皇大后宮権大夫（二月十三日） 源隆国、皇后宮大夫（二月十三日） 経任、皇后宮権大夫（二月十三日） 資房　春宮権大夫					実資　正月十八日　薨 六月　大江挙周　薨 教通　皇太弟傅 能信　春宮大夫 長家　中宮大夫 資平　皇后宮権大夫 経輔　中宮権大夫 資房　春宮権大夫 源基平　侍従		一月一日　隆家　薨 十二月十日　実成　薨			一月一日　公任　薨

西紀	天皇	年号	摂関	太政大臣	左大臣	右大臣	宮廷（後宮）の動き	公卿職官
1052	後冷泉	7						
1053		天喜1					三月四日 藤原頼通 平等院阿弥陀堂供養 六月十一日 倫子 薨 十一月六日 東宮御所三条第焼亡	資平 皇太后宮大夫（十一月廿八日） 源資綱 皇太后宮権大夫
1054		2					十二月八日 京極内裏焼亡	
1055		3					九月廿七日 法成寺焼亡	
1056		4						
1057		5					三月十四日 上東門院（彰子）、法成寺供養 大僧正明尊に封す 十月廿六日 小野宮焼亡	一月廿四日 資房 薨
1058		康平1					二月廿三日 法成寺全焼 二月廿六日 新造内裏焼亡 一月八日 一条内裏焼亡	
1059		2						
1060		3	頼通		教通	頼宗	五月四日 興福寺焼亡 十一月廿六日 頼通、明尊九十賀ヲ行フ	
1061		4	頼通	頼通	教通	頼宗		頼通 太政大臣（十二月十三日） 資平 権大納言（十二月八日）

1072	1071	1070	1069	1068	1067	1066	1065	1064	1063	1062
12 12 後三条				7 4						
4	3	2	延久1	4	3	2	治暦1	7	6	5
			教通	教通			頼通			
			師実	教通			教通			
			源師房	師実			師実			
十二月八日 後三条帝譲位 十二月廿九日 白河帝即位 実仁立太子	二月十日 女御 源基子実仁を出産 三月九日 左大臣師実養女賢子、東宮貞仁妃 十月廿九日 日吉社に行幸		四月廿八日 貞仁親王立太子	四月十六日 頼通宇治にこもる 四月十七日 皇太后禎子を太皇太后、中宮章子を皇太后、皇后寛子を中宮、歓子を皇后とする 四月十九日 後冷泉帝崩御 七月廿一日 後三条帝即位	三月廿二日 皇太后、延暦寺で皇太子の厄運を祈トウ		五月五日 教通氏長者と為る	十二月十三日 頼通、氏長者を教通に譲る	六月廿六日 明尊 入寂	六月廿二日 東宮妃茂子 薨
師実 皇太弟傅(十二月八日) 資仲 東宮権大夫(十二月八日) 能長 春宮大夫(十二月八日)				師実 皇太子傅(四月廿八日) 経輔 太皇大后夫大夫(七月三日) 能長 東宮大夫(四月廿八日) 源経長 皇大后宮大夫(七月三日) 忠家 大皇太后宮権大夫(七月三日) 源顕房 中宮大夫(七月三日) 源隆俊 皇太后宮権大夫(七月三日)	資平 十二月五日 薨	経任 二月十六日 薨	二月三日 頼宗 薨 二月九日 能信 薨	十一月九日 長家 薨		九月二日 頼通太政大臣罷

西紀	1073	1074	1075	1076	1077
天皇	白河				
年号	5	承保1	2	3	承暦1
摂関			師実		
太政大臣					
左大臣			師実		
右大臣			源師房		
宮廷（後宮）の動き	一月十九日　後三条皇子輔仁誕生 二月二十日　石清水、住吉、天王寺に御幸 五月七日　後三条帝崩御	六月二十日　賢子を中宮と為す	二月　大井河に行幸 九月十日　左大臣師実、大井河遊覧 十二月　皇弟輔仁を親王と為す	十月廿四日　大井河行幸	
公卿職官		二月二日　頼通　薨 十月三日　彰子　薨	九月廿五日　関白教通薨　十月六日葬 師実　十月十五日関白 師房　十二月十五日皇太子傅		二月十七日　源師房　薨

（公卿補任・日本紀略・資料宗覧・栄花物語より）

作者が最も興味あった事件の一つと思われる「敦明親王皇太子退位事件」前後を、前記の簡略な年表で追ってみる。

敦明親王の母后娍子は、三条帝治世二年目に皇后と為る。その時の大夫は、隆家である。が、目をわずらって筑紫に下る。その後、懐平（実頼孫、実資兄、資平実父）に替わるが、その懐平も四年後の後一条治世二年目に亡くなる。敦明親王は、父院（三条帝）崩御後自ら、皇太子を退位する。

この間の事情を、実資の『小右記』[注4]に見る。

『小右記』長和四年十月二日己卯

資平云、主上密々被仰云、日来左大臣頻責催譲位事、太奇事也、又云、当時宮達不可奉立東宮、依不可堪其器、故院三宮足為東宮者、於吾前所定如此、左右思慮何為、至今譲位事都思留了、御目於昏、仰神祇大副守孝、七箇日、於伊勢太神宮可奉仕御禱之由、（略）又被仰云、大納言公任、中納言俊賢、為為吾多不善事、催左大臣令責吾禅位、此事不安、仍訴申神明、彼身及子孫不宜歟、十善故登宝位、而臣下伺有危吾位哉、憂心一時不休者、不可外漏、為見合向後事所記耳、

『小右記』長和四年十二月十六日壬辰

早旦資平来云、御譲位事可在正月之由、去夕被仰左相府了、宮達御元服着裳等事、今委附相府給、至斎宮御着裳事不可知、還上之後令着許也者、見天気、依無神恩歟、右大将之報、今朝資平来伝、依連日物忌、昨日通達者、資平臨夜来云、為案内辞状、欲遣平相公許者、余答云、有何事、即退去、不幾帰来云、相逢平相公、々々云、只欲上致仕之表、至譲状不心清之事者、事之委趣、先密奏次可達相府、不可惜下官口、伺便宜自可申相府之由諷諫畢、相府触事無隔心云々、仍所示也、若諾耳、主上常被仰云、汝事深所剋念、以此旨示相府無固辞歟、縦雖確執不可承引、昨日所被仰又如此、譲位後儲宿所可祇候由、丁寧有仰、今夜参内、依相府命者、

又云、女二宮皇后宮腹、可為一品、亦女三宮中宮腹、殊可給千戸封并年爵年官等、依未及着裳不可叙一品云々、是乱代之又乱代也、当時有四后一品親王三人之中、故大宮院男女親王皆賜千

戸封并年爵年官等、又重此事、嗟乎嗟乎、

『小右記』寛仁元年八月七日壬申

今日承行諸社奉幣事、仍早出、先参謁大殿、被談青宮辞退事、日来云々嗷々、不可聞入之事也、然間一日以彼宮蔵人少内記行任、被仰此事体於能信、又有可参之仰、一昨来云、若所参入歟、仰可参之由、臨夜参入、左府良久候御前、退出後召御前、被仰可辞退皇太子之事、若相逢前摂政乎、以入相傳有子細歟、何為者、承此気色昨日参入、候御前、摂政又祗候、無輔佐人宮事有若亡、院崩御後便無為方、傅大夫其中不宜、一分為我無益、不如辞退、心閑休息、但一両人可召仕事被相計者、申云、左右難申、若可有御表歟、表更無可令作之人、被相逢乎、委趣此事又有何事乎、摂政同聞者、又申云、令祗候令給受領、自致恪勤歟、御気色、和悦、其後快被仰雑事、此外多事、不能具記、余亦申希代由退出、

『小右記』寛仁元年十一月廿二日丙辰

院今夜可坐高松云々、以大殿高松腹太娘被奉答云々、左大将教通、左衛門督頼宗脂燭、已座重喪、令有婚礼、疋夫豈然乎、嗟々可弾指、或云、院御方過所常命管絃云々、自吹笛給云々、節会事在其部、

実資養子資平からの伝聞が記されている。三条帝が、資平に、道長が譲位を促すだけでなく、立坊の件についてまで口出ししている事を洩らされた事が記してある。又、三条帝崩御後、退位した小一条院(敦明)と、道長女、高松殿腹寛子との婚礼の様子を、にがにがしく記している。

(五)『大鏡』の作者

『大鏡』の作者は、実資養子「資平」と考える。資平の年譜を『公卿補任』から簡略ながら追ってみる。

権中納言懐平卿二男。母中納言源保光卿女。

寛和二年　生

長和四年二月十八日　補蔵人頭（三十歳）
長和五年正月廿九日　補新帝蔵人頭（三十一）
長和六年　公卿（三十二）
寛仁五年　皇太后宮（妍子）権大夫（三十六）修理大夫・侍従・美作守
万寿四年　止（妍子薨）（四十二）左中将
長元十年　皇后宮（禎子）権大夫。（五十二）右衛門督
天喜二年　皇太后宮（禎子）大夫（六十九）右衛門督按察使
治暦三年　皇太后宮（禎子）大夫
十二月五日薨（八十二）

以上、資平は、公卿としての生涯を、三条帝、及び三条帝皇太后妍子（道長女）、特に遺児一品宮禎子と共に送った事になる。禎子の一男尊仁（後三条）が即位するのは、資平の死の翌年、治暦四年七月廿一日（御年卅五）である。

『大鏡』の最後（「藤原氏物語」、及び「雑々物語」）に、世継の夢想「禎子の栄え」が繰り返し記される所以と考える。

長い藤原氏の外戚としての繁栄の歴史は、兼家・道長、そして頼通へと続く。その帝も遠慮する程の絶対なる権勢の中で、傍系となった小野宮系の資平が、どのように生きたのか。

二節　『大鏡』の成立背景

㈠『今鏡』記述から

『大鏡』では、万寿二年、道長の栄華の絶頂期で、筆が終っている。『大鏡』のあと『今鏡』・『水鏡』・『増鏡』と、歴史ものが一つの系統として続く。『大鏡』の記述されている万寿二年後の、世の中を、後続の『今鏡』が、どのようにとらえて記しているかを、次に見る。

『今鏡』すべらぎの上　第一「雲井」注5

後一条の帝は前の一条の院の第二の皇子におはします。御母、上東門院、中宮彰子と申しき。入道前の太政大臣の大臣道長の第一の御娘なり。……同じ

き（寛弘）八年六月十三日東宮に立たせ給ふ。御齢四つにおはしましき。一条院位退らせ給ひて、御いとこの三条の院東宮におはしまし丶に譲り申させ給ひしかば、その御かはりの東宮に立たせ給へりき。かの三条の院位におはします事、五とせばかり過ぐさせ給ひて、長和五年一月の廿九日に、位をこの帝後一条に譲り申させ給ひき。御齢九つにぞおはしまし丶。さて東宮には、かの三条の院の式部卿敦明の御子を立て申させ給へりき。摂政はやがて御祖父の入道大臣道長左大臣とて、先の帝の関白におはしまし丶、ひき続かせ給ひて、次の年寛仁元年の三月に、御子の宇治の大臣頼通大将ときこえさせ給ひしに譲り申させ給ひにき。その日やがて内大臣にもならせ給ふときこえさせ給ひき。その八月九日東宮敦明わが御心と退かせ給ひき。三条の院も四月に御髪剃させ給ひ、五月に崩れさせ給ひぬるにも、世の中淋々しく思ほし召すにや、御病などきこえて、かく退らせ給ひぬれば、帝の御弟の第三の親王後朱雀をこのかはりには立て申させ給ひ、廿五日にぞ前の東宮敦明に院号きこえさせ給ひて、小一条の院と申す。

『今鏡』すべらぎの上　第一「司召し」

この次の帝は、後三条の院にぞおはしまし丶。……父の帝後朱雀院、さきの年寛徳元年の冬より患はせ給ひて、正月寛徳二年の十日あまりの頃、位去らせ給ひて、御子の宮後冷泉に譲り申させ給ふ事ばかりにて、東宮立たせ給ふ事はともかくも聞えざりけるを、能信と聞え給ひし大納言は、宇治殿頼通などの御弟の、高松明子の御腹におはせしが、御前後冷泉に参りて、「二の宮後三条をばいづれの僧にか附け奉り侍るべき」と聞え給ひけるに、「坊にこそは立てめ。僧にはいかゞ附けむ。関白頼通の『東宮の事はしづかに』といへば、後にこそは」と仰せられけるを、「今日立たせ給はずば、かなふまじき事に侍り」と申し給ひければ、「さは今日」とてなむ東宮には立たせ給ひける。やがて大夫には、その能信の大納言なり給ひき。君の御ため、たはみなく勧め奉り給へりけむ、いとありがたし。されば白河の院は「まことにや大夫殿」とぞ仰せられけるとぞ、人は申し侍りし。二の宮とは後三条の院の御事なり。

この帝、後朱雀院の第二の皇子におはします。御母太皇太后宮、禎子の内親王と申す。陽明門院この御事なり。帝、寛徳二年正月十六日、東宮に立たせ給ふ。御齢十二。治暦四年四月十九日、位に即かせ給ふ。御齢三十五。大極殿もいまだ造られねば、太政官の庁にてぞ、御即位侍りける。世を治めさせ給ふ事、昔かしこき御世にも恥ぢずおはしましき。御身の才は、やむごとなき博士にもまさらせ給へりけり。東宮におはしましける時、中納言匡房まだ下臈に侍りけるに、世を恨みて、「山の中に入りて、世にも交らじ」など申しければ、経任と聞えし中納言の、「われはやむごとなかるべき人なり。しかあらば、世のため身のためくちをしかるべし」と諫めければ、宇治の太政大臣頼通心得ず思ほしたりけれど、東宮後三条に参り給ひければ、宮も喜ばせ給ひて、やがて殿上して人の装など借りてぞ、簡にもつきける。さて夜昼文の道の御友にてなむ侍りける。……

　大弐実政は、東宮の御時の学士にて侍りしを、時なくおはしませば、……さて親王位に即かせ給ひて後に、「左中辨に加へさせ給へ」と申しければ、「露ばかりも理なくも思すまじきに、いかでかゝることは申すぞ。正左中辨に初めてならむ事あるまじ」き由、仰せられければ、蔵人頭にて中納言資仲侍りける、重ねて申しけるは、「実政申すことなむ侍る。木津の渡の事を、一日にても思い知り侍らむ」と奏しければ、その折覚ししづめさせ給ひて、計らはせ給ふ御気色なりける。

『今鏡』すべらぎの中　第二「手向」

この帝後三条世をしらせ給ひて後、世の中みな治まりて、今に至るまでそのなごりになむ侍りける。剛き御心もおはしましながら、また情多くぞおはしましける。石清水の放生会に、かみ、宰相、諸衛のすけなど立てさせ給ふ事も、この御時より始まり、仏の道もさま〴〵それよりぞ、まことしき道はおこりける事多く侍るなる。円宗寺の二会の講師置かせ給ひて、山、三井寺の才高き僧など、位高く上り、深き道も弘まり侍るなり。また日吉の行幸初めてせさせ給ひて、法華経重く崇めさせ給ふ。かの道弘まる所を、重くせさせ給ふこそは、まことに御法をもてなさせ給ふにこそ侍るなれ。……よろづの事、昔にも恥ぢず行はせ給ひて、山の嵐枝も鳴らさぬ世なれば、雲井にて千世も過ぐさせ給ふべかりしを、世の中定まりて、心安くやおもほしめしけむ、また高き雲の上にて世の事もおぼつかなく、深き宮の内は、世を治めさせ給ふも煩ひ多くて、今少し降居の帝とて、御心のまゝにとやおぼしめしけむ、位にをります事四年ありて、白河の帝の東宮におはしまし丶に位譲り申させ給ひき。御母女院禎子、御娘の一品の宮聡子など具し奉らせ給ひて、住吉に詣でさせ給ふとて、

住吉の神はうれしと思ふらむ
むなしき船をさしてきたれば

と詠ませ給へる、帝の御歌とおぼえて、いとゞおもしろくも聞え侍る御製なるべし。降居の帝にて久しくもおはしまさば、いかばかりめでたくも侍るべかりしに、次の年延久五年崩れさせ給ひにし。世のくちをしきとは申せども、位の御時よろづした丶め置かせ給ひて、東宮に位譲り申させ給ひて崩れさせ給ひぬれば、今はかくてとおもほしめしけるなるべし。

『今鏡』すべらぎの中　第二「御法の師」

東宮（後三条）におはしましける時、世のへだて多くおはしましければ、危くおもほし召しけるに、検非違使の別当にて経成といひし人。直衣に柏夾して、白羽の胡簶負ひて参りて、中門の廊にゐたりける日は、如何なる事の出できぬるぞと、宮の中、女房よりはじめて、隠れ騒ぎけるとかや。……かやうにのみ危ぶませ給ひて、東宮をも捨てられやせさせ給はむずらむとおもほしけるに、殿上人にて衛門権佐行親と聞えし、人の相よくする覚えありて、いかにも天の下しろしめすべき由申しけるかひありて、かく双びなくぞおはしましける。

この帝の御母陽明門院禎子と申すは、三条院の御娘なり。御朱雀院、東宮の御時より御息所におはしまして、この帝をば、廿二にて生み奉らせ給へり。長元十年二月三日、皇后宮に立ち給ふ。御齢廿五。その時、江侍従立たせ給へしと聞きて、

紫の雲のよそなる身なれども
たつと聞くこそうれしかりけれ

となむ詠めりける。寛徳二年七月廿一日御髪剃させ給ふ。治暦五年二月陽明門の院と聞えさせ給ふ。御歌などこそいとやさしく見え侍るめれ。後朱雀院に奉らせ給ふ。

今はたゞ雲井の月を眺めつゝ
めぐり逢ふべき程も知られず

など詠ませ給へる、昔に恥ぢぬ御歌にこそ侍るめれ。この女院の御母、皇太后宮妍子と申すは、御堂の入道殿道長の第二の御娘なり。

『今鏡』すべらぎの中　第二「紅葉の御狩」

白河院は、後三条院の一の御子におはしましき。その御母は贈皇后宮茂子と申す。権大納言能信と申しゝ御娘とて、後三条院の春宮におはしまし御息所に参り給ひき。まことには閑院の左兵衛督公成と申しゝ中納言の娘なり。

『今鏡』藤波の上　第四「梅の匂ひ」

関白前の太政大臣頼通の大臣は、法成寺入道太政大臣道長の太郎におはします。御母、宮たちに同じ。従一位源の倫子と申す。一条の左大臣雅信の大臣の御娘なり。鷹司殿と申す。この宇治の太政大臣、大臣の位にて五十一年までおはしましき。後一条の院の御をぢにて、御齢廿六にて、寛仁元年三月十六日、摂政にならせ給ふ。その十九日、牛車の宣旨蒙ぶらせ給ひて、やがてその廿二日、大臣三人のかみにつかせ給ふ宣旨蒙ぶり給ふ。帝後一条おとなにならせ給ひぬれば、関白と申しき。後朱雀の院位につかせ給ふにも、なほ御をぢにて、長元九年四月廿九日、さらに関白せさせ給ふ。その後、太政大臣にならせ給ふ。御齢七十一とぞ聞えさせ給ひし。治暦三年七月七日、宇治の平等院に行幸ありて、准三后の宣旨かうぶり給ふ。昔の白河の大臣良房の如くに、内舎人なども御随身に賜はらせ給ひき。十二月に関白は譲り給ひて、のかせ給へれど、内覧の職事まゐり、物申すこと同じことなりき。後三条の院位に即かせ給ひてぞ、年ごろの御心よからぬ事どもにて、宇治にこもり居させ給ひて、延久四年正月廿九日御髪剃させ給ひて、同じき六年二月二日八十三にて失せさせ給ひにき。

以上、『今鏡』の記事の抜粋であるが、主要記事を次にまとめる。

一、後一条の母后は道長の一女彰子である。三条帝期の皇太子で、三条帝退位後即位した。皇太子には、三条帝皇子敦明が立ったが院崩御後、自ら退位されたので、後一条の弟（後朱雀）が立坊した。

一、後朱雀院が、皇子親仁（後冷泉）に譲位された時、頼通は皇太子を決めなかったが、能信が奏上して、その日のうちに尊仁（後三条）を立坊させ、自分はその大夫となる。

一、後三条帝の治世は、英明なものであり、又、学識豊かな帝であった。

一、大江匡房が、出家しようと思っていた頃、経任に励まされて、後三条帝の皇太子時代に参内した。又、後三条帝は即位後実政を、資仲にさとされて任用した。

一、後三条帝の治世のなごりが続いている。剛毅であると共に情深くあられた。

一、信仰心も深く、比叡・三井寺に良き僧が集った。

一、後三条帝の東宮時代は、不穏な事が多く、退位されるのではないかと思われたが、行親の相のとおり、天下を治められた。

一、白河院は、後三条帝の第一皇子で、母は、能信女茂子である。が、実は公成の娘である。

一、頼通は、道長の一男である。後一条帝期に摂政・関白となり、後朱雀帝期もひき続き関白であった。後三条帝の退位後は、おもしろくない事が続いて、宇治に籠り、出家後八十三歳で亡くなった。

時代は移り、世の人の心も変わった事が記されている。末の世とはいいえ、それでもなお新しい時代の象徴としての後三条帝を、前面に押し出して記している。その後三条帝の世を可能にすべく力を尽した高松殿腹の能信についての記述が注意される。一方、道長の後を継いだ頼通は、後三条帝即位前から、宇治に籠り、そのまま亡くなる。

(二)『栄花物語』の記述から

『栄花物語』巻廿八「わかみづ」

……かくて日暮るゝ程に、殿原の御出車ども率て参りつどひての、しる。一品宮（禎子）いみじう、つくしげにおはします。御方違におはしますとぞ知らせ給へりける。大宮（妍子）の御前のおはしまさぬを、「ひとりはいかでか」と動かせ給はねど、よろづに聞えさせ慰め給ふ。……かくいふ程にむげに夜ふけて、関白殿せちにそゝのかし奉らせ給程、……御堂に、「我をあはれと思はん人〳〵、わが代りにこまかに仕まつり給へ」と、泣く〳〵聞え給へば、いづれの殿ばらも、いと心ことに仕うまつり給へり。……関白殿御手とらへて、率てのぼり奉らせ給へり。……枇杷殿には、……御殿籠りいらずなりぬ。うゐ（倫子）と御物語して、明させ給へり。参らせ給て後、こよなうのどかになりぬ。

『栄花物語』巻廿九「たまのかざり」[注6]
……うせもておはするまゝに、とのゝ御前、「あな悲しや。老たる父母を置きて、いづちとておはしますぞや。御供に率ておはしませ」と、声を立て、泣かせ給に、……三月八日より悩ませ給て、万寿四年九月十四日の申の時に（妍子）うせさせ給ぬ。……一品宮（禎子）の御服やつれもいとあはれに心苦しう、絵にもかゝまほしうおはします。女房・宮司など、皆いと黒ましたり。侍の人〳〵は、さすがに濃き狩衣・袴にて冠をぞしたる。中宮（威子）も女院（彰子）も、おぼつかなくてやませ給ぬる事を、あはれに悲しくおぼしめさるべし。土御門殿に、ひとゝせ上の御賀に四所さし集らせ給、一品の宮・殿ゝ上など、すべて六所おはしましゝ程などの事、昨日ばかりと覚ゆるに、督の殿（嬉子）ゝあはれに若くておはしまししに、この御有様などの、すべて猶世こそゆゝしけれ。一品宮の御方には、東宮より御使日ゝに参る。

『栄花物語』巻卅十「つるのはやし」
……（十二月）ついたち四日巳時ばかりにぞうせさせ給ぬるやうなる。……殿の御前は御悩むありつれど、宮（妍子）の御事なくば、いとたゞ今はかくおはしまさゞらまし。御堂の事どもをぞ、返す〳〵関白殿には申させ給ける。「女院、嘉陽院殿におはしまさせて、関白殿、土御門殿に住ませ給て、御堂を常に見、沙汰せさせ給、修理をせさせ給へ」とぞ申させ給ける。又、「一品宮（禎子）の御事をなん思事なる。あなかしこ、おろかに誰も思きこえさすな。我遺言違ふな」とぞ返ゝ聞えさせ給ける。

『栄花物語』巻卅一「殿上の花見」
……内の大殿（教通）には、女三所・男四人ものせさせ給を、大姫君（生子）御匣殿と聞ゆるを、いと参らせ奉らまほしうおぼして奉せさせ給。内（後一条）にもさる御心ざしありておぼしめしけれど、中宮（威子）に憚り申させ給て、さしはへうち出で申させ給はず。宮は、「さる事もあらば、かくさだすぎ、何事も見苦しき有様にて、いかでかあらん、籠り居なん」とおぼしめしけり。鷹司殿ゝ上、言に出でゝ諌めきこえさせ給。春宮大夫（頼宗）もいと数多持ち給て、おぼしかけざりしかども、大姫君は小一条院に、高松殿ゝ女御（寛子）うせさせ給にしかば、婿どり奉らせ給て、院の上とておはします。中姫君は前一品の宮（脩子）に、一所つれ〴〵にておはしませば、迎へ奉らせ給て、いみじくかしづき奉らせ給て、それも内にとおぼしめしたれど、内大臣殿（教通）の御事だにかく難ければ、いかでかおぼし寄らん。一品宮は一条院の皇后宮（定子）の御腹におはしませば、内（後一条）の御妹におはします。……春宮大夫殿の上は、帥殿ゝ姫君にものし給へば、一品宮には離れさせ給はぬ御中にて、姫君をも御子にし奉り給へるなるべし。……一品式部卿宮（敦康）の姫君（嫄子）たゞ一所、殿ゝ上（隆姫）の御はらからの中務宮（具平親王）の中姫君の御腹にものせさせ給ふ。これも内（後一条）に参らせ給べしと聞ゆれど、殿（頼通）ゝ、中宮（威子）に、「さらになおぼし疑はせ給そ。こと人〴〵は知り候はず、おのれはさる事いかでか」と申させ給けり。……中宮はこの頃ぞ卅一二ばかりにおはします。……殿（道長）などもおはしまさず、我かたざまは何事もさだすぎ、うちとけあやしき目移しに、「華〴〵ともてかしづき、さるべき人添ひ給へらん若く盛に今咲き出づるやうならん人には並びてあらじ」と、深くおぼしめしたり。内には、「あるよりはやむ事なくなん思きこえさすべき。もしこの思ことゝり出づる人もやと思ばかりなり」などぞ申させ給ける。……実成の中将は、その頃右兵衛督にて中納言にてものし給、大弐になり給へり。御子は男子一人、公成の宰相とて、滋野井の兵衛督とて、かたちはいとよく、よき上達部にてものし給。女子は中宮権大夫（能信）の上にてものし給ふ。今女一所ものし給ひしは、顕基中納言とて、故源民部卿の子を関白殿の子にせさせ給へる、婿どり給へりしかど、男子一人生み置きて亡せ給にしかば、この頃十五六ばかりにて、すけつな（資綱）の少将とておはす。兵衛督は滋野井に女君一所生ませ給へりけるは、大夫殿（能信）の上子にし奉らせ給て、いみじくかしづきゝこえさせ給。……東宮（後朱雀）の一宮（後冷泉）はこの院に在しませば、入らせ給て、東宮の御方におはします。一品宮（章子・後冷泉后）はこの宮（後冷泉）の今一つが御とうとにおはしませば、世の人まだきより、「いみじくよき御あはひなり」と聞えさするも、げにさもやおはしまさん。……春宮には、一品宮（禎子）の御腹に姫宮二ところ（良子・娟子）おはしませども、それは疎くて見奉らせ給事なし。

『栄花物語』巻卅二「歌合」

……内大臣殿（教通）は、この院（小一条）の御妹の女二宮（禔子）をぞ、上にておはします。御心寄ありていとをしく、この程もおぼし歎かせ給けり。御女参らせ奉らんとはおぼし宣へど、中宮（威子）にも御けしきよくて参らせ給て、宮達をもて遊びきこえさせ給。……春宮の一宮（後冷泉）は、内（後一条）に御子もおはしまさねば、疑ひなき儲君と思申たり。越後の弁は、この宮の御乳母にて候ふ。……経任の弁、宰相になりて、俊家の中将、頭になり給ぬ。御心（後一条）におぼしめしけるは、春宮（後朱雀）に、限ある位なりとも、この頃譲きこえて、一品宮（章子）をやがて参らせ奉り給はんとおぼしめす。世人は「若宮（後冷泉）こと参らせ奉り給はん」と思申しかど、いかにおぼしめすにか、春宮にとおぼしめす。さりとて前の一品宮（禎子・陽明門）を疎に思ひ参らせさせ給べきにあらず。「たゞ見る世に今少し動きなく見奉らんと思なり」など、人知れず御文通ひけり。かゝれど内には、内大臣（教通）殿の御匣殿（生子）参らせ給べしと申は、いかなる事にか。

『栄花物語』巻卅三「きるはわびしとなげく女房」

内（後一条）の御悩、日を経て重らせ給て、……遂に四月十七日の夕方うせさせ給ぬれば、……その年裳瘡夏より出でゝ、人〳〵わづらひけるに中宮（威子）、はじめの度さもおはしまさゞりける、……九月六日うせさせ給ぬれば、……中宮の大夫（斉信）はうせ給にしかば、権大夫（能信）ぞ大夫にてやがてものし給。殿（頼通）は籠らせ給はず、大嘗会御禊などの事行はせ給へば、日頃過ぎのどやかなるしも、ものゝ、あはれなる事はまさりゆく。「物覚ゆる今日いかにせん」とは、まことにぞ。女院いみじうあはれなる事をいとゞおぼしめし、「我命ながきこそ恥しけれ。宮（威子）は心にまかせたるやうにこそものし給けれ。かくたちおくれ奉りて、一日にてもあらんと思けんや」

とおぼしの給はす。内（後朱雀）の一宮（親仁―後冷泉）は、高陽院殿に、御乳母達など具しておはします。二の宮（尊仁―後三条）は、一品宮（陽明）の御腹に三つばかりにておはします。女一宮（良子）は斎宮に、女二宮（娟子）は斎院に居させ給べしなど聞ゆ。……世中は御禊・大嘗会などいひて、心のどかなる折なし。……女御代には、故式部卿の宮（敦康）の姫君（嫄子）、殿ゝ上（隆姫）の子にし奉らせ給、立ゝせ給。……今だにとおぼすべき内殿（教通）、東宮の大夫（頼宗）、たゞ今はおぼし絶えたり。

『栄花物語』巻卅四「暮まつほし」

年かはりぬれば、内辺り華やかに今めかしう、御薬参り、御まかなひなど、三日の程いとめでたし。七日、式部卿宮（敦康）の姫（嫄子）参り給。殿（頼通）ゝ居立ちせさせ給事なれば、世の中靡きていとめでたし。……かくて参らせ給ぬれば、御使度〳〵参りて上らせ給ひぬ。殿ゝ上（隆姫）もおはします。弘徽殿・登花殿かけておはします。内には梨壺に猶おはしませば道いと遠し。一品宮（陽明）は宣耀殿・麗景殿におはしませば、承香殿の馬道より通りて上らせ給。又の日の御使は、資房の頭中将、上達部・殿上人参り集り、盃の程など、例の作法よりもめでたし。殿のかくおぼしめし扱ひきこえさせ給へば、人〳〵の装束など、いへばおろかなり。さるべき人〳〵競ひ参り、いとめでたし。二月十余日に一品宮（禎子）后に立ゝせ給。大夫には故中宮の大夫（能信）、権大夫には資平の右衛門督、亮・大進など皆あるべき限なり。三月に又式部卿宮（敦康）の姫君（嫄子）、后に立ゝせ給。一品宮（陽明）をば皇后宮、この宮（嫄子）をば中宮と申す。大夫には民部卿（長家）、権大夫には公成の兵衛督、亮には頭弁つねすけ、権亮・大進、行親・泰憲などなり。……皇后宮とは陽明門の院（禎子）におはします。女一宮（良子）は斎宮、女二の宮（娟子）は斎院、左大殿（俊房）の上にならせ給へりき。男二の宮（後三条）は一院におはします。皇后宮、一二の宮、斎宮・斎院に居させ給ぬれば、一所若宮、うち遊ばしきこえさせ給て、物をのみおぼしめしておはします。中宮（嫄子）は程なく入らせ給ぬ。皇后宮（陽明）は、入らせ給へとあれど、いかにおぼしめすにか、入らせ給はず。

……内（後朱雀）には斎宮（良子）をぞいみじうかなしうし奉らせ給ける。男宮（尊仁）をば、又いかでかはおろかには思きこえさせ給はん。女二宮（娟子）をば、宮ぞいとかなしうし奉らせ給ける。中宮（嫄子）は華〴〵といとめでたくておはします。御有様あてにけ高くおはします。八月に、内の一宮（後冷泉）、御元服せさせ給て、東宮にたゝせ給。思つる事なれど、さしあたりてはいとめでたし。大夫にはやがて春宮大夫（頼宗）、権大夫には源大納言（師房）、……京極殿ゝ寝殿に、東面には一品宮（章子）、北面には院の御前（彰子）、斎院（馨子）とおはしまいて、西対に春宮（後冷泉）の御しつらひはしたり。一品宮（章子）の御服果てんまゝに御裳奉りて、東宮（後冷泉）に参らせ給べし。「内（後朱雀）にと、故院（後一条）は申させ給しかども、后も数多おはします、御年もこよなしなどおぼしめすなるべし。……中宮には、前栽合・菊合などせさせ給て、おかしき事多かり。皇后宮（陽明）にはよろづをよそに聞かせ給て、おぼしめし歎く事限なし。大夫（能信）は、故中宮の御忌の程にわづらひ給しが、ともすればおこり給つゝ、わづらひ給

ふ。故皇太后宮（妍子）の御折より、この宮（禎子）をばとりわき扱ひきこえさせ給。枇杷殿焼けにしかば、閑院におはします。大夫殿（能信）ゝうへ（実成女）は、別当（公成）の御女おかしづき奉り給て、二の宮に思心ざしきこえさせ給へり。別当とは公成の兵衛督なり。……内大殿ゝ三位中将（信家）、今は中納言にてものせさせ給。小一条院の高松殿ゝ姫君にぞ婿どりきこえさせ給へる。一品宮（章子）、その年の十二月の十三日に、御裳奉りて、やがてその夜東宮に参らせ給べしと急ぎたゝせ給にたり。……中宮（嫄子）出でさせ給て、御修法・御読経数知らずめでたし。女宮（祐子）ぞ生れさせ給へる。口惜しとおぼしめせど、御乳母さるべき人〳〵数多参る。……九月に、中宮この度も女宮（禖子）生み奉らせ給て、九日といふにうせさせ給ぬれば、あはれにいみじき事をおぼしめし歎かせ給。……はかなく月日も過ぎて、内大殿（教通）ゝ御匣殿（生子・御母公任卿女）、十二月に参らせ給ふ。宮（嫄子）の御事の程なきになど、殿（頼通）はおぼしめしたり。今年ぞ廿六にならせ給ける。年頃いつしかとおぼしめしける御事にて、殿（教通）御心を尽さ

せ給へり。内大殿ゝ上は、三条院の女二宮、この度は添ひ奉らせ給へり。……皇后宮（禎子）、二の宮（尊仁）の御書始にぞ入らせ給へる。あはれに大人びさせ給へるにも、年月の事おぼしめし知られて、あわれにおぼしめさる。……入道一品宮（脩子）、春宮大夫殿（頼宗）ゝ姫君（延子）参らせ奉らんと申させ給て、参らせ奉らせ給。一品宮（章子）も入らせ給て、御対面などありけり。

『栄花物語』巻卅六「根あはせ」

……正月十日の程、いみじう重くならせ給ぬれば、……皇后宮（禎子・陽明）上らせ給て見奉らせ給はんと申させ給へど、「こと人〳〵もいかゞ思はん」と仰せられて、上せ奉らせ給はず。重くならせ給まゝに、内大殿は、女御（生子）の御事をいみじう申させ給。（頼通）「一の人の御女ならぬ人の御子おはしまさぬがならせ給ふ例はまたなきこと」ゝおぼしめして、せさせ給はぬなりけり。……寛徳二年正月十六日に位譲の事ありて、春宮（後冷泉）渡らせ給。糸毛にて参らせ給。いといみじき御有様を、よそにおぼしめしつるよりもいみじう悲しくおぼしめさる。いみじう泣かせ給へば、「かくな泣き給そ。上東門院によく仕うまつり給へ。二宮（後三条）思ひ隔てずおぼせ」など申させ給へば、御顔に袖を押しあてゝおはします。……斎宮（良子）の御事をなんいみじう申させ給ける。「二宮（後三条）いかにせんずらん」とぞ、内〳〵にも仰せられける。故院（後一条）も女院（彰子）も関白殿（頼通）も同じ事におはしましゝだに、我どちこそよかりしか、末〴〵の人〳〵はよからぬ事をいひ出で、おのづからなる事もありしに、ましてこれは御腹もかはらせ給、御後見もかはらせ給へれば、いかにとおぼしめすなるべし。……十八日の夕さり、俄に崩せさせ給ぬれば、いふにもおろかならずいみじ。……内大殿（教通）は、恨しき方も添ひて、涙落ちさせ給。……大将殿（頼宗）も、女御（延子）の御産屋四月になるに、今二月三月を過させ給はずなりぬる、いみじう口惜しくおぼし歎く。……皇后宮（禎子）にはゆるさぬものにおぼしたれど、「なからん世にはおぼし出づる事多からんものを」と、たゞこぞの冬申させ給し、おぼし出づるにもいみじうおぼしめさる。……四月八日には御即位あり。……皇后宮（禎子）のつれ〴〵と昔を恋つゝ行はせ給。女房など、内辺りを恋しう思ひ出づ。春宮（後三条）は十二におはします。閑院に皇后宮一所におはします。斎宮（良子）・斎院（娟子）も下りさせ給へり。さま〴〵なる御服姿いとあはれなり。十七・十五におはしませば、わざとの大人のうつくしうさゝやかなるにておはします。御かたちどもいとめでたくおはしますとぞ。……六月には后にたゝせ給べしとて、さるべき事ども人〳〵当たり、おぼしめしはじむる程に、……廿五日に后の宣旨下りて、七月十日大饗あるべしなどある程、この宮（章子）には珍しかるべき事にもあらねど、猶そゞろ寒くめでたし。七月ついたち京極殿に渡らせ給て、十日たゝせ給。……その年の春、小野ゝ宮の右大殿（実資）うせ給にけり。九十をしも待給へる心地してあはれなり。……かくて右大殿（教通）、姫君（歓子）内に参らせ給ぬ。……かくて、内（後冷泉）に内の大殿（頼宗）、三姫君（昭子）参らせ給べしといふ事出で来て、御調度の事書立て、おぼしめし急ぐ程に、俄に関白殿に姫君（寛子）おはしましけるを、いまだ稚くもおはしましける、やう〳〵大人びさせ給けるを、上（隆姫）につゝみ申させ給へるを、

さのみやはとおぼしめしければ、内に参らせ奉らせ給。内大殿はきゝ給て、競ひ顔にやとておぼしとまりぬ。……二月に后（寛子）にたゝせ給。中宮こそはあがらせ給べけれど、（章子）「たゞかくてあらん」と申させ給ければ、今后（寛子）を皇后宮と聞えさす。……中宮（章子）も、稚くより並ぶ人なくておはしましゝかば、むつましくあはれにやむ事なき方にも思申させ給へり。殿（頼通）もこの御方の御事をば、かたじけなく心苦しう思きこえさせ給て、ありしにも変る事なく仕うまつらせ給。右大臣（教通）ぞ、いみじくおぼし歎かせ給て、籠り居させ給。女御（生子）殿も里におはしまさせ給。后の御事をおぼし絶えさせ給ぬるが、いと口惜しうあさましくおぼしめさるゝなるべし。春宮（後三条）には、左兵衛督（公成）の姫君（茂子）、春宮の大夫殿（能信）、御子にし奉り給、参らせ奉り給へり。御かたちの名高くものせさせ給。女宮（聡子）一所出でおはしましたり。……今年の夏、鷹司殿、上（倫子）うせさせ給たれば、五節なども何の栄なくて過ぎぬ。……内（後冷泉）の御心いとをかしうなよびかにおはしまし、人をすさめさせ給はず、めでた

くおはします。……まことや右大殿（教通）は遂に殿ゝ斎宮（嫥子）におはしましそめぬ。ねびさせ給へれど、心ざし浅からでおはします。上（禔子）はうせさせ給にしなり。上東門院（彰子）は、春宮（後三条）に斎院（馨子）参らせ奉らせ給てき。その程の御有様、殿たちゐ扱ひ奉らせ給。右大殿（教通）・内大殿（頼宗）、皆同じ心に参り仕うまつらせ給。故院（後一条）の御事をおろかならずおぼすなるべし。春宮大夫（能信）の滋野井の女御殿（茂子）、男みこ（白河院）一所女宮三所よ所（聡子・俊子・佳子・篤子）おはしまして、いと頼しくめでたく見えさせ給。……あてにけ高く……いとゞあはれに有難く（後冷泉）思申させ給て、何事もまづと、この御方（章子）の御事をばおぼしめしたり。皇后宮（寛子）、さらぬだに殿（頼通）おぼしめさんところあれば、おろかにもてなしきこえさせ給べきにあらぬを、御心ざし浅からず、いとめでたし。……右の大い殿（教通）の大納言（信家）は、高松殿ゝ御婿にならせ給にしかば、山井大納言を聞えさす。上は小一条院の姫宮（儇子）におはします。……源大納言（師房）殿ゝ姫君（麗子）を、稚くおはしましゝより子にし奉らせ給てかしづき奉らせ給。春宮に参らせ奉らんとおぼしめしけれど、斎院（馨子）やむ事なくておはします、春宮大夫（能信）殿ゝ女御殿（茂子）、御子達数多が御親にて、御心ざしもおろかならで候はせ給へば、「さま〴〵隙なき世に、中〳〵心尽しに見ゆる事を」とおぼして、殿ゝ大納言殿（師実）をおはしまさせ給。……殿ゝ御有様の、いとのどやかに恥しげにきよげにものせさせ給に、御心ばえさへ飽かぬ事なく、御才など在しまし、……さればこそ、おかしくなまめかしき事も出で来れ。いと麗しきは、すさまじくすくよかなりかし。内の上（後冷泉）も、いとたをやかにおかしくおはします。春宮（後三条）は、麗しく厳しきやうにおはしませど、才おはしまし、歌の上手におはします。

『栄花物語』巻卅七「けぶりの後」

……（天喜六年）同じ二月廿三日の夜、御堂焼けぬ。さばかりめでたくおはします百体の釈迦・百体の観音・阿弥陀・七仏薬師など丈六の御仏達、火の中にきらめきてたゝせ給へる、あさましく悲し。……源大納言（師房）の御太郎君は、新中納言俊房と聞ゆる。かの朱雀院の二の宮（娟子）は、前斎院とて、皇太后宮（禎子・陽明門）と一つ所におはしますに、御乳母子を語らひて、忍び〳〵に参り給けり。さて忍びて迎へ奉らせ給てければ、内（後冷泉）・東宮（後三条）いと便なきものにおぼしめしたる中にも、春宮は一つ御腹におはしまして、心やましくめざましうおぼしめして、内にも「一人かくのみ思侍べるべき事にもあらず」と、いみじく申させ給へば、かしこまりてものし給を、猶飽かず、「これよりまさりたらん罪にもありなん」と、いたく申させ給へば、「いかなる事か」と、大納言（師房）殿はおぼし歎かせ給。六条にいとをかしき所、大納言殿ゝ領ぜさせ給けるにぞ、おはしまさせ給ける。大みや（陽明）をも、「すべて御文など通はせ給な」と、春宮のいみじく申させ給へば、いとかなしくし奉らせ給しかど、かき絶えておはします。大納言殿ゝうへ（師房室尊子）、よろづに扱ひ申させ給。宮（娟子）の御有様いとめでたくおかしげにおはします。中納言、物語の男君の心地し給て、いとあてやかになまめかしき御様なり。春宮の斎院（馨子）は、男宮・女宮生み奉らせ給しかど、皆うせさせ給にしかば、あさましき事をおぼし歎かせ給。春宮大夫（能信）殿ゝ女御（茂子）、煩はせ給て、やがて宮にてなくならせ給にけり。あさましき事をおぼし歎かせ給。大夫殿うゑ（実成女）、母上（公成室）など、いかなる御心地かはせさせ給けん。春宮の歎かせ給様限なし。……九月朔日に、内の大殿ゝ上いといたく煩はせ給へば、いかにとおぼしめすに、いと平かにきらきらしき男君（師通）生れさせ給ぬ。源大納言殿（師房）、かたがたに嬉しくおぼしめさる。……民部卿（長家）水参る心地起り給て、いと重くならせ給へば、いかなるべき御心地にかと、中宮（章子）もおぼしめし歎く。……遂に霜月の九日うせさせ給ぬれば、あはれにいみじき事を誰もおぼし歎かせ給。この十月に、二位中将（祐家）は宰相になり給にき。……右の大殿（頼宗）も煩はせ給て、大将辞せさせ給てければ、十二月廿七日に源大納言（師房）なり給ぬ。まことや、内大殿（師実）は、左大殿（教通）ゝ辞せさせ給しに、大将にはならせ給にき。「若き人のためかけざ覧は口惜しき事也。我若ゝりし折、関白殿（宇治殿）ゝ辞し給て譲り給たりし、いと嬉しかりき」とて辞せさせ給を、殿ゝ人は「かく御心なる事を、大納言（信長）殿に譲りきこえ給はで」と申けれど、さおぼしめされける事なれば、辞せさせ給てけり。かくて、又の年の二月三日に、右大殿（頼宗）うせさせ給ぬ。いとあさましくみところ（頼宗・能信・長家）ながら程もなくうせさせ給ぬる事をぞ、あさましくあはれに世人も申ける。女院（彰子）にも殿（頼通）にも、おぼし歎かせ給。関白殿は、内（宇治）に御堂めでたく造らせ給て。籠りおはします。網代の罪によりてにや、宇治に御八講せまほしくおぼしめす。……世の変る程の事ども、なく、俄に宇治の人おぼしめす事のみ出で来たるこそ怪しけれ。後冷泉院の末の世には、宇治殿入り居させ給て、世の沙汰もせさせ給はず、春宮と御中悪しうおはしましければ、その程の御事ども書きにくうわづらはしくて、え作らざりけるなめりとぞ人申し。春宮とは、後三条院の御事也。

『栄花物語』巻卅八「松のしづえ」

一品宮に参らせ給し侍従宰相（基平）の御女（基子）、内（後三条院）おぼしめすといふ事世に聞えて、たゞそなたになんおはしますなどいふ程に、たゞならずならせ給へり。殿ばらなど、「猶女ごゝそ持つべきものはあれ」などめで給ふ。……この近き世には、おぼろげの人は参り給はぬものに慣ひたるに、いとあさましきなり。入道殿に后・帝はおはします物と思ふに、……六日といふに、いときらゝかなる男にておはしませば、さるべき人〳〵置き所なくおぼさる。内の御使、宮の御使、「我まづ奏せん〳〵」とぞ急ぎ参る。……三月九日入らせ給。……女御になりて入らせ給。……世に例なき事に、世人この頃の言種にしたり。さらぬ事だにきゝにくきものいひは、まして理なり。かくもてなさせ給も、人の御程御位こそ浅くものし給しか。侍従宰相（基平）、この斎院の御兄、小一条院の御子、堀河の右大殿（頼宗）、御姫君の御腹、などてかわろからんとおぼしめすなるべし。春宮（白河）よりほかに男宮おはしまさねば、心ことに若宮（実仁）を思申させ給へば、この女御殿（基子）をも重〳〵しくもてなしきこえ給も理なり。御兄は兵衛佐（行宗）・少将（季宗）などにてものせさせ給。入らせ給ぬれば、いつしか上へ上せ奉らせ給て、すけふさ（資房）の宰相の女大納言の君抱き奉らせ給て、侍従の内侍御剣取りて参れり。抱き取らせ給て、まだいとものげなき御程を、うつくしみ奉らせ給程あはれにめでたし。……少しうち泣かせ給へば、返し渡し奉らせ給にやがて続きて渡らせ給ぬ。聞えさせ給程の事、思やるべし。御幸のめでたかるべければ、制し申す人もなく、憚らせ給、煩しかるべき事もおはしまさぬ程にしも、かくおはしますにぞ。春宮（白河）よりほかに御子もおはしまさずなどある程にて、誰も〳〵おろかに思申させ給べきならねど、後冷泉院にかやうの事おはしまさましかば、また御子おはしまさずとも、うけばりてかくはもてなさせ給はざらまし。人知れず、「さる人おはしますなり」などばかりこそは聞かせ給はましか。宇治の関白殿に憚り申させ給はではありなましや。御剣遣し、上達部・殿上人参りつどひなどはえし給はざらまし。御乳母などもかく競ひ参る事はなからまし。中〳〵東宮には、殿ゝ許して立てなどはしもやし奉らせ給ふまじ。かく心のまゝに世を響かしては、えもてなさせ給はざらまし。中宮（馨子）・女御（昭子）殿などおはしませど、女の御有様は限あれば、いみじくおぼしめせども、色に出でさせ給べきにあらず。……後冷泉院の御時に、大宮（章子）などこそは同じことなれど、稚くより女院（彰子）も一つにおほし奉らせ給ひ、やむ事なく煩しくも思申させ給べかりしかど、それだに言に出でゝ申させ給事なかりき。ましてこの世（後三条）は、たゞ御心なり。宇治殿の故中宮（嫄子）を参らせ奉らせ給へりしに、女院（禎子）はやがて入らせ給はでやませ給にき。人（頼通）の御もてなしにや、我御心と入らせ給はざりしにや。入道（道長）殿は我御女参らせ奉らせ給てしかば、又他人はさし出でさせ奉らせ給はざりき。この殿（頼通）は四条宮（寛子）参らせ給へりしかど、中宮（章子）の御事をば所置き参らせさせ給て、物を御覧ずるにも、何事にもまづあの御方の事をとおぼし掟てさせ給へり。……後冷泉院は、何事もたゞ殿にまかせ申させ給へりき。後の世にこそ宇治にも籠り居させ給て、「世も知らじ。物なども奏せじ」とて、世を捨てたるやうにておはしまししか。されど除目あらんとては、まづ何事も申させ給、奏せさせ給はねど、かの殿ゝ人に、受領にてもたゞの司にても、よき所はなさせ給き。同じ関白と申せど廿余ゝり八十までせさせ給。世の人靡き申、怖ぢきこえさせたる、理也。この内（後三条）の御心いとすくよかに、世中の乱れたらん事を直させ給はんとおぼしめし、制なども厳しく、末の世のみかどには余りてめでたくおはしますと申けり。人に従はせ給べくもおはしまさず、御才などいみじくおはします。後朱雀院をすくよかにおはしますと思申しに、これはこよなくまさり奉らせ給へり。世人怖ぢ申たる、理なり。大方の御もてなし、いとけ高くおはしましけり。女院（陽明）の申させ給事をも、さるまじき事をば更に聞かせ給はず。又も世にはめでたき事のあるべきにや。今の右大殿（師房）ゝ二郎、中納言にて、左兵衛督（顕房）にてものし給。この左大殿（師実）ゝ上の御兄なり。その御姫君（賢子）を、大殿（師実）ゝ上、子にし奉らせ給て、春宮（白河）に参らせ給べしと聞えつるを、俄にこの晦日の日、内より疾く参らせ奉らせ給へとありければ、この三月九日参らせ給。……春宮大夫（能長）殿の女御（道子）いかにきゝ給らん、かたはら苦しげなり。……内（後三条）には、「この女御達、なだらかにあまねくおぼしめせ」と申させ給へど、この今女御（基子）殿を、片時見奉らではえおはしまさず、夜昼こなたにのみおはしまして、かつ見るともかゝるをやと見えさせ給へり。内の若宮（実仁）の御五十日、四月十余日、その日の有様いふ方なし。……上の御有様盛にもの〳〵しくおはします。卅七八ばかりにぞならせ給。……若宮の御乳母の候ふはさる物にて、やむ事なからん人をがなとおぼしめして召し出づ。少納言実宗が妻、資成が女、遠江守家範が妻、丹後守公基朝臣の女、女御殿ゝ御伯父の忠俊の刑部大輔の妻も召し出でたり、常陸前司基房が女、閑院の大将（朝光）の孫。さき〴〵もたゞ人の妻などは参りき。上達部の女も、宮仕などして候ひ給は、やがて仕まつり給。かく君達の妻などの参る事はまたなかりつる事也。末になるまゝにはかくのみある世なめり。……この四月にも大極殿の修理などせさせ給に、「新しく造らせ給て、『はじめに世の替るけしきのあらんは、便なかるべし』とおぼしめして」などぞ、世人申し、まことにや。この十二月の八日おりさせ給。この近くになりては重くわづらはせ給ておりさせ給にいとあはれなり。……春宮に二宮（実仁）居させ給ぬ。女御（基子）は三宮の位にて、年官年爵得させ給程など、いとめでたし。

……梅壺の女御（基子）、又いとうつくしうめでたきおとこ宮（輔仁）生み奉らせ給へり。盡きせずいみじき御有様なり。……（天王寺御幸）帰らせ給ても、日頃の有様恋しうおぼしめす。御心地ともすれば起り〳〵せさせ給。四月になりては、いと重くならせ給ぬ。……遂に五月七日崩せさせ給ぬ。

『栄花物語』巻卅九「布引の滝」

宇治殿重く悩みわたらせ給へば、いつとなき御事にて過ぎつるを、遂に二月二日にうせさせ給ぬ。左大殿（師実）、皇太后宮（寛子）など、おぼしめし歎かせ給さまおろかならず。右大殿（師房）も、年頃の御恩の程おぼしめすに、劣らぬ御心の中なり。高倉殿（隆姫）、上、一宮（祐子）などもいかゞはおろかには。八十余年世の一の人にておはしましつる御蔭に隠れつる人〳〵いくそかは。高きも短きも、釈迦仏の隠れ給へる折の有様に劣らず涙を流したり。

以上の『栄花物語』の記述を概略すると、次のようになる。

道長は、孫娘禎子を慈しみ、生前に東宮（後朱雀）に参内させ、その死に臨んでも、なお禎子の後見を説いている。しかし、道長の死後、頼通を先頭に、教通、頼宗は、互いに娘を入内させる事に奔走する事になる。後一条院の崩御後、喪に服する事もなく、後朱雀帝の即位式に関わった頼通は、故敦康式部卿の娘嫄子を養女として、女御として入内させる。が嫄子は内親王を二人出産して死亡する。後朱雀帝の東宮時代からの妃であった禎子は、能信、資平等を後見として皇后と為るが、その後、閑院に籠り参内しないままとなる。頼通の権勢は依然強く、教通、頼宗の娘の入内をも許さない。頼通に遠慮した後朱雀帝を、その崩御後、教通、頼宗は恨んだとある。後冷泉即位と共に、二宮尊仁親王が東宮と為る。母皇后宮禎子の大夫であった能信は、養女茂子を東宮妃として参内させる。上東門院彰子も娘馨子内親王を参内させる。東宮の人柄は厳しいと記されている。源俊房が東宮の妹宮娟子と通した事件での東宮の怒りはとけなかった。能信養女茂子の死後、頼宗、能信、長家と死亡する。後冷泉帝期の末頃から、頼通は、東宮（後三条）と仲が悪く、宇治に籠もったと記されている。後三条帝即位後、茂子腹の後の白河帝が東宮と為る。後三条帝は、小一条院の孫娘基子を愛し、実仁親王が生まれる。（その乳母として、資平一男資房の娘が勤める。）何事も頼通にまかせた後冷泉帝と異なり、後三条帝の治世は厳しく、学才あり、かつ剛毅な気性は父後朱雀帝にも優っておられ、母后（禎子）の言われる事も、道理の通っていない事は聞き入れなさらなかった。その後白河帝に譲位され、実仁親王を東宮とした後、急に崩御される。頼通は多くの人々に惜しまれつつその翌年に死亡する。

以上、私怨が漂っている感じがしないでもない『栄花物語』の続篇の記述である。（頼通賛美が強い）

『今鏡』とは又趣を異にして、後宮内の動きが詳細に記される。道長の死後、兄頼通に従って、頼宗、教通は共に、後朱雀帝への娘の入内を願う。しかし結局、頼通の独占的姿勢に対抗できないままに終る。能信は、頼通の「嫄子入内」という圧力の中で、禎子立后と共にその大夫となり、その一男尊仁親王の東宮時代に養女茂子を参内させている。兄弟が互いに争っている状況を、嘆いている記述が見られるが、道長という核を失った後の、不安定さがうかがわれる。皇后でありながら入内しない母禎子と共に、尊仁（後三条）親王は、閑院で過す。尊仁親王の東宮時代、つまり、後冷泉帝期に頼通とは、母后の件の他にも何か確執があったのではないかと考える。後冷泉帝期の末頃から、頼通は、己の意の通らなくなった世に背を向けて、宇治に籠もり、その後死ぬまでそのままの状態を続ける。即位した後三条帝を、気性が剛毅で、乱れた世を立て直そうと、規制も厳しくされ、又学才も豊かであられたと記す。後三条帝との軋轢をそのままに、宇治へ籠った頼通に対し、教通は次第に後三条帝と結びついて行く。しかし、既に宮廷での主流は、高松殿明子腹の子女、及び、源師房の子息たちへと移行している。

(三)「源氏の栄え」について

小野宮資平と共に、禎子の後見後を務めた能信は、源高明の孫にあたる。異母兄頼通とは不仲であったようだ。それがいつ頃からなのか、又何に根ざしているのかは、まだ良くわからないが、「高松殿明子腹」と記されている所を見ると、この事は周知の事であったのかもしれない。能信の母明子の父(源高明)を流罪に追いやったのは、誰であったのか。判然としない。が、逆に一言も触れないという事に釈然としないものを感じる。資平は、三条帝が譲位された後、道長の絶対なる権勢の中で、又、道長の死後、弟たちを統制しきれず、横暴な態度に出てしまう頼通に、何を見ていたのか。資平は、尊仁親王が即位される前年に八十二才で亡くなってゆる。世の中の流れが方向を替えて行くのを、どのように見ていたのか。

三条帝即位後、資平の実父懐平は、皇后(娍子)大夫を務める。先帝一条院の第一皇子敦康親王(母は定子)の立坊を見る事のできなかった隆家は、同じく皇后(娍子)大夫を務めた後、失意のまま筑紫に赴く。

三条帝崩御の後、資平は、その妃であった妍子、つまり皇太后(妍子)権大夫を務める。そしてその遺児、禎子内親王が、後朱雀帝即位にともなって皇后と為るとき、その権大夫を務める。資平と共に、

能信(道長男、母高松殿明子)は、皇后(禎子)宮大夫として、その後見を務める。

『今鏡』よれば、能信の配慮によって、禎子の一男尊仁親王が立坊したとある。これは後朱雀帝期、頼通は、敦康式部卿の娘源子を養女として、入内させるが、皇子の誕生がなかった事にもよる。皇太后宮(禎子)権大夫は、引き続き資平が務め、東宮となったその尊仁親王の大夫を、能信と、資平一男資房(母は菅原道真の後裔)が務め、能信は、公成の娘(茂子)を養女として東宮妃とする。資房は、その間『春記』を記すが、天喜五年(一〇五七年)、五十一歳で亡くなる。

『栄花物語』では、資平の人柄についての記述を見る事が出来ない。能信、資平の亡くなった際の記述も見えない。が、その後、尊仁親王が即位して後三条帝となった折、その近侍として資平二男資仲の記述が『今鏡』に、又、実仁親王の乳母として資房の娘の記述が『栄花物語』に見られる。

小野宮実資、資平及びその一族の力だけでは、道

長が亡くなったとはいえ、その絶対なる権勢の地盤を受け継いだ頼通に対抗して、尊仁親王を即位させる事はできなかった。頼通とは、母を異にする能信と、いつ、どのようにして資平は結びついたのか。能信の母高松殿明子は、源俊賢と同じく、源高明を父とする。源高明の流罪の真相は、どのような事であったのか。能信と同腹の兄頼宗、そして、頼忠男公任の娘を室にしている教通は、共に、兄頼通と同じくその娘たちを、後朱雀、後冷泉帝に入内させようとする。頼通は、具平親王男師房を養子とするが、師房は源氏姓のまま、能信と同腹の妹尊子を室として、以後、その息、俊房、顕房と共に、一つの流れを作っていく。

三節　『大鏡』の真の意図

(一)　『大鏡』の人物設定

万寿二年、雲林院での三条帝皇后娍子の菩提講の場で、当時、栄華の絶頂にある「道長の未曾有なる栄華の由来（を語る事によって世の中の事が明らかになる）」を、「黄路にまかる」前に、語り尽したいとする資平である。世継、繁樹、若侍と、人物設定をして、心おきなく語ろうとする資平であるが、それぞれ現存する人々を当てていると考える。世継とは、資平自身であり「三条帝から後三条帝となる尊仁親王へと継承させた」という意味ででもあろうか。又、その世継が、親しく心を許して語り合う繁樹は異母（佐理女）弟経任ではないかと考える。

『今鏡』にも経任の名が出て来るが、『栄花物語』巻卅二「歌合」から、その人物評を次に載せる。

……その頃の頭は、故民部卿（俊賢）の御子隆国の頭中将、今一人は小野宮の御孫経任の弁、斉信の民部卿の御子にし給、才などありてうるはしくぞものし給ける。文つくり歌よみなど、古の人にはぢずぞものし給ける。

そして、果断な雰囲気を持つ若侍は、資平の夢であった尊仁親王の姿ででもあろうか。

ところで、この登場人物の、異様に長寿な年齢について、次に述べたい。

世継の、百九十歳という年齢であるが、貞観十八（八七六）年生まれの世継は、万寿二（一〇二五）年には、百五十歳となる。資平は、寛和二（九八六）年生まれであるから、この万寿二年には四十歳である。つまり万寿二年時の世継の年齢と、資平自身の年齢をあわせたものか。それとも貞観十八年から、百九十年後、つまり、治暦元（一〇六五）年に、資平が「黄路にまかる（治暦三年）」直前（八十歳頃）に、記したという意味なのか。

懐平を父、源保光女を母とする資平に対し、経任は、懐平を父とし、佐理女を母として長保二年の生まれで、資平より、十四歳年下である。後に斉信の養子となり、資平より一年早く治暦二年に亡くなる。長元七年に誕生した尊仁親王は、治暦元年、卅二歳で、その二年後、即位して後三条帝と為る。もう一人の後見役能信は治暦元年に亡くなっている。

宇多帝の母后班子女王に仕えた世継と、貞信公忠平に仕えた繁樹が、果断かつ学識ある若侍と、「世の中の事」を明らかにすべく「道長の栄華の由来」を語り続ける。

(二)『大鏡』の真の意図

『太政大臣道長』までで、序に記した意図を果たしたのであろうが、その後、藤原氏物語、雑々物語と続ける。

「藤原氏物語」では、藤原氏始祖鎌足の興りから、その外戚としての繁栄の歴史の概略を記す。道長の後を継承した十三代頼通のその後は、どのようになるのか。

「雑々物語」は、道長を中心にした記述ではない。十全の帝王の好ましき姿と、仕える臣下の栄えある姿ででもあろうか。

資平が、三条帝に仕えた時、どのような夢を抱いていたのか。三条帝は道長の圧力により譲位をするが、その男敦明親王を立坊させる。しかし、その崩御後、敦明親王も道長に屈っして、自ら退位する。どのような思いで、資平は、三条帝を、敦明を、そして道長一族を見ていたのか。又、それらをじっと見ている自分自身を、どのように見ていたのか。

「雑々物語」で、世継は、若侍は次のように語る。

……なにごとも、きゝしりみわく人のあるはかひあり、なきはいとくちをしきわざなり。けふかゝる事ども申も、わ殿のきゝわかせ給へば、いとゞいますこしも申さまほしきなり。

そして、この世継に対して

……侍もあまえたりき。

と、記す資平である。

又、貞信公忠平に仕えた繁樹に、高麗の相人の言葉として、次のように語らせる。

……時平のおとゞをば、「御皃すぐれ、こゝろだましひすぐれかしこうて、日本にはあまらせ給へり。日本のかためともちゐんにあまらせたまへり」……枇杷殿（仲平）をば、「あまり御心うるはしくすなほにて、へつらひかざりたる小国にはおはぬ御相なり」……貞信公（忠平）をば、「あはれ、日本国のかためや。ながく世をつぎ門ひらく事、たゞこの殿」と申たれば、「我を、あるが中に、ざえなく心諂曲なりと、かくいふ、はづかしきこと」、おほせられけるは。されど、其儀にたがはせ給はず、門をひらき、栄花をひらかせ給へば、「なをいみじかりけり」と思侍て、又まかりたりしに、小野宮殿（清愼公）おはしましゝかば、え申さずなりにき。ことさらにあやしきすがたつくりて、下﨟のなかにとをくゐさせ給へりしを、おほかりし人のなかよりのびあがりみたてまつりて、をよびをさしてものを申しかば、「なに事ならん」とおもひたまへりしを、のちにうけ給はりしかば、「貴臣よ」と申けるなりけり。

人の心の機微を穿った周到な語り口が、全編に見られるが、ここでは、作者の、人を見る観点の一端が率直に示されているように思われる。これまで貞信公忠平をもちあげながら、最後に、「ざえなく心諂曲なり」と言わせ、続いて、小野宮を「貴臣」とする作者の真の心は、どこにあるのか。

三条帝と共にあった時、資平は何を見ていたのか。

夢は夢として、かわらずに生きつづける。しかし、現実には、年月と共に形をかえて行く。それは五十年の月日を経て、それを具現させる東宮尊仁へ移る。『今鏡』で、「みな治まりて、今に至るまでそのなごりになむ侍りける」と記され、才あり、剛毅な気性であると共に情深かったとされる後三条帝との結びつきはどのようなものであったのか。

むすび

最後に、「大鏡」の記述目的である「道長の栄華の由来」を語る事によって、『世の中』の事が明らかになる」とは、どういう事なのか。万寿二年の現在、外戚として未曾有の権勢をほしいままにしている道長へ至るまでの歴史を語る事によって、どのような「世の中」が明らかになるのか。万寿二年、三条帝皇后娍子の菩提講の場で、「黄路にまかる」前に、資平は（尊仁親王に）何を語り遺そうとしたのか。道長の絶頂期に、「将来、禎子が栄える」と夢想する事は、どういう事なのか。三条帝に仕え、その遺児禎子内親王の後見を務め、その一男尊仁親王の即位を実現させるという事は、道長に象徴させる外戚による摂関政治の終りを意味する。どの程度に、資平はこの時代の変遷に関与したのか。『大鏡』全編に、作者の語り口の冴えがゆきわたっているが、非常に（もし、このような言葉を使って良いならば）当時としては、合理的、近代的な思考をする人のように感じる。又冷徹であり、感情豊かでもあるように感じる。とりあえず三条帝期以後の資平の動向から、道長に対する意識、又資平自身の意識を追う必要がある。外戚による摂関政治を終焉に至らしめたものは何か。又どのように策動したのか。しかし、「雑々物語」にみられる好ましき帝王の姿及び、臣下の姿は、すでに過去のものとなりつつある時の流れである。以後、院政期には、近臣の重用による弊害なども起きて来る。資平の思いは、後三条帝の崩御後、様々に、うけとめられて行ったように思う。

なお、資平と大江氏との関係、又紫式部及びその娘との関係などもこれから見ていきたい。

参考文献

『大鏡』岡一男校註（日本古典全書　朝日新聞社　昭和51・4）
『大鏡新考』保坂弘司著（学燈社　昭和49・6）
『栄花物語全注釈一〜八』松村博司著（角川書店　昭和

55・11）

古今著聞集（国史大系）
古事談（国史大系）
十訓抄（国史大系）
尊卑文脈（国史大系）
公卿補任（国史大系）
日本紀略（国史大系）
小右記（史料大系）
左経紀（史料大系）
春　紀（史料大系）
史料総覧（東京大学出版会）

以下に記した注は、『「大鏡」作者の位置　続編』に収載するに当たり、書き加えたものです。

注

(1) 松村博司校注『大鏡』（日本古典文学大系　岩波書店　昭和44・8）原文の引用と使用させていただく語等はすべてこれによる。括弧内の人名は、引用した原文の傍訓より、稿者が加えたものである。以下の注も同様である。

(2) 橘健二校注・訳『大鏡』（日本古典文学全集20　小学館　昭和54・4）使用させていただく「藤原氏物語」「雑々物語」「後日物語」世継・繁樹・若侍の語と現代語による原文の概略等はこれによる。

(3) 松村博司・山中裕校注『栄花物語上』（日本古典文学大系　岩波書店　昭和39・11）

(4) 増補史料大成刊行会編『増補史料大成小右記二』（臨川書店　昭和40・9）

(5) 板橋倫行校註『今鏡』（日本古典全書　朝日新聞社　昭和43・12）

(6) 松村博司・山中裕校注『栄花物語下』（日本古典文学大系　岩波書店　昭和40・10）

あとがき

　これは、卒論を整理したものです。納得のいくまとめができなかったまま放っておいたのを、漸くまとめたものです。本文中に引用した『大鏡』・『栄花物語』の原文は、岩波古典大系本からのものです。それぞれの書きぶりから、作者の意識を味わえたらと思い、載せた次第です。

　これからは『栄花物語』の作者の意識（正篇と続篇の相違）なども、あわせて読んで行きたいと思います。

五十八年　四月十一日

安中　正子

系図1

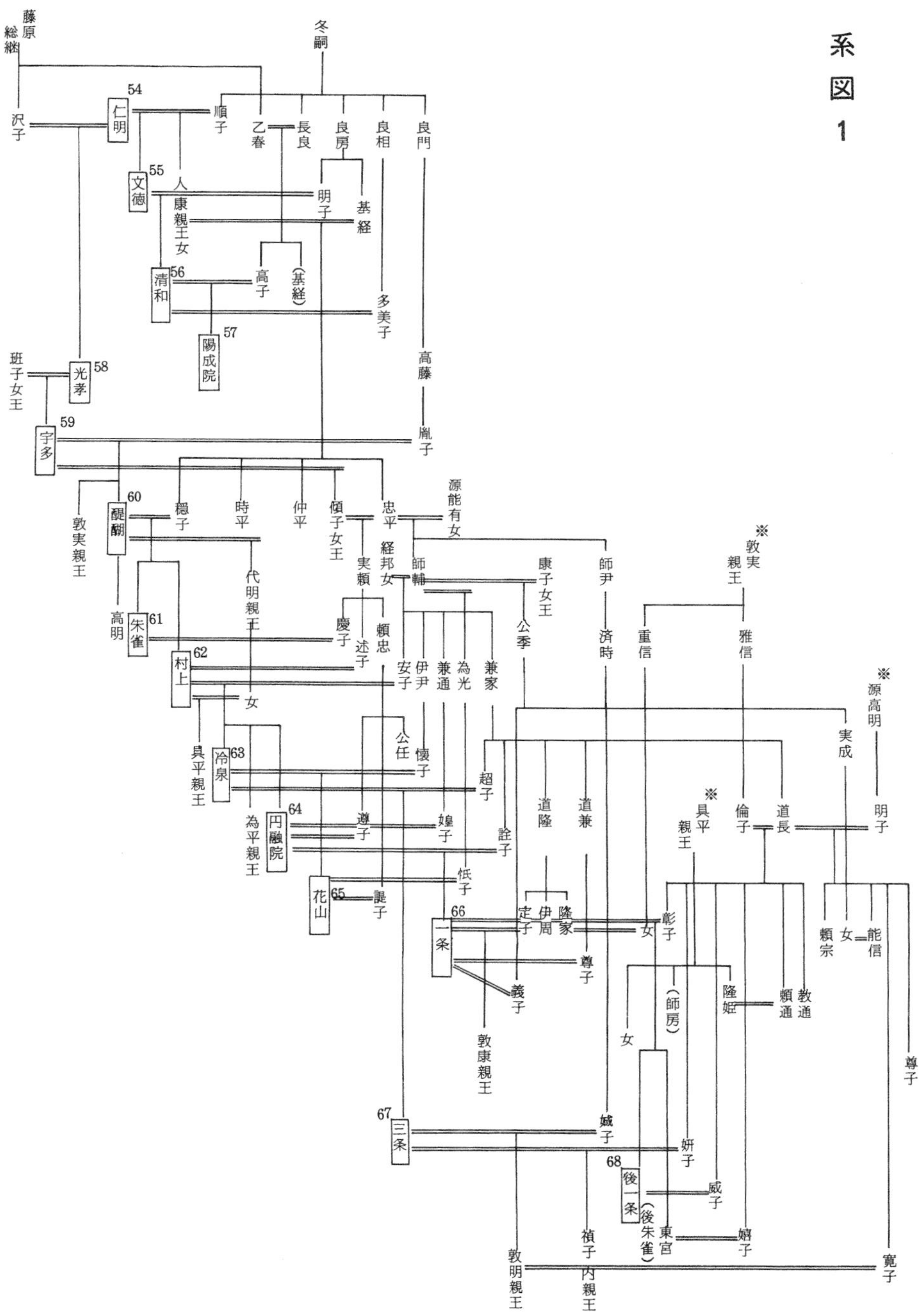

系図 2

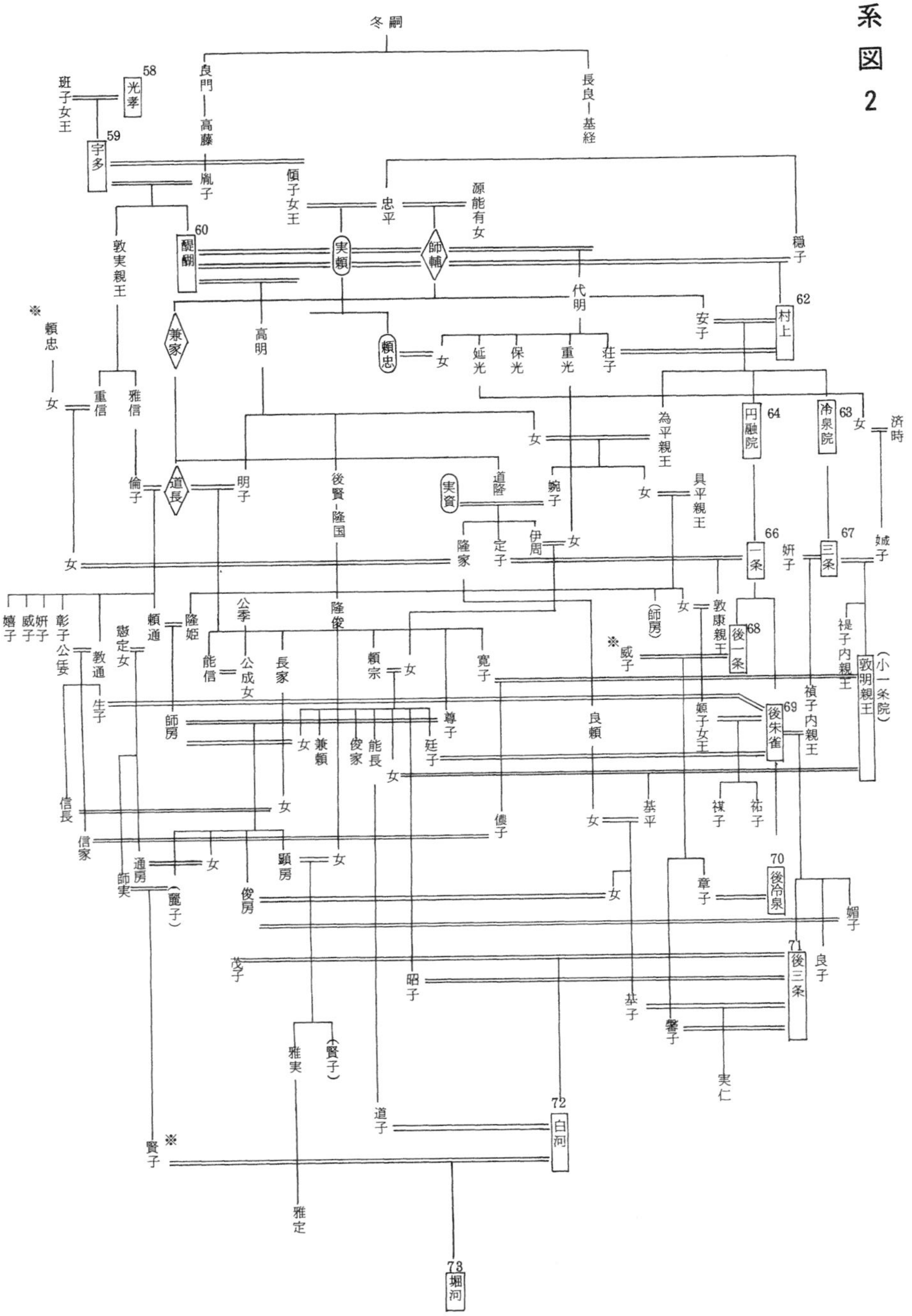

冬嗣
良門
高藤
胤子
長良
基経
58 光孝
班子女王
59 宇多
頎子女王
忠平
源能有女
60 醍醐
実頼
師輔
穏子
敦実親王
代明
安子
62 村上
※頼忠
兼家
高明
頼忠
女
延光
保光
重光
荘子
女
重信
雅信
為平親王
64 円融院
63 冷泉院
女
済時
女
倫子
道長
明子
後賢
隆国
実資
道隆
婉子
女
具平親王
隆家
定子
伊周
女
66 一条
娍子
妍子
67 三条
女
嬉子
威子
妍子
彰子
公任
頼通
隆姫
公季
隆俊
(師房)
女
敦康親王
68 後一条
禔子内親王
(小一条院)
敦明親王
教通
憙定女
能信
公成女
長家
頼宗
女
寛子
※威子
生子
師房
尊子
女
兼頼
俊家
能長
延子
良頼
嫄子女王
禎子内親王
69 後朱雀
女
信長
女
儇子
女
基平
祺子
祐子
信家
通房
女
顕房
女
70 後冷泉
師実
(麗子)
俊房
女
章子
媓子
71 後三条
茂子
昭子
良子
基子
雅実
(賢子)
寛子
実仁
道子
72 白河
賢子※
雅定
73 堀河

『大鏡』の文学性
——作者の視点・意識からの試論

安中　正子

目　次

はじめに

私の文学作品との関わりを述べさせていただきたい。より深い御理解と御批判をいただきたい故です。

就学前のことだったと思う。……（略）……日常生活の自己ですら、このような意識でとらえることができるのかという新鮮さであり、又、その安定感がなんとなく心に残っていたのです。

「はじめに」の冒頭の、「私の文学作品との……」から「心に残っていたのです。」までの部分は、拙著『「大鏡」作者の位置』（悠光堂　平成29・3）の「まえがき」に載せたので省略しました。以下は「……後略……」とした部分です。

その後の数年間の読書による「作品の評価」は、大雑把に言って次の二点にしぼられました。まず第一は、「その作品全体を貫流する一定した何かが存在しているかどうか」という観点です。おそらく、学校教育の中で繰り返された「『作者の一番言いたい事＝主題』は何か」を、素朴に信じて、すべてに実践できるものとしていたのではないかと思います。第二は、「その基調が、どの程度の空間的広がりのある作品世界の中で、貫かれ活かされているか」ということでした。つまり、あらゆる面から捉えながら、又はあらゆるものを内包し感じさせながら、その中に、矛盾を感じさせずに統合させた一つの基調を生み出している作品を、「価値あるもの」と考えたのだと思います。

中島敦の『李陵』には、短編であるが故か、結末への意識の流れに無理があると見ましたが、実在した李陵その人を調べてみたいという興味を掻き立てられた作品でした。又、それまでは歴史に興味を持っていた私自身の本当の志向を明らかにさせられた作品でした。「歴史研究」は、「歴史」を生きた、又は動かした人の感情を取り上げない。しかし「文学作品」は、歴史から見たら結果としては残らないような真実、又、その中で生きた人々の生き様・感情・意識が表されている、という点が私の嗜好に合ったのだろうと思います。

森鴎外の作品には、その基調を大切にするが故に、その基調を創り出すもの以外を極力切り捨てる姿勢のため、観念的・美的基調の完成度は非常に高いが、作品の世界が窮屈になり、その広がりを殺してしまっているように感じました。そして、それは作者個人の意識の深層を見せない構えともとれた。漱石の作品には、彼の言う観念は、卓越した人物描写・及び無理のない自然な情景描写で描き出される作品世界の中に、何かしら程よい速度・暖かさで貫かれています。又その作品には、空間的枠が感じられない。そのためか、「手紙」の形で基調がまとめられているような感じを受けました。今になってみると、「美」を取り上げず、「観念」を基調に据えたのには、それなりに意味があることのように思います。つまり、美的統一よりも、観念的統一をはかる方がより作品世界の空間的広がりに耐え得るのではないか。広がりを持った当時の世界を感知してしまった漱石にとって、よりその世界を表現できる方法をとったのだろうと思います。

以上、新たな観点に従って読みながら、理解を助ける知識を得られない部分は、横着にもその作品から直接に、できるだけ作者の意識、資質等を感知して補おうとしました。

しかし、理解できるものには限りがあり、当時昭和四十年代にあった私自身を満足させてくれる作品はありませんでした。もちろん私自身、心にあるものを明確化できませんでしたし、ましてやそれを開放できる視点も持ち得ませんでした。象徴化された虚構の世界にのみ浸かって、そこから現実の社会を眺めていたためです。今現在の現実の世界から確実に現在の枠を打開し、新たなものを構築していく訓練及び力を全く欠いていたのが、本当のところでした。

私にとって、時を経て残っているのは、あの当時の日本の作家のものよりも、魯迅の作品です。

「…浩歌熱狂の際、寒に中り、天上に深淵を見、一切眼中に無所有を見、希望なきところに救いを得…

「…一游魂あり、化して長蛇となり、口に毒牙あり。人を噛まずして、みずからその身を噛み、ついに殞顛…

……………………

「…心を抉ってみずから食し、本味を知らんと欲す。痛み激しくして、本味なんぞ知るを得ん…

「…痛み定まってのち、おもむろにこれを食らう。しかれどもその心すでに陳腐、本味また知るに由なし…

「野草」より　竹内好訳[1]

この苦しさに立ち向かうには、感性だけでは通用しない。魯迅は言う。

…革命のためには「革命人」が必要なのであります。「革命文学」など、いそがないでよろしい。革命人が作り出してはじめて、それが革命文学であります。ですから、革命のほうこそ、文章に影響を及ぼすのだと私は思います。…

「革命時代の文学」より　竹内好訳[2]

魯迅が、ここで自身このように揶揄しているところの「革命文学」などを書くのではない。ただ、魯迅の「文学」がこれ以上現在を、新しい局面へと打開し得ないギリギリの時に、世の人々に、自ら変革する姿を見せてほしいと願ったのである。そうならば、まだ自分は書けると確信があったのである。

「『文学』が人を、社会を変えられる」という信念が崩れそうな状況下である。

しかし、それでもなお次のように語ります。

…革命文学者は、少なくとも革命と生命を共にし、あるいは革命の脈搏をじかに感じていなければならない、と思うのであります。…

「上海文芸の一瞥」より　竹内好訳[3]

厳しい状況下における、現在を描く危険・困難に立ち向かうことのできた意志であり、力です。

「文学」とは何か。「言葉」は、人間が生存のために発生させたものであろう。「文学」とは、誰もが持っているよりよい生存を願う意欲から起こったと考える。

芸術といわれる絵画・音楽等の中で「文学」こそが、科学の発達、時代の変貌の中で全世界を描写でき、変革をもできる力を持っていると思っていた。しかし、今後映像がさらに科学力を駆使して総合芸術として、あらゆる分野の芸術を凌駕し尽くそうと発達して来るだろう。今後、この世界的サイクルとなった空間的広がりの中で、又それと共に細分化され複雑化される一方、統一化されるであろう機構の進展が予想される中で、どのような視点から、どのような「新しい知覚」によって認識し、把握した作品が生まれてくるのか。誰が、近代における漱石・魯迅のように、われわれの頭上を覆っている霧を切り開き、より広大な空間へと、又より新鮮な感性と知覚の世界へと、解放してくれる作品を創り出すのだろうか。それとも「文学」の領域までも、映画のように個人による創作が難しくなるのだろうか。しかし、どのような形になるにしろ「人間というものの持つ限界と可能性――それに見合うような形で「言語」はできている」（池上嘉彦『記号論への招待』[4]から）という言葉を信じていきたい。

昭和六十年十一月二日　記

序

近代に、漱石・魯迅がその生存の途中で変革する流れにぶつかりながら、自らの中に湧き出してくる感情、観念等に新たな解放を与えたいと願ったように、「古典作品」と言われるものの中に、それを試みた者がいなかったと言えるであろうか。否、むしろ生き残ってきた作品のなかにこそ、人間の生存の歴史の中で、人間と社会との関係に於いての画期的な知覚された意味が存在しているのではないか。その積み重ねが、文化として現在のわれわれの生存社会の中で機能し息づいているのではないだろうか。

「芸術の革命的性格とは、芸術には人間を、歴史的状況に対する固定化した観念や偏見を超えて、世界あるいは先取された現実の新しい知覚へと導く力のあることをいうのである」

……H・R・ヤウス『挑発としての文学史』[5]より

文学作品を創り出して来たのは、われわれ人間である。「われわれが生きているという事は、この世の中にどのような係り方をしているかであり、それと共にどのような視点を通してこの世界を感じているかである。そして、これは、その人の思考・感受性の中に必ず現れる」と考える。作品の文学性を明らかにするためには、その前段階として、「作品全体を統合する視点、具体的・部分的描写に向けられる視点、又、そのような視点を具備させる作者と生存社会との係り方、そして、そのような視点を通して構築（既に虚構の世界となっている）するよりよい世界に、どのような人間の感性・意識を、どのように解放させて、活かし、まとまりを与えようとしているのか。」を、作品から詳細に抽出し、それらの相互関係を整理することが必要と考える。

『大鏡』の特徴としては、その視点となる構成が明確な体系をとっていることが掲げられると思う。そして、その作者の意識は今現代でなお「批判精神」と言われるように、かなり特徴あるものとして認識されている。そして『大鏡』の作者の現実社会と作品世界との係り方、及びその作品意図は、構成よりも、作品に表れる意識により強く打ち出されると考える。

「文学作品」である以上、その作品構成は重大な意味（特に視点・統合等から）を持つ。又われわれ後人が読んでなお感知できる「批判精神」と言われるものの正体は何か。又、その構成の特徴と、作者の精神とは、どのように係わっているのか。

（万寿二年、三条帝皇后娍子の）雲林院の菩提講で、大宅世継・夏山繁樹・若侍が、現在の入道殿下（道長）のすばらしい有り様を、文徳帝及び（その外戚である）冬嗣から語ることによって、世の中のことが明確になると、一部に紀伝体形式をとり入れて集約していく。と同時に、その行間には「（摂関政治に対する）批判精神」とも言われる作者の意識が込められている。

と、言われる『大鏡』の文学としての核、あるいは、「新しい知覚」とは何か。

題材が「歴史」であったため、その文学性が明確に抽出できないようにも見えるが、作者が生きた時代・係わった人間を具体的に記述しているので、その視点・意識を把握しやすい事が利点である。あくまでも、作者が創作上必要と認めた設定・構成、そして、その構成を通して示される視点・意識を詳細に追究し、それらの相互関係を明確にすることが大切であると考える。

第一章　設定

○登場人物

・大宅世継[6]（百九十歳・宇多母后仲野親王女班子の召使い）
・夏山繁樹（百八十歳・太政大臣貞信公藤原忠平が蔵人の少将の時の小舎人童）
・若侍（三十歳程・熱心に世継・繁樹の話を傾聴する）

○時・場所（舞台）

万寿二年（一〇二五年）、雲林院で行われた三条帝（六十七代）の皇后娍子（万寿二年三月廿五日崩御）の菩提講の場。

○**記述姿勢**

世継らの語りを、作者がそばで聴き取っている形。語りの進行及びその内容は、世継が主導権をとると共に、まとめていく形となっている。

第二章　記述目的

「序」に於いて、世継（作者）は「語り（記述）の目的」を明確に述べている。その目的を文脈を詳細に追うことにより、整理してみる。

①『大鏡』[7]の冒頭

さいつころ雲林院の菩提講にまうでゝ侍りしかば、例人よりはこよなうとしおひ、うたてげなるおきな二人、おうなといきあひて、おなじところにゐぬめり。あはれにおなじやうなる物のさまかなとみ侍りしに、これらうちわらひ、みかはしていふやう、「としごろ、「むかしの人にたいめして、いかでよの中の見きく事をもきこえあはせむ、このたゞいまの入道殿下の御ありさまをも申あはせばや」とおもふに、あはれにうれしくもあひ申たるかな。今ぞこゝろやすくよみぢもまかるべき。おぼしきこといはぬは、げにぞはらふくるゝ心ちしける、かゝればこそ、むかしの人は、ものいはまほしくなれば、あなをほりてはいひいれ侍りけめと、おぼえ侍り。返〻うれしくたいめしたるかな。さても、いくつにかなりたまひぬる」といへば…

②世継・繁樹の自己紹介

「いで、さう〳〵しきに、いざたまへ。むかしものがたりして、このおはさう人〳〵に、「さは、いにしへは、よはかくこそ侍りけれ」ときかせたてまつらん」

③繁樹の助勢と若侍の熱心な傾聴態度紹介後

「よはいかにけうあるものぞや。さりともおきなこそ少〻のことはおぼえ侍らめ。むかしさかしきみかどの御まつりごとのおりは、「国のうちにとしおいたるおきな・女やある」とめしたづねて、いにしへのおきてのありさまをとはせ給てこそ、奏することをきこしめしあはせて、世のまつり事はをこなはせ給けれ。されば、おいたるは、いとかしこきものに侍り。わかき人たち、なあなづりそ」

④『大鏡』の記述目的（その一）

「まめやかに世次が申さんと思ことは、こと〴〵かは。A たゞいまの入道殿下の御ありさまの、よにすぐれておはしますことを、道俗男女のおまへにて申さんとおもふが、いとことおほくなりて、あまたの帝王・后、又大臣・公卿の御うへをつゞくべきなり。「A」そのなかにさいはひ人におはしますこの御ありさま申さむとおもふほどに、世の中のことのかくれなくあらはるべき也。

⑤世次の目的（その二）

「世間の、摂政・関白と申し、大臣・公卿ときこゆる、いにしへいまの、みなこの入道殿の御ありさまのやうにこそはおはしますらめ」とぞ。いまやうのちごどもはおもふらんかし。されども、それさもあらぬことなり。いひもていけば、おなじたね、ひとつすぢにぞおはしあれど、かどわかれぬれば、人〳〵の御こゝろもちゐも又、それにしたがひてこと〴〵になりぬ。

以上、「記述目的」が明示されている部分を引用した。次にこの五段階で示される目的を統合してみる。

①の冒頭部分では「異様な老人二人が、雲林院の菩提講で会い、世継は『昔の人と、世の中の見聞した事、そして現在の道長の有様を語りあいたい、と思っていたが、今日は本当によくぞお会いできた。ここで心おきなく語って、黄泉路へと心なごやかにいける」と語る。

②の世継・繁樹の自己紹介後は、周囲に集まった人々に対して「昔物語をすることによって、『昔の世の有様』をお聞かせしよう」と目的を述べ始める。

③の繁樹の声援と、若侍の熱心な態度を受けて、その意義を述べる。「昔の聖帝は、その国の老人を召して、昔の規則や状態を述べさせて、政治をされたものである。」

④では、「まめやかに、記述目的に入る」と、その本当の記述目的を提示する。傍線部分「A」が意味上重複しているので整理してみると、「帝王・后・大臣・公卿の中の、道長のすぐれた（栄花）有様・幸人の有様を語るうちに、世の中のことが明確になる」というものである。

⑤は、長年、世の中を経験し見てきたものとしての視点・感想として「今の若者たちが、昔も摂関・大臣というと現在の道長のようなものと思うかもしれないが、それは誤りである。祖先が同じであっても、家門が分かれれば、人の気持ちもそれに従って変化するものである」とまとめる。

一貫した意識になるように統合してみると、④「多くの帝・后・大臣・公卿の中での現在の道長の有様を語る事により、世の中が明確になるはずである。」②・③「老人がこのような事を語るのは、皆様に昔の様子を知っていただきたいからであり、又、『帝の政』にも役立つものである。」⑤「長年、生きて来て、道長の有様が昔では例のないものであり、祖先が同じでも、いろいろな家門に枝分かれしてくると、人の心もさまざまに変化することがわかる。」①「今、ここで昔なじみの友と共に、自分が見聞きした事、そして、道長の有り様を心ゆくまで語り尽くして黄泉路へと参りたい。」となる。
この目的に見られる作者の意識・視点の特徴を次にまとめる。
④で、道長に至るまでの歴史を巨視的に統括し得る意識がみられる。その視点・見解は、②・③に示されるように、世の人、そして「帝の政」にも役立つものという自負及び願いが込められている。⑤では、自分の長い生涯で培った見識が自然に滲み出てくるようである。ここには、道長の発展を客観的に観察できる立場の者の視点・意識がうかえる。①では、中でも道長を語り尽くして死にたい、と本来は最後に出て来るべき作者の感情である。しかし、なぜ冒頭に出したのか、そして冒頭に出したことで作品としてどのような効果があるのかは又、残された問題である。

第三章　構成

「序」では、記述目的を明示する前に、これから展開させていく作品世界の舞台設定と登場人物の紹介がなされた。では、目的である「多くの帝・后・大臣・公卿の中の、道長の現在のすぐれた有様を語るうちに、世の中のことが明示されるはずである」を、どのような構成で果たそうとしているのかを次に見る。

『大鏡』の構成
第一巻
（序）
五十五代　文徳天皇
五十六代　清和天皇
五十七代　陽成（院）
五十八代　光孝天皇
五十九代　宇多天皇
六　十　代　醍醐天皇
六十一代　朱雀（院）
六十二代　村上天皇
六十三代　冷泉（院）
六十四代　円融（院）
六十五代　花山（院）
六十六代　一条（院）
六十七代　三条（院）
六十八代　後一条（院）
（大臣序説）
第二巻
左大臣冬嗣
太政大臣良房　①
右大臣良相
権中納言従二位左兵衛督長良

太政大臣基経　②
左大臣時平
左大臣仲平
太政大臣忠平　③
太政大臣実頼　④
太政大臣頼忠　⑦
左大臣師尹

第三巻
右大臣師輔
太政大臣伊尹　⑤
太政大臣兼通　⑥
太政大臣為光　⑨
太政大臣公季　⑪

第四巻
太政大臣兼家　⑧
内大臣道隆
右大臣道兼

第五巻
太政大臣道長上　⑩
（藤氏物語）

第六巻
太政大臣道長下（昔物語）
（以上、岩波古典文学大系本より[8]）
※下の数字は、「太政大臣の歴代の順番」を示したもの

以上、『大鏡』の作品構成は、全体で六巻、部立としては第一巻の序を含む「天皇紀」と第二・第三・第四・第五（藤氏物語を含む）にわたる「大臣列伝」とに分けられる。又各巻は、ほぼ同分量にまとめられている。なお、第六巻（昔物語）については、第七章で述べるが『大鏡』の正編とは考えない。

次のこのような『大鏡』の構成は、どのような視点から作成されたのかを追ってみる。

「天皇紀」は、五十五代文徳帝から六十八代今上帝（後一条院）までが、歴代順に記述されている。「天皇紀」の記述目的及び意義は、「天皇紀」に入る前に、「日本開闢以来神武天皇から始まって六十八代になるが、きき耳遠いので」という書き出しに始まり、そして、「大臣序説」の、

…「帝王の御次第は、申さでもありぬべけれど、入道殿下の御栄花もなにゝよりひらけたまふぞと思へば、先みかど、后の御ありさまを申へき也。うゑきは、根をおほくしてつくろひおほしたてつればこそ、枝もしげりて、このみをもむすべや。しかればまづ帝王の御つゞきをおぼえて、つぎに大臣のつゞきはあか

さんと也」

との言葉に集約されている。つまり、「天皇紀」は「道長の現在の栄花は、外戚の地位に起因する」という視点を通して記述されている事になる。

続いて、同じ視点に拠って「大臣列伝」に入るが、「序」・「天皇紀」に記される『大鏡』の「記述目的」より、さらに徹底した目的が、抱負の形で示される。それは、「歴代の天皇・大臣・公卿等の事跡が隠れなく新たに明示されて、過去から現在、さらに未来に至る世の中を分明する正に日本紀のような働きを見るであろう」と、いうものである。

そして、次に、「大臣列伝」を、具体的にどのような筋立てで進めていくかを記す。過去の歴史（藤冬嗣 以前）における「太政大臣の紹介・あり方・規定」を提示し、ここ（『大鏡』の「大臣列伝」第二巻〜五巻至）では、「五十五代文徳帝の外戚である藤原冬嗣から、六十八代今上帝の外戚である藤原道長に至るまでの、十一人の藤原氏出自の太政大臣を記す」と、一応の形式を明記する。

これまでの視点をまとめると、「道長の現在の栄花は、文徳帝・藤冬嗣からは始まった藤原氏の外戚（後世に摂関政治と銘打たれた）による発展に起因するが、この間の歴史を記すことによって世の中のことが明確になる」というもので、「大鏡の記述目的」の焦点が、「道長に至るまでの藤原氏の外戚による世の中」と、さらに集約されていくことになる。

ところで、この視点は「天皇紀と大臣列伝」の構成と兼ね合わせてみると、さらに特徴あるものになる。

「天皇紀」が歴代の順に記されるのに比し、「大臣列伝」は、十一人の太政大臣を記すとは言っているが、結果としては摂関家の系譜の順に記述されているのである。この事

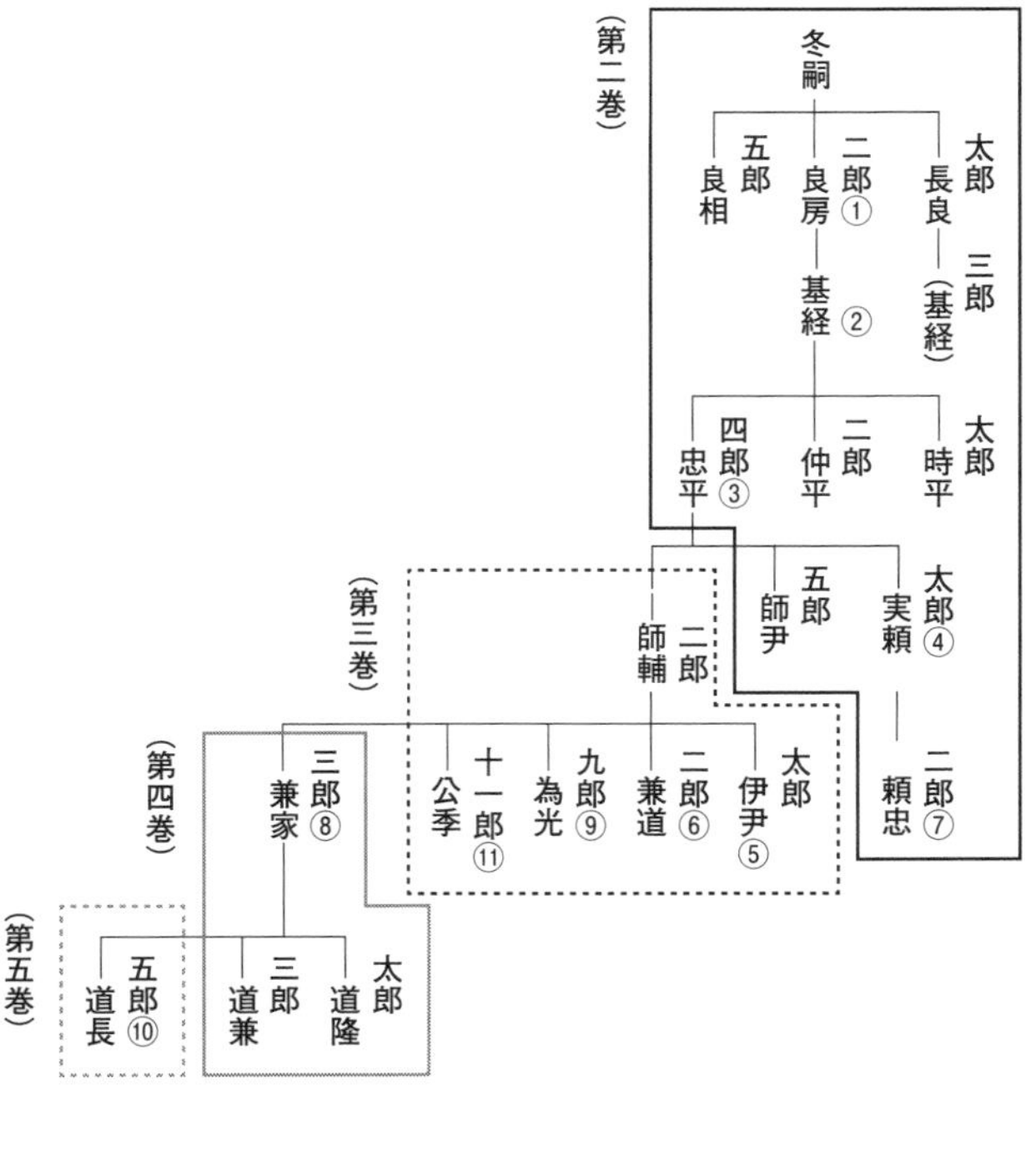

は、次の図と前記の構成の部立てを参照・比較すると、より明確になる。

この「大臣列伝」の構成態度から、作者の視点は「藤原氏の摂関家の系譜を追うことで、道長の外戚としての栄花の由来・有様も、藤原氏の外戚による世の中も明らかになるのだ」という意志及び見解を含んでいることがさらに明確になる。つまり、歴代の太政大臣の事跡を単に羅列する態度ではなく、「藤原氏の現在道長で絶頂に達した外戚による歴史を、冬嗣から師輔、師輔から兼家、兼家から道長へと列なる摂関家の系譜」として強調し明示したい意志が働いていたと考える。又、それが「目的」の重大な側面であったのではないかと考える。そして、残る問題は、歴代順の「天皇紀」と、家門を追う形となる「大臣列伝」とが、どのように噛み合っているのか。そこから、どのような事が明らかになるのかである。

では、最後にこのような構成をつくりあげた作者の視点が、記述目的とどのように関連しているかを、簡単ながら、次章に移る前に整理しておく。第二章の最後で整理した「目的」の四項目と、この章の「構成の視点」とを、重ね合わせてみると、目的の①と③の項目については、より目的の焦点が明確になったが、残る問題については、目的の②・④の項目の解明と共に、次章で、『大鏡』の作品としての神髄（真の目的）が隠されていると思われる「大臣列伝」に記される具体的な記事・描写から作者の視点・意識を追究することによって補足していきたい。

第四章　個々の具体的な記事・描写に見られる作者の視点・意識

編年体形式であれば、刻々と推移する歴史の流れがわかる。しかし、わざわざ紀伝体形式、それも変形の紀伝体を採る。つまり、歴代の「太政大臣」を軸として記述するのではなく、摂関家の家門を追う形の紀伝体を採るのであるが、そこに、どのような世の中が、どのような形で現われるのか。

「大臣列伝」・「天皇紀」の中から、作者の視点・意識が強く現われていると思われる記事を、抜粋して簡略ながら整理してみる。

その後、それらの視点・意識が、「目的」とどう関わるかを検討する。

第二巻

太政大臣良房

1・藤原氏で、太政大臣となった最初の人[9]。

2・兄の長良を官位で越したが、長良の子孫（基経）が栄え続けている。

太政大臣基経

3・源融が臣下でありながら皇位を望んだが、基経の裁決により光孝帝が即位し、以来、基経の子孫が光孝帝皇孫を後見している。

4・基経の邸であった堀河院は、格式あるものであったが、今は頼通の高陽院におされてしまった。方四町の家は冷泉院のみと思っていたが、末の世になると、すぐれたものが出て来る。

5・基経は、宇多帝期に准三官位となり、朱雀院、村上帝の外祖父である。世評も高い。

左大臣時平
6・醍醐帝時、時平は二十八・九歳で左大臣であり、右大臣菅原道真と政務を執ったが、道真は非常に学識に富んでいたため、帝の信頼が厚かった。それ故か道真は太宰に流され、帝の厳命により子息とも別れ、かの地でなくなった。今は北野に神として祭られ、帝も行幸される。筑紫での住いは安楽寺となり、朝廷が管理している。
7・時平・及び子息が短命なのは、道真を讒言した故であるが、政治力はすぐれていた。
8・道真が雷神となって清涼殿に落ちるかに見えた時、時平が、「生前、自分の下位にいたのだから、雷神になっても遠慮すべきである」と言ったら、鎮ったと伝えられている。が、鎮ったのは、時平に負けたからではなく、朝廷の権威に対し、その道理を乱してはならない事を示したのである。

太政大臣忠平
9・忠平の邸に参上する際の通路の小一条の南には石畳が敷いてある。これは、宗像明神が祭ってあるために車を下りて通ったのであるが、雨の日のための設備である。今では卑賤の者が、馬・車に乗ったまま通るのを見ると残念である。

10・道長は、先祖のものは、何でも自分のものにしたいが、「この小一条邸だけは気の休む事がないのでいらない」と言ったと聞くが、最もな事である。

11・忠平に対して、この宗像明神は、直接話をした。

12・忠平が勅命執行のために参内した時、鬼が阻んだが、「勅命を受けて参る者をとらえるとは、身のためにならない」と退散させた。

太政大臣実頼
13・和歌に長じ、又その有識・端正さは世の人の模範となっている。
14・もとゞりを露わにして正殿に出ることはなかった。

太政大臣頼忠
15・頼忠は、一条帝即位後、外戚でないために関白を辞す。

16・隆家の妻は重信の娘であり、その母は頼忠の娘であるから、頼忠の孫にあたるのに挨拶がなかった。

17・頼忠は関白であった時、直衣で参内した事はなく、奏上の折には、布袴にて殿上した。

18・蔵人を通して奏上し、勅命を受け帝が召される時だけ伺候したが、これは帝と姻戚でなかったからか。

左大臣師尹
19・師尹が左大臣になったのは、高明が太宰へ下った代わりである。
20・高明の事件（安和の変）は、師尹の讒言に拠ると噂し、又間もなく亡くなったのも、そのためだと評判したが本当でしょうか。
21・師尹子息の済時女娍子は三条帝の皇后で敦明親王をもうけていた。…「敦明親王皇太子退位事件」

第三巻
右大臣師輔
22・師輔の一女安子は、村上帝の女御として特に栄え、村上帝は、この女御に遠慮され、奏上される事に拒否できない様子であった。
23・女御は嫉妬深い性質で、ある日、村上帝が芳子の局にいらっしゃった際、土器の破片を女房に投げ入れさせた。村上帝は立腹されて、「伊尹・兼通・兼家らの指図であろう」と謹慎させたところ、女御は、「大逆の罪があろうと、自分に免じて許すのが当然なのに、すぐに勅勘を解いて下さい」と、帝の衣を離さないので、とうとう許された。
24・この女御は、冷泉院・円融院・為平卿の母后で、立ち並ぶ者のない栄えである。
25・帝・春宮・又代々の関白・摂政は、九条師輔の血統である。
26・この女御の式部卿為平が、冷泉院の次に立坊するのが当然であったのだが、源高明の女婿であったために、源氏に政権が移り、源氏の繁栄となるのを阻止するために、女御の兄たち（伊尹・兼通・兼家ら）が無理矢理守平（円融院）を立坊させた策略を、世間でも宮中でも知る事ができようか。当然為平卿が立坊されると思っていたのに、急に兼家が守平をつれて参内し、こともあろうに為平卿を威儀の親王にしたために人々は気の毒に拝見した。ましてや、高明公はどんなお気持ちであった事か。だから、あのような事件（安和の変）も起こって来たのですよ。…後に、為平卿は、甥である花山帝に女御（婉子女王）を出されたのを、「そうまでしなくとも」と世間では非難したが、花山帝が退位した後、小野宮実資の夫人となられた事は、不思議な縁である。

27・現在も未来も、九条殿の子孫が繁栄し続ける事でしょう。

28・世継と若侍の談話

世継
「昔から今に至るまで、繁栄し続けている九条殿にとって、冷泉院の事だけが残念です。」

侍
「しばしば、冷泉帝期が持ち出されますが。」

世継
「当然でしょうね。冷泉院が誕生したからこそ、藤原氏が現在まで栄え続けているのです。道長公も『そうでなければ、今頃は雑役として使われていたろう』と言われたそうですが、そうでしょうねえ。師輔公が、帝（冷泉）の守護霊となっているという事です。」

侍
「そういう事なら、元方・桓算供奉などの物の怪を払い除けそうなものですが。」

世継
「それは又それなりの宿縁があるのでしょう。お心が端正で、政治も立派に執られるはずなのにと、世間では残念に思っています。九条殿の子女―冷泉院と円融院の母（安子）・登子・伊尹公・兼通公・兼家公・忠君の六人は藤原経邦の女（盛子）の腹です。『女子』と言うのは、この事でしょうか。腹は違いますが、子息五人は太政大臣、その中三人は摂政をしました。」

太政大臣伊尹

29・伊尹は円融院の舅であり、花山院の外祖父で、摂政をし、世の中の事で自分の思い通りにならない事はなく、分を越えた贅沢を特に好んだ。

30・繁栄を見残して、五十にもならずに亡くなった事を、世の人々は父師輔公に劣らぬ程惜しんだ。

31・冷泉帝と花山帝の御不例がちな事を、道長は「非常に都合の悪い事を言う」と言いながら、大笑いした。

太政大臣兼通

32・兼通には、異常な心があった。繁栄を続けている兼通の官位を、理由もなく取り上げたとは、天も穏やかでないと思われたでしょう。しかし、円融院の御時で、兼家不遇の時もわずかであった。

太政大臣為光

33・為光は、法住寺を造営した。摂政・関白をしなかった者としては豪勢なものである。

太政大臣公季

34・公季公は師輔の十一男で宮腹です。母は醍醐帝の皇女で、朱雀・村上帝の同腹の妹です。師輔公が内親王のもとへ密かに通う事を、世間では不都合な事と言い、村上帝も不快な事と思っておられたが、表立って咎めなかったのも、師輔に対する寵遇が深かったためである。まだ噂にもならず、村上帝がお気づきにならなかった頃、雷雨の日、「内親王が怖がっているだろうから、参れ」と伺候している人々に言われた時、小野宮実頼が、「参るまい、庭が汚れているから」とつぶやかれたが、後で思い当たられた事だろう。

35・何事も親王たちと同じに扱われましたが、食台の高さだけを一寸低くして区別された。

36・公季公は、内住みだったために、皇子達との遊戯の折、つい対等に振舞うのを、後の円融院は「自分たちと同じ身分のものだと思っているのだろうか。そんな風には思ってもらいたくない」と言って嘆かれた。

37・公季公が、年をとってから孫の公成をかわいがり、敦良親王（後朱雀）に「公成に目をかけて下さい」と、繰り返し奏上されたのを、後に敦良親王が「しみじみとしたが、おかしくもあった」と話された。

第四巻

太政大臣兼家

38・師輔の三男で、冷泉院・円融院の舅、一條院・三条院の外祖父、詮子・超子の父で、公卿として二十年、摂政として五年、太政大臣として二年、天下を治めて五年程栄えた。

39・参内する際には、当然牛車で朔平門まで入り、そこから清涼殿までは袍の領の入紐を解いて入った。

40・相撲の節会では、一条帝・皇太子（三条）の前で、肌着だけになっていたのは恐れ多い事であった。

41・邸である東三条殿の西の対を清涼殿造りにして住んでいたのには、世間の人も誹謗した。

42・分をわきまえない身持ちのために、長く世を治められなかったのだと世の人は批評した。

43・三条帝は、綏子と源頼定が通じていると聞き、道長に確かめさせたところ事実であった。頼定はその後、三条帝が在位の間は昇殿を許されなかったが、後一条帝の時に許されて検非違使などをして亡くなった。

44・基経公の子息―時平・仲平・忠平を「三平」と評判したので、兼家の子息、道隆・道兼・道長を「三道」と世間の人が言うかと思ったら、とうとう聞かないでしまった。

内大臣道隆

45・道隆は、一条帝に伊周に関白をと頼んで亡くなる。伊周は関白となったが、すぐに道兼に渡り、嘆いているうちに間もなくその道兼が亡くなり、道長に移る。情けない有様であったが、翌年、花山院の事件で太宰へ下ったのは二十三歳の時であった。どんな思いであった事か。しかし、このような事は中国にもある事で、日本では道真公がその例ですと涙ぐむ。

46・世の末は、人の心も弱くなるのだろうか。「仲が悪い」と評判だったのに、元方の霊のように祟ったとは聞かない。これは道長の立派な権勢故であろうか。年をとったための言いすぎでしたかなと言葉を濁す。

47・隆家は、甥の敦康親王が立坊されるのを期待していたが、一条帝が最後に「立坊させる事ができなかった」と言われたので、非常に残念に思った。世間では、「隆家殿が後見されたら、天下の政は治まる」と期待していたが、道長の権勢は強いものであった。

48・隆家は目を煩い、三条帝に太宰への赴任を許され、筑紫に行ったところ、刀伊国のものが突然越えて来たが、立派に対処した。これは隆家の家門が高かったためである。（純友・将門の謀反などが帝の世にどうして成功しようか）隆家は、世間の評判も高い。

49・花山院は、この隆家と張り合って勝たれた。さすがは帝の御威光である。冗談事なのに、花山院は本気で勝負している様であった。

右大臣道兼

50・道兼は花山院を騙して退位させ、その息子兼隆は小一条院を騙して退位させた。帝・皇太子に近づかないでいるべき一族と評されたのは、全く珍しい事である。

以上、「大臣列伝」の第二巻の「冬嗣」伝から、第四巻末の「道兼」伝までの記事から、作者の意識が現われていると考える主なもの50項目を抜粋した。

次に、この50項目に現われた作者の意識と、前章までに明らかにした目的「藤原氏の摂関家の系譜を追うことで、道長の現在の栄花の由来・有様も、藤原氏の外戚による世の中も明らかになる」が、どのように係わって来るのかを述べる。

まず第一に言える事は、作者には、藤原氏の外戚としての発展過程の中で、特に第三巻からの九条家師輔を、その重大な基点として強調する意識があると言う事である。「師輔」伝の通し番号22・23・24の項目で、村上帝女御安子を引き合いに出して（極め付きはかわらけから転じて「大逆の罪」があろうと赦されるべき云々の記事）、九条師輔の台頭を印象づけている。又25・27で、作者の見解として、「以後、摂関家及び皇統はすべて九条師輔の血統」と、その外戚の歴史をとらえている。又、この見方は、28の「世継と若侍の談話」の中で、「冷泉帝が生まれていなければ、今頃は雑役をしていた」という道長自身の言葉として、さらに強調し確定した感を出している。

同じく「師輔」伝の26は、この九条家の発展のために排斥されていった者がいるという「裏面暴露」的な記事で、世に言われる「安和の変」を簡略に記している。この事件に対する作者の見解は、源氏（源高明と女婿為平親王との結び付き）の台頭を阻止するために、師輔の子息たちが策謀したのだ、というものである。（詳細については後で述べる）

第三巻に師輔と共に列せられる伊尹・兼通・為光等に対する29・33の見解は、共に「贅沢・豪勢なものであり、帝も遠慮される程の権勢」として捉えているものである。（三巻末の公季については後で述べる）

続いて、第四巻では、このような父九条師輔の後を継いだ兼家（道長の父）から始まる。作者が、その九条家の発展過程をどのようにとらえているのかをみる。

「兼家」伝の38で、兼家の確固とした外戚の地位掌握を明示し、続いて39・40・41・42は、外戚による権勢故か、人臣の分を越えた傍若無人の態度には、さすがに世の人も非難したというものである。又43は、当代（後一条帝）では、三条帝に入内させた綏子に通じた源頼定を、こともあろうに検非違使として任官させたとして、綱紀の乱れを強調している。44の記事は、兼家は、基経とは同列にはできない。つまり、時平・仲平・忠平と、道隆・道兼・道長とは同列に論じられないという意識である。

続く「道隆」伝の46では、これまでの視点と異なる（後で述べる）が、道長に敗れた伊周を物の怪にさえならないでと、そのふがいなさを記している。（一方、隆家に対しては、好意的に記している事については後で述べる）

第四巻末の「道兼」伝の50では、視点がまた元に戻って「帝・東宮に近づかないでいるべき一族」とさんざんな評である。

以上、藤原氏の外戚としての発展過程における、第三巻からの「九条家師輔の血統による摂関及び帝との世の中」は、「外戚としての権勢による人臣の分を越えた振る舞いにより、皇威の秩序さえ危うくするものである」という作者の意識によって形作られていると考える。

この事は、「師輔」伝前の、第二巻に記される記事と比較対照するとさらに明確になる。

第二巻の「三平」の父である「太政大臣基経」伝の3では、基経の提唱「臣下とのけじめある皇統の継承」により、現在に至るまでの基経・光孝の結びつきに始まる藤原氏の歴史がある、とする統轄する視点・見解を見せる。又4は、現在の礎となった基経の邸も、（冷泉院は別格としても）頼通の邸に圧倒されてしまったという嘆きを記す。

続く「三平」の一人「時平」伝の6では、学識豊かである道真が時平に讒言され、無実の罪で筑紫に流され、かの地で亡くなり、8では、雷神となってもなお朝廷の秩序を守る道理を示したという、正に「臣下の鏡」として記す。

繁樹が仕えたという貞信公「忠平」伝では、9に、当時の格式あるいわれ（宗像神社に関する）も、今の者たちが意に介さず踏みつけにして通る嘆きを記す。10では、現在の道長が、「忠平の小一条邸だけが気が休まないからほしくない」と敬遠しているのは最もな事であると評する。しかし、11で、忠平には直接宗像の神が話されたとし、12では、鬼をも皇威で退散させたのであると、忠平礼賛である。(手ばなしの賛美ではなく何か作った感じがする)

その忠平の一男「小野宮実頼」を、13で「世の人の模範」と記し、実頼の後を受けた「頼忠」は、15・17・18で威儀正しい人物・態度であったのは外戚でなかったためかと記される。一方で、16では、隆家より家門が高いという譲らない態度もみせる。

第二巻末の「師尹」伝では、19・20で、師尹が「安和の変」に関係していたような思わせ振りの記事の後、21の「小一条院退位事件」を「師尹」伝に収録する。

以上、第二巻の記事に見られる作者の意識には、「外戚として、世の秩序を乱す」どころか、逆の「皇威による秩序を重んじ、学才にすぐれ、又は威儀正しい振る舞い」を提示しようとするものがあると考える。

では、「道長までの藤原氏の外戚の世の中は、摂関家の系譜を追うことによって明らかになる」という目的は、「九条家師輔を基点として、その子孫の繁栄」を強調することだけで足りたのだろうか。

ここで、作者が最も力を入れて記述したと思われる「師尹」伝に収録される「小一条院退位事件＝道長が己一家族だけの栄花を可能にした事件」を、作者がどのような視点から、どのような意識で記述しているのかを検討したい。なお、歴史研究の面から、「摂関政治確立の過程」に於いて重要視される「安和の変」に関しては、『大鏡』では簡略な記述で終わっている。『大鏡』の作者の視点・意識をより明確にするためにも「安和の変」に対する作者の意識を探っていく。

まず「小一条院退位事件」に対する作者の意識を整理すると次のようになる。

「世継に語り」は、『栄花物語』の記事とほぼ同じなのであるが、二・三の相違を次に提示する。『栄花物語』では、道長が敦明親王に「一品の宮（禎子）のためにも考え直して下さい」、又「三条帝についた物の怪がうつってそのような退位を考えるのでしょう」と言ったと記す。しかし『大鏡』には、「一品の宮のため」の言葉はない。又「三条帝の物の怪（『大鏡』には、三条帝紀に桓算供奉と記される）」は「冷泉院についた物の怪（藤原元方の怨霊）」に替えられている。そして敦明の母后娍子の「三条帝の皇統は絶えるのか」との『栄花物語』に見られる言葉は、『大鏡』では道長の敦明に対する言として記している。

ところで、もう一人の登場人物の若侍が、興味ある真相を語っている。その言葉をまとめてみると、次のような特徴が出てくる。

若侍の語る娍子は「御匣殿（寛子）の御ことをこそ、まことならば、す丶みきこえさせたまはめ」と、東宮敦明に知恵をつけている。つまり「道長女寛子を申し受ければ、まだ道があったのだ」という作者の意識があると考える。そして、「さすがにせめ下ろすのはどうか」と考えている道長に対して、自ら屈して退位した敦明を「…のちに御匣殿の御事もいはむに、中〳〵それはなどかなからむなど、よきかたざまにおぼしなしけん、不覚のことなりや。」と若侍に言わせ、続いて、道長に、敦明婿取りの際に過度の接待振りを演じさせ、「敦明もこれで本望であろう」と評させる作者の意識には「東宮敦明親王を退位させたくなかった」というものがあると考える。ここで残る問題は、なぜ真相（＝作者の考えによる創作も混じる）を若侍が語る形にしたのか。仮りにも東宮だった小一条院を批判する者は、臣下の者ではなく、より強い権力、地位の人でなければならない。そして、『栄花物語』では載せない道長側の人々を、なぜ「俊賢、能信」として明記したのか、という点である。

　次に「安和の変」について作者の意識を追ってみる。同じく『栄花物語』との比較で気付く事は、「小野宮実頼が、村上帝の内意を聞いていた」という記述が『大鏡』にはない事である。それよりも、『大鏡』では、為平親王と、娘婉子を媒介にして小野宮実資とを結び付けている。そして、主謀者は、師輔子息の兼家たちで、又「師尹」も関わっているかもしれないという記述態度である。この事件に対する作者の意識には「小野宮実頼が源高明流罪に関係があってはならない」とするものがあるのではないかと考える。

　ところで、この二つの事件は、道長に至るまでの外戚確得の藤原氏の歴史上、重大な意味を持つものと考えるが、「九条家の発展」の視点から『大鏡』の記述を再度整理してみる。

一、「安和の変」
　時―冷泉帝から円融帝へ継承
　主謀者は師輔子息兼家ら、又は師尹か
　排斥された側は源高明及び女婿為平親王
　理由―源氏の台頭を阻止するため

二、「小一条院退位事件」
　時―三条帝から後一条帝へ継承
　主謀者は道長、そして俊賢・能信を明記
　排斥された側は敦明親王（＝三条帝皇統の断絶）
　理由―道長一家族のみの栄花実現のため

　以上、「大臣列伝」第二巻冬嗣から第四巻道兼までの記事に現れている作者の意識をみてきたが、次にその根幹と思われるものを簡略ながら整理する。

　一、作者は「藤原氏の歴史」を、その中でも、文徳帝と冬嗣の結び付きに始まると捉えている。「外戚の歴史」に焦点を当てて記しているが、その過程の中で、九条師輔を基点として、その子息達、特に兼家へと至る繁栄、つまり外戚（摂関）としての権勢確立を、「世（皇威による秩序）を乱す。又は、世を危うくするもの」という見解から批判する意識がある。そして、この意識は同じ藤原氏出身ではあるが、九条家とは家門を異にする者の視点から生じていると考えられる。

以上、この一で示した意識は、師輔までの、つまり第二巻の冬嗣からの「列伝」と比較するとさらに明解になる。

二、藤原冬嗣から始まる外戚として繁栄し続けて来た歴史の中で、「光孝帝と基経」の結び付きが、「臣下とのけじめある皇統の継承」との規範により、その歴史の基礎を築いたとする。さらに、その子息忠平を、現在に至るまで生きつづけている「格式ある藤原氏の中核」とする意識がある。その忠平の一男である小野宮実頼は、世の人の模範たる人であり、その後を継いだ頼忠は、威儀正しい仕え振りであったが、外戚となれなかったためか、冷泉帝・円融帝期の兼家等と対抗できず政治の場から下りたと、同調的又は擁護する（隆家が挨拶をしなかった等）ような意識が見られる。九条家の外戚としての発展には批判的な者の視点であるが、ここでは、さらに「藤原氏の外戚の発展過程である歴史」を包括するほどの巨視的な見解を持っている。又、九条家の発展さえも、その中に包み込み影を薄くする程の余裕ある視点・意識がうかがえる。

三、作為的とさえ取れる程に、朝廷の権威を絶対のものとして、世の中の秩序とする意識が強い。そしてこの「皇威による秩序云々」の見解に、九条家の外戚としての有り様を批判するのに一役買わせている。つまり九条家を批判するために、「朝廷の権威」を持ち出し、盾としていると考える。しかし、その本人である作者自身が、帝をも批評・批判する見地を備えている。これは、「朝廷の権威」を盾として持ち出せる人、つまり単なる藤原氏ではなく朝廷側に何らかのつながりのある人の視点から生じる意識ではないかと考える。

以上、第二章で整理した「目的」の①・②・③に通じる大筋の作者の意識をまとめてみた。

では、続いて、作者個人が、特に留意していると思われる意識を追ってみる。

四、藤原氏の「時平」伝の中に、「菅原道真」伝と言える程の練り上げた記述を見せるが、概して学才を好む意識がある。

五、中関白家の者には、総じて辛辣な批評をしているが、特に伊周に対しては厳しい。一方その弟隆家に対しては、共に苦しさを知りあった同士・友人的なねぎらい・理解が感じられる。

六、済時女娍子（三条帝皇后）に身近な人で、小一条院を退位させたくなかった意識がある。が、結果としては、小一条院の不運をそれ程重要視していない。むしろ道長のやり口を明らかにし、ふがいない小一条院の体面を、そうはいいながら保たせている余裕がある。(ただし、この事件を、「師尹」伝に収録した作者の意識、そして、俊賢・能信を明記する意識が問題として残る)

七、「安和の変」を兼家らの策謀としたのは、九条家の発展を批判すると共に強調する作意であろうが、その被害者為平親王には何かしら引け目からくるおもねる意識がある。(この事件について詳細を語らない姿勢があることと、この事件の核心である小野宮実頼に触れずに、逆に実資との結びつきを強調する意識とが、どのように係わっているかは、後で述べたい)

最後に残る問題としては、「公季」伝に見られる視点・意識が特異であることである。具体的には、公季が孫の公成を、敦良親王(後朱雀)に「目をかけて下さい」と繰り返すので、親王が「しみじみとする反面おかしかった」と言われる逸話である。ここには、それまでの九条家の外戚による乱れた秩序とは全く趣を異にするものがある。又、それまで師輔を元とする道長を持ち上げながら、「宮腹であろうと、御所で育とうと身分が違う」と、よりによって円融帝に言わせている点が、異質に感じる。

以上、第二巻の「冬嗣」伝から第四巻の「道兼」伝までの「大臣列伝」の記事から、作者の意識・又、そのような意識を生じさせる視点・立場を探ってみた。

では、次に、藤原氏の外戚を持つ歴代の「天皇紀」の記事から、作者の意識を探り、「大臣列伝」との共通した部分、あるいは関わりをみる。

五十七代　陽成院

・八十一歳で崩御されたが、「仏の御年より上だという心が成仏に禍した」と人の夢に見えた。

五十九代　宇多

・宇多帝が陽成院を通った時、陽成上皇が「当代は家人にはあらずや」と言われたそうだが、これほどの家来をお持ちになる帝も滅多にないことです。

六十代　醍醐

・即位の夜、すぐに御殿から御冠を召して出御され践祚されたそうです。「ご自分でなさったのだ」と世の人がうわさをするのは本当でしょうか。

六十三代　冷泉院

・崩御された日が三条帝の即位日に当たり、それで大嘗会が延期になった事を「折悪くも」と世の人が言いました。

六十四代　円融院

・この円融帝が東宮(守平)になる時は、大変聞き苦しい事(安和の変)がありましたな。みなさんの知っていることですから、話が長くなるのでやめておきます。

六十五代　花山院

・道兼は、花山院を急き立てたり、うそ泣きしたりして花山寺までお連れする。そこで「父兼家に出家前の姿を今一度」と言って逃げるが、その時帝は初めて騙されたと気付く。兼家は、分別ある家来を手配して道兼が出家させられないようにしていた。

六十七代　三条院

・三条帝が、退位後、目がお見えにならなかった事はお気の毒であった。

・一品宮禎子内親王を格別愛され、院の御所に参られる毎に贈物を与えられた。ある時、禎子内親王は三条院の御券をいただいて帰られた。又冷泉院の地券もさしあげようとされたが、道長が「天皇家の御領ですから公のものにて」と辞退したので、冷泉院の地券は朱雀院と共に天皇家の伝領物として存続している。

・眼病の治療をしたが、その効果がなかったのは残念であった。桓算供奉の物の怪がついているのであった。退位された理由は、専ら比叡山の根本中堂での眼病治癒祈祷のためである。

・お人柄は、親しみがあり、穏やかで、人々は大変慕っているようです。

六十八代　当代（後一条院）

・この帝については、知らない人はないと思うが、一応申します。

・帝と言っても当代は、後見が多く心強い。祖父である道長は天下一の親の様なもので、すべての者をわが子のように目をかけている。

・帝が賢くても、臣下が大勢で退位させ滅ぼす事もあるが、当代は、すべて天下中後見役なので心強く結構な有り様である。先代の一条院が「敦康親王を立坊させるべきであるが、後見役がいないので敦成親王を立てるのだ」と言われたのは最もな事です。

以上、ここに提示した「天皇紀」における作者の意識で、前記の「大臣列伝」に見られる意識と照応するものを整理してみる。まず、一点は、九条家に列なる兼家らにより冷泉帝期から「皇威の秩序」が乱れた、という意識のあることが、ここでも捉えられる。（冷泉院・円融・花山院紀を参照）

次に、「天皇紀」の記事で気付く点は、三条院の逸話が詳細な事である。「大臣列伝」で、三条帝皇子小一条院についての事件を、道長に至るまでの摂関家繁栄の過程に於いて大きく取り上げていた意識と、どのように関係しているのかまだここでは判明しないが、「三条帝・皇后娍子・小一条院・禎子」と「道長」とのつながりに作者の並並でない視点、及び隠された意識が存在していると考えられる。

最後に、「円融院紀」に於いても、「安和の変」についていは、語りたがらない意識がみられるが、「大臣列伝」にみられたこの件に対する意識と同様、その深層をできるだけ判明する事が必要と考える。

ここまで見てきた、作者の意識と、冒頭に記された目的とを照応させると、あと残された問題は、「道長」を作者がどう捉え、どのような意識で臨んでいるのかという事である。「後一条帝紀」に於いて、「当代は、後見（外戚）が多く心強い。その主たる道長は天下一の親の様なものですべての者をわが子のように育くんでいる。」と記述する。しかし、「むかしもいまも、みかどかしこしと申せど、臣下のあまたしてかたぶけたてまつる時は、かたぶきたまふものなり。されば、たゞ一天下は我御うしろみのかぎりにておはしませば、いとたのもしくめでたきことなり。」との世継の言葉を、どう解釈するか。「九条家師輔―兼家―道長」へと継承される摂関家の繁栄を、「皇威の秩序を乱す程の外戚の発展過程」とする作者の視点・意識から捉えたならば、「道長の、帝を凌ぐ、又は、取って代わる程の有り様」と、暗に指摘していることにはならないだろうか。

「道長」伝で、こう書かなかったのは仮にも皇威を重んずる己が、道長が帝を凌いだとは記述できないからではないのか。又は、明記しないことにより、われわれに道長に対する判断の方向を示す作意ともとれる。

作者の道長に対する意識を次章で追究する。

第五章　「太政大臣道長・及び藤氏物語」に見られる作者の意識

前章と同じく、作者が冒頭で提示した「記述目的」で、その焦点を当てた「道長」に対する意識が現われていると捉えた記事を次に抽出する。

「太政大臣道長上」にみられる作者の意識

1・一条院・三条院の御舅。当代（後一条）・東宮（後朱雀）の御祖父。宰相にならずに、すぐ二十三歳で権中納言になる。

2・長徳元年の伝染病で、大臣・公卿が七・八人も二、三ヶ月のうちに亡くなるとは希有のことで、もし、これらの人が長生きしていたら、道長がこれほどの栄花を極めることはできなかっただろう。

3・又、伊周の心遣いが行き届いていたら、道隆から譲られた政治を執っただろう。又、道兼もあっけなく世を去った。

4・道長の北の方二人のうちの一人である倫子は、宇多帝の孫雅信と左大臣時平の娘との間に生まれた。この倫子は、女君四所、男君二所を生んだ。

5・第一の女君（彰子）は、一条帝の皇后で、後一条帝と東宮（後朱雀）を生み、天下第一の母である。

6・第二の女君（妍子）は三条帝の中宮で、禎子を生んだ。一品宮禎子は、准三宮で、千戸の御封を得たので、后が二人いるようだ。

7・第三の女君（威子）は、後一条の中宮。

8・第四の女君（嬉子）は東宮の女御で、まもなく男皇子を出産なさるでしょう。世継の予言に間違いはない。

9・関白左大臣頼通は、天下をわが思うままに治めている。年二十六にて内大臣・摂政になるなどは、大変な事と評判したが、今の世の有様はこのようです。

10・四女君・二男君の有様がこのようですので倫子の栄花はこの上もない。人臣とはいえ、帝・春宮の御祖母で、准三宮で年官・年爵を受ける。唐の御車で、簡単に外出などもかえって身軽で、見たい観物や法会がある時は必ず御覧になるようです。

11・内・東宮・宮々と別々に御所を立派に構えているが、どこにでも参られていっしょに並んでいる。現在の三后、東宮の女御、関白左大臣頼通・内大臣教通の母で、帝・春宮は言うまでもなく、だいたい世の親でいらっしゃる。入道殿道長も申せば当然、二人ともしかるべき権化でいらっしゃるようです。

12・昔も今も国王・大臣皆藤氏であるが、この倫子は源氏で幸福を極めている。

13・もう一人の北の方、高松殿（明子）も源氏です。延喜（醍醐）の皇子高明を左大臣に任じたが、思いもよらない事（安和の変）が起こって太宰権帥に流されたことは嫌な事でしたが、その娘です。

14・西宮（高明）殿も十五の宮も亡くなられた後は、故女院（詮子）が円融の后の時、東三条に明子を引き取り内親王のように待遇した。

15・高松殿腹の一女は、小一条院の女御寛子。二女（尊子）は、中務卿具平の息師房の妻。道長が婿にするのを「あさはかに、こころえぬこと」と世の人は評判したが、道長には期待する理由があったのだろう。

16・男君は、大納言春宮大夫頼宗、大納言中宮権大夫能信、中納言長家がおり、馬頭顕信は出家された。

17・これら十二人のお子様方の母上が二人とも源氏なので、末の世は源氏が繁栄するはずです。

18・道長は、三十歳から関白になり、一条院・三条院の時に政治を執り己の心のままでいた。当代が九歳で即位したので五十一歳で摂政をしたが、太政大臣になって摂政を頼通に譲った。五十四歳の寛仁三年三月廿一日に出家し、五月八日准三宮となり年官・年爵を受ける。帝・東宮の御祖父、三后・関白左大臣・内大臣・納言の父である。政治を執って三十一年程になる。

19・世間ではまたとないことである。大臣の女三人が同時に后になるということは。道長一門より、太皇太后宮・皇太后宮・中宮の三后が出たのは、まことに希有〳〵の幸運である。皇后宮（娍子）だけが、筋が違うとはいえ、貞信公の御末であるからよそ人といえようか。以上、ただ世の中は道長の光が及ばない所がないという状況であったが、この春に娍子は亡くなったので、いよいよ道長一門の三后だけとなった。

20・道長が、折に触れて作る詩・和歌は、居易・人麿・躬恒・貫之といっても思い付かなかっただろう。「三笠山…」の和歌は、世継などには思い及ばないもので、昔にもこれ程の秀歌はないだろう。春日明神が、特別の日だという事で詠ませたのだろう。このような和歌の映えるはずとて、先の一条院の時にも、兼家がこの春日行幸を奏請し挙行されたのかと思われる。総じて、幸運の人で和歌が劣っているのは栄えないものだ。又、一品宮（禎子）の生まれた祝いを大宮彰子がなさった夜の道長の歌を聞きましたか。これこそまことにおもしろい歌で普通の人には思いも付かない。「おとみやのうぶやしなひをあねみやのしたまふみるぞうれしかりける」とか。

21・兼家が子息たちに「わが子どもが公任に及ばないのが口惜しい」と言ったのに対して、道長は「かげをばふまで、つらをやはふまぬ」と言った。本当にそのようでいらっしゃるようで、女婿の教通にさえ公任は近づいて対面なされない。道長のような人は、若い時から心魂が強く、御加護も強いものらしい。

22・世の光である道長が、伊周のために不遇が続いた時、おじけたりうろたえたりすることがあっただろうか。公にはあるべき程に、うちうちには遠慮しなかった。伊周は、道長の態度に気後れがしたようだ。

23・女院（詮子）は、道長を特に目をかけたので、帥殿（伊周）はよそよそしい態度をとった。一条帝が皇后定子を寵愛するため、伊周は常に御前に伺候して、道長はもちろん、詮子までも悪く申し上げるので、詮子は不本意と思っておられた。一条帝は、道長に政治を執らせることを渋った。詮子は一条帝に「粟田（道兼）殿に関白宣旨をされながら、道長に下さないとしたら、帝は道理に合わないことをと世の人も評判するでしょう」と奏上したので、その後は詮子の方へは出向かれなかった。そこで詮子は、清涼殿へ行き、寝所に入って泣く泣く説得して、一条帝の宣旨を取りつけた。その後、道長は詮子に道理を越える程の報恩をし、葬送時は御骨を首にかけて勤めた。

24・道隆・道兼が疫病でつづいて亡くなり、道長に政権が移った時には、全くぎょっとしたことです。ずうっと古い時代は知らず、世継が覚えている限り、このようなことはなかった。今の世になって、「一の人（太政大臣・摂関の位の人）」では、貞信公（忠平）・小野宮殿を除いて、十年その位にいる人はいなかったので、道長もどうかと見ていたら、道長の幸運に圧倒されて、兄たちは滅びたようです。

25・道長のこのような運も、世の中はこのようなものだと人々が思っているようですから、その辺の有様を又、申しあげましょう。

「藤氏物語」にみられる作者の意識

26・藤原氏の氏祖中臣鎌子（藤原鎌足）から不比等へと続き、ここで「藤氏の四家」に分かれたが、今に至るまで発展しているのは、その中の北家に当たる。

27・鎌足から今の頼通までで十三代になるが、その事跡を簡単に整理する。この頼通に漸く男子が誕生したが、その母親の祖父は、為平親王で高貴な方であるから結構な事である。帝・東宮を除いては、という意味で「長君」と命名された。

28・鎌足は氏神を大和三笠山に移し「春日明神」として祭り、これは一条帝期から官祭となった。

29・不比等が建立した多武峯山階寺は、藤原氏の氏長者を先頭に供養するところで、ひどく非道理なことも、山階寺に関係したことになると、世の人は何とも批判しないで「山階道理」と言ってそのまま通してしまう。ですから、藤氏の有様は無類に結構である。

30・この氏祖から再度、その外戚にあった方々を整理します。…この数多くの大臣の中で、后を三人を出したのは道長以外にはない。又その外戚（摂関であり、政権を握る人であり、帝・東宮の後見でもある）の関白左大臣（頼通）・内大臣（教通）・大納言二人（頼宗・能信）・中納言（長家）が、すべて道長の子息であり、日本の国で唯一無二の存在です。

31・その道長が造った法成寺・無量寿院の有様には、鎌足の多武峯・不比等の山階寺・基経の極楽寺・忠平の法性寺・九条師輔の楞厳院・聖武帝の東大寺も及ばない。又は祇園精舎にならった大安寺・聖徳太子が造られた四天王寺、奈良の七大寺十五大寺もこの道長の無量寿院の立派さにはかなわないのだから、道長は、心中に何か祈願することがあって建てたのだと思いますよ。

32・道長が浄妙寺を造ったのは「自分の思うような有様になったら」ということだったと聞いています。昔の発願の中でもすばらしいのは、極楽寺と、法性寺で、基経は帝の琴の爪が出て来たところに寺を建てようと誓われて極楽寺を建てられたということです。今の世となってからは、九条殿（師輔）の楞厳院もすばらしいでしょうが、道長の発願が一番でしょう。聖徳太子・弘法大師の生まれかわりかと思い、権者でいらっしゃると、仰ぎ見ています。

33・「しかし、御堂建立の人夫をしきりに徴集することには、耐えられないと世の人が言っていますが、聞きませんか。」と繁樹が言うと、「それはそうですが、『極楽浄土』が現われたのだと思えば、奉仕は道理をわきまえる人は自分の方から願っても行くべきです。ですから、世継もかかさず奉仕していますが、いろいろな物を頂戴します。」と世継が応えると、繁樹が続けて「全く、そうです。私は今まで衣食に不自由な思いをした事がありませんが、これからもしそうなったら、道長に『故太政大臣貞信公忠平の小舎人童であるが、道長様は貞信公の末の家の子でいらっしゃるのだから、物を少し恵んで下さい』と申文を奉るつもりで紙三枚を求めようと思っています。」と言いますので世継も同意する。

34・「本当に嬉しくもお会いできたことです。長年心に思っていたことを漸く口を開けて、語りました。ところで無量寿院を参詣されましたか。」

以下、その金堂供養の場の道長一家の様子を記述した後、世継が、「世継が思っている事、つまり不都合な事を言うようですが、いつ死ぬかわからぬ老人に免じて言わせて下さい。」という切り出しで始め、「一品宮禎子が、故詮子、今の大宮彰子のような有様になる夢想を見たのです。この事を母后妍子に伝えたいと思っているが、近侍の人に会わないのが残念である。」と結んで世継の話が終わる。

35・最後に「ここにあり」、つまり「皇太后宮妍子の近侍の者ならここにいます。」と、正に「作者自身の言葉」を記している。

以上、作者が構成上、その焦点を当てた「太政大臣道長」及びそれに続く「藤氏物語」に現われる作者の意識を抜き出してみた。

次に、さらにその意識が明確になるよう整理してみる。

「太政大臣道長上」に於ける意識の根幹

一、道長の昇進の早さは長徳元年の流行病で名立たる大臣たちが亡くなった事、そして伊周の失脚・道兼の早死にもよる。（すべて道長の力だとはいわない。）

—1・2・3

二、道長の二人の北の方のうちの一人倫子は（雅信と時平女との間に生まれた）、彰子（故一条帝后、後一条帝・東宮の母）・妍子（三条帝后、一品宮禎子母）・威子（後一条帝后）・嬉子（東宮后）と頼通・教通を生み、（現在関白の頼通は自分の思いのままに政治を執っている。このようなことは昔はなかった）

—4・5・6・7・8・9

三、倫子は孫である帝・東宮、娘である母后・后たちと、いっしょに並んで座る。（正に、倫子は世の親であり、道長と共に権化である。ところで倫子は源氏で幸福を極めている。）

—10・11・12

四、同じ源氏出身のもう一人の北の方高松殿明子の一女は小一条院妃、二女は源師房の妻である。（世の人は師房のことを不満に思ったが道長には何かお考えがあったのでしょう。これら十二人のお子様の母が源氏

なのだから将来は源氏が繁栄する)
—13・15・17

五、道長は三十歳で関白になってから、一条帝・三条帝の時は自分の思いのままに政治を行ったが、当代になって頼通に譲って出家した。(一家から三后が同時に出るなど、今までにないことです。娍子(三条后)は家門が違うとはいえ同じ貞信公の末である。しかし、この春亡くなったのでいよいよもって道長一家のみの栄花となった。)
—18・19

六、道長は和歌も上手で、幸運人としての条件にかなっている。(「おと宮の…」の歌を例にしているが歌と言えない作)—20

七、道長のような人は、若い時から胆力もあり、神の御加護も強いらしい。(伊周は道長の胆力に圧倒され負けた)—21・22

八、道長が関白になれたのは、一条帝の母后詮子の強引な助力によってである。—23

九、道長に政権が移った時は、思わずギョッとした。(昔はこのようなことはなかった。十年、一の人(太政大臣)を続けられたのは貞信公と小野宮だけだと思っていた。)—24

以上、「太政大臣道長」にみられる作者の視点を通しての意識である。道長の権勢家としての有様を彷彿とさせるというよりも、「帝の影が薄くなる程の、つまり帝をも道長の家族の中に入れてしまったような表現」である。そして、九条師輔—兼家—道長へと至った「皇威を乱す」程の発展の延長線上にある道長を「乱す、転覆させる」を通り越して「倫子・道長が世の親であり、権化の姿である」と示している。そして、ここで注意すべき点は、道長の妻二人を源氏と捉え、逆手にとって源氏の繁栄を予想する態度、次に、家門の違う娍子をわざわざ「同じ貞信公の子孫」として持ち出す態度、さらに、「大臣列伝」の記述前の(大臣序説)に、「太政大臣」の定義を示していたが、道長(頼通)は、一の人(摂関)として、「太政大臣」に十年あった貞信公忠平と小野宮に近付いたという意識である。これらの態度・意識が、『大鏡』の目的にどのように関係しているのか。次に「藤氏物語」の意識をみた後で追究したい。

「藤氏物語」に於ける意識の根幹

この「藤氏物語」は、「太政大臣道長」の最後の文「それも又、さるべくあるやうあることを、みなよはかゝるなんめりとぞ、人〻おぼしめすとて、ありさまをすこし又申べきなり。」に続くものである。

一、藤原氏は鎌足から始まり、今に至るまで繁栄し続けているのは北家に当たる。—略(藤原氏の十三代の系譜）（十三代の頼通に漸く男子が誕生した。母は為平親王の末で高貴で結構であるが、名を「帝・東宮を除いて」という意味で、『長君』と付けた。）

―26・27

二、氏祖鎌足は氏神を「春日明神」として祭り、不比等は山階寺を建立した。（今では「何でも思いのままにする世情」から「山階道理」という語が生まれる程で、これも道長の結構な有様故です。）

―28・29

三、藤原氏氏祖鎌足からの外戚関係を追ってみてわかるように、道長が三人の后を出し、後見・外戚・摂関もすべて道長一家という有様は、これまでの日本国でははじめてであり、（唯一無二の存在である。）

―30

四、道長の建てた法成寺・無量寿院は、いままでの帝・大臣が建てられた寺の中で一番すばらしい。これ程の寺を建てるには、果たしてどのような発願があったのか。（浄妙寺は、道長が父兼家の供をして、木幡に墓参の際自分の思うようになったらとの発願によるそうだが……）

―31・32

五、無量寿院建立に際し、人夫を頻繁に徴集すると世の人の批判があるが「極楽浄土をこの世に」というのだから是非奉仕すべきです。（ところで、この先暮しに困窮したら道長に、「私は貞信公の召し使いであるが、あなたは貞信公様の末の子孫であるから恵んで下さい。」と言おうと思っている。）

―33

六、本当によくお会いできた。長年心に思っていた事を、すべて言い尽して解放された気持ちである。

―34

七、（一品宮禎子内親王が、詮子・彰子のような有様になる夢想を見た。）―35

以上、「藤氏物語」に移ると、さすがに緊張が解けた感じを受ける。これは、道長まで上り詰めてきた視点の枠を切り替えて、「太政大臣道長」を、さらに一回り広い視界の中に、大きな時間の流れの中に投じたためである。つまり、作者の視点は、単に九条家師輔子孫の発展過程にのみ焦点を合わせているわけではないという事である。道長に至るまでの藤原氏繁栄の歴史の流れ全体を見渡す視点を備えているという事である。とすれば、九条家発展に対しては「世を乱す」という見解も、道長で上り詰めた藤原氏の外戚の歴史全体に対しては、どのような見解を打ち出そうとしているのか。この「九条家の発展」をその歴史に含んだ「道長に至るまでの藤原氏の外戚の一時代」という醒めた印象を強化するのは、世継の最後の言葉である「禎子内親王の栄え」の予言であろう。又、道長に焦点を当てて記述し続けながら、「太政大臣道長」に於いては、体をかわしたような、つまり正面からぶつかるのを避けている態度がある。燃焼させないまま、倫子を持ち出して批判し、それでもこれからは「源氏」が繁栄するだろうと余韻を残す記述態度・意識が働いている事が、「道長の評価の核心」が得られない理由と考える。なぜ、ここで明快な「上り詰めた道長」に対する見解が打ち出されないのかが問題となる。

　なぜならば、「序」で示された「記述目的」は、最後のこの道長に対する曖昧さに拠って深まらず宙に浮いてしまうからである。それをわずかに形あるものにしてつなぎとめているのが、「藤氏物語」の最後の世継の夢想である。

　では、「九条家の発展過程」を囲む、「道長までの藤原氏の外戚としての一時代」をさらに形あるものにしている最後の枠「禎子の栄え」と「記述目的」とは、どのような関係にあるのか次章へ移る。

第六章　作者の意識と『大鏡』の設定・目的・構成とのかかわり方

　前章まで、作者の意識を追って来たのだが、「太政大臣道長上（藤氏物語）」まで来て、初めて、「序」の記述目的との呼応の精確さを感じる。つまり、作者の、微妙に屈折した道長に対する意識（立場）が、そのまま「記述目的の表現」にあらわれているからである。

　では、再び、「記述目的」に沿って『大鏡』の作品世界を究明していきたい。

　第二章で示した「記述目的四項目」の①・②・③を、どのような構成・視点・意識で記述しているかをまず整理してみる。

　「文徳帝」の外戚に当たる「藤冬嗣」から書き出される「大臣列伝」は、歴代の太政大臣の順番ではなく、摂関家の系譜、つまり家門を追う形で記述されている。作者の焦点であった道長に至るまでのその系譜は、第二巻冬嗣から師尹まで、第三巻九条師輔から公季まで、第四巻兼家から道兼まで、と明確にその家門ごとに集約されていく。つまり、各巻の最初の家門が、道長の栄花を導いた核となる形である。冬嗣に端を発した藤原氏の外戚による政治は、基経―忠平―実頼を経て、九条師輔へと実権が移る。

　師輔によって開かれた九条家の繁栄は、その息兼家へと継承され、そのゆるぎない権勢は、道長に至って頂点に達するという構成及び視点で記述される。その間に登場する帝・后・大臣・公卿は、つまるところ、その摂関家の流れの中に吸収されることになる。そして、この外戚の地位による権勢・政治の実権の系譜を追う作者の視点は、九条家師輔をその発展の一つの基点として位置づけている。この視点は、その構成の特徴と共に、具体的な記述内容にあらわれる作者の意識によっても明確になる。その九条師輔を基点とする意識は、というと「これ以後、帝・公卿共に九条家の血統による繁栄」の語に象徴されている。と共に、「九条家の繁栄をもたらした経邦の女を『女子』と評する言葉」及び外戚の基盤を築くことのできた村上帝后安子の「たとえ大逆の罪があろうと云々」の言葉で誇張するように「皇威を乱す、又は危うくする程の外戚の増長」という見解を提示・具備する記事内容からも判明する。このような九条家の繁栄は、その息子兼家らにもさらに強化されて継承される（「安和の変」の主謀者とする記事等）。ところが、その延長線上の最終である「道長」に至ると、その視点・意識が微妙に変化して、危うくするのではなく、「帝・東宮、及び世の人すべてを育む世の親、神の権化」という評価になるのである。この意識の変化は何によるものなのか。

ところで、このように九条家をとらえる視点とは、どのようなものなのか。『大鏡』全体の、つまり「藤原氏の道長に至るまでの外戚としての発展過程」の記述の核は、この九条家の繁栄である。では、その前後の記述をどのように捉えたらよいのか。「太政大臣道長」の最後に、「一の人としては十年間在位したということで貞信公（忠平）・小野宮と並んだ」という言葉がある。とすると、冬嗣から道長に至るまでの間で、外戚の核は九条師輔から道長までであるが、冬嗣からの長い藤原氏の歴史から見ると、道長は摂関として、九条家発展前の太政大臣を十年勤めた貞信公忠平・小野宮にやっと肩を並べることができる、という視点である。この忠平は、藤原氏の歴史の中で中核として捉えられている。又小野宮系（実頼・頼忠）は、模範となる程の威儀正しい人物であったが、外戚の地位を得られなかったために、政治から下りたと記されている。つまり、九条家の発展及び現在の道長の栄花を、客観的あるいは巨視的に捉え得る視点を持って記述していることになる。

最後の広がりをもつ構成上の枠は、「序」の設定と、「藤氏物語」最後の「禎子の栄え」の予言であろう。雲林院の菩提講（娍子）で、宇多帝班子に仕えた大宅世継と貞信公忠平に仕えた夏山繁樹と、若侍が登場し、「道長までを語ることによって世の中を明らかにしよう」という設定・目的が『大鏡』の作品全体にどのような働きを持つかである。この設定と、視点が関わる点は、貞信公忠平に仕えたという繁樹の登場である。おそらく視点の一端を担っている人物である。では、他の登場人物をどのように作品と関係付けたら良いのか。再び、具体的記事内容を思い起こしてみる。道長に焦点を当てて、外戚発展過程を明らかにする上で、作者が興味を持っていたのは「小一条院退位事件」である。小一条院は三条帝の皇子であり、東宮と成ったが道長の圧力により退位した。この作品の舞台となっている「雲林院」は、三条帝皇后であり、小一条院の母であった娍子の菩提講が開かれようとしている寺である。そして、世継が予言した「栄える禎子」とは、三条帝と道長の二女妍子との間に生まれた内親王である。これらのことから、『大鏡』の作品世界は、「九条家の発展延長上の道長」を、「忠平・小野宮を、藤原氏の外戚としての歴史の中核」とする視点から眺め、その道長の政権獲得の際に排除されていった三条院・小一条院・娍子・禎子の関係者で枠を囲んだ、と言えるのではないだろうか。そして、この視点と、『大鏡』の特徴ある意識の一つである「九条家批判の一役を担った盾としての皇威の秩序」とがどのように関わるのか。又、作者の分身とも言える「宇多帝母后班子の召し使いであるという大宅世継」の設定との関係は何か。又、「黄泉路まかる前に、道長に焦点を当てて世の中のことを語り尽くしたい」という世継（作者）の真の目的は何か。

第七章　『大鏡』の作者と成立背景

「大宅世継」―皇位を継承させていく者と、自負して登場する作者は、小野宮実資の養子資平（実父は懐平・母源保光女）と考える。資平は、三条帝期に蔵人頭となり、三条帝の近侍であり、道長の圧力により三条帝が譲位する事情に詳しい。又、その後、皇后妍子（道長二女）の大夫、そして妍子の死後は、三条帝の遺児禎子の大夫を、八十二歳で世を去るまでつとめている。実父懐平は三条帝皇后娍子の大夫を、中関白家の隆家と共につとめていた。資平は、道長の死後、高松殿（源高明女）腹の能信と共に、東宮敦良（後朱雀）に入内した禎子の後見をし、禎子に対抗して敦康親王の娘嫄子を養女として同じく後朱雀帝に入内させた頼通と敵対することになる。禎子は、尊仁親王を生み、それを頼りに頼通の圧力を避けて閑院で過ごす。能信は、後冷泉即位の時に、尊仁の立坊を断行し、公成（公季の孫）の女を養女として東宮（尊仁）妃とする。資平は一男資房（『春記』の作者）・二男資仲、又異母（佐理女）弟経任らと共に禎子・尊仁の近侍として脇を固める。嫄子に皇子誕生をみないまま、頼通は次第に東宮尊仁と不和になっていき、後冷泉期末頃から宇治に籠もる。尊仁の即位を待ち望んだであろう能信は治暦元年に、経任は治暦二年に、資平は治暦三年に世を去る。翌治暦四年に即位された後三条帝を、後続の『今鏡』は、「気性が剛毅で、乱れた世を立て直そうと、規制も厳しくされ、又学才も豊かであられた」と記す。父資平より早世した資房にかわって、詩才に秀でていた資仲は、後三条帝の蔵人頭として仕える。

以上、『大鏡』の作者と推定した資平と、その背景について簡単に述べたが、次に前章までで、「残した問題」との関連をみる。

まず、伊周に対しては辛辣（伊周の台頭は阻止したかった立場である）であるのに、同じ中関白家でありながらその弟隆家（娍子の大夫）には温かい感情を表出するのは、共に闘った仲だったからだろう。又「小一条院退位事件」と「安和の変」の錯綜は、共に禎子・尊仁を奉る者同士である能信の母高松殿の父である源高明（源氏）の流罪に、小野宮の養子である自分の家系の者（実頼）がかかわっているとは明記できなかったのではないか。その女婿為平親王に対する微妙な態度も同じ理由からと考える。一方、「小一条院退位事件」に俊賢（高明息）・能信を登場させたのは、これと裏返しになる感情からではないかと考える。つまり、能信・俊賢が、小一条院を強迫して退位させないまでも関係していたのだと記す姿勢が見られる。そして「安和の変」も「小一条院退位事件」も、九条家繁栄（兼家・道長）のために起こった（排除された）のだとする作意によって「小一条院退位事件」を第三巻頭の「師輔」伝前、第二巻末「師尹」伝に収め、「安和の変」の原因は排除された実頼ではなく、師尹かと濁したのだと考える。つまり、小一条院及び、小野宮家・頼忠らは九条家繁栄のために阻害されていったのだという記述態度である。一方、能信（母明子は源高明女）の方に通じる「安和の変」を、小野宮実頼を関係させず、九条家「師輔」伝に入れ、実頼ではなく、道長の父である兼家たちであるとする態度を見ると、作者のしたたかさ（あくまでも己の非を認めない態度、又、能信に譲らない態度）を感じる。又、「公季」伝の意識が異質なことについては、おそらく尊仁の妃が公成女であることに関係していると考える。つまり、皇族に近い宮腹ではあるが、臣下の分をわきまえさせ、その上外戚による権力掌握に釘を刺す意味合いが込められていると考える。

最後に登場人物の年齢であるが、世継が百九十歳というのは、貞観十八年（八七六）に生まれて、百九十年後の治暦元年（一〇六五）に『大鏡』を記したという事かと考える。異母弟経任は資平より十四歳年少である。では、「三十ばかりなる侍めきたる者」とは誰か。資平の本当の夢想である「東宮尊仁親王」ではないかと考える。理由は、「この語りは、賢い帝の政のため」、又「日本紀（帝王学）を聞くと思し召せ」の言葉、そして、何よりも「小一条院退位事件」で、世継が、わきに退いて、若侍に縦横に語らせる場面（中でも、小一条院を、若侍に「不覚のことなりや」と断じさせる態度）と、「師輔」伝の冷泉帝期が、外戚による政権の成長期だと、世継らと談話する記述があるからである。又、敦康親王立坊の件に対する強い否定は、母后禎子と敵対した頼通養女嫄子（敦康親王女）に関係するか、あるいは、尊仁立坊を脅かす何らかの世評があったのではないかと考える。

構成上の問題として、「藤氏物語」の前半の歴代系譜前後の記述に検討を加えなければならないと考える。又、「昔物語」は資平二男資仲の作と考える。

第八章　結　論

『大鏡』の文学としての核、つまり、それまでになかった「新しい知覚」であり、その後も容易に越えることができなかった「新しい知覚」とは何か。

その一つは、「藤原氏の外戚としての発展過程を、『九条家の発展を基点』に、道長で頂点に達した」という見解を、見事に作品内に表現した点であろう。『大鏡』は「歴史物語」と言われるが、単なる事件・人物の羅列に終始する歴史書ではない。又、単なる作り物語である虚構の物語作品でもない。強烈な個人の意識によって形づくられた作者の捉えた、そして、作者自身が生きたと考えた世界である。つまり、個人の意識が核となって、その核を『大鏡』全体に行き渡らせて作り上げた作品世界である。

では、その個人（作者）の強烈な意識とは何か。「藤冬嗣から始まって、途中で九条家一門に政権を掌握され、帝・東宮をはじめとして一天下すべて己の一家という栄花を可能にした道長」の世の中で生きていた作者が、その道長までの世界を凌駕する程の強烈な意識を、「禎子の栄え（実は後三条帝となる尊仁親王）」に向けたのである。なぜ、それ程までに道長にこだわるのか。道長の世の中では、作者は満足できなかったのだろう。しかし、道長の権勢下で作者の意識は鍛えられたに違いない。三条帝と道長のやりとりを身近に見聞きし、圧力によって退位される姿を見、それでも敦明親王を皇太子に立てるが、その敦明も圧力に負けて退位する。道長一家の外戚の世にあって（三条帝崩御・小一条院退位の世にあって）、道長二女皇太后妍子の大夫を勤めながら、遺児禎子を眺めながら何をどのように見、感じ、そしてそれを己の中にどのように採り入れ、昇華させて行ったのか。その詳細はわからない。しかし、作者が築き上げた作品の中に現われる意識から推察してみる。時の絶対者道長を目指す社会にあって、己の家門が道長より高いのだというプライドでガードし、己より家門の低い九条家・道長の繁栄を「皇威」を盾に批判する。外戚の地位によって思いのままに政治を執る体制を変革するためにこれまた「皇威」を借り、又新しい世を創るために「源氏」の力を結び付けようとする。（実頼の母を宇多皇女としたこともその一つの表れと考える）

自分の生涯を通して「新しい知覚＝道長の外戚としての権勢の圧迫下で息を殺し、精神を弛緩させて生きる世界ではない、新しい世の中を目指した資平の思いとその意欲に含まれている意味」を築いていったのだと思う。つまり、「道長対自分、三条帝（小一条院・娍子）対道長を、その意識の深層に潜ませながら、三条帝の遺児禎子内親王・尊仁親王を奉ることによって外戚による政治を終わらせ皇威を強めた世を創るために生きた資平の思いと意欲」が『大鏡』の文学としての核、「新しい知覚」と考える。

道長に対する明確な意識が作者から打ち出されなかった事が残念であるが、尊仁親王の母后禎子内親王の外祖父でもあり、記述された時が治暦元年とすると、確実だとはいえ、まだ即位されない時に、結果として、東宮尊仁親王即位のために生きた資平のこれが精一杯の「自己の、世の人・東宮尊仁親王に遺す思い」を述べた形であろう。己の強烈な思いに従って、改作した道長までの歴史であるが、「資平の思い・意欲」は、本来の歴史の真実をも覆って迫って来る。

「資平の思い・意欲」によって創られた作品世界を、又、一つの真実として受けとめているのである。成立背景を考えると、万寿二年（万寿元年は甲子＝革命の年）で集約した事が、一番作品としてまとまりを持ったように思うが、さらに、正しい評価を与えるために検討していかなければならない。後続の「歴史物語」といわれる作品の中で『増鏡』がなぜ成功したかは、軍記物語といわれる『平家物語』の「祇園精舎の鐘の声……たけきものもつひには滅びぬ」の基調にのせて源平の興亡を描いたことを、考え合わせると、それなりの理由があるように思える。又、『愚管抄』『神皇正統記』へと「道理史観」が継承されると言われるが、『大鏡』の「新しい知覚」の本当の姿を、『大鏡』が記述された時点で明らかにしなければならないと考える。

あとがき

三年前、『大鏡』の全体像を一応把握したと考えた時点で、私なりの『大鏡』解釈に必要と思われる覚え書とも言うべきものをまとめてみました。（『大鏡（世継の意図）』S58・4・11）

しかし、浅学の故に、なかなか論述の構想がまとまらず時間が流れましたが、今回漸く第一段階の統合ができました。

この度の記述に当たって、その指標及び御指導下さいました菊田茂男先生に厚く御礼申し上げます。

『大鏡』を読み始めてから十年経ちませんが、「筆者の意識」を追うことに拠ってなら『源氏物語』は非常に読みごたえのある作品と考えております。

昭和六十一年一月九日

安中 正子

参考文献

『挑発としての文学史』H・R・ヤウス 轡田收訳
一九八四年発行 岩波書店

『ミメシスとエクスタシス』米須興文
一九八四年発行 勁草書房

以下に記した注は、『「大鏡」作者の位置　続編』に収載するに当たり、書き加えたものです。

注

（1）竹内好訳『魯迅　茅楯』（筑摩世界文学大系　筑摩書房　昭和49・1）。原文の引用はすべてこれによる。以下の注も同様である。

（2）竹内好編訳『魯迅評論集』（岩波新書　昭和57・5）

（3）（2）に同じ。

（4）池上嘉彦『記号論への招待』（岩波新書　昭和59・3）

（5）H・R・ヤウス　轡田収訳（岩波書店　昭和59）

（6）橘健二校注・訳『大鏡』（日本古典文学全集20　小学館　昭和54・4）。使用させていただく「世継」「繁樹」「若侍」の語と、現代語による原文の概略はすべてこれによる。傍線・傍点は稿者による。

（7）松村博司校注『大鏡』（日本古典文学大系　岩波書店　昭和44・8）。原文の引用と使用させていただく語等はすべてこれによる。傍線・記号は稿者による。

（8）（7）に同じ。

（9）（6）に同じ。

『大鏡』の文学性
昭和六十一年三月三十一日発行
著　者　安中正子
印刷所　石田印刷㈱

平成二年度　修士論文

『大鏡』の研究
—世継の語りの目的—

新潟大学大学院教育学研究科
教科教育専攻国語教育専修
63—9　安中　正子

序

近年『大鏡』の研究は一段と進み、その構造、叙述、作者等についてより鋭く究明されつつある。なかでも松本治久氏、塚原鉄雄氏、加納重文氏、小峰和明氏らによって、その構造・叙述の底に流れる一貫性が指摘されている(注1)。しかし、現在に至るまで「何らかの批判的態度が含まれている」と取る立場から、「道長賛美(注2)」とする見解まで、さまざまであり統一はなお見られていない。私は、既に益田勝実氏が述べておられる「『大鏡』の作者の独自な形象表現の方法……創造的幻視者として、歴史を捉えていく道筋こそ、今後の『大鏡』研究の主流でなければなるまい(注3)。」との説に賛同する者である。

私は文章乃至作品に接する際に、まずどの程度の空間的規模の上に築かれているかを捉えることを最優先させて来た。そして、筆者自身乃至は主人公が、その作品空間とどのような相互関係を持ちながら、その空間の中をどこまで目指しているかを追っていくことに、文学の楽しみを見出すことが多い。この享受の仕方はひいては、そのような作品空間を他空間から抜き出し形造る筆者その人の認識のあり方に興味を持つことにもなる。つまり筆者（あるいは筆者の視点）が、どのような立場・位置から、その筆者の認識が必要とするところに従って切り取り築き上げたどのような架空の空間世界を、どのような方向へと進んで行っているかを文中から探ることになった。さらに、そのような空間世界の中を、筆者自身がどこまで創造的に志向できているか、又逆にどこまででその志向が止まらざるを得ない状態になっているかを考えることにもなった。

文中に現われた筆者の認識の型を探ることが、即「文学研究」を意味し得ないであろうが、その一端とはなり得るのではないかと考える。なぜならば、筆者の創造的目的[注4]にあわせて構築された空間世界の中で、筆者がどのような意志で進み、そして、どこまで新しいあるいは特質ある創造性を打ち出しているかを探ることにつながると考えるからである。

『大鏡』は単なる編年体の羅列的な作品ではない。従来から「紀伝体形式」[注5]と言われてきた構成、又「批判精神」[注6]がみられると言われてきた叙述からもわかるように、かなり特徴的な性格を帯びた作品である。つまり、ある作者の独自の視点・認識によって捉えられ築きあげられた構成空間であり、さらに作者の新しい創造的意志を含んだ叙述がみられる作品であると考える。

以上のことから、この論文においてはまず『大鏡』の構成空間と叙述から、作者の視点・認識の特質を探り、そこから翻って、そのような認識の特質があらわれる基盤、つまり作者の立場・位置に言及し、最後に、文中の序で世継によって述べられる「目的」と、その作品全体である『大鏡』を創造した作者の目的―つまり、文学としての新しい創造的意味―との関わりについて論述したいと考える。

『大鏡』の「序」[注7]において、

（1）まめやかに世次が申さんと思ことは、こと〴〵かは。たゞいまの入道殿下の御ありさまの、よにすぐれておはしますことを、道俗男女のおまへにて申さんとおもふが、いとことおほくなりて、あまたの帝王・后、又大臣・公卿の御うへをつゞくべきなり。そのなかにさいはひ人におはしますこの御ありさま申さむとおもふほどに、世の中のことのかくれなくあらはるべき也。

と、世継が語りの目的を示す。そして「藤氏物語」の末尾に至って、同じく世継の、[注8]

（2）世継が思事こそ侍れ。便なきことなれど、あすともしらぬ身にて侍れば、たゞ申てん。この一品宮の御ありさまのゆかしくおぼえさせ給にこそ、又いのちおしくはべれ。そのゆへは、むまれおはしまさんとて、いとかしこき夢想みたまへりし也。さ覚侍りしことは、故女院・この大宮などはらまれさせ給はんとてみえしたゞおなじさまなるゆめにはべりしなり。それにてよろづをしはかられさせ給御ありさまなり。皇大后宮にいかで啓せしめんとおもひ侍れど、そのみやの邊の人にえあひ侍ぬがくちをしさに、こゝらあつまり給へるなかに、もしおはしましやすらんとおもふたまへて、かつはかく申侍ぞ。ゆくすゑにも「よくいひけるものかな」とおぼしあはすることも侍りなん」といひしおりこそ、

という夢想が示され、さらにその世継の言葉をひきとるかの如く、筆者（作者）の

（3）「こゝにあり」とて、さしいでまほしかりしか。

の名乗り上げともいえる言葉で、作品『大鏡』は完結している。

（1）の世継の語りの目的と、（2）の世継の夢想、さらには（3）の作者の名乗りの間には、どのように切りとられ、どのように構築された空間がひろがっているのであろうか。

目次

第一章　帝紀・列伝の意味するもの

この一章では、作品『大鏡』の本体を成す帝紀・列伝形式に見られる構成と叙述から、作者の摂関政治に対する特徴的な認識のあり方を探ってみたい。

一節　構成にあらわれた摂関政治に対する認識の特質

まず「世継の語り」の構成は、帝紀と大臣列伝（注9）にわけられる。

帝紀は「序」を含めて第一巻をなしている。ここでは、

五十五代文徳帝から六十八代後一条帝（当代）までが歴代の順序で記されている。

五十五代　文徳天皇
五十六代　清和天皇
五十七代　陽成（院）
五十八代　光孝天皇
五十九代　宇多天皇
六十代　　醍醐天皇
六十一代　朱雀天皇
六十二代　村上天皇
六十三代　冷泉（院）
六十四代　円融（院）
六十五代　花山（院）
六十六代　一条（院）
六十七代　三条（院）
六十八代　後一条（院）（注10）

つづいて、大臣列伝について見ると、第二巻から第五巻までが、これに当てられている。

次の表1で、史実と『大鏡』の大臣列伝構成に見られる順序と照合してみると、摂関の称号ではなく太政大臣の位階を冠せられて列記されているが、歴代の太政大臣の順番（①～⑪と附す）では構成されていないこと（注11）がわかる。

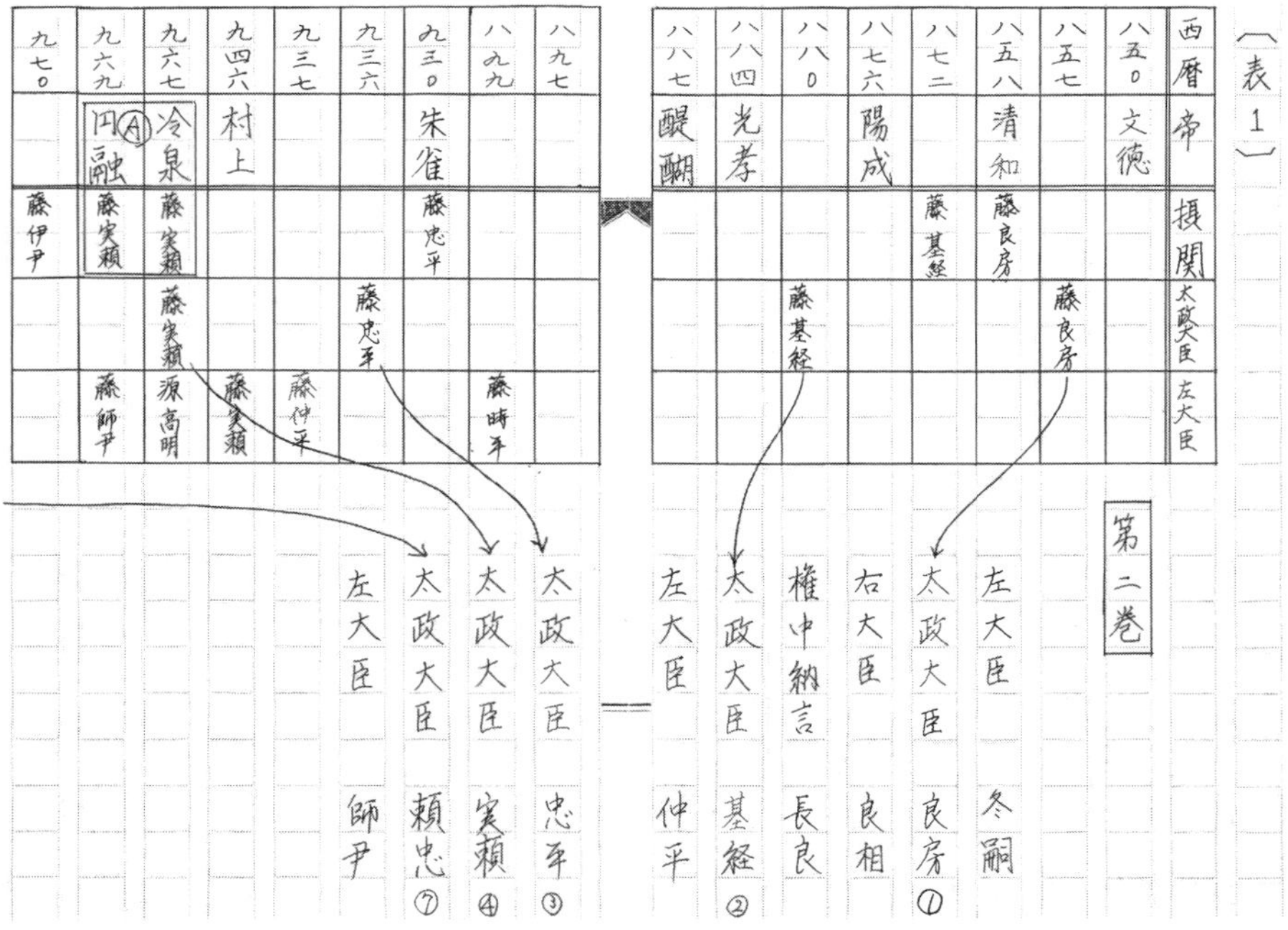

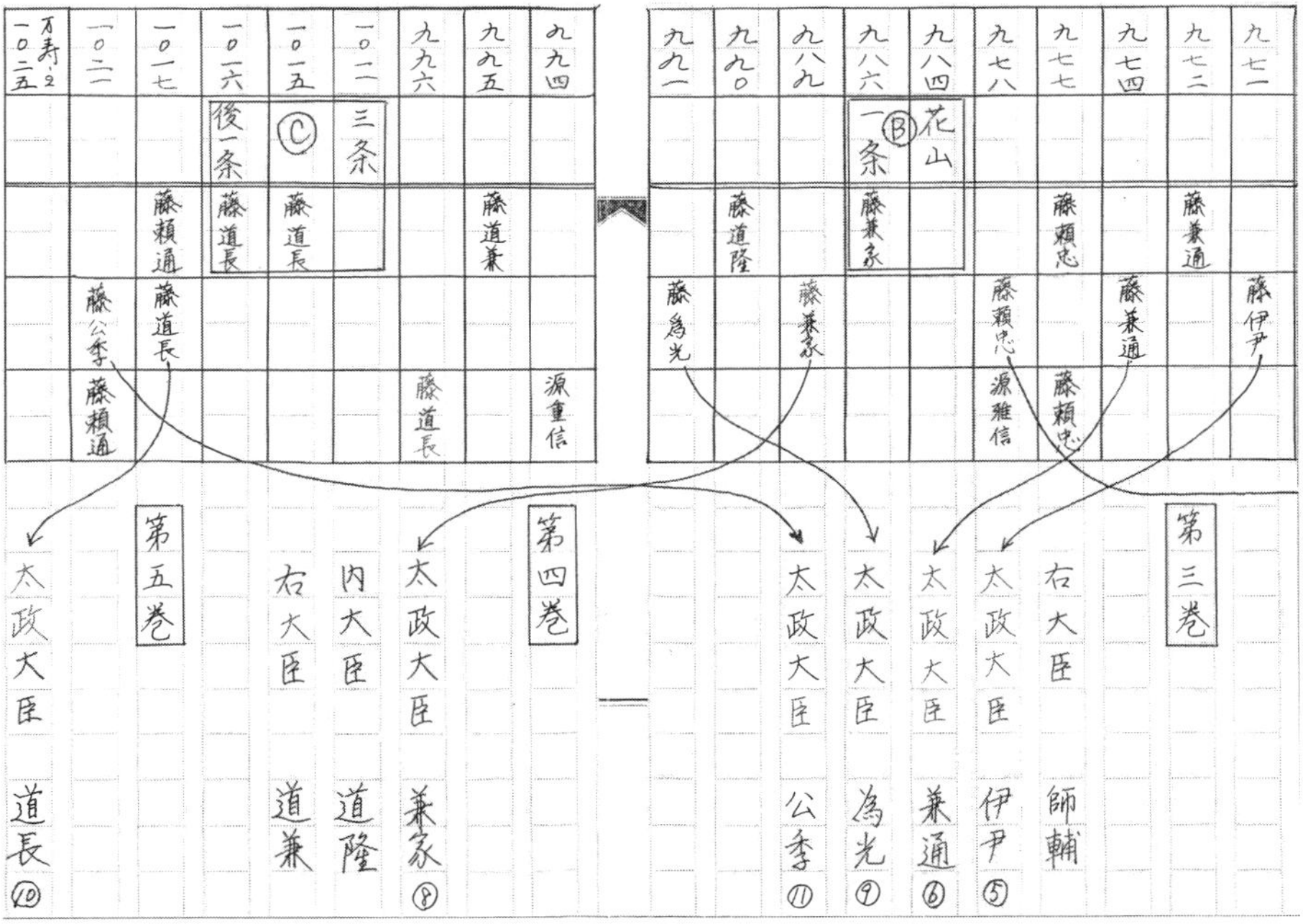

以上が『大鏡』に収められている文徳帝とその外祖父冬嗣から、万寿二年時における当代（後一条帝）とその外祖父道長までの百七十六年間の略年表である。(注12)

松本治久氏が既に「「大臣列伝」の伝の立て方をみると、大鏡は、傍流の人々と主流の人々とを対比しているといってよい。なぜなら、冬嗣以下について伝の立て方は、長良・忠平・師輔・兼家・道長など、主流となる人々の伝を、それぞれの兄弟の末尾に配置している。これら五人の伝に基経の伝を加えて、冬嗣以下、兄弟の最後に位置する人々をたどっていくと、道長まで父子の関係で一筋につづく。」(注13)と論じておられるが、次に「大臣列伝」の系図を作成して見る。

系図1を見ると、松本治久氏の指摘は最もと思われるが、さらに言えることは、外戚でもある摂関家の系譜毎に、各巻が—特に三巻・四巻・五巻へと—構成され展開されて(注14)いることが明らかになると言えると考える。以上の特質は、益田勝実氏の言われる「いわば、〈摂関政治史〉であろうとする作者の史的志向」(注15)に相応するものではないかと考える。又この点について、福田景道氏は「太政大臣に価値が認められているとは到底思われない」(注16)とされ、さらに「やはり摂関を志向する構想がまず存在していて、太政大臣を重視する系列が後から付加されたと考える。」(注17)と、「増補改修」(注18)を考えておられる。

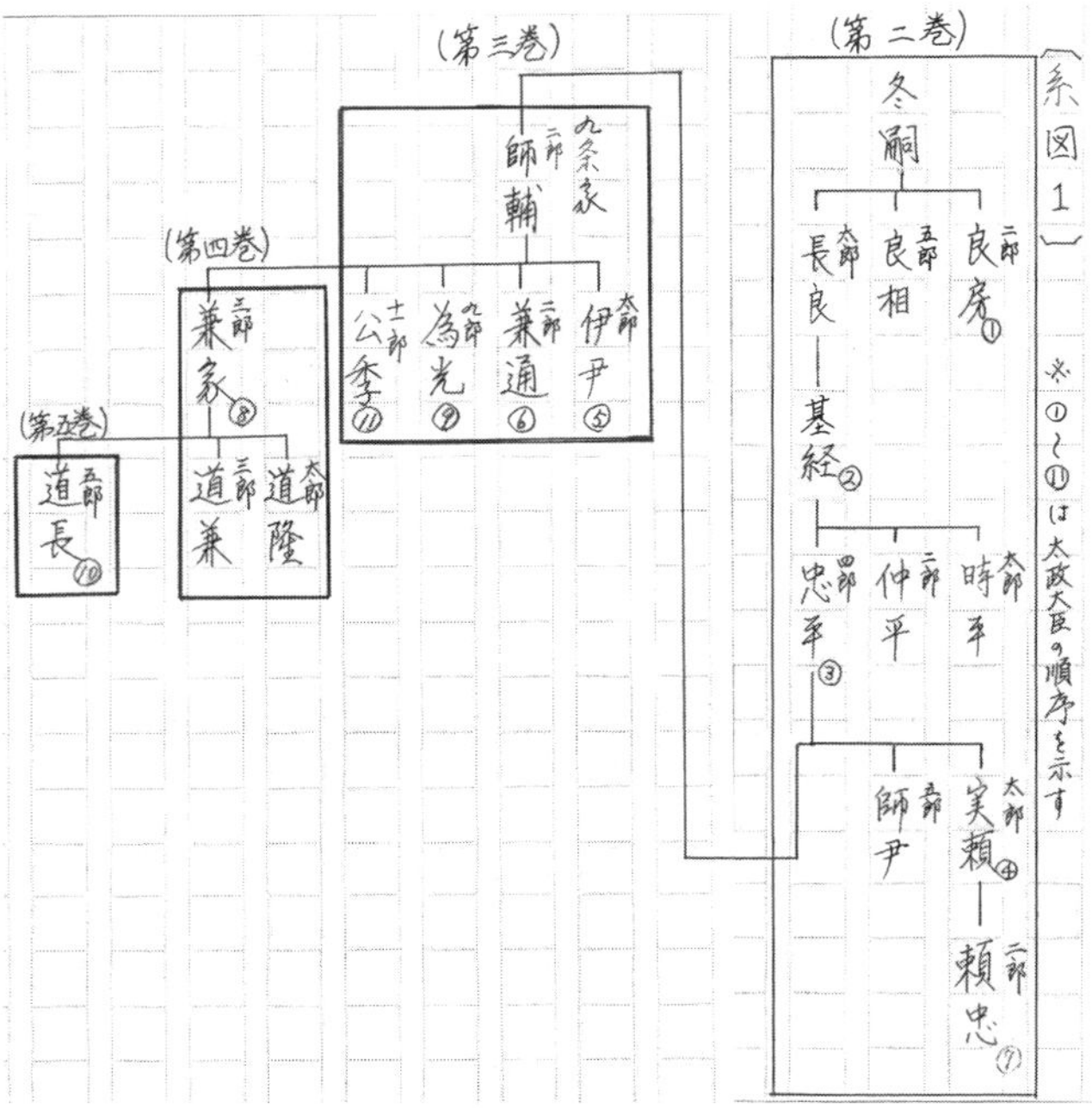

「帝紀」を歴代順に構成・叙述した後、「大臣列伝」を述べるに先立って世継の語っている目的を、次に見てみたい。

よのなかの太政大臣・摂政・関白と申せど、…太政大臣は、このみかどの御よに、たはやすくをかせたまはざりけり。或みかどの御祖父、或御舅ぞなりたまひける。又、如然帝王の御祖父・舅などにて御うしろみし給大臣・納言、かずおほくおはす。うせ給てのち贈太政大臣などになりたまへるたぐひ、あまたおはすめり。…わざとの太政大臣は、なりがたく、すくなくぞおはする。…やがてこの殿よりしていまの閑院大臣まで、太政大臣十一人つづき給へり。

私はここでの世継の「摂関よりも太政大臣を格式ある重職とする認識」が、大臣列伝に冠せられている要因ではないかと考える。つまり歴代順の「帝紀」に呼応して、歴代順の太政大臣を軸となすべき「大臣列伝」が、外戚としての摂関家の家門を追う形に組み替え展開されていくとともに、「太政大臣」の軸では機能しなくなったととるべきではないかと考える。特に第二巻に冬嗣から忠平の息までの五代にわたる大臣列伝が収められているのに比し、九条家師輔とその息らで第三巻をなし、兼家とその息二人で第四巻が構成され、最後に、時の関白である息頼通を含んだ道長一代で占められている第五巻へと、「太政大臣道長」ならぬ未曾有の外戚としての栄花を実現させた道長へと強調し、構成・展開させていっている点は重要な特質となると考える。

二節　叙述にあらわれた摂関政治に対する認識の特質

前節において、構成上の特質を探ったわけであるが、二節では、叙述面で際立った「摂関政治に対する認識の特質」があらわれているかどうかを見たい。

前節の「大臣列伝が摂関家の系譜を追う形に組み替えてあり、特に師輔―兼家―道長へと至る三代がクローズアップされているという構成の特質」に対応する如く、叙述面でも師輔―兼家―道長へと、ある志向性が見られると考えるので、その箇所を以下に原文から引用提示する。

第三巻「右大臣師輔」

（1）そのとの（師輔）、御君達十一人、女五六人ぞおはしましゝ。第一の御女（安子）、村上の先帝の御時の女御、おほくの女御・みやすどころのなかに、すぐれてめでたくおはしましき。みかどもこの女御殿にはいみじうをぢまうさせたまひ、ありがたきことをも奏せさせ給ふことをばいなびさせたまふべくもあらざりけり…あなよりとをるばかりのかはらけのわれしてうたせたまへりければ、みかど（村上）のおはしますほどにて、これればかりにはえたへさせたまはず、むづかりおはしまして、「かやうのことは、女房はせじとて。伊尹・兼通・兼家などがいひもよほして、せさするならん」とおほせられて、みな殿上にさぶらはせたまふほどなりければ、三所ながらかしこまらせたまへりしかば、そのおりに、いとゞおほきにはらだゝせたまひて、…「いかでかゝる事はせさせたまふぞ。いみじからんさかさまのつみありとも、この人〳〵をばおぼしゆるすべきなり。

（2）この后（安子）の御はらには、式部卿の宮こそは、冷泉院の御つぎにまづ東宮にもたちたまふべきに、…式部卿の宮（為平）みかどにゐさせたまひなば、西宮殿（高明）のぞうに世中うつりて、源氏の御さかへになりぬべければ、…にはかに、「わかみやの御ぐしかいけづりたまへ」など御めのとたちにおほせられて、大入道殿御車にうちのせたてまつりて、北の陣よりなんおはしましける…威儀のみこをさへせさせたまへりしよ、

（3）いまは故九条殿の御子どものかず、この冷泉院・円融院の御母（安子）、貞観殿の尚侍（登子）、一条の摂政、堀河殿、大入道殿（兼家）、忠君の兵衛督と六人は、武蔵守従五位上経邦の女のはらにおはしまさふ。よの人「女子」といふことは、この御事にや。

第四巻「太政大臣兼家」

（4）このおとゞ（兼家）は、九条殿（師輔）の三郎君、東三条のおとゞにおはします。御母は、一条摂政におなじ。冷泉院・円融院の御舅、一条院・三条院の御祖父、東三条院女院・贈皇后（超子）の御父。公卿にて廿年、大臣のくらゐにて十二年、摂政にて五年、太政大臣にて二年、世をしらせたまふさかへて五年ぞおはします。…内にまいらせ給には、さらなり、牛車にて

北陣までいらせたまへば、それよりうちはなにばかりのほどならねど、ひもどきていらせたまふこそ。されど、それはさてもあり、相撲のおり、内（一条院）・春宮（三条院）のおはしませば、二人の御前になにをもをしやりて、あせとりばかりにてさぶらせたまひけるこそ、よにたぐひなくやむごとなきことなれ。すゑには、北方もおはしまさゞりしかば、おとこずみにて、東三条どのゝ西対を清涼殿づくりに、御しつらひよりはじめて、すませたまふなどをぞ、あまりなることに人申めりし。

（5）対の御方ときこえし御はらの女（綏子）、おとゞ（兼家）いみじうかなしくしきこえさせたまて、…三条院の、東宮にて御元服せさせ給よの御そひぶしにまいらせ給て、三条院も、にくからぬものにおぼしめしたりき。なついとあつき日、わたらせ給へるに、御まへなる氷をとらせたまひて、「これ、しばしもちたまひたれ。丸をおもひたまはゞ、『いまは』といはざらむかぎりは、をきたまふな」とて、もたせきこえさせたまて御覧じければ、まことにかたのくろむまでこそもちたまひたりけれ。「さりとも、しばしぞあらん」とおぼしゝに、あはれさすぎて、うとましくこそおぼえしか」とぞ、院（三条）はおほせられける。

（6）昭宣公の御公達「三平」（時平　仲平　忠平）ときこえさすめりしに、この三所をば「三道」（道隆　道兼　道長）とやよの人申けん、えこそうけたまはらずなりにしか。

第五巻「太政大臣道長上」

（7）このおとゞは、法興院のおとゞ（兼家）の御五男、…この道長のおとゞは、いまの入道殿下これにおはします。一条院・三条院の御舅、当代（後一条）・東宮（後朱雀）の御祖父にておはします。この殿（道長）、宰相にはなりたまはで、直権中納言にならせ給、御年廾三。そのとし、上東門院うまれたまふ。…卅にて、五月十一日に、関白の宣旨うけ給はりたまうて、さかえそめさせたまひにしまゝに、又ほかざまへもわかれずなりにしぞかし。いま〳〵も、さこそは侍べかんめれ。

（8）このきたのまんどころ（倫子）の御さかえきはめさせ給へり。たゞ人と申せど、みかど（後一条）・春宮（後朱雀）の御祖母にて、准三宮の御位にて年官・年爵給はらせ給。からの御くるまにて、いとたはやすく御ありきなどもなか〳〵御みやすらかにて、ゆかしくおぼしめしけることは、よのなかの御み・なにの法会やなどあるおりは、御くるまにても、桟敷にても、かならず御覧ずめり。内・東宮・宮ゝあかれ〳〵よそをしくておはしませど、いづかたにもわたりまいらせ給てはさしならびおはします。たゞいま三后（彰子　妍子　威子）・東宮の女御（嬉子）・関白左大臣（頼通）・内大臣

(教通)御母、みかど・春宮はたまうさず、おほよそよのおやにておはします。入道殿と申もさらなり。おほかたこのふたところながら、さるべき権者にこそおはしますめれ。

(9)殿(道長)の御まへは卅より関白せさせたまひて、一条院・三条院の御時、よをまつりごち、わが御まゝにておはしましゝに、又当代(後一条)の、九歳にてくらゐにつかせ給にしかば、御とし五十一にて、摂政せさせ給とし、わが御身は太政大臣にならせ給て、摂政をばおとゞ(頼通)にゆづりたてまつらせ給て、…みかど・東宮の御祖父、三后・関白左大臣・内大臣・あまたの納言の御父にておはします。よをたもたせ給こと、かくて三十一年ばかりにやならせ給ぬらん。…おほかたまたよになき事なり、大臣の御女三人きさきにてさしならべたてまつり給事。

(10)入道殿(道長)は、いとひさしくみえさせ給はぬを、「いかゞ」とおぼしめすほどにぞ、いとさりげなく、ことにもあらずげにて、まいらせたまへる。「いかに〳〵」ととはせ給へば、いとのどやかに、御刀に、けづられたるものをとりぐしたてまつらせ給に、「こはなにぞ」とおほせらるれば、「たゞにてかへりまいりてはべらんは、証候まじきにより、高御座のみなみおもてのはしらのもとをけづりて候なり」と、つれなく申たまふに、いとあさましくおぼしめさる。

(11)中関白殿(道隆)・粟田殿(道兼)うちつゞきうせさせ給て、入道殿(道長)によのうつりしほどは、さもむねつぶれて、きよ〳〵と覚はべりしわざかな。いとあがりてのよはしり侍らず、おきなものおぼえてのゝちは、かゝること候はぬものをや。いまのよとなりては、一の人の、貞信公、小野宮殿をはなちたてまつりて、十年とおはすることの、ちかくは侍らねば、この入道殿もいかゞとおもひ申侍しに、いとかゝる運にをされて御兄たち(道隆　道兼)はとりもあへずほろび給にしにこそおはすめれ。

以上、師輔・兼家・道長の各伝に見られる特徴的な叙述例を提示した。

その特徴とは、まず各伝の冒頭に、外戚としての増長ぶりが描かれていることである。「師輔伝」では、大逆の罪があろうと許されるはずという安子の言。「兼家伝」では、たとえ外祖父であろうと汗とり姿で帝の御前に伺候する増長ぶりを、又邸を清涼殿造りにして住むという不遜を批判とともに述べている。「道長伝」では、妻の倫子が唐の御車で乗り歩き、あろうことか帝・春宮と並んでいる厚顔さを示してから、まるで帝になりかわって倫子・道長が世の親ではないのかと述べる。さらに大臣の身分で后を三人も立てるなどということは前代未聞のことと評している。

さらに、各伝の半ばには、外戚を目指す執念を描いた逸話を収める。「師輔伝」では兼家らが強行して守平親王（円融）を即位させた内情を、「兼家伝」では綏子をかりて外戚の地位獲得にかける執着の強さを、「道長伝」では高御座の柱を削り取るという末恐ろしいまでの心意地として、描き出している。

　そして、各伝の末尾は世の人の評価で締め括られている。つまり、「師輔伝」では師輔の子息らを産んだ妻を、世を乱す者の意である「女子」になぞらえたとし、「兼家伝」では、その息らは権勢はあっても声望はなかったという世評で終える。「道長伝」に至っては、世継自ら「入道殿によのうつりしほどは、さもむねつぶれて、きよ〳〵と覚はべりし」と、不穏な評をしており、続いて太政大臣としては、貞信公忠平と小野宮にやっと並んだ程度であると厳しい評価を下している。

　以上、叙述の特質を探った結果、師輔・兼家・道長の各伝が、外戚としての増長ぶり―外戚獲得の執念―世評というパターンで叙述されていることがわかる。と同時に師輔から兼家、そして道長へと段々と「外戚としての増長ぶりと執念」の度合いが強くなってくるという叙述の志向性もうかがうことができるのである。

　では第二巻において、今見てきたような特徴及び志向性があるかどうかを見ていきたい。

「太政大臣基経」
陽成院おりさせ給べき陣定に候はせ給。融のおとゞ、左大臣にてやむ事なくて、位につかせ給はん御心ふかくて、「いかゞは。ちかき皇胤をたづねば、融らもはべるは」といひいでたまへるを、このおとゞ（基経）こそ、「皇胤なれど、姓給てたゞ人にてつかへて、位につきたる例やある」と申いで給へれ。さもあることなれど、このおとゞのさだめによりて、小松の帝は位につかせ給へる也。

「太政大臣忠平」
宣旨奉らせ給てをこなひに、陣座ざまにおはします道に、南殿の御帳のうしろのほどゝほらせ給に、ものゝけはひして、…「鬼なりけり」と、いとおそろしくおぼしけれど、おくしたるさまみえじとねんぜさせ給て、「おほやけの勅宣うけたまはりて定にまいる人とらふるは、なのものぞ。ゆるさずば、あしかりなむ」とて、御大刀をひきぬきて、彼が手をとらへさせ給へりければ、まどひてうちはなちてこそ、うしとらのすみざまにまかりにけれ。

「太政大臣実頼」
凡何事にも有識に、御こゝろうるはしくおはしますことは、よの人の本にぞひかれさせ給。小野宮のみなみおもてには、御もとゞりはなちてはいで給ことなかりき。そのゆへは、いなりのすぎのあらはにみゆれば「明神御らむずらんに、いかでかなめげにてはいでん」との給はせて、いみじくつゝしませ給に、をのづからおぼしめしわすれぬるおりは、御そでをかづきてぞおどろきさはがせ給ける。

「太政大臣頼忠」

この頼忠のおとゞ、一の人にておはしまし、かど、御直衣にて内にまいり給事侍らざりき。奏せさせ給べきことあるおりは、布袴にてぞまいり給。さて殿上にさぶらはせたまふ。年中行事の御障子のもとにて、さるべき職事蔵人などしてぞ奏せさせ給、うけたまはり給ける。又、或おりは、鬼間にみかど（円融　花山）いでしめ給て、めしあるおりぞまいり給し。関白し給へどよその人におはしましければにや。

以上の第二巻における大臣列伝の中の「太政大臣伝」を見ると、基経には正しい皇統の継承に力を尽くさせ、忠平には「王威」を支える臣下としての自負を示させ、その一男実頼には世の手本ともなるべき謹厳さを、さらに頼忠には威儀正しい臣下としての仕えぶりを体現させて、それぞれの太政大臣を描いていることがわかる。

このことは、先に見た第三巻・第四巻・第五巻の、師輔・兼家・道長の各伝の叙述に、「皇威をないがしろにしていくほどの外戚としての増長ぶりの進む過程」を志向する特質があることを一層明確にするものであると考える。そして、さらにこのような叙述の特質は、構成面での第三巻の九条家師輔から兼家、さらに道長へと摂関家の系譜がクローズアップされていく特質とつながるものではないかと考える。

ところで、この「外戚としての権勢を具現し、又は執着して帝位をも侵していく程に増長していく姿」を、さらに決定付けていく叙述として「裏面暴露的記事」があげられると考える。

①安和の変（「師輔伝」に収録）

〔内容〕九条家師輔の息兼家らが謀って、源氏の台頭を阻止するために、源高明の女婿である為平親王を越えて守平（円融帝）を即位させた。そのために後に高明流罪といった事件が起きたとする。

②花山院退位事件（「花山院紀」に収録）

〔内容〕道兼・兼家父子が花山帝を騙して退位、出家させたとする事件。

③東宮敦明親王退位事件（「師尹伝」に収録）

〔内容〕三条帝の皇子であり東宮位にあった敦明親王が父帝の崩御後、道長の強迫的圧力に屈して退位に追い込まれたとする事件。（又この逸話は、ここに掲げた三つの「裏面暴露的記事」の中でも、最も量が多く、さらに世継を制して青侍が詳細に事件の真相を説き明かす体の特異な叙述をみせている。）

これらの三事件はそれぞれが師輔・兼家・道長の各伝に収録されているわけではない（注19）。しかし、主謀者は九条家師輔の息ら、道兼・兼家父子、道長であると叙述されている点から考えると、構成面での特質である「師輔―兼家―道長へと摂関家の系譜を強調・展開する姿勢」にも、又この構成に呼応するかのような「外戚としての増長ぶりが進む」という叙述の志向性にもつながる逸話（事件）であると考えられる。そして、さらにこの「裏面暴露的記事」はすべて「帝位」にかかわる事件を叙述したものであるという点にも注意が必要であると考える（注19－2）。

三節　構成と叙述とにみられる摂関政治に対する認識の接点

さて、構成上の特質「摂関家としての師輔→兼家→道長の系譜をクローズアップさせていること」と、外戚としての増長ぶり、そしてさらに帝位までも脅かすまでにその度合いが進むという叙述の特質は重なったと言える。では次に、歴代順に列記される帝紀との間に、何か関係が見出せるかどうかを探ってみたい。

（1）歴代順の帝紀と裏面暴露的記事との接点

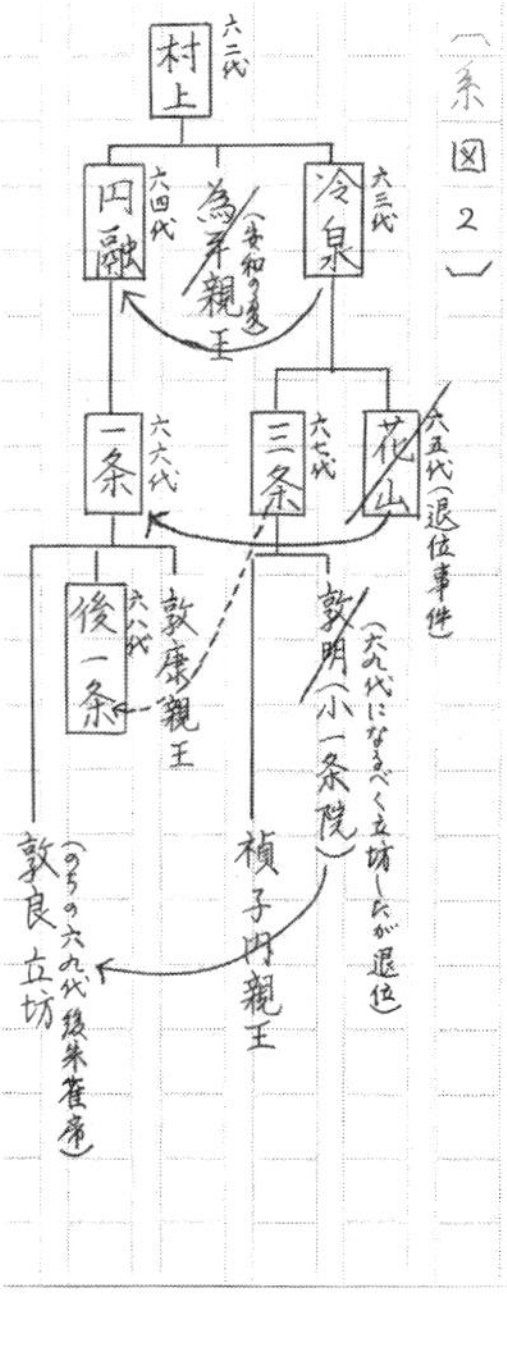

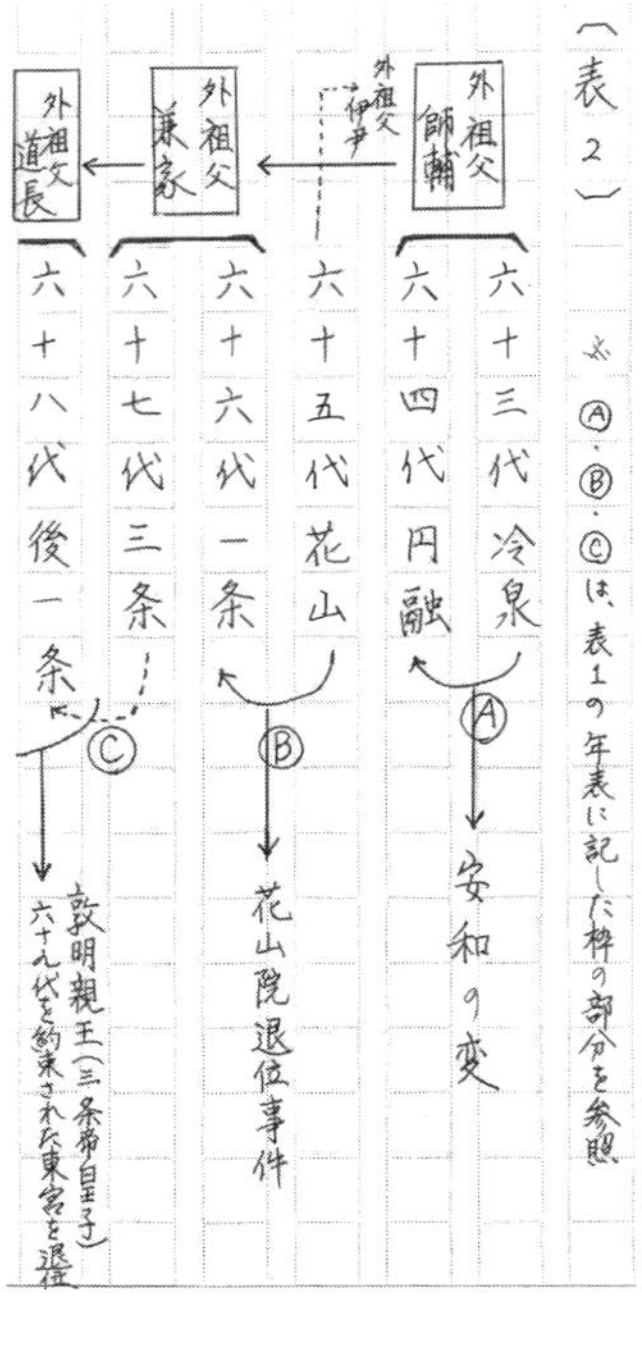

右の系図2で示したように、五十五代文徳帝からの歴代の帝紀を系図にして表すと、その中で特に六十三代冷泉帝から六十四代円融帝へと帝位継承される時点から、この後交互に両皇統が帝位に就いていることがわかる。そして、表2に示したように、さらに「裏面暴露的記事」が、冷泉帝皇統から円融帝皇統へと移行する時点に起きた事件を叙述したものであることを想起させる。と同時に「裏面暴露的記事」それ自体にも志向性が含まれていると考える。つまり、「安和の変」は、冷泉帝を退位させたのではなく、立坊が予想されていた為平親王を策謀によって追い落としたのであり、「花山院退位事件」は、冷泉帝皇統の帝をだまして帝位から追ったのであり、「小一条院退位事件」に至っては、東宮にあるものを、噂のみで自発的に退位させたとする叙述になっているのである。

続いて、ここに「摂関家の系譜を追う大臣列伝」を関わらせてみる。

（2）「帝の系譜」と「摂関家の系譜（大臣列伝の構成）」と「裏面暴露的記事」との接点

〈表3〉

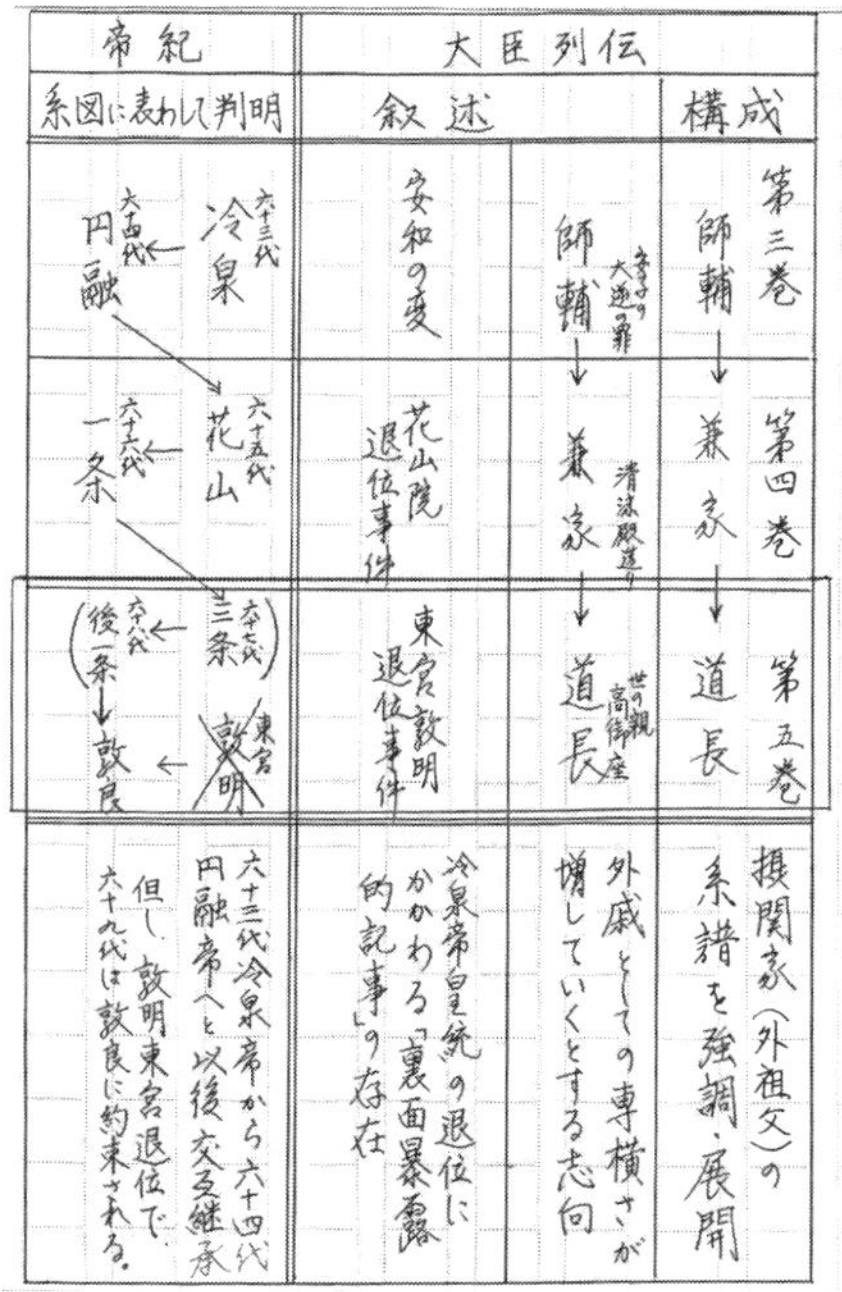

帝紀
大臣列伝
系図に表わして判明
叙述
構成
第三巻
師輔
兼家
道長
第四巻
第五巻
師輔
大逆の罪
兼家
清涼殿進り
道長
世の親
高御座
安和の変
花山院退位事件
東宮敦明退位事件
六十三代 冷泉
六十四代 円融
六十五代 花山
六十六代 一条
六十七代 三条
六十八代 後一条
東宮 敦明
敦良
摂関家（外祖父）の系譜を強調、展開
外戚としての専横さが増していくとする志向
冷泉帝皇統の退位にかかわる「裏面暴露的記事」の存在
六十三代冷泉帝から六十四代円融帝へと以後交互継承
但し、敦明東宮退位で、六十九代は敦良に約束される。

表3に示したように、構成上の特質であった「師輔→兼家→道長へと摂関家の系譜を強調したこと」と、叙述面での特質であった「師輔→兼家→道長へと至るにしたがって、皇威をないがしろにしていく増長ぶりの進展」と、さらに冷泉皇統の帝位を左右する、その専横さを「裏面暴露的記事」として叙述する姿勢とが重なることがわかる。

第一章を終えるにあたって、ここで考察したことを、改めて整理して提示してみる。

再度まとめるが表3で示したように、『大鏡』において、帝紀に隠されていた冷泉帝以後の帝位の交互継承は、円融皇統へ継承される時点に起こる「裏面暴露的記事」と、大臣列伝の構成・叙述の特質である師輔↓兼家↓道長へと展開する摂関家の増長とが重なり合うことが判明する。

ところで、このような一致は、充分に計算し尽くした創造的意志によるものと考えられる。では、このような意図的な呼応は、何を、あるいはどのような目的のためになされたものなのかが問題である。

又、花山院の退位事件以上に史実では有名な三条帝退位の際の道長の圧力に[注20]ついては、叙述しないでおいて、敦明親王の東宮退位事件を、「裏面暴露的記事」として取り上げている点が注意される。加えて、表1・2・3を比較すると冷泉帝・円融帝期の外祖父と摂関とが合わないことに気付く。

ここで、次章に移る前に塚原鉄雄氏の論文『大鏡構成と怪異現象』[注21]に触れておきたい。氏の論述からは多くの示唆を受け、又教えられたが[注22]、疑問に思うところもあり、その点について述べさせていただきたい。

氏は論中において、

> 怪異現象を体験する人物と体験しない人物とに、歴然たる人脈の差異があると認定しなければならない。…怪異体験のある天皇は、冷泉―花山―三条―小一条と、冷泉の子孫に限定される。…怪異体験のある大臣は、時平―忠平―師輔―兼家―道長と、道長に統括される藤氏北家の主流人物に限定されている。…時平―忠平―師輔―兼家―道長の系譜は、村上―円融―一条―後一条―後朱雀の系譜に相即して、歴史の方向を荷担する中枢人物の系譜であった。…藤氏大臣の怪異体験に、大鏡は、史的な展開を示唆した。そこには、天皇の権威を背景に、権力を獲得した藤氏の権威が、天皇の権威から自立して―離脱とか独立とかではない―、天皇の権威に優位する実質的権威を確保する史的過程が、如実に反映するといえよう。…怪異現象に圧倒される天皇は、怪異現象を体験しない大臣と、大鏡史観に立脚すれば、同一範疇の史的存在であったといえる。すなわち、本質的に、存在しても機能しない天皇であり大臣であった。…時平―忠平と道長とを連結する路線を基準として、天皇にも大臣にも、主流と傍流との格差が規定されることとなる。大鏡は、道長賛美の史的物語である[注23]。

と、述べておられる。

氏は「怪異体験のある大臣」には「天皇の権威から自立して、天皇の権威に優位する実質的権威を確保する史的過程が、如実に反映する」と述べておられるが、私が今まで考察してきたように、このことが[注24]「道長賛美」につながる作者の肯定的見解とばかりは言えない面があるのではないかと考える。又「時平―忠平―師輔―兼家―道長の系譜は…歴史の方向を荷担する中枢人物の系譜」とされるが、私は、「時平伝」における道真の鬼神については違った考えを持っている。このことに関しては後の第四章・第一節で述べることにする。さらに「村上―円融―一条―後一条―後朱雀の系譜…主流」と捉えておられるが、『大鏡』作者の「師輔―兼家―道長の捉え方」と冷泉帝以後の帝位継承にこだわる叙述との重なりには、塚原氏の言われる「主流」とはまた違った何か強固な意志が存在しているように思える。加えて、『大鏡』の帝紀を見ると、氏の言われる「傍系」にあたる花山帝・三条帝の逸話が多い(注25)ことがわかる。ここにも、氏の「機能しない天皇」というだけでは充分とは言えない何かがあると考える。

ここで、あらためて作品『大鏡』のもつ虚構空間全体から捉えた「道長へ至る摂関政治」の位置付けが必要になってくると考える。

第二章　舞台設定の意味するもの

一節　作品の枠組みとしての語りの場

世継の語りの目的は「たゞいまの入道殿下の御ありさまの、よにすぐれておはしますことを、…申さんとおもふが」という序の言で始まっている。しかし、既に小峰和明氏の指摘(注26)があるように、作品全体の虚構空間は、道長の栄花の由来を語り起こすのみで充足しているわけではない。前章では構成面・叙述面で重複する、計算し尽くされた特質を見たわけであるが、ではその重複がどのような意味を持っているのか、又どのような目的によって意図されたものなのかを究明するためには、動いているもの―つまり帝紀・列伝の展開―に沿ってただ共に動かされていくのではなくて、別の次元から、その展開を追う視点が必要であると考える。作品『大鏡』の動く「構成・叙述の展開の特質」ではなく、その動きを位置付け、意味付ける動かない作品空間であるところの「舞台設定」についての考察(注27)が必要となる。

（1）『大鏡』の枠組み

「さいつころ雲林院の菩提講にまうでゝ侍りしかば」の『大鏡』の冒頭の言葉は、世継のものではなく、筆者つまり作者自身の言として記しているのである。雲林院での菩提講とは「万寿二年三月廿五日に崩御された三条帝皇后娍子の七七日忌の法会を想定している」(注28)との山岸徳平氏の論が定説となっている。そして、最後に世継がその栄えを夢想する禎子内親王とは、三条帝と道長の二女妍子との間に生まれた皇女である。又この世継の夢想に呼応・結合するかの如く「こゝにあり」と名乗りを上げる筆者は、禎子内親王の母后妍子の近侍の者と設定されている。

以上のことから、『大鏡』の作品としての枠ぐみ―つまり筆者（作者）の動かない立場・位置―は、三条帝にゆかりのある人々によって形造られていると考える。

（２）登場人物の設定（働き）

ここまでは単に「世継の語り」でとどめてきたが、『大鏡』の序で登場人物たちには明確な設定―作品内での働き・役割―が配されている。

・大宅世継…宇多帝母后班子女王の召使い
・夏山繁樹…貞信公忠平の小舎人童
・繁樹の妻…（第五巻までには発言がない）
・青侍………「師尹伝」で「小一条院退位事件」の真相を語る箇所と、「師輔伝」で冷泉院皇統の物の怪についての言と、二ヶ所のみの登場

以上の三名の登場人物が、第一章で究明した構成・叙述を担っているのである。次にこれらの登場人物たちと、帝紀・列伝の構成・叙述の特質との関わりをみる。

まず夏山繁樹の「忠平の小舎人童」という設定は、師輔を第三巻からクローズアップさせていく特質と関わると考える。このことは単に構成面にのみ限られるのではなく、「王威をもないがしろにしていく」叙述の志向性にも関係していると考える。

次に「宇多帝母后班子女王の召使い」と設定されている世継について見てみることにする。私は帝紀から大臣列伝、加えて冒頭の語りの目的から末尾の夢想まで全編にわたって独壇場の語りを繰り広げる世継の視点を、「微視的・系譜的方法は、大まかに言って、族内的視角の持ち主の手になるもの」(注29)と捉えられる益田勝実氏の説には賛同する者であるが、「大宅世継」と銘打たれていることから考えると、その「族内的視角」のみにとどまっていない姿勢―つまり作者の創造的目的―を、「大宅世継」の名に体現させているのではないかと考えるのである。では具体的にどのような目的を含ませているのかということになるが、帝紀の歴代の帝の中でも、特に「裏面暴露的記事」として取り上げられている冷泉皇統の中の三条帝皇統との関わりを意味しているのではないかと考える。なぜならば、世継がその栄えを夢想する禎子内親王は冷泉帝の孫、つまり三条帝の皇女であるからである。

そして、さらに青侍の「冷泉院についた物の怪」と、三条帝皇子であり東宮位にあった「小一条院（敦明）退位事件の真相」とを語る役割は、「大宅世継」という漠とした名よりも、冷泉皇統の中でも特に三条帝との関わりの強さ・直接さを感じさせるものと考える。このことは、「小一条院退位事件」を語る際に世継を制して真相を語る姿勢、そして百九十歳の世継・百八十歳になろうかという繁樹らに比べ、唯一あり得るべき年齢「三十ばかり」で描かれていることにもよる。

以上のことから、『大鏡』の枠ぐみ・舞台設定が三条帝に関わりがあるばかりでなく、登場人物たちの設定・働きにも「冷泉院皇統の流れの中の三条帝」に関係が深いことがわかる。そして、『大鏡』の舞台・登場人物らの特質は、第一章の構成・叙述の特質で明らかになった「道長期—→摂関家として未曾有の栄花—→三条帝・小一条院退位事件」の時期の「冷泉院皇統の中の三条帝」と対応する構想であることが明確になる。

二節　三条帝から後三条帝へ

では、『大鏡』の作品としての枠ぐみが三条帝の近親者たちによって形成されていること、そして登場人物たちが冷泉帝皇統の中でも三条帝に焦点を当てていること、さらに『大鏡』の本体をなす「帝紀・列伝」の構成・叙述の特質の最終期にあたる「道長—三条・小一条院」に対応していることとの共通点——『大鏡』の動かない部分——とは、何であろうか。

『大鏡』末尾で、帝紀・列伝を連綿と語り続けてきた世継と、それを筆記していた筆者（作者）の結合である「禎子内親王の栄え」つまり「後三条帝の即位の夢想」であると考える。『大鏡』の作品としての基盤——『大鏡』の作者の動くことのない創造的目的——作者自身の位置であり判断基盤となっているものは「三条帝から後三条帝へ皇位継承がなされること」であると考える。

小峯和明氏の「三条院を軸とする妍子—禎子の予祝〈光〉と娍子—小一条院の慰撫〈影〉という対比の構図」(注30)を否定するものではないが、目的から見ると、「娍子の菩提講」を三条帝の霊前とイメージした場合の方が「禎子内親王の栄え＝後三条帝の即位」と符合するように思われる。

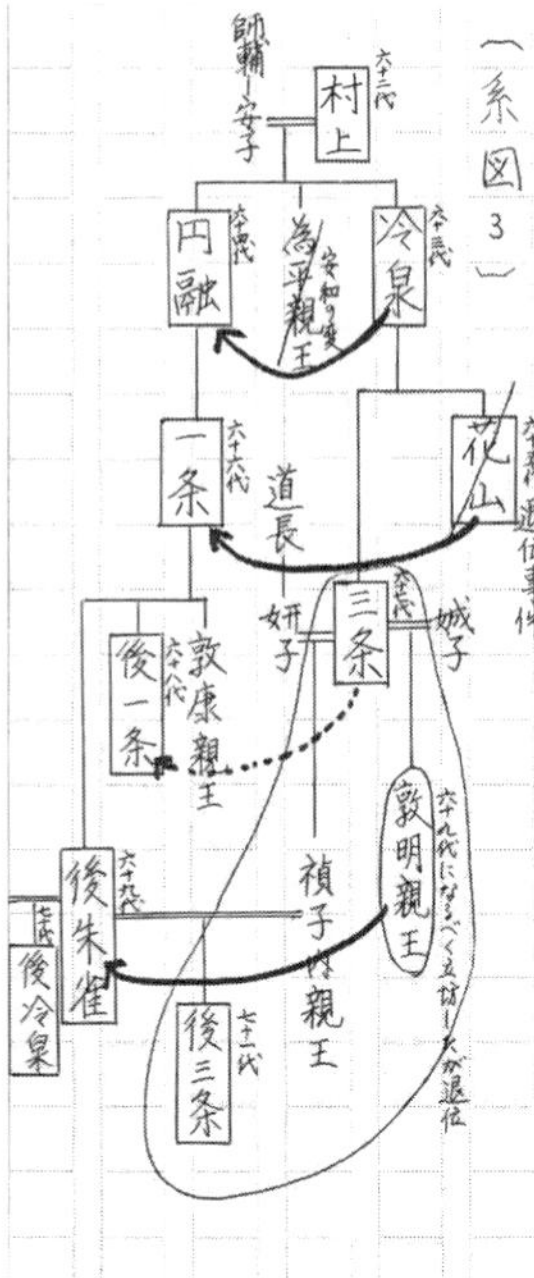

第一章・三節で少し触れたが、本来ならば「裏面暴露的記事」としてあげられたであろう、史実では自明のこととなっている三条帝と道長の確執及び退位の事情(注31)に言及せず、——つまり叙述に残さないで——東宮敦明から敦良へ東宮位がわたった事件をとりあげた構想は、三条帝から後三条帝へと皇位が継承することを念願するが故の配慮ではないかと考える。又万寿二年時の帝紀を六十八代の後一条帝で終え、末尾に三条帝皇女禎子内親王の栄えが夢想されていることは、六十九代に後三条帝が即位するような錯覚

を起こさせる。さらに六十九代になるべき立坊した敦明親王の退位によって断絶するかに思われた三条帝皇統の継承を予言していることでもある。この退位した敦明親王を「裏面暴露的記事」の一つとして仕立てているが、青侍の世継を制してまでの詳細な語りは、「三条帝から後三条帝へ」という目的に有効に働いていると考える。

しかし敦明親王東宮退位事件は、道長の圧力で実行されたという真相の、その帝位をもしのぐほどの権勢に驚かざるを得ない。作者は帝位までも左右する摂関家の頂点に立つ道長を覆うが如く、三条帝に関わる人々で基盤を、三条帝から後三条帝への皇位継承の目的を果たすがために、「帝紀・列伝」の構成・叙述の特質を、そしてそれを有効に働かすための語り手の設定を創造していると考える。

以上のように見てくれば、「敦明退位事件」以外の「安和の変」・「花山院退位事件」も、「三条帝から後三条帝へ」の目的のための、伏線としての役割を何かしら果たしていると考えられる。

第三章　冷泉帝期における作者の作意

前章で明らかになった「三条帝から後三条帝への継承」という創造的目的のために、文徳帝即位時の嘉祥三年（八五〇）から万寿二年（一〇二五）までの現実の百七十六年にわたる摂関政治の流れを、その目的に合致させるべく矛盾なく構成・叙述することは至難の業であると考える。なぜならば、現実に生活している人間のさまざまな日々の営みの集積を、後世の者の思念によって整理し割り切れるとは考えられないからである。しかし『大鏡』の作者は第一章で見たように、一見理路整然と、百七十六年間の幾層ものつながりで成り立つ人間界を区分けしてみせたのである。この章では、作者が『大鏡』を創造するためになさずにはいられなかった矛盾点を明らかにしたい。

一節　安和の変

第一章で取り上げた「裏面暴露的記事」の中で、発生年代の最も古い「安和の変」の叙述に見られる矛盾点を明らかにしたい。

「六十四代　円融院」

このみかどの東宮にたゝせ給ほどは、いときゝにくゝいみじきことゞもこそはべれな。

「左大臣師尹」

左大臣にうつり給事、西宮殿（高明）つくしへ下給御替え也。その御事のみだれは、この小一条のおとゞ（師尹）のいひいで給へるとぞ、よの人きこえし。さてそのとしもすぐさずうせ給ことをこそ、申めりしか。
それもまことにや。

「右大臣師輔」

みかど・春宮と申、たゝ代〻の関白・摂政とまうすも、おほくはたゞこの九条殿の御一すぢなり。おとこみやたちの御ありさまは、代〻のみかどの御ことなれば、返〻又はいかゞはまし侍らん。この后（安子）の御はらには、式部卿の宮（為平）こそは、冷泉院の御つぎにまず東宮にもたちたまふべきに、西宮殿（高明）の御むこにおはしますによりて、御おとゝのつぎの宮にひきこされさせたまへるほどなどの事ども、いといみじく侍り。そのゆへは、式部卿の宮みかどにゐさせたまひなば、西宮殿のぞうに世中うつりて、源氏の御さかへになりぬべければ、御舅達の、たましひふかく、非道に御おとゝ（円融）をばひきこしまうさせたてまつらせたまへるぞかし。世中にも宮のうちにも、とのばらのおぼしかまへけるをばいかでかはしらん。「次第のまゝにこそは」と式部卿の宮の御事をばおもひ申たりしに、にはかに、「わかみや（円融）の御ぐしかいけづりたまへ」など御めのとたちにおほせられて、大入道殿（兼家）御車にうちのせたてまつりて、北の陣よりなんおはしましけるなどこそ、つたへうけたまはりしか。されば、道理あるべき御方人たちは、いかゞはおぼされけむ。そのころ宮たちあまたおはせしかど、ことしもあれ、威儀のみこをさへせさせたまへりしよ、みたまへりける人も、あはれなる事にこそ申けれ。そのほど西宮殿などの御心地よな、いかゞおぼしけむ。さてぞかし、いとおそろしくかなしき御事どもいできにしは。…式部卿の宮、わが御身のくちをしくほいなきをおぼしくづほれてもおはしまさで、なをすゑのよに、花山院のみかどは、冷泉院のみこにおはしませば、御甥ぞかし、その御時に、御女たてまつりたまて、御みづからもつねにまいりなどし給けるこそ、「さらでもありぬべけれ」と、よの人もいみじうそしりまうしけり。さりとても、御継などのおはしまさば、いにしへの御本意のかなふべかりけるともみゆべきに、御かど（花山）出家したまひなどせさせたまひてのち、又いまの小野宮の右大臣殿（実資）殿の北方にならせたまへりしよ、いとあやしかりし御事どもぞかし。

以上、「安和の変」に関した叙述を引用した。この事件の原因を『大鏡』は、九条家師輔の息、つまり兼家ら兄弟が源氏である高明の台頭を阻止するために、その女婿の為平親王を越して守平親王を強行に即位させたが、その際に為平親王をつらい目にあわせたために、高明流罪なども起きたと叙述している。そして最後に為平親王と小野宮実資とを為平親王の婉子女王を介して結びつけている。
この事件の真相を、山中裕氏は、高明の流罪は史実では安和二年三月廿六日であり、円融帝即位は半年後の安和二年八月十三日であり、『大鏡』の叙述が逆になっていると指摘され、さらに事の起こりは実頼であり、(注32)「師輔亡き後は実頼・師尹・伊尹の共同作戦となり、冷泉天皇が即位、実頼は関白太政大臣となり、守平親王が即位（円融天皇）されて、実頼は摂政となり、一応落ち付く所へ落ち付いたのである」(注33)と論じておられる。
『大鏡』が小野宮実頼を出さないだけならば、師輔→兼家→道長への外祖父による摂関家の栄えを強調したいがために史実を曲げたのだとも考えられる。しかし小野宮実資と為平親王の婉子女王との結びつきを述べた中に為平親王に対する慰撫を感じることから、やはり山中氏の説の通り、小野宮実頼が主謀だったのだろうと思われる。だからこそ『大鏡』は故意に実頼に触れまいとしながら、狡猾にも（又は正直にも）実資との結び付きを述べずにはいられなかったのだとも考えられる。(注34)
ところで、ここで注意すべき点は「安和の変」の主謀者が誰であったかということよりも、なぜ史実を曲げてまで、師輔の息つまり兼家ら兄弟と偽ったのかという点である。第一章で示した表1・表2・系図1を比べてすぐにわかるように、冷泉帝・円融帝期の摂関・太政大臣が実頼であるにもかかわらず、外祖父師輔と関連付けている。これらの偽りの書き替えが、冷泉帝・円融帝の両皇統の交互継承にかかわる「裏面暴露的記事」と、師輔―兼家―道長へと至る外戚専横とに対応させ強調する何らかの意図の現われであるかが問題となる。

二節　冷泉院期の位置付け

前節において明らかになった、冷泉帝から円融帝への継承期を九条家が実権を握っていた、とする九条家に対する作意は、次の「師輔伝」末尾の叙述にも関連してくる。

第三巻「右大臣師輔」

いにしへよりいまにかぎりもなくおはしますとの（師輔）、、たゞ冷泉院の御ありさまのみぞ、いとこゝろうくゝちをしきことにてはおはします」といへば、さぶらひ、「されど、ことの例には、まづその御とき（冷泉）をこそはひかるめれ」といへば、「それは、いかでかはさらでは侍らん。そのみかどのいでおはしましたればこそ、この藤氏のとのばらいまにさかへおはしませ。「さらざらましかば、このごろわづかにわれらも諸大夫ばかりになりいでゝ、ところぐ〜の御前雑役につられありきなまし」とこそ、入道殿（道長）はおほせられければ、源民部卿（俊賢）は、「さるかたちしたるまうちぎみだちのさぶらはましかば、いかにみぐるしからまし」とぞ、わらひまうさせたまふなる。かゝれば、おほやけ・わたくし、その御とき（冷泉）のことをためしとせさせたまふ、ことはりなり。御もの、けこはくていかゞとおぼしめしゝに、大嘗会の御禊にこそ、いとうるはしくてわたらせたまひにしか。それは、人のめにあらはれで、九条殿（師輔）なん御うしろをいだきたてまつりて、御輿のうちにさぶらはせたまひけるとぞ、人申し。げにうつゝにてもいとたゞ人とはみえさせたまはざりしかば、ましておはしまさぬあとには、さやうに御まぼりにてもそひまうさせ給つらん。」（侍）「さらば、元方卿・桓算供奉をぞをひのけさせたまふべきな。」（世次）「それは又しかるべきさきの御よの御むくひにこそおはしましけめ。」

以上、引用した部分で注意すべき点は、まず道長に自らの感慨として「現在の己の栄花の基礎は冷泉院の誕生による」と言わせ、冷泉帝とのつながりを明確にし、かつ強調する叙述の意図である。又さらにこれを裏づけるかのように師輔の霊が、大嘗会の際に物の怪に病む冷泉帝を守護したと述べている。ところでこれらは、青侍が世継になぜ冷泉期が例として挙げられるのかと質問したことに対する答えである。さらに青侍の問いが続く。今度は外祖父師輔の霊が冷泉帝を守護してくれるならば、元方や桓算供奉の物の怪も追い払ってくれそうなものだがと世継に問いかけると、世継は、「それは又それで」と、口を濁し、明言を避けたのである。

この冷泉帝に関わる物の怪については、竹内宇生氏[注35]、塚原鉄雄氏[注36]が既に言及されておられるが、ここに私論を述べてみたい。今まで「裏面暴露的記事」として「安和の変」・「花山院退位事件」・「小一条院退位事件」をあげ、主謀者を師輔息子ら・兼家・道長と対応させ、さらに冷泉皇統の帝が退位に追い込まれると論述して来たために錯覚されると困るのだが、「安和の変」での被害者は冷泉帝ではなく、為平親王である。であるから外祖父で見ていけば道長の言葉は全くでたらめとは言えない。問題は、青侍の「師輔の霊が冷泉を守護したなら[注37]、元方・桓算供奉の物の怪も面倒をみてもらえないだろうか」という言葉の意図である。「三条院紀」に三条帝の目が見えないのは桓算供奉の物の怪によると述べてある。元方の怨霊は『栄花物語』では三条帝にも祟ったとある。しかし、『大鏡』では三条帝には桓算供奉とあり、元方の怨霊は記されていない。ここでの青侍が述べる元方の怨霊がついた帝というと、花山帝そして小一条院が含まれるかどうかであろう。しかし、『大鏡』では、花山帝に元方の怨霊がついたとの叙述は見えない。さらに世継が語る、元方の怨霊のせいで退位を考えるのだろうとの道長の東宮敦明親王に対する言葉は、結局青侍の真相を語る言葉で一蹴され、その青侍は小一条院（敦明）についた物の怪を誰のものとも述べていない。

では、道長の言、ならびに青侍の真相に込めた作者の意図はどういうものであろうか。
次の系図４を、「三条帝から後三条帝への皇位継承を願う立場」から見てみたい。

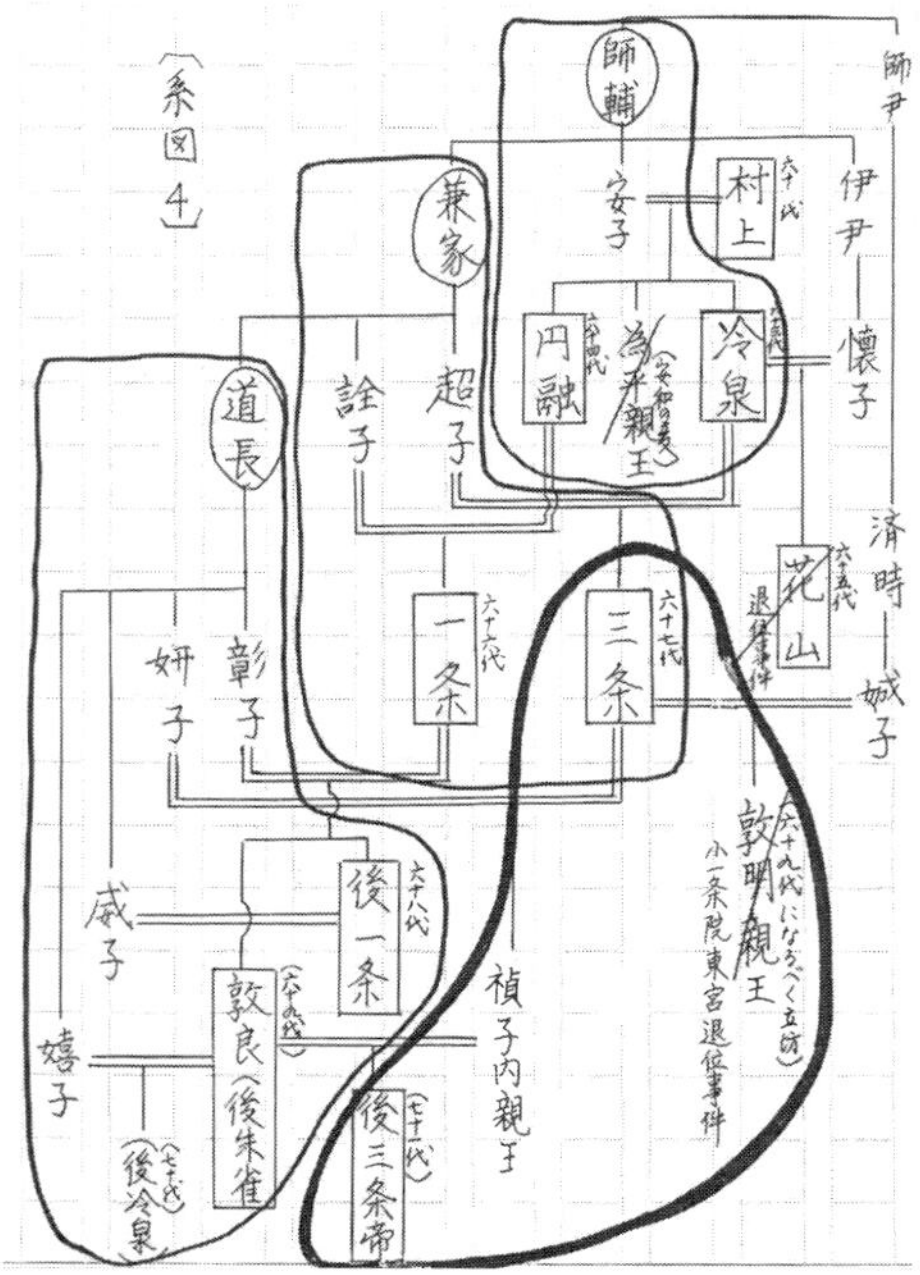

史実では道長に退位に追い込まれた三条帝・小一条院は、冷泉帝皇統に位置する。道長の言は、三条・後三条帝側であろう『大鏡』作者の「冷泉皇統もかつては現在の道長の栄花を呼びおこす布石となっていたのだ」という主張を肩代わりさせられたものと考える。そこにさらに外祖父師輔の霊を持ち出して、冷泉帝（の皇統）との結び付きを誇示したのだと考える。そして、公私の例にされるという世継に対する青侍の言葉は、外祖父師輔が大切にしていた冷泉帝ならば、道長が恩に感じ、その皇統である三条帝の面倒を見てくれそうなものだがという皮肉であると捉える。さらに世継が言葉を濁す設定も、冷泉皇統の三条皇統現状を想起させるためのものと考える。

つまり、ここでも、世継・青侍が「三条帝圏内」の者の視点・認識を備えていることが明かになると考える。

さらに、「三条帝から後三条帝への皇統の継承」を目的としている作者にとって、利用できるものはすべて利用するという態度があらわれている叙述も見られる。まず三条帝と外祖父であり道長の親である兼家との関係は、極めて円満に描かれている。例えば三条帝紀では、烏帽子姿が兼家によく似ていたという話がある。他には兼家が尚侍としてさし出した綏子が事件を起こした時でさえ兼家に免じて許したという話。さらに兼家が三条帝兄弟をかわいがって、三条帝に高価な石帯を奉り、現在は禎子内親王に伝わっているなどの話がある。ところが三条帝対道長になると次のように変わる。三条帝が道長に気を使って、三条院の地券を禎子内親王に持たせて帰す。（この地券がその後どうなったのかについての叙述はないが）冷泉院の地券も同じようにもたせたら道長が「朝廷のものだから」と返したという話。三条帝の妃である綏子の乳をひねるという暴挙に出る道長の話などである。三条帝には非礼の道長として描いているが、禎子内親王に対しては娘たち同様の扱いぶりを取らせている。つまり冷泉帝皇統であっても三条帝には兼家が、禎子内親王に対しては道長が大切にしたという叙述を見せているのである。

以上の逸話の特徴は、系図４の外戚関係の枠を参考にすると、さらに作者の位置が明確に浮かび上がってくると考える。

第四章　世継の語りの目的

一節　『大鏡』の作者

『大鏡』の文章は、闊達で合理的で本音が直に伝わってくる感じがした。これだけ正直な作者なら、作中に己を書く段になったら必ずその鼓動が残るはずであると考えた。

第二巻「太政大臣実頼」

又侍従宰相資平の君、いまの皇大后宮権大夫にておはすめる。……小野宮の右大臣……このおとゞ（実資）の、御子なきなげきをし給て、我御甥の資平の宰相をやしなひ給めり。

この小野宮資平とはどのような人であろうか。

（１）「第二章」から考えられる作者の条件

まず、『大鏡』の中で作者自ら名乗ったところによる皇太后宮（万寿二年当時　道長の二女妍子　三条帝皇后・禎子内親王母）の近侍の者であることが第一条件となろう。次に「禎子内親王の栄え」つまり後三条帝の即位を願う立場の者であると考える。そして『大鏡』の構成・叙述の特質、及び冷泉帝皇統側の位置にある者との条件を考えると、九条家あるいは兼家、又は道長につながりのある者ではないと考えられる。「藤氏物語」に入る直前の「貞信公・小野宮をはなちたてまつりて」と言う言葉から、忠平か小野宮に好意的な立場の者であると考える。

第二巻「太政大臣忠平」

そのおりは御くらゐ太政大臣にて、御太郎、左大臣にて実頼のおとゞ、これ小野宮と申き。二郎、右大臣師輔のおとゞ、これを九条殿と申き。…五郎、又左大臣師尹のおとゞ、小一条殿と申きかし。…つねにこの三人の大臣達のまいらせ給れうに、小一条の南、勘解由の小路には石だゝみをぞせられたりしが、まだ侍ぞかし、宗像の明神のおはしませば、洞院小代の辻子よりおりさせ給しに、あめなどのふるひのれうとぞうけたまはりし。凡その一町は人まかりありかざりき。いまは、あやしのものもむま、車にのりつゝみし〳〵とあるき侍れば、むかしのなごりに、いとかたじけなくこそみたまふれ。このおきなどもは、いまも、おぼろげにてはとほり侍らず。今日もまいりはべるが、こしのいたく侍りつれば、術なくてぞ、まかりとほりつれど、猶いしだゝみをばよきてぞまかりつる。

作者にとってこの「小一条の南、勘解由の小路」のあたりは懐かしい場所であったのであろうか。心身共に衰え、昔日の格式は思い出すだけとなり、それでもプライドだけは意地の悪さを加えながら残る。少し沈んだかなと思うと、続けて、

先祖の御ものはなにもほしけれど、小一条のみなん要に侍らぬ。人は子生、死がれうにこそ家もほしきに、さやうのおりほかへわたらん所は、なに、かはせん。又、凡、常にもたゆみなくおそろし」とこそ、この入道殿はおほせらるなれ。ことはりなりや。この貞信公には、宗像の明神うつゝにものなど申給けり。

と、話が道長に入ると実に生き生きとし出すが、作者にとって、又は作者から見た道長とはどんな人物だったのだろうか。虚実はわからないが道長は宗像明神を敬遠したとする意図はどのようなものだろうか。いかに忠平を持ち出しても道長は強大な権勢を築いていた。

(2)「第三章」から考えられる条件

「安和の変」に小野宮実頼が関わったことを述べたくない立場の者で、そのことで為平親王並び源高明らの子女にまでひけめを感じている人である。三条帝のそばで身近に接する機会があったか、そういう立場にいた人ではないかと考える。

以上の条件を、先に提示した小野宮資平が備えているかどうかを、まずその年譜から見ていきたい。

父　権中納言懐平卿の二男
母　中納言源保光卿女

寛和二年（九八六）生
長和四年（一〇一五）三条帝蔵人頭　30歳
寛仁五年（一〇二一）皇太后宮（妍子）権大夫　36歳
万寿四年（一〇二七）止（妍子薨）　42歳
長元十年（一〇三七）皇后宮（禎子）権大夫　52歳
天喜二年（一〇五四）皇太后宮（禎子）大夫　69歳
治暦三年（一〇六七）皇太后宮（禎子）大夫
十二月五日薨　82歳

以上小野宮資平の年譜をみると、三条帝—三条帝皇后妍子—三条帝皇女禎子内親王と、その公卿としての生涯を、亡くなるまで三条帝に関わって送ったことになる。長和四年に三条帝の蔵人頭を勧めたならば、三条帝に対する道長の専横さを見知っていたであろう。(注38)『大鏡』が万寿二年と

指定している年には、「ここにあり」と名乗った通り、禎子内親王の母后妍子の権大夫を勤めている。そしてその後三十年にわたって禎子内親王の大夫を死ぬまで勤めている。「禎子内親王の栄え」が「後三条帝の即位」を意味していると考えてきたが、その即位は資平が亡くなった翌年の治暦四年七月廿一日（春秋卅五）(注39)である。作者の分身である世継が冒頭で「黄泉路にまかる前に」と言い、末尾で禎子・尊仁（後三条帝）の栄えを夢想するのも最もと考える。父懐平は三条帝皇后娍子の大夫をつとめていた。資平は小野宮実資の猶子となる。作者の認識の特質に忠平・小野宮に近いものがあることも当然である。

資平の養父実資は『小右記』(注40)を著し、道長の言動を逐一あげつらい日記に示したといわれるが、その内容は「資平云」、「資平来云」あるいは「宰相来云」とあるように大半が資平からの伝聞である。資平自身にも『資平卿記』(注40−2)といわれる日記があったといわれるが既に散佚してしまっている。資平の一男資房は、東宮時代の後三条帝の大夫をつとめて『春記』を残している。二男資仲は詩才に恵まれ、『今鏡』に後三条帝の側近として登場している。つまり一族で三条帝期から後三条帝期へと近侍として仕えていることがわかる。

竹鼻績氏の(注41)「治暦元年（一〇六五）には成立していた」との論を拝見して勇気が持てたが、八十歳で書き著せるだろうかと考えたこともあった。しかし、「小一条院退位事件」を語る―自ら退位した敦明を「不覚のことなりや」と断じ、敦康親王の立坊の話を否定する―青侍を「三十ばかり」と記してあることから、竹鼻氏の言われる治暦元年ごろかと考えている。つまり侍――尊仁親王（後三条帝）――が「卅ばかり」の頃に、三条帝の周辺に半世紀にわたって近侍の者であり続けた小野宮資平によって成されたのではないかと考える。又、世継が言う「百九十歳」を『大鏡』の成立年と考えても治暦元年に当たる。(注42)

私が第一章・一節で、「時平伝」の物の怪について、塚原鉄雄氏の述べられる菅原道真の鬼神の捉え方とは違う考えを持つと言ったことに説明を加えておきたい。

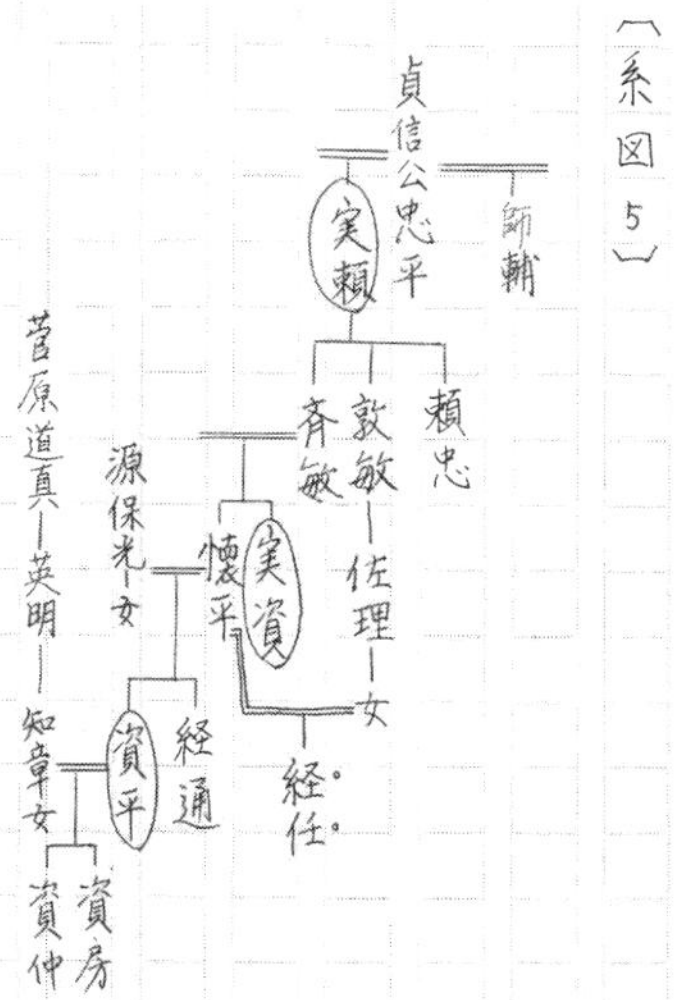

右の系図5を見ると資平と菅原道真との縁があることがわかる。既に竹内宇生氏が時平伝での道真の鬼神と高明流

罪（師輔伝—安和の変）との叙述の類似について指摘しておられる(注43)が、第三章・一節で、安和の変をみたように、高明流罪に負い目を感じているとしたら、その反動としてあるいは「王威による慰撫」の形に止揚して口をぬぐっているようにも感じられる。

最後に、もう一人の語り手である夏山繁樹は、資平の異母弟経任ではないかと考えている。「実頼伝」での非常に気を遣った叙述に作者の一面をうかがうと共に、資平の頼りとなる一族の中で治暦元年まで行動を共にしていること（六十七歳薨）などを勘案した結果である。

二節　世継の語りの目的

『大鏡』の語り手である大宅世継が夢想するだけでなく、史実の上でも「三条帝から後三条帝への皇統の継承」を願う者が存在していたことを確認したが、ここであらためて、「序」にみられる「世継の語りの目的」の作品における位置・働きについてみてみたい。

原文は本論の序に記してあるので、ここでの提示は控えるが、まず次に文意を整理してみる。

「世継の語りの目的」の文意

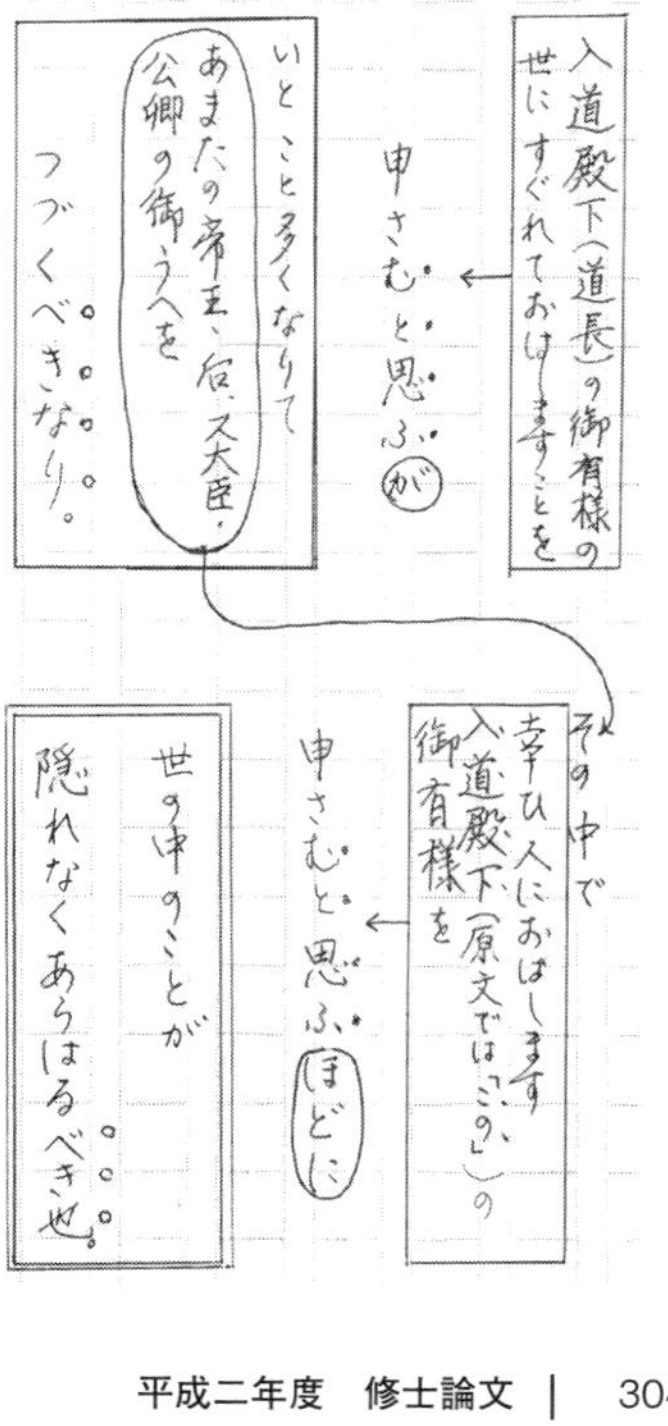

道長のすぐれた有様を語りたいと言いながら、なかなか誉めない。多くの帝王・后・大臣・公卿のことを語る必要があると言いながら、道長の有様ならぬ「世の中のことが明らかになるはずである」という世継の真意が問われるべきであると考える。

次にこの世継の語りの目的が記される。「序」を含む『大鏡』の構想を次に図示してみる。

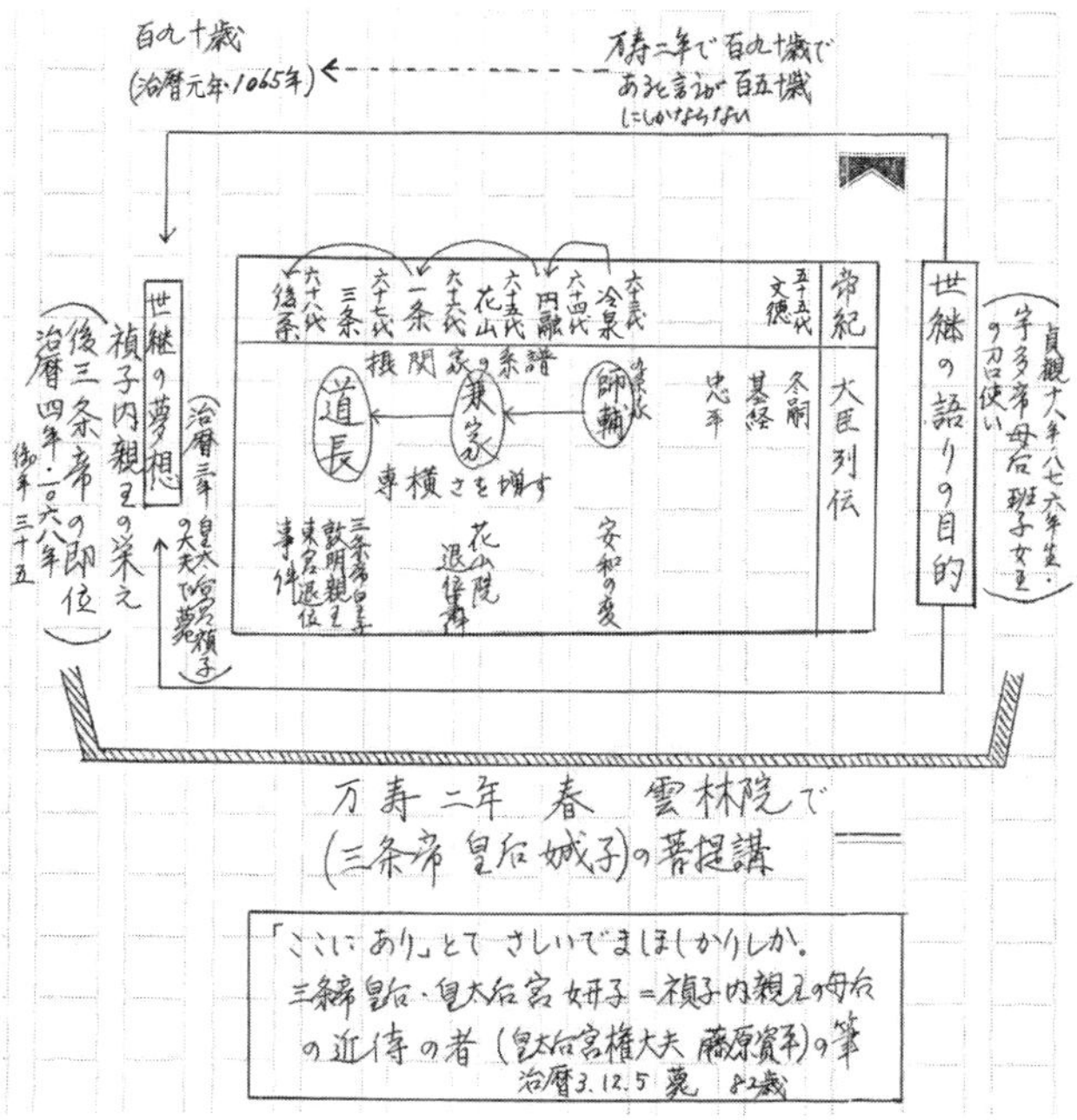

以上の構想図から、世継の語りの目的が摂関政治を通じての道長のすぐれた有様―外戚としての栄花―を語る構想となっている点はわかる。では「世の中のことがはっきりと明らかになるはずである」という目的は、何を意味しどのようなことを意図しているものなのかが問題となる。

この点について加納重文氏は、

小野宮流ととか九条流とか言うけれど、大鏡作者の意識は、そのもう一代以前にあって、…法性寺流とも言うべき認識ではないかと思われる。…天皇は権威であり、その権威のもとに摂関が政治にあたる。…その理想的な調和が大鏡作者の理想であり、それが現実に実現してあった時期が、宇多院・醍醐帝・忠平のいた醍醐帝後期であったと、作者は認識しているのである。…宇多院母后班子女王が、考えてみれば丁度いまの陽成門院禎子内親王にあたっており、宇多院と後三条院、醍醐帝と白河帝がそのまま対応する。言ってみればこの時代は、大鏡作者には、かつての宇多院・忠平の、あの時代の再現に近く認識されるものがあった。…要は、朝廷の権威に協調し朝政を補佐する人物が、あの忠平のように出現して欲しいというだけのことである。(注44)

と述べておられる。

私は禎子内親王の立場と班子女王の立場が同じということには賛同する者であるが、「大宅世継」の名と宇多帝班子女王の召使いの組み合わせを次のように捉えている。『大鏡』の作者の分身が世継であるとすれば、「作者」自身が禎子内親王の近侍の者だったということであり、この場合「大宅世継」とは禎子内親王を介して「三条帝から後三条帝への皇位継承」の役割を果たしている者との意と理解する。『大鏡』の作者が、道長まで上り詰めた外戚としての摂関家の有様を――つまり摂関政治――切る方法・手段は、加納重文氏の述べられるものよりも、さらに直接的なものと考えられる。

帝紀・列伝における構成・叙述の特質でみた、師輔―兼家を経た後の道長の摂関家としての栄花を徹底して強調し展開していく志向の中に、巧みに師輔には源氏に加えた妨害を、兼家には冷泉皇統の花山帝退位による断絶を印象づけ、そして道長に至っては冷泉皇統のその残された皇統である三条帝の皇統の命運を織り交ぜているのである。そして道長へと至る摂関政治、あるいは道長その人の摂関政治を「明らかになるはずである」と切る『大鏡』作者が手にしている手段は、「後三条帝の即位」にあると考える。言い換えれば、「後三条帝即位を夢想」するが故に、帝紀・列伝の周到な構成・叙述を構想し、さらに「世の中のことのかくれなくあらはるべきなり」として、世の人にその夢想の正統性を主張すると同時に、判断・認定を請うていると考える。つまり道長の「すぐれた」栄花に関する叙述は、後三条帝即位の必然性を後世の人々に判定・認定させるための布石とさえなっているのではないかと考える。そして作者の主張が人々に認定されるべき地盤は既に、作品『大鏡』の虚構空間世界ではない現実で固まっていたのではないかと考える。

構想図で示したように、万寿二年の三条帝皇后娍子の雲林院での菩提講の場で、宇多帝母后班子女王の召使い（後三条帝の母后となる皇太后宮禎子内親王の大夫）である大宅世継こと藤資平が、万寿二年当時絶頂期にあった道長の栄花の有様とその由来を、と語り起こしながら、「世の中のことのかくれなくあらはるべき」創造的意志を構成・叙述上に展開させ、最後に『大鏡』の創造的目的である「後三条帝の即位」を夢想する百九十歳（万寿二年では百五十歳。百九十歳は治暦元年に当たる）で語り終わる。この一連の語りと夢想を万寿二年当時禎子内親王の母后である三条帝皇后妍子の近侍（皇太后宮権大夫）の筆者（藤資平）がひきとる構想となっている。いかに道長の栄花を強調・提示しようとも、『大鏡』の虚構空間世界は、後三条帝即位の確定を柱として成り立っていると考える。『大鏡』の「序」の世継の語りの目的の「世の中のことのかくれなくあらはるべき也」と、人々に判定を委譲する態度は、その確固たる柱に支えられた自信によるものではないだろうか。後三条帝即位実現の願いを、その堅牢なる構造の支柱で固め、道長の栄華を語るうちに「世の中のことのかくれなくあらはるべきなり」と、世の人々にその創造的目的の認定を託した作者の創造的意志は、文学作品『大鏡』の創造をはるかに越えたこの世での「あり得べからざる藤原氏の外戚を持たない後三条帝の実現」を目指した藤原資平の半世紀にわたる思念から発したものであると考える。

注

（1）北西鶴太郎氏「大鏡の研究―特にその批判に就いて―」

（『日本文学講座』第三巻　昭和９・２　改造社）
（２）塚原鉄雄氏「大鏡構成と怪異現象」（『人文研究』巻36―８　昭和59・12　大阪市立大学文学部紀要）
（３）益田勝実氏「虚構〈同時代史〉の語り手―『大鏡』作者のおもかげ―」（『国文学』昭和41・２）
（４）この論文における論旨を整理する上で、西田幾多郎氏「自覚に於ける直観と反省」（『西田幾多郎全集』第二巻　昭和40　岩波書店）からは多くの示唆を受けた。
（５）山岸徳平氏「大鏡の構成と思想」（『国文学』第二巻　昭和32・12）
（６）（１）に同じ。
（７）テキストは、松村博司氏校注『大鏡』（日本古典文学大系21　岩波書店　昭和58・２）を使用した。以後論中での原文の引用はすべてこれによる。傍線は稿者による。
（８）本論文では『大鏡』は岩波古典文学大系本による第五巻「藤氏物語」で完結していると捉えて以下論述する。
（９）（５）に同じ。
（10）（７）に同じ。
（11）福田景道氏「『大鏡』構想の二重性をめぐって」（『東北大・文芸研究』116号　昭和62・９）
（12）橘健二氏校注・訳『大鏡』（日本古典文学全集　小学館　昭和54）の「付録（年表）」から引用。
（13）松本治久氏『大鏡の主題と構想』（笠間書院　昭和54）
（14）杉山和美氏「『大鏡』列伝の構成」（『相模国文』15号　昭和63・３）
（15）（３）に同じ。
（16）（11）に同じ。
（17）（11）に同じ。
（18）（11）に同じ。
（19）（14）に同じ。
（19）―（２）（13）に同じ。
（20）赤木志津子氏『御堂関白藤原道長』（秀英出版　昭和44）
（21）（２）に同じ。
（22）塚原氏の論から「冷泉帝皇統と円融帝皇統の交互継承」について示唆を受けた。
（23）（２）から引用。
（24）加納重文氏「大鏡の政治思想」（『女子大国文』101号　昭和62・６）
（25）松本治久氏「記事構成からみた大鏡の歴史に対する態度」（『武蔵野女子大学紀要』15号　昭和55）
（26）小峯和明氏「大鏡の語り―菩提講の光と影―」（『文学』昭和62・10）
（27）この論文の結論をみちびく上で、西田幾多郎氏「働くものから見るものへ」（『西田幾多郎全集』第四巻　昭和40　岩波書店）からは多くの示唆を受けた。
（28）（７）の補注を引用。
（29）（３）に同じ。
（30）（26）に同じ。

(31)(20)に同じ。

(32)山中裕氏「栄花物語・大鏡に現れた安和の変」(『日本歴史』 昭和37・6)

(33)(32)に同じ。

(34)本論の第四章・一節『大鏡』の作者参照

(35)竹内宇生氏「大鏡に現れた怪異・霊異—世継の歴史観の一端について—」(『中古文学論攷』 1号 昭和55)

(36)(2)に同じ。

(37)小林保治氏校注『古事談上』(現代思潮社 昭和56)の第一王道后宮の一四に小野宮実頼が狂気の冷泉帝の大嘗会を見事に挙行したことで誉れを得たことが述べてあるところを見ると、『大鏡』の作者による師輔と冷泉帝の結びつきを誇張する作意的叙述と言えると思う。

(38)(20)に同じ。

(39)資平の年譜は『公卿補任』から抜粋作成。

(40)(20)に同じ。

(40)—(2)史料大成『春記』解題

(41)竹鼻績氏「大鏡の成立について」(『国語と国文学』 昭和37・11)

(42)石川徹氏「百九十歳の老翁に語らせる『大鏡』の警抜な構想とその抱負」(『帝京大学文学部紀要』 20号 昭和63・10)

(43)(35)に同じ。

(44)(24)に同じ。

『大鏡』作者の位置　初出一覧
（『新大国語』新潟大学教育学部国語国文学会所載）

『大鏡』作者の位置（十一）　第40号　平成30年3月
「小野宮の御孫」公任の叙述より

『大鏡』作者の位置（十二）　第41号　令和2年3月
—御製・勅撰歌の収載より

『大鏡』作者の位置（十三）　書き下ろし
—『拾遺集』との関わり

＊　＊　＊　＊　＊　＊　＊　＊　＊

昭和55年度　卒業論文　昭和56年3月
大鏡の批判

『大鏡』世継の意図　昭和58年4月

『大鏡』の文学性　昭和61年3月
—作者の視点・意識からの試論

平成二年度　修士論文　平成3年3月
『大鏡』の研究—世継の語りの目的

あとがき

大学卒業から十年後にまとめた修士論文は、「『大鏡』の構想とその表現意図」（『新大国語』第18号　平成４・３）として『新大国語』に載りました。早速お送りしました河北騰氏と竹鼻績氏から励ましのお言葉をいただき、研究を続ける勇気を持つことができましたことに厚く御礼申し上げます。

この度、漸く『大鏡』の収載歌について、現在考えていることをまとめることができました。

本書に収めた「『大鏡』作者の位置（十一）「小野宮の御孫」公任の叙述より」「『大鏡』作者の位置（十二）―御製・勅撰歌の収載より」「『大鏡』作者の位置（十三）―『拾遺集』との関わり」をまとめるに当たって、励まし御指導下さいました鈴木恵教授、堀竜一教授に厚く御礼申し上げます。

ところで、『大鏡』に現れる作者の資質に、信西、頼長、定家のそれが似ているように思います。そう感じるのは、『大鏡』が後世にかなりの影響を与えたとの証かとも思います。しかし、『大鏡』の基盤は、菅原道真公に対する資平の認識の有り様にあると考えます。

今後、他作品に現れる書き手の位置との関係から、『大鏡』における道真公の位置付けと、資平の位置とをさらに探求していきたいと思います。そして、三十年前の修士論文の冒頭で示した基調で、『大鏡』を綜括することを考えています。

前書『「大鏡」作者の位置』と、今回の『続編』とを出版するに当たり、株式会社悠光堂の佐藤裕介氏・遠藤由子氏には大変お世話になりました。ありがとうございました。

令和三年二月吉日

五十嵐　正子

著者
五十嵐　正子（いからし まさこ）
1952年、新潟県生まれ。立命館大学卒。
2013年、新潟市立中学校教諭定年退職。

『大鏡』作者の位置　続編

2021年7月30日　初版第一刷発行

著　者　五十嵐 正子
発行人　佐藤 裕介
編集人　遠藤 由子
発行所　株式会社 悠光堂
〒104-0045 東京都中央区築地 6-4-5
シティスクエア築地 1103
電話：03-6264-0523　FAX：03-6264-0524
http://youkoodoo.co.jp/
DTP　日本ハイコム株式会社
デザイン　株式会社 キャット
印刷・製本　株式会社 シナノパブリッシングプレス

ISBN978-4-909348-35-7　C0095